Kuckucksküken

Georg Gracher, 1949 in Bad Gastein geboren, studierte an der Pädagogischen Akademie Salzburg und arbeitete seit 1976 als Fachlehrer für Deutsch und Geschichte an der HS Bad Hofgastein. Seit 2011 ist er im Ruhestand.

Dieses Buch ist ein Roman. Handlungen und Personen sind frei erfunden. Ähnlichkeiten mit lebenden oder toten Personen sind nicht gewollt und rein zufällig.

GEORG GRACHER

Kuckucksküken

Der vierte Fall für Gendarmeriemajor Oskar Jacobi

ALPEN KRIMI

emons:

Bibliografische Information der Deutschen Bibliothek
Die Deutsche Bibliothek verzeichnet diese Publikation
in der Deutschen Nationalbibliografie; detaillierte bibliografische
Daten sind im Internet über http://dnb.d-nb.de abrufbar.

© Hermann-Josef Emons Verlag
Alle Rechte vorbehalten
Umschlagmotiv: Istockphoto.com/stevenallan
Umschlaggestaltung: Tobias Doetsch
Gestaltung Innenteil: César Satz & Grafik GmbH, Köln
Druck und Bindung: CPI – Clausen & Bosse, Leck
Printed in Germany 2013
ISBN 978-3-95451-146-4
Alpen Krimi
Originalausgabe

Unser Newsletter informiert Sie
regelmäßig über Neues von emons:
Kostenlos bestellen unter
www.emons-verlag.de

1 »… IST AM AUTOBAHNKREUZ Sattledt auf der A 1 voraussichtlich bis dreizehn Uhr mit Stau in beiden Richtungen zu rechnen.«

Ohne eine Miene zu verziehen, drehte Polizeioberst Oskar Jacobi die Lautstärke des Verkehrsfunks herunter.

»Ich hab's mir schon fast gedacht«, wandte sich der Fünfzigjährige bedauernd zu seiner ausnehmend attraktiven und wesentlich jüngeren Beifahrerin. »Schon heut Morgen um halb sechs wurde auf Salzburg Regional so was angedeutet.«

»Um halb sechs?«, entrüstete sich seine Lebensgefährtin, Oberleutnant Melanie Kotek. »Wer, außer hartnäckigen Bettflüchtern, weiß denn schon, was irgendjemand um halb sechs Uhr morgens gesagt hat?«

»Ach, wenn du das so siehst, ist meine leider etwas blauäugige Routenplanung ja umso verzeihlicher.«

Nicht zum ersten Mal wollten die beiden in der letzten Aprilwoche des Jahres für ein paar Tage mit den Fahrrädern durch das voll in der Birnblüte stehende Mostviertel touren. Da sie keine Weltreise vor sich hatten, war Jacobis Gelassenheit nur allzu verständlich.

Mit einem Blick in den Rückspiegel seines Q5 beobachtete er den BMW X3 hinter ihnen. »Sag Lenz und Marianne, dass wir einen Abstecher nach Mondsee machen. Beim Aichingerwirt können wir uns ein anständiges Frühstück gönnen, dann fahren wir über die Dörfer weiter.«

Melanie Kotek zog belustigt eine Augenbraue in die Höhe. »Ohne deine übliche Urlaubshektik hättest du auch zu Hause ein anständiges Frühstück haben können.«

»Weiß ich doch, aber jetzt hab selbst ich es nicht mehr eilig, oder?«

Kotek stellte die Verbindung über Bluetooth her. Ihre Freunde, die Managerin Marianne Redl und deren Mann, Major

Lorenz Redl, waren mit dem Vorschlag durchaus einverstanden, denn nur Narren oder Hektiker hätten es bei einem solchen Traumwetter eilig gehabt.

Vor der Abfahrt Mondsee ging es schon nur noch sehr zäh voran. Etliche Verkehrsteilnehmer schienen denselben Gedanken wie Jacobi gehabt zu haben: Nur runter von der A 1! Da man bald nur mehr im Schritttempo fahren konnte, hatten Kotek und Jacobi mehr als ausreichend Muße, die Gegend zu betrachten. Der Mondsee und die Drachenfelsen dahinter boten ihnen jenes überwältigende Panorama, für das zahllose Urlauber jedes Jahr zig hundert Kilometer fuhren oder flogen.

Schließlich ging es keinen Zentimeter mehr vorwärts. Dass sich Jacobis Augenbrauen über der Nasenwurzel zusammenzogen und sich seine Miene verdüsterte, hatte jedoch nichts mit der Verkehrssituation zu tun − und natürlich auch nichts mit der fast mystischen Schönheit des Mondsee-Beckens −, sondern schlichtweg mit gewissen Fluggeräten, die man im Salzkammergut besonders oft im Frühjahr bei Hochdruckwetter beobachten konnte: mit großen bunten Heißluftballons.

Kotek war seinem Blick gefolgt und wusste sofort, woran er dachte. Der Fall lag schon etliche Jahre zurück, Jacobi war noch Gendarmeriemajor gewesen, sie selbst hatte als frischgebackener Leutnant von Oberst Dürnberger ihren ersten eigenen Fall zugewiesen bekommen und war deshalb erst spät, dafür aber umso dramatischer, mit der Causa »Rexeisen« konfrontiert worden. Kurz nach der Jahrtausendwende hatte ihre Abteilung noch dem Landesgendarmeriekommando Salzburg am Franz-Hinterholzer-Kai Nr. 4 unterstanden und die Bezeichnung »Referat 112, Delikte gegen Leib und Leben« geführt.

»Du denkst an ›Ballooning Escort‹, nicht wahr?«

Jacobi grinste säuerlich. »Ich muss − ob ich will oder nicht. Jedes Mal, wenn ich so einen Ballon sehe, tauchen ganz automatisch Bilder von der ramponierten Leiche von Alarich Rexeisen vor mir auf und auch von …« Er stockte.

»Von dem Bunker?«, fragte sie mitfühlend.

Er nickte. »Ja, das im Bunker … das hat mir wirklich zugesetzt«, sagte er zögernd, und wenn Jacobi in seiner trockenen

Art einräumte, dass ihm etwas sehr zugesetzt hatte, dann lag man nicht daneben, wenn man dahinter eine ziemlich mörderische Erfahrung vermutete. »Dabei hatte zunächst alles nach einer Routineangelegenheit ausgesehen«, schob er nach einer vielsagenden Pause und einem tiefen Atemzug nach. »Nach einer ganz banalen Geschichte. Die Meldung aus Gastein hatte sich so angehört, als würde es genügen, nur einen unsrer Leute hinzuschicken ...«

2   SÜDLICH VOM WOLFGANGSEE erhebt sich der Gebirgszug Osterhorngruppe. In ihm liegt das größte zusammenhängende Almengebiet Österreichs, die Postalm, wobei die ihm den Namen gebende Hochweide nur eine von Dutzenden von Almen ist.

Am Morgen des ersten Wochenendes im März 2003, direkt am Monatsbeginn, wurde den Frühaufstehern unter den Wintertouristen auf dem großen Parkplatz unter der Postalm-Kapelle eine kleine, nicht alltägliche Abwechslung geboten.

Interessiert sahen die Schaulustigen zwei jungen Frauen in apricotfarbenen Overalls und einem ebenso jungen Fahrer der etwas anderen Ballonsport-Firma »Ballooning Escort« dabei zu, wie sie den Tragkorb eines Heißluftballons über Schienen aus dem Anhänger eines Landrover Defender auf den schneebedeckten Parkplatz hievten und ihn mit routinierten Handgriffen aufzurüsten begannen.

Die danebenstehenden Passagiere, drei Männer und eine Frau, machten zunächst keine Anstalten, die Crew bei ihrer Arbeit zu unterstützen, obwohl es beim Ballonsport normalerweise üblich ist, dass auch zahlende Gäste mithelfen. Einer der Männer, der dem US-Schauspieler Wes Studi wie einem Zwillingsbruder ähnelte, hätte das jedoch selbst dann nicht gekonnt, wenn er gewollt hätte: Infolge eines schweren Schlaganfalls, wie die Haltung seiner linken Hand vermuten ließ, saß er im Rollstuhl. Doch ungeachtet dieser Behinderung kennzeichneten Charisma und der ruppige Umgang mit seinen Begleitern den etwa Fünfzigjährigen sofort als Alpha-Wolf.

Zunächst armierte die Crew den aus Manilarohr gefertigten Ballonkorb, steckte den Brenner in die Nylonstützen und diese wiederum in die dafür vorgesehenen Vertiefungen im Korbrand. Dann wurden die Korbseile mittels Karabiner am Brennerrahmen festgezurrt und ebenso wie die Brennerschläuche mit den gepolsterten Manschetten ummantelt. Nachdem der Brenner an die im Korb fixierten Gaszylinder angeschlossen war, führte die Pilotin, ein rothaariger Männertraum, den üblichen Funktionstest durch, wobei das plötzliche Donnern der Stichflamme manche Zaungäste erschrocken zusammenzucken ließ.

Die Kollegin des Männertraums – nicht zuletzt wegen ihrer kastanienrot gefärbten Mähne fast deren Ebenbild – und der blonde Jüngling kontrollierten währenddessen den Rest der Ausrüstung wie Funkgeräte, GPS, Hüllenthermometer, Kompass, Höhenmesser und die Notzündquelle und verstauten alles rutsch- und kippfest im Korb. Anschließend legten sie den Korb, der über das Fesselseil noch immer mit dem Verfolgerfahrzeug verbunden war, in Windrichtung zur Seite.

Überraschenderweise beteiligte sich nun die einzige Frau unter den Gästen, eine etwas verhärmt wirkende, aber nicht unattraktive Brünette, an der hemdsärmeligen Arbeit. Sie schien sie nicht zum ersten Mal zu erledigen, wie man der Professionalität, die sie dabei an den Tag legte, ansehen konnte.

Nachdem dann auch die Tragseile des Ballons mit Karabinern am Brennerrahmen befestigt waren, wurde endlich die hellrote Ballonhülle des Typs N-105 mit einem Luftvolumen von zweitausendneunhundertsiebzig Kubikmetern in Windrichtung aus dem Hüllensack gezogen und anschließend die Kronenleine ausgelegt.

Einer der Schaulustigen glaubte, während der Vorbereitungen sein Fachwissen kundtun zu müssen: »Heute herrscht idealer Nordföhn Richtung Südsüdwest. Ich fress einen Besen, wenn die nicht über die Alpen fliegen.«

Eine neben ihm stehende Frau im Langlaufdress stellte seinen

Expertenstatus jedoch sofort in Frage. »Erstens fliegen Heißluftballons nicht, sondern fahren, weil sie nur bedingt lenkbar sind, und zweitens muss für eine Alpenüberquerung mehr als nur der Wind passen – zum Beispiel auch die Mannschaft. Sie sollte ausschließlich aus Profis bestehen, was hier ja wohl offensichtlich nicht der Fall ist«, sagte sie mit einem bezeichnenden Blick auf die mehrheitlich unbeteiligten Passagiere.

Der Mann im Rollstuhl bewies ihr umgehend, dass sich seine Behinderung nicht auch auf das Gehör erstreckte: »Sie haben durchaus recht, gnä' Frau, wir fahren zwar bis zu den Hohen Tauern, aber deren Überquerung ist nicht vorgesehen – oder, Frau Kronreif?« Nach Bestätigung heischend blickte er zur kurvigen Chefin von »Ballooning Escort« hinüber, der rothaarigen Lara Kronreif, die gerade damit beschäftigt war, über das Gebläse Kaltluft in das Hüllenmaul des Ballons zu leiten, das von ihren beiden Mitarbeitern offen gehalten wurde.

Die Angesprochene wandte sich um. »Allerdings. Weiter geht's heute nicht. Wir werden versuchen, im Gasteiner Tal oder alternativ in einem der benachbarten Täler zu landen.«

Inzwischen hatte der einzige weibliche Passagier abermals mit Hand angelegt, ohne dazu aufgefordert worden zu sein, und die Kronenleine vom Boden aufgehoben. Die wichtige Kunstfaserleine war am Scheitel des Ballons befestigt und diente dazu, ein etwaiges Überpendeln der Hülle zu verhindern, wenn diese nach der Füllung mit Kaltluft und der anschließenden Heißluftzufuhr mittels Brenner einen bestimmten Füllungsgrad erreicht hatte. Während der Fahrt konnte dann das Luftvolumen reguliert werden, indem mit dem ultraleichten Kabel das Ventil am Top geöffnet wurde.

Es dauerte nur Minuten, dann richtete sich der Ballon zu seiner vollen Größe auf, wobei sich von dem knallroten Nylon unübersehbar ein dunkelroter Kussmund mit zitronengelber, schwarz konturierter Aufschrift darüber anhob. »Ballooning Escort«, stand dort geschrieben. Und in kleineren dunkelblauen Lettern darunter: »Wir erfüllen (fast) jeden Wunsch!«, was unter den Zaungästen hier und da Heiterkeit und angeregtes Getuschel auslöste.

Lara Kronreif wandte sich erneut an die Passagiere: »Herr Rexeisen, ich darf Sie, Ihre Gattin und die Herren Kerschhackl und Viebich jetzt bitten, rasch in den Korb zu steigen. Wir müssen auf den Druck des Nordföhns achten. Noch sind wir im Plan, der Windmesser zeigt gerade mal zwölf Knoten an, das sind etwa einundzwanzig Stundenkilometer, aber bei den drei Beaufort wird es nicht bleiben. Bald werden Schwerkraft und Tragkraft des Ballons ausgeglichen sein. Nach der kleinen Begrüßungszeremonie, die wir für Sie vorbereitet haben, können wir sofort abheben.«

Alarich Rexeisen drehte den Rollstuhl in Richtung eines dunkelblauen Mercedes G 63 AMG, der in der Nähe parkte. Sein Blick genügte. Die Fahrertür des Wagens öffnete sich, und ein vierschrötiger Glatzkopf mit Hausmeister-Schirmmütze und grüner Schürze eilte beflissen seinem Arbeitgeber entgegen. Der hatte inzwischen unwirsch mit seiner gesunden Rechten den Gehstock, den Gattin Leonie ihm hingehalten hatte, an sich gerissen und sich aus dem Rollstuhl in den Stand gestemmt.

»Simerl, du kannst fahren. Wir sehn uns dann um Mittag herum am Parkplatz Angertal. Falls wir woanders landen müssen, wirst du's rechtzeitig erfahren. Wir bleiben in Verbindung. Ist im Jagdhaus alles für die kleine Party vorbereitet?« Er zwinkerte ihm zu.

»Selbstverständlich, Chef.«

Simon Schoissengeier, dienstältester Angestellter des Hotels Babenberger Hof in Bad Hofgastein, faltete den Rollstuhl mit zwei Handgriffen zu einem kompakten Format zusammen und verstaute ihn im Kofferraum der Limousine. Ein kurzer Blick zurück, ein Tippen an die speckige Schirmmütze – und weg war er.

Da eine Art aufklappbare Tür das Einsteigen in den Tragekorb erleichterte, war diese Übung auch für einen Schlaganfallpatienten zu bewältigen, wobei sich Alarich Rexeisen jede Unterstützung energisch verbat – besonders jene durch seine Frau, deren hingestreckten Arm er schroff zurückwies. Im Korb nahm er zwar vorläufig auf dem angebotenen Klappstuhl Platz, lehnte aber eine Gurtsicherung ab. Er wolle jederzeit aufstehen können und Herr seiner – wenn auch eingeschränkten – Beweglichkeit sein, betonte er.

Lars Viebich, ein anderer Passagier, hatte sich währenddessen bereitgefunden, dem Medizinstudenten Peter Salztrager zu helfen, noch ausständiges Equipment, vor allem Proviant und eine Biwakausrüstung für Notfälle, vom Landrover zum Ballonkorb zu tragen.

Schließlich waren alle sechs Personen eingestiegen: vier Passagiere und die zwei weiblichen Crew-Mitglieder. Nur Student Salztrager blieb draußen, da er das Fesselseil lösen und dann das Verfolgerfahrzeug chauffieren sollte.

Als Evelyn Lohbauer, die Mitarbeiterin von Kronreif, mit professionellem Sirenenlächeln reihum Rosé-Sekt in dickglasige Sektflöten einschenkte, lehnte Rexeisen den angebotenen Drink brüsk ab. Der Nummer zwei der Crew blieb auch nicht verborgen, dass der gut aussehende Florian Kerschhackl und der eher unauffällige Lars Viebich es konsequent vermieden, Rexeisens Blick zu beggnen.

Üblicherweise wurde bei Ballonfahrten der Sekt erst nach geglückter Fahrt und gelungener Landung ausgeschenkt, aber Kronreif hatte diese Tradition schon bei der Gründung von »Ballooning Escort« abgeändert, um die Stimmung zwischen Crew und zahlenden Gästen gleich zu Beginn der Fahrt etwas zu lockern. Ein Hauch von Champagnerlaune wäre den aktuellen Passagieren denn auch tatsächlich zu wünschen gewesen, denn obwohl sich das Ehepaar Rexeisen, der Bankkaufmann Viebich und der verkrachte BWL-Student Kerschhackl zu der Ballonfahrt verabredet hatten, herrschte eine gespannte, fast frostige Atmosphäre zwischen ihnen, die zu den Märztemperaturen passte.

3 »DA LIEGT also eine männliche Leiche mit grauem Bürstenhaarschnitt und BOSS-Klamotten auf dem Parkplatz der Hofgasteiner Bergbahn-Talstation, und ein Sandler ist von Passanten beobachtet worden, wie er sich über den Toten gebeugt hat.

Habe ich das richtig verstanden?«, vergewisserte sich Bezirksinspektor Max Haberstroh mit stoischer Ruhe, obwohl jeder im LGK Salzburg eingehende Anruf ohnehin aufgezeichnet wurde. Der erfahrene Kriminalbeamte hatte schon zig Journaldienste im Referat 112 geschoben, und Meldungen wie diese regten ihn nicht besonders auf. »Und dann ist der Sandler davongerannt, ist aber im Schneematsch ausgerutscht und hingefallen, und ihr habt ihn aufgrund der genauen Beschreibung von Touristen kurz darauf bereits erwischt«, fuhr er fort, ohne sich beim Zeichnen runder Damen à la Gottfried Kumpf in den Urlaubskatalog, der vor ihm lag, stören zu lassen. »So weit richtig?«

»Exakt«, bestätigte der blutjunge Gendarmerieinspektor Josef Hofstätter aus Bad Hofgastein am anderen Ende der Leitung.

»Nun, dann werdet ihr jetzt den Tatort abzäunen, die Leiche verwahren und den Mann eingehend vernehmen. In zwei Stunden solltet ihr ein Geständnis haben. Solche Leute halten ohne Sprit nicht lange durch. Wo ist also euer Problem?«

Aus dem Lautsprecher ertönte ein energisches Räuspern. »Tja, der Hansi Pfeffer behauptet, er habe –«

»Wer, bitte, ist Hansi Pfeffer?«, unterbrach Haberstroh den Gasteiner Kollegen brüsk.

»Na, eben der Sandler, der dem Toten in die Taschen gegriffen hat.«

»Aha. Also gut, was behauptet nun dieser Pfeffer?«

»Er beharrt darauf, dass er mit dem Tod des Mannes nichts zu tun habe und nur zufällig in der Nähe gewesen sei, als der … nun, als der von oben runterg'fallen und ziemlich heftig auf dem Parkplatz aufgeschlagen ist – etwa auf halber Distanz zwischen Bergbahn-Talstation und Sport-Fleiß.«

»Von oben? Von woher oben? Von einem Strommasten, von einem Baukran, einem Hausdach oder woher?«

»Weder noch. Ich habe doch schon gesagt, es handelt sich bei dem vermutlichen Tatort um einen großen Parkplatz. Außer den Birken ist dort nichts Hochragendes in der Nähe. Dennoch sagt Pfeffer, Rexeisen sei von hoch oben auf den Boden gefallen, aber keiner der Zeugen will einen Schrei gehört haben.«

»Keinen Schrei? Seltsam. Fast jeder, der irgendwo runterfällt, stößt doch unwillkürlich einen Schrei aus. Immerhin weiß ich jetzt, dass der Tote bekannt ist, das ist ja schon was. Trotzdem – niemand fällt so mir nix, dir nix aus den Wolken.«

»Wir glauben's ja auch nicht. Wahrscheinlich ist es nur eine Schutzbehauptung von Pfeffer. Genauso, wie dass der Mund vom Rexeisen zugeklebt gewesen sei. Wir haben nichts davon bemerkt. Der Spiritus-Hansi, wie Pfeffer allenthalben genannt wird, ist chronisch klamm und gerät leicht mal mit Leuten in Streit, denen er Geld schuldet oder die er anpumpt. Hat früher übrigens in den Wintersaisonen in den Häusern von Alarich Rexeisen hin und wieder als Sportwart gearbeitet. Aber er fliegt überall nach gewisser Zeit wieder raus, weil er zu viel säuft. Auch heute Morgen hatte er sich schon einen Frühschoppen im Kiosk neben dem Schulzentrum genehmigt. Er war total breit und ist rausgeschmissen worden.«

»Wann war das?«

»Der Anruf aus dem Kiosk kam vor etwa zwanzig Minuten rein, also so kurz nach halb zwölf. Heute ist überhaupt verdammt viel los. Vor einer Stunde haben mein Kollege und ich draußen vor dem Klammtunnel einen schweren Unfall mit Personenschaden aufgenommen. Ein Lkw mit einer Ladung Chemikalien ist umgekippt – direkt in den Gegenverkehr rein, vermutlich wegen überhöhter Geschwindigkeit. Einige Behälter mit ätzenden Substanzen sind ausgelaufen, eine junge Pendlerin ist in den Truck gekracht und schwebt jetzt in Lebensgefahr.«

»Das ist wirklich sehr bedauerlich, aber nichtsdestotrotz euer Bier. Zurück zum Toten. Er war also Hotelier?«

»Schon, allerdings hat er sich nach einem Schlaganfall vor zwei Jahren aus dem Touristikgeschäft weitgehend zurückgezogen. Seine drei Häuser, den Babenberger Hof, den Braugasthof Hubertus und die Pension Anneliese, führen jetzt andere. Ali Rexeisen war monatelang halbseitig gelähmt, nur mit enormer Willenskraft hat er es geschafft, die Lähmung teilweise zu überwinden. Am Stock konnte er zuletzt schon wieder kurze Strecken gehen, aber die Bewegungsfähigkeit der linken Hand hat er nicht mehr zurückerlangt. Was der deshalb mit Ärzten und Therapeuten aufgeführt hat, war oft tagelang Ortsgespräch.

In der letzten Zeit hat er sich dann nur noch darauf beschränkt, die Angestellten in seinem Maklerbüro zu nerven und an der Börse zu zocken. Letzteres war früher neben der Jagd übrigens seine große Leidenschaft, angeblich soll er dabei mehrmals ein goldenes Händchen bewiesen haben. Nun ja, der Teufel hilft ja bekanntlich seinen Leuten.«

»Das klingt nicht so, als sei dieser Rexeisen bei euch rasend beliebt gewesen?«

»Ich persönlich habe noch nie jemanden im Tal etwas Gutes über ihn sagen hören.« Die Antwort von Hofstätter ließ an Deutlichkeit nichts zu wünschen übrig. »Schon vor dem Schlaganfall war er ein Ekelpaket, aber in den letzten zwei Jahren ist er schlichtweg ungenießbar geworden.«

»Wenn er Schlaganfallpatient war, ist ein Sportunfall wohl eher auszuschließen«, dachte Max Haberstroh laut, ohne auch nur mit einem Wort auf die Schutzbehauptungstheorie einzugehen. »Haben die Augenzeugen vielleicht noch etwas anderes gesehen, was zur Aufklärung beitragen könnte? Aus einem Flugzeug wird Rexeisen ja kaum gefallen sein, oder?«

»Du ... du glaubst dem Pfeffer also?« Hofstätter war baff.

»Sagen wir es mal so: Welcher auf frischer Tat ertappte Totschläger würde sich so eine Geschichte ausdenken, die ihm jeder Gerichtsmediziner doch sofort um die Ohren haut?«, stellte Haberstroh die Gegenfrage. »Apropos Flugzeug: Habt ihr schon die Paragleiter-Tandemflüge gecheckt?«

»Wir haben schon nachgefragt, aber heute herrscht Nordföhn, da machen die Parataxis keine Tandemflüge. Hängegleiter- oder Gleitschirmflieger dürfen zwar aufsteigen, sofern sie über eine Fluglizenz verfügen, aber bei solchen Bedingungen würden es nur Dumpfbacken riskieren, vom Stubnerkogel oder Fulseck aus zu starten.«

Haberstroh hörte, wie jemand im Hintergrund etwas zu Hofstätter sagte, der sich gleich darauf wieder meldete: »Ich höre gerade, dass ein Ehepaar aus Köln einen auffälligen Heißluftballon in der Gegend beobachtet haben will. Ob das für unsren Fall von Bedeutung ist, wage ich zwar zu bezweifeln, aber die beiden haben zur selben Zeit auch den betrunkenen

Sandler über den Parkplatz schlurfen sehen. Allerdings haben sie ihn – um beim exakten Wortlaut zu bleiben – nicht als Sandler, sondern als Penner bezeichnet.«

»Das ist in der Tat von essenzieller Bedeutung«, feixte Haberstroh. »Okay, Sepp. Dann sorg jetzt bitte dafür, dass die Touristen und Johann Pfeffer auf dem Posten sind, wenn unsre Leute bei euch eintreffen. Wird so in einer Stunde sein.«

»Wird gemacht, Herr Bezirksinspektor. Nur zur Warnung: Ab der Alten Maut werdet ihr euch bis zum Klammtunnel an einem Mordsstau vorbeikämpfen müssen. Gleich hinter dem Tunnel hat die Feuerwehr einen Schaumteppich über den kontaminierten Bereich gelegt, die Straße ist dort nur einspurig und im Schritttempo befahrbar, und die Aufräumarbeiten dauern immer noch an.«

»Wunderbar, ich werd's ausrichten.«

4   NIEMAND HÄTTE Hofstätter oder dem neuen Postenkommandanten, Gruppeninspektor Matthias Höllteufel, sagen müssen, wer da eben im grauen Audi RS4 das ehemalige Bezirksgericht passiert und auf dem Parkplatz vor dem Hofgasteiner Gendarmerieposten gehalten hatte. Der kleine Mann mit der melancholisch wirkenden Albert-Einstein-Physiognomie war jedem Gendarmen und Polizisten in Westösterreich ein Begriff, seine abgewetzte Lederjacke besaß längst Kultstatus. Nicht einmal eine Handvoll Kriminalbeamter war als Ermittler so erfolgreich wie Oskar Jacobi, trotzdem hatte es der Mittvierziger erst zum Major gebracht. Der langsame Aufstieg war jedoch kaum seinen Fähigkeiten anzulasten, sondern schon eher seiner gelegentlichen Missachtung österreichischer Spielregeln und Gepflogenheiten. Dass sich der Chef, wie er intern im Referat 112 genannt wurde, gerade deshalb den Respekt vieler Kollegen erworben hatte, wussten mittlerweile auch die Landgendarmen.

Jacobis Beifahrer, ein Hybrid aus Schwergewichtsrangler und andalusischem Kampfstier, hatte vielleicht nicht ganz den

Bekanntheitsgrad seines Vorgesetzten, dennoch war Chefinspektor Leo Feuersang für das A-Team des Referats 112, dem sogenannten Sechserpack, ebenso unverzichtbar wie Jacobis Lebensgefährtin Leutnant Melanie Kotek, der ehemalige MEK-Offizier Oberleutnant Lorenz Redl, der Innendienst-Chef Hans Weider und Feuersangs Busenfreund Max Haberstroh.

Auf dem Parkplatz hatten sich an diesem Tag schon etliche Passanten versammelt. Alle wollten von den heimischen Gendarmen Infos ergattern. Die Kunde vom gewaltsamen Tod Alarich Rexeisens hatte sich in kürzester Zeit wie ein Lauffeuer im ganzen Gasteiner Tal verbreitet.

Der Verdächtige Johann Pfeffer und die Augenzeugen Wilhelm und Dorothea Lesch aus Köln waren bereits vor Ort. Die beiden winzigen Wachzimmer waren nichts für klaustrophobe Naturen, verglichen damit wirkten sogar die Büros des Referats 112 wie großzügige Seminarräume. Jacobi schmunzelte kurz bei dem Anblick, der sich ihm bot.

Nach der ersten Begrüßung der Kollegen wandte er sich den Zeugen zu und bat die beiden Deutschen, vorerst Platz zu behalten. Nach einem kurzen Blickwechsel mit Feuersang schnappte der sich einen Sessel und setzte sich rittlings darauf, Nase an Nase mit Pfeffer.

Dem rothaarigen Gelegenheitsarbeiter war der langjährige Alkoholmissbrauch auf den ersten Blick nicht anzusehen. Leute seines Hauttyps wiesen häufig auch dann eine rosige Gesichtsfarbe auf, wenn sie nicht tranken. Pfeffer war noch keine fünfzig, wie Jacobi mit einem raschen Seitenblick auf seinen Meldezettel feststellte, und schien über gute Gene zu verfügen, da die Volksdroge es noch nicht geschafft hatte, ihn zu zerstören.

»Also, Hansi, wie ist die Sache denn jetzt gelaufen?«, begann Feuersang freundlich. »Und tisch uns keine Märchen auf. So etwas merken wir sofort, und das wäre für dich dann wirklich scheiße. In der U-Haft gibt es für Leute wie dich wochenlang keinen Tropfen. Das würdest du nie und nimmer durchhalten, und das weißt du auch. Deshalb jetzt raus mit der Sprache: Was hast du mit dem Tod von Rexeisen zu tun?«

»N… nichts, gar nichts! Aber das hab … hab ich ja alles schon dem Sepp erzählt und dann noch … noch ein Mal dem Hias.«

»Dann erzählst du es uns jetzt eben noch ein drittes Mal. Hattest du heute oder in letzter Zeit irgendeinen Streit mit dem Rexeisen? Du warst ja ab und an als Hilfsarbeiter bei ihm gemeldet.«

»N… nein, im Gegenteil, er ha… hat immer mal wieder 'n Zehner rüberwachsen lassen, a… auch dann, wenn ich nicht bei ihm angestellt war.«

»Und weil er das heute nicht mehr konnte, wolltest du dich am Parkplatz selbst bedienen?«, blies Feuersang zur Attacke.

»Ja – nein, nein! Blödsinn! Ich wo… wollte nur sehen, ob er noch atmet. Er ist doch quasi vom Himmel gefallen und gleich vor mir auf den Boden geknallt. Aber man musste kein Arzt sein, um zu sehen, dass er hinüber war.«

Bei den letzten beiden Sätzen hatte Pfeffer kaum mehr gestottert, was Feuersang nicht entgangen war. »Eben hast du noch gesagt, du wolltest nachsehen, ob er noch atmete.«

»Ich hab das Paketklebeband von seinem Mund abgemacht, und im selben Moment hab ich mich an den großen Schatten erinnert.«

»Welchen Schatten?«, fragte Feuersang.

»Der Schatten, der kurz davor über den Parkplatz gezogen ist. Deshalb hab ich doch –«

»Jetzt komm halt nicht schon wieder mit dem Schauermärchen vom Klebeband und vom Schatten!«, fiel ihm diesmal Hofstätter ins Wort, verstummte aber nach dem energischen Wink Feuersangs, der aufs Geratewohl ergänzte: »Wegen dem Schatten hast du also nach oben geschaut?«

Pfeffer nickte. »Ja, da war dieser große bunte Ballon.«

»Den haben meine Frau und ich übrigens auch gesehen«, mischte sich nun der Kölner Tourist Wilhelm Lesch ein. »Was aber nichts daran ändert, dass der Mann da dem Toten in die Taschen gefasst hat.«

»Wie spät war es da?«

»Halb zwölf«, antwortete Lesch wie aus der Pistole geschossen. »Ich hab auf die Uhr geguckt.«

»Also ist der Schatten vielleicht doch nicht nur ein Schauermärchen?«, meinte Feuersang mit einem raschen Seitenblick in Richtung Hofstätter.

Dessen Pfirsichteint verdunkelte sich zu sattem Purpurrot. »Bleibt immer noch die Leichenfledderei«, wandte er halb trotzig, halb beschämt ein.

Als das Telefon klingelte, hob Höllteufel ab. Bürgermeister Kurz war dran. Er wollte seriös über die Vorgänge in seiner Gemeinde informiert werden, aber Höllteufel vertröstete ihn mit dem Versprechen, in einigen Minuten zurückzurufen. Er hatte kaum aufgelegt, als schon der nächste Anruf einging.

Der Beamte hörte dem Gesprächspartner aufmerksam zu, aber noch ehe er eine Frage anbringen konnte, hatte dieser schon wieder aufgelegt. Höllteufels einigermaßen ratloser Blick suchte Jacobi.

»Ein Tourengeher am Südhang des Kalkbretterkogels. Seine Handynummer war unterdrückt, er hat keinen Namen genannt und ganz offensichtlich mit verstellter heiserer Stimme gesprochen. Er sagt, in der Ecklgruben soll ein Heißluftballon runtergegangen sein, vermutlich notgelandet.«

»Und warum wählt er dann nicht die 112 oder die 133, sondern ruft direkt den Posten Hofgastein an?«, fragte Jacobi nachdenklich, wobei er dem Umstand, dass der Anrufer nicht ausgeforscht werden wollte, vorläufig noch keine gesteigerte Bedeutung beimaß. Viele Leute, die über Notruf einen Unfall meldeten, verhielten sich so.

»Wahrscheinlich jemand, der den hiesigen Gendarmen die bessere Ortskenntnis zutraut und darüber hinaus keine Scherereien haben will«, erklärte Höllteufel, dessen Gedanken in dieselbe Richtung gingen.

Jacobi wollte schon einwerfen, dass ihm die Lage der Ecklgruben durchaus bekannt war, da läutete es schon wieder. Diesmal erschien das Logo der Notrufzentrale St. Johann auf dem Display. Höllteufel drückte die Lautsprechertaste.

»Revierinspektor Leitner, Sankt Johann im Pongau. Die Pilotin eines Heißluftballons hat eben eine Notlandung gemeldet. In eurem Ortsgebiet hart an der Grenze zum Rauriser Tal. Sie hat uns ihre Koordinaten schon durchgegeben, es dürfte sich um das Hochkar Ecklgruben zwischen Erzwies und Kalkbretterkogel handeln.«

»Danke, Franz, das nenn ich prompten Service«, erwiderte Höllteufel.

»Moment mal, das ist noch nicht alles. Die beiden Pilotinnen sind Frau Evelyn Lohbauer und Frau Lara Kronreif. Sie vermissen zwei ihrer vier Passagiere und — jetzt haltet euch fest! — klagen außerdem über einen Filmriss von mehreren Stunden. Sie wissen nur mehr, dass sie um neun Uhr auf der Postalm gestartet sind, Kurs Südsüdwest. Dann haben sie das Bewusstsein verloren und es ihrer Aussage nach erst wiedererlangt, als der Ballonkorb schon im Tiefschnee der Ecklgruben saß. Da war es schon Viertel nach zwölf.«

»Bist du gelähmt! Das hört sich ja nach einem ganz dicken Hund an«, sagte Höllteufel leise, aber deshalb nicht weniger bestürzt.

»Heißt einer der fehlenden Passagiere zufällig Alarich Rexeisen?«, schaltete sich Jacobi ein. Der Beamte am anderen Ende der Leitung stutzte kurz, als er plötzlich die zweite Stimme hörte, antwortete dann aber doch, da er den Sprecher erkannte.

»Allerdings, Herr Major. Der Rexeisen ist uns Pongauern natürlich ein Begriff. Aber auch den zweiten Vermissten kennen wir, es handelt sich um Rexeisens Prokuristen Lars Viebich. Von ihm muss die Kurzski-Spur stammen, die vom notgelandeten Ballon wegführt, Rexeisen ist ja halbseitig gelähmt.«

»Sie denken rasch und ziehen die richtigen Schlüsse, Kollege«, lobte Jacobi, ohne zu kommentieren, dass Leitner ihn ausschließlich an der Stimme erkannt hatte. »Mich wundert nur, dass man da oben im Nirgendwo eine Handyverbindung bekommt.«

»Kommunikationstechnisch befinden sich die Ballonfahrer ganz und gar nicht im Nirgendwo, Major. Sie haben freien Blick auf den Sender Stubnerkogel. Außerdem wurde über ein Spezialhandy angerufen, und man hätte sogar auf ein Funkgerät zurückgreifen können.«

»Noch eine Frage zur Landung: Kann man schon sagen, wie sie verlaufen ist? Ich meine, ist der Ballonkorb dabei umgekippt? Das soll ja nicht gerade selten vorkommen.«

»Ganz im Gegenteil. Die beiden Pilotinnen haben ausdrücklich betont, jemand habe eine Bilderbuchlandung hingelegt – ganz ohne ihre Hilfe, da sie zu diesem Zeitpunkt ja noch immer ohne Strom waren, wie sich Frau Lohbauer ausgedrückt hat. Nach eigener Aussage hat sie als Erste das Bewusstsein wiedererlangt, dann Leonie Rexeisen, die Gattin des vermissten Hoteliers, gleichzeitig mit Frau Kronreif, die erste Pilotin und Chefin der ›Ballooning Escort GesmbH‹, und zuletzt der Hausmeister Florian Kerschhackl. Apropos Landung: Eine Bergung mit dem Verfolgerfahrzeug halten die beiden für unmöglich, weil –«

»Schon klar, Franz«, sekundierte Höllteufel. »Zurzeit kommt man ja höchstens mit Skidoos zur Gadaunerer Hochalm oder gar in die Ecklgruben rauf. Wegen der Felswände unterhalb des Kars gelangt man sowieso nur von oben dorthin, vom Breitfeldboden aus, einem Höhenrücken unterhalb des Kalkbretterkogels, aber auch dieser Weg ist nur im Sommer und mit Spezialfahrzeugen möglich.«

Die Erläuterungen waren nicht für den Kollegen Leitner bestimmt gewesen, der die Gegebenheiten ohnehin kannte, sondern für den vermeintlich ortsunkundigen Jacobi, der darauf verzichtete, Höllteufels Irrtum richtigzustellen.

»Eine Bergung kommt ohnehin erst in Frage, wenn die Spusi oben war«, verfügte Jacobi stattdessen. »Ich hoffe, ihr habt den Bruchpiloten gesagt, dass sie beim Ballon zu bleiben haben. Revierinspektor Leitner?«

»Natürlich haben wir das, Major«, versicherte der Gefragte ein wenig verschnupft, schließlich war er kein heuriger Hase mehr.

»Gut. Es ist jetzt vierzehn Uhr dreißig, sollte also noch lange genug hell sein. Schickt uns am besten den Schönleitner mit dem Hubschrauber her, er soll Feuersang und mich am Parkplatz vom Wintersportzentrum Angertal aufnehmen und ins Kar rauffliegen. Anschließend ist die Spurensicherung dran, bis dahin sollte sie ja hier sein.«

Terrier Jacobi hatte mal wieder Witterung aufgenommen. Schon während der Anfahrt hatte er sich von Höllteufel ausführlich über den Toten informieren lassen. Rexeisen, so dieser, sei ein ausgesprochener Machtmensch gewesen, der keine größere Freude gekannt habe, als anderen seinen Willen aufzuzwingen. *Divide et impera!*, so habe seine mit Erfolg praktizierte Devise gelautet. Regelmäßig habe er die Versuche pragmatischer Gasteiner Kommunalpolitiker und Hoteliers, doch endlich gemeinsam an einem Strang zu ziehen, um eigener Vorteile willen vereitelt. Zwar war am Beispiel Enns-Pongau bereits anschaulich bewiesen worden, wie man durch einheitliches Auftreten Projekte vorantreiben konnte, aber Egomanen, wie Rexeisen einer gewesen sei, hätten leider dafür gesorgt, dass die Gasteiner Entscheidungsträger sich immer wieder heillos zerstritten.

Nun, selbst bei einem mustergültigen Ekelpaket wie Alarich Rexeisen bestand theoretisch die Möglichkeit, dass er wegen seiner schweren Behinderung depressiv geworden und viele hundert Meter über Bad Hofgastein in den Tod gesprungen war, aber eben auch nur sehr theoretisch. Angesichts der bizarren Begleitumstände wie der Betäubung der Besatzung und dem Verschwinden von Viebich hatte man in jedem Fall von einem Kapitalverbrechen auszugehen, an dem wenigstens ein Täter oder eine Täterin beteiligt gewesen sein musste.

5   PANKRAZ SCHÖNLEITNER, der Hubschrauberpilot, setzte die Libelle vom Typ Bel Augusto Jet-Ranger exakt um fünfzehn Uhr dreißig in der Nähe der kleinen winterfesten Ecklgruben-Hütte in den weichen Märzschnee – in sicherer Entfernung zum Ballonkorb, der sich laut GPS-Koordinaten ein gutes Stück links vom zugeschneiten Ecklgrubensee befinden musste. Man hätte durchaus einen anderen Landeplatz wählen können, in dem weitläufigen Kar wäre genügend Platz gewesen, aber Jacobi wollte ein allfälliges Verwischen von Spuren durch den Hubschrauberrotor tunlichst vermeiden. Schon beim Anflug war ihm die luftentleerte Ballonhülle aufgefallen. Sie lag im Schnee und zeigte der Länge nach ins Tal hinunter, als

wäre der Heißluftballon von der Bergseite her, aus südwestlicher Richtung kommend, im Hochkar gelandet. Tatsächlich aber musste er bei den gegebenen meteorologischen Umständen aus Nordnordost eingeschwebt sein, also gab es nur eine Schlussfolgerung: Jemand musste die Hülle an den Lastbändern über den Korb hinweg auf die andere Seite gezogen haben.

Längst standen Jacobi und Co. per Handy in ständiger Verbindung mit Lara Kronreif, der Chefin der »Ballooning Escort GesmbH«, und hielten sie auf dem Laufenden. Bisher gab es nur Vermutungen, aber keinen konkreten Verdacht, womit die Luftfahrer für mehrere Stunden außer Gefecht gesetzt worden sein könnten. Neben GHB, Flunitrazepam, Diazepam und anderen Benzodiazepin-Derivaten, die richtig dosiert den gewünschten Effekt erzielt hätten und in kriminellen Kreisen gern Verwendung fanden, kam noch wenigstens ein Dutzend anderer Sedativa in Betracht.

Immerhin hatte sich niemand von den vier Personen im Ballonkorb verletzt, und selbstverständlich war eine Crew, deren Job es war, ihre Gäste in jeder Hinsicht zu verwöhnen, auch ausreichend mit Decken, Getränken und Imbissen versorgt. Dagegen waren Informationen, die zur Erhellung der Ereignisse um den tödlichen Absturz von Rexeisen hätten beitragen können, Mangelware. Sowohl den Pilotinnen als auch den Passagieren war es beispielsweise ein Rätsel, wie ein Paar Tourenski ungesehen an Bord hatte gelangen können. Tourenski, auf denen Viebich die Ecklgruben in Richtung Breitfeldboden und Gadaunerer Hochalm verlassen haben musste.

Während die Libelle wieder abhob, öffnete Feuersang das Vorhängeschloss an der Hüttentür mit einem Spezialbesteck. Die Erlaubnis hatte er natürlich zuvor beim Hüttenbesitzer eingeholt. Jacobi war inzwischen durch den knietiefen Schnee Richtung Korb gestapft, und obwohl es in seinen Halbschuhen rasch unangenehm nass und kalt geworden war, hatte er doch bei jedem Schritt sorgfältig auf seine Umgebung geachtet.

Was er schon von oben aus dem Hubschrauber zu sehen geglaubt hatte, fand er nun durch Spuren im Schnee bestätigt: Jemand hatte die Ballonhülle, nachdem die Heißluft entwichen und die Gefahr einer Versetzung durch Windböen nicht mehr gegeben war, von der Bergseite über Kopf auf die Talseite gezogen und sie dort mit Ballastsäcken gesichert. Dieser Jemand war, nach den Fußstapfen zu urteilen, ein Mann gewesen – oder eine Frau mit überdurchschnittlich großen Füßen.

Ähnlich Schwammiges galt für die Tourenski-Fährte, die von einem wahren Spurenchaos rund um den Korb fort in Richtung Breitfeldboden führte. Ob sie von einem Mann oder einer Frau stammte, konnte niemand definitiv sagen. Gendarmerieoberleutnant Lorenz Redl, ein Ass im Spurenlesen, wäre dazu vielleicht in der Lage gewesen, war aber leider draußen im Tennengau an einem anderen Fall dran und – laut Oberst Dürnberger – unabkömmlich.

Und noch etwas frustrierte Jacobi: Um den Korb des Heißluftballons herum befanden sich auffällig viele Trittsiegel im Schnee, und einige Male schien auch uriniert worden zu sein. Ein nur logisches Bedürfnis nach stundenlangem Aufenthalt im Ballonkorb, aber wenn an die betäubten Balloninsassen Substanzen verabreicht worden waren, würden diese über die Blutentnahme kaum noch nachzuweisen sein. Er vermutete, dass dafür wahrscheinlich schon zu viel Zeit vergangen war.

Die drei Frauen und der verlebt wirkende Feschak Kerschhackl waren in winterfeste Kleidung gehüllt, aber der feuchtkühle Nordföhn und der stundenlange Aufenthalt in großer Höhe hatten ihnen zugesetzt. In dem Manilarohr-Geflecht traten sie von einem Fuß auf den andern und blickten Jacobi stumm und erwartungsvoll entgegen.

Auf der Fahrt nach Bad Hofgastein und später am Gendarmerieposten hatte er nur wenig Zeit gehabt, sich mit den Daten der Zeugen vertraut zu machen, aber die wichtigsten waren verlässlich in seinem Elefantengedächtnis gespeichert – ein Phänomen, das Lebensgefährtin Melanie regelmäßig Anlass zur Kritik gab, denn auf privatem Terrain ließ Jacobis Erinnerungsvermögen hin und wieder durchaus zu wünschen übrig.

Da war zuerst einmal die Firmeninhaberin von »Ballooning Escort«, Lara Kronreif, geborene Bergmann. Sie stammte aus

St. Johann im Pongau, war vierunddreißig, gelernte Buchhalterin, bereits in den Neunzigern für Escort-Agenturen auf großen Messen tätig sowie später kurz mit dem Münchner Schickeria-Anwalt Helmut Kronreif verheiratet gewesen und vor drei Jahren einvernehmlich geschieden worden, nachdem ihr Mann noch Geburtshilfe bei der Gründung des Luftfahrer-Escort-Service geleistet hatte.

Die um acht Jahre jüngere Evelyn Lohbauer aus Ried im Innkreis war auf einer jener einschlägigen Messen von Kronreif für »Ballooning Escort« angeworben worden, hatte aber schon Jahre davor ihr Studium an der Pädagogischen Hochschule sausen lassen. Als Mittzwanzigerin war sie bereits eine der Dienstälteren im Escort-Gewerbe, da sie schon als Schülerin gelegentlich für Agenturen gejobbt hatte, für die auch ihre spätere Chefin tätig gewesen war. Von Zeugenaussagen über renitente Kunden abgesehen, waren sie und Kronreif bei keiner österreichischen Exekutivbehörde aktenkundig.

Wesentlich interessanter war da schon Leonie Rexeisen, geborene Glirsch, aus Straß in der Südsteiermark. Sie war vierzig, Buchhalterin wie Kronreif, aber anders als die Escort-Chefin schon dreiundzwanzig Jahre lang in ihrem Beruf tätig. Erst hatte sie für eine Steuerberatungskanzlei, später dann für Gasteiner Touristikbetriebe gearbeitet, ehe der zehn Jahre ältere Witwer Rexeisen sie zur Frau genommen hatte – wohlgemerkt erst nach seinem schweren Schlaganfall. Jeder in Gastein wusste, dass ausschließlich die Behinderung der Grund für seine zweite Heirat gewesen war. Mit der Ehe hatte er seine unterbezahlte Buchhalterin und Hotelmanagerin auch noch zur Leibsklavin gemacht. Zuvor war Leonie Glirsch jahrelang seine stets verfügbare Geliebte gewesen. Obwohl sie bei wichtigen Geschäften immer an seiner Seite war, hatte trotzdem nie die reale Chance für sie bestanden, jemals Frau Rexeisen zu werden – jedenfalls so lange nicht, wie er gesund gewesen war und – Zitat Höllteufel – der Zeiger noch auf der Zwölf gestanden hatte. Nach der Heirat vergalt er ihr die Loyalität mit noch krasserer Lieblosigkeit als schon zuvor. Aber nicht nur das: Statt, wie es die ländlich-sittliche Gepflogenheit war, stets die Fassade aufrechtzuerhalten, zelebrierte Rexeisen die Demütigungen seiner Frau mit Vorliebe in der Öffentlichkeit.

Nun, jetzt hatte auch dieses Kapitel ein Ende gefunden, und Jacobi musste an keine Statistik erinnert werden, um die Witwe des kinderlosen Rexeisen im Ranking der Verdächtigen weit vorn einzureihen. Daran änderte auch nicht, dass sie noch nie erkennungsdienstlich erfasst worden war und auf den ersten Blick eine blütenweiße Weste hatte.

Doch auch Florian Kerschhackl, siebenunddreißig, ledig und aus Bad Hofgastein, gab einen ziemlich schillernden Zeugen ab. Vater Cyriak war Direktor der Bauernbank, dessen Bruder Herrenbauer auf dem für Innergebirgsverhältnisse sehr ansehnlichen Rohracher-Erbhof, Vater und Onkel waren in etlichen Aufsichtsräten vertreten. Trotz seiner Wurzeln im Gasteiner Bauernadel hatte der antriebsschwache Junior Florian bisher jedoch nicht viel auf die Reihe gebracht: ein verschlepptes BWL-Studium, eine unrühmlich beendete Karriere als Bankkaufmann und der darauf folgende Bruch mit dem Vater wiesen ihm deutlich den Weg in ein nicht besonders erfolgreiches Leben.

Seither war Flo, wie er von seinen Freunden und Bekannten genannt wurde, Hausmeister und Mädchen für alles bei Rexeisen gewesen. Gerüchten zufolge war er ihm fast hörig gewesen und hatte bei ihm hoch in der Kreide gestanden. Die einen behaupteten, der verblichene Rexeisen habe die Kokainsucht seines Hausls, ein unseliges Erbe aus Studententagen, nicht nur toleriert, sondern zum Teil auch finanziert. Andere hingegen glaubten zu wissen, dass Flo Kerschhackl seinen Arbeitgeber gerade wegen dieser Abhängigkeit abgrundtief gehasst hatte, und wieder andere munkelten, alle vier, die sich zur Fahrt im Heißluftballon verabredet hatten, namentlich Alarich und Leonie Rexeisen, Flo Kerschhackl und Lars Viebich, würde ein düsteres Geheimnis aneinanderketten.

Jacobi seufzte in sich hinein. In der Kürze der Zeit war leider nicht zu eruieren gewesen, welches Geheimnis damit gemeint sein könnte. Wäre ja auch zu schön gewesen, wenn man den Fall ruck, zuck hätte klären können. Immerhin hatte Höllteufel versprochen, diesbezüglich eine Bekannte anzuzapfen, der, so der Beamte, kaum eine zwischenmenschliche Verwerfung im Gasteiner Tal verborgen blieb.

Einstweilen sah alles – trotz einer überschaubaren Anzahl von Tatverdächtigen – jedoch ganz nach üblicher Knochenarbeit aus: Vernehmungen, Motivsuche und -bewertung, Sondierung von Indizien und Spusi-Erkenntnissen, Zeitvergleiche, weitere Befragungen, Beweisführung und dazwischen, davon war auszugehen, immer wieder Lügen, Lügen, Lügen. Viele Zeugen logen einfach nur, um gar nicht erst in Verdacht zu geraten, und wollten partout nicht begreifen, dass sie damit nicht wie beabsichtigt sich selbst, sondern den oder die Täter schützten. Wenigstens konnte sich diesmal kein in Frage kommender Täter mit falschen Alibis aus der Affäre ziehen, denn als Rexeisen in die Tiefe stürzte, mussten weitere fünf Personen mit an Bord des Heißluftballons gewesen sein. Punkt.

Die Szenarien am Parkplatz der Bergbahn-Talstation und hier oben in der Ecklgruben vermittelten somit auf den ersten Blick ein klares, eindeutiges Bild: Jemand von den fünfen, vermutlich der flüchtige Viebich, hatte es irgendwie geschafft, der Ballon-Besatzung vor dem Start auf der Postalm eine betäubende Substanz einzuflößen. Während diese zu wirken begonnen hatte, war der Ballon aufgestiegen und hatte, getrieben vom Nordföhn und mit einer größtenteils besinnungslosen Besatzung an Bord, die vorausberechnete Route genommen. So war es dem Täter nicht nur möglich gewesen, Rexeisen – aus welchen Motiven auch immer – über Bad Hofgastein spektakulär abstürzen zu lassen, sondern anschließend auch sicher in einem Hochkar des Angertals zu landen. Mit einer Mehrtätertheorie mochte Jacobi sich erst gar nicht anfreunden, denn eins stand für ihn fest: Wer sich so ein Ding ausdachte, der zog es mit größter Wahrscheinlichkeit auch allein durch.

Warum dann aber der ganze Aufwand, wenn man sich wie in Viebichs Fall durch die Flucht sofort selbst als Täter enttarnte? Oder umgekehrt: Wenn dem Täter nur die Tat wichtig, das eigene Schicksal aber egal gewesen war, warum war er dann überhaupt noch geflohen?

Falls es für den Mörder zweitrangig war, unerkannt zu bleiben, hätte Rexeisen ja auf beliebige Art an einem beliebigen Ort umgebracht werden können. Aber nein, der Täter hatte ganz bewusst diese Vorgangsweise gewählt, um etwas zu demonstrieren. Schließlich hätte man den wehrlosen Hotelier ja irgendwo in der Einöde und nicht gerade über dem Parkplatz von Bad Hofgastein abstürzen lassen können, wo er den großen Zampano gegeben hatte.

Jacobi hätte fraglos dem Klischee des schnapsnasigen dumpfen Provinzbullen entsprechen müssen, hätte er nicht begriffen, dass die Inszenierung des Mordes eine Chiffre für etwas anderes war. Hier ging es nicht um Geld, jedenfalls nicht vordringlich, sondern um Gefühle – und zwar um so große Gefühle, die das Risiko, erwischt zu werden, in die zweite Reihe zurücktreten ließen. Aber was für Gefühle waren das? Liebe, die in Hass umgeschlagen war? Eine schwere Kränkung? Rache für zugefügtes Leid? Blanke Wut über eine existenzielle Bedrohung oder vielleicht doch die explosive Vergeltung für jahrelange Demütigung? Vielleicht von allem etwas – oder aber doch etwas ganz anderes?

Jacobi blickte in die Gesichter der vier Ballonfahrer. War der Täter oder die Täterin unter ihnen? Vielleicht die rothaarige Chefin von »Ballooning Escort«, die mit ihrer üppigen Figur und der sinnlich-rauchigen Stimme in jeder Soap Opera, aber auch in jedem Porno eine Hauptrolle hätte spielen können? Oder der nicht unsympathische, aber von seinem Vater verstoßene Wuschelkopf Kerschhackl, der ein Frauenliebling und bis über die Ohren verschuldet war?

Die Favoritenstellung unter den vier noch Anwesenden nahm zweifellos die Witwe von Rexeisen ein, die zumindest materiell vom Tod ihres Mannes stark profitieren würde und der – trotz jahrelanger Bekanntschaft mit Rexeisen – erst nach der Heirat so richtig klar geworden sein musste, an welches Scheusal sie sich gebunden hatte. Zwar konnte die aparte Steirerin, was den Sex-Appeal betraf, nicht ganz mit der Escort-Chefin und deren knackigen Assistentin mithalten, aber die paar Eckdaten, die Jacobi von Rexeisens Gattin kannte, ließen erahnen, dass sie durchaus über andere, nicht minder wertvolle Qualitäten verfügte. Evelyn Lohbauer wiederum war als Mörderin nur schwer vorstellbar. Es fehlten die Anknüpfungspunkte, sie passte in kein Schema. Da musste Weider unbedingt noch Nachlese halten. Wenn es irgendwelche Zusammenhänge mit Rexeisen gab, würde der IT-Profi Weider sie finden. Oder steckte doch der nicht greifbare Lars Viebich hinter dem Plan? Angaben zufolge war er sechsunddreißig, Single, aus Spittal an der Drau, Rexeisens Prokurist und rechte Hand im Maklerbüro. Zwar war er ebenso wie Lohbauer ein unbeschriebenes Blatt, war aber durch sein Verschwinden zum Hauptverdächtigen avanciert. Auch über ihn hatte Jacobi eigentlich nichts erfahren, das für den Fall relevant hätte sein können. Viebichs bisherige Vita war so beliebig und spießig wie tausend andere auch. Die Eltern besaßen einen Bauernhof in Stockenboi, einem Seitental des Drautals, und waren in den Neunzigern durch ihren Kärntner Gourmet-Schinkenspeck und die Kooperation mit einem Fleischwarenerzeuger zu Wohlstand gelangt. Auch der Sohn schien, obwohl mit Flo Kerschhackl befreundet, in seinem Beruf ausgesprochen tough und erfolgreich zu sein. Als Single und ohne Unterstützung von zu Hause hatte er sich ein schuldenfreies Landhaus in der Nähe von Spittal gebaut und hielt darüber hinaus noch Beteiligungen an verschiedenen Immobilienfonds. Seine beiden Hobbys, die er sich neben der Arbeit gönnte, kosteten ihn einen Pappenstiel. Viebich war begeisterter Freerider und Mitglied beim Hofgasteiner Judo-Verein. Hatte er sich vielleicht mit seinem Chef und Mentor überworfen? Aber wenn ja, warum? Doch Kaffeesudleserei nützte nichts, vom Referat 112 wurden schlussendlich nur der Nachweis und die Auswertung von Fakten erwartet.

Jacobi zückte unnötigerweise seinen Ausweis und hielt ihn der Rothaarigen, die ihm am nächsten stand, unter die Nase. »Major Jacobi vom Landesgendarmeriekommando Salzburg, Kriminalabteilung Delikte gegen Leib und Leben. Ich habe mit Ihnen telefoniert, Frau Kronreif?«

»Das haben Sie«, bestätigte die Angesprochene lächelnd. »Ich muss schon sagen, dass mir ein Mann bei der Begrüßung auf die Schuhe starrt und nicht auf den Busen, das erlebe ich heute zum ersten Mal.«

Jacobi hatte unbewusst die Schuhgrößen der Ballonfahrer abgeschätzt, verzichtete nun aber darauf, die launige Bemerkung Kronreifs zu kommentieren, sondern zeigte zum Unterstand hinüber. »Dort drüben an der Hütte sehen Sie meinen Kollegen, Chefinspektor Leo Feuersang. Ich darf Sie bitten, zu ihm hinüberzugehen – einer nach dem andern – und dabei genau in meine Fußstapfen zu steigen, die ich grad hinterlassen habe. Das soll keine Schikane sein, ich möchte nur der Spurensicherung die Arbeit erleichtern. In der Hütte wird dann die erste Vernehmung zum Tod von Alarich Rexeisen stattfinden.« Der Ermittler beobachtete die vier bei diesen Worten mit Argusaugen, sah aber nur totale Überraschung oder Bestürzung in den Gesichtern.

Leonie Rexeisen verließ den Ballonkorb als Erste. »Ali ist … tot?«, flüsterte sie heiser. »Was … was ist passiert?«

»Ihr Mann, Frau Rexeisen, oder besser gesagt, sein Leichnam wurde am Parkplatz der Talstation Schlossalmbahn gefunden. Zeugenaussagen legen den Schluss nahe, dass er buchstäblich vom Himmel gefallen ist. Leider haben wir noch keine Ahnung, wie es zu dieser Tragödie kommen konnte.« Jacobis Blick, sonst zumeist sanft und verhangen, war stechend auf die frisch gebackene Witwe gerichtet, aber die ließ sich außer Betroffenheit nichts anmerken – weder Genugtuung noch tränenreiche Trauer. Leonie Rexeisen hob nur die Schultern, wohl um zu demonstrieren, dass sie ebenso wenig Ahnung hatte wie die Ermittler, was den Tod ihres Mannes betraf.

Als Kronreif an Jacobi vorbeistapfte, stellte er sie verärgert zur Rede: »Ich dachte eigentlich, ich hätte mich vorhin am Handy klar ausgedrückt? Ich hatte verlangt, dass Sie am Landeplatz nichts verändern sollen. Die Ballonhülle kann nach der Landung nicht so gelegen haben wie jetzt.«

»Sie schnauzen die Falsche an, Herr Major«, sagte die Chefin von »Ballooning Escort« nicht im Geringsten irritiert. »Als ich wieder zu mir kam, hat die Hülle schon genau so wie jetzt dagelegen. Natürlich ist mir das ebenso aufgefallen wie Bi-Bee.

Sie ist vor mir aus der Ohnmacht erwacht und hat mich gleich drauf hingewiesen.«
»Wer, bitte, ist Bibi?«
»Sie heißt Bi-Bee! Die Betonung liegt auf der zweiten Silbe. Und Bi-Bee ist der Künstlername von Frau Lohbauer. Meine Mädels haben alle Künstlernamen wie Chantal, Sandrine, Georgette und eben auch Bi-Bee.«
»Aha, und wie lautet Ihrer? Da Sie doch vor drei Jahren gemeinsam mit Frau Lohbauer diesen Escort-Service mit der besonderen Note aufgebaut haben, führen Sie doch sicher auch so einen Künstlernamen.« Jacobi achtete sorgsam darauf, bloß nicht ironisch zu klingen.
»Sie haben sich in der kurzen Zeit also schon schlaugemacht? Aber Sie haben natürlich recht mit Ihrer Vermutung: Meine Mädels nennen mich Sappho.« Damit ließ sie ihn stehen und folgte Leonie Rexeisen, die bereits auf die Hütte zu stapfte.
Ausnahmsweise ließ Jacobi Kerschhackl und Lohbauer passieren, ohne sie dem sogenannten Käsetest zu unterziehen, wie das erste Abklopfen von Zeugen im Ermittlerjargon bezeichnet wurde.

6   DIE ECKLGRUBEN-HÜTTE war keine Schutzhütte im eigentlichen Sinn, eher eine Notunterkunft mit äußerst einfachem Inventar: Unmittelbar hinter der links angeschlagenen Tür bot eine roh gezimmerte Sitzecke knapp vier Leuten Platz, und hätte sich nicht hinten im Scherm ein Schlaflager versteckt, wäre die mit Stroh unterfütterte Pritsche rechts vom Tisch die einzige Übernachtungsmöglichkeit in der Hütte gewesen. Auch der schmalbrüstige Spind neben dem Durchlass zum Scherm schien nur für eine Person ausreichend, vermutlich war sie für den Senn gedacht, ebenso wie die einfache Kochmöglichkeit auf dem Kanonenofen rechts neben der Eingangstür.

Feuersang hatte mit sorgfältig zersplissenen Spänen und einer alten Zeitung in Rekordzeit Feuer gemacht, aber obwohl der Rauch schon seit Minuten zügig durch das ungestrichene Ofenrohr und ein Loch in der Seitenwand abzog, war es noch immer empfindlich kalt. Der Unterstand hatte monatelang leer gestanden. Auch die beiden vereisten Fenster, die eher Sichtluken waren, erinnerten an die fast arktischen Verhältnisse, die hier oben nicht selten herrschten, und ließen kaum Tageslicht in den kleinen Raum. Wenigstens diesem Mangel hatte Feuersang abhelfen können: Eine schrecklich rußende Öllampe, die er ausreichend gefüllt vorgefunden hatte, stand auf dem kleinen wackligen Tisch.

Sappho, Bi-Bee und Leonie Rexeisen setzten sich um den Tisch herum, Florian Kerschhackl verzichtete auf den einzigen noch freien Platz neben der Witwe und ließ sich stattdessen neben Jacobi auf dem Notbett nieder.

Dem am Spind lehnenden Leo Feuersang entgingen selbst kleine Animositäten wie diese nicht, auch wenn sie keinen Einfluss auf die Choreografie der Vernehmung hatten. Er legte seinen Rekorder neben die Lampe, schaltete ihn ein, nannte die relevanten Daten und Namen vorab und kehrte anschließend wieder an seinen Platz am Spind zurück.

»Alle Anwesenden«, begann er, »haben sich ab morgen auch für Einzelvernehmungen zur Verfügung zu halten, entweder hier am Gendarmerieposten Bad Hofgastein oder bei uns in Salzburg-Stadt, Franz-Hinterholzer-Kai Nummer vier, Referat 112. Ich denke, die Damen von ›Ballooning Escort‹ werden letztere Adresse wohl vorziehen, falls sie bis dahin wieder zu Hause sind.« Als abgesehen von unwilligem Gemurmel keine Einwände erfolgten, fuhr er fort: »Mittlerweile wurden Sie darüber informiert, dass Herr Alarich Rexeisen, Geschäftsmann und Hotelier aus Bad Hofgastein, während Ihrer Fahrt mit dem Heißluftballon ums Leben gekommen ist. Er ist aus großer Höhe vom Ballonkorb hinunter auf den Parkplatz der Bergbahn-Talstation gestürzt. Die exakte Todeszeit und weitere Details werden wir erfahren, wenn die Kriminaltechnik ihre Arbeit beendet hat. Der Leichnam Ihres Mannes, Frau Rexeisen«, er wandte sich nun direkt an die Witwe, »befindet sich bereits auf dem Weg ins Gerichtsmedizinische Institut Salzburg in der Ignaz-Harrer-Straße.«

Noch immer hatte Leonie Rexeisen keine einzige Träne um ihren so plötzlich und überraschend verschiedenen Mann vergossen. Feuersang registrierte die emotionslose Reaktion, hütete sich aber, sie überzubewerten. Unschuldige Angehörige, die unter Schock standen, waren oft außerstande, Trauer um den Ermordeten zu zeigen, dagegen hatte er Mörder am Sarg ihrer Opfer schon herzzerreißend weinen sehen.

»Dass Herr Rexeisen mittels Paketklebeband am Schreien gehindert worden ist, dürfte dagegen nicht allen bekannt sein«, fuhr Feuersang fast beiläufig fort, wobei er die Mienen der vier Zeugen scharf im Auge behielt. Aber weder er noch Jacobi konnten irgendeine verräterische Regung in einem der Gesichter ausmachen.

Also versuchte Feuersang es anders: »Hat jemand von Ihnen eine Erklärung dafür, warum der Mörder beziehungsweise die Mörderin diese Maßnahme für nötig befunden haben könnte, wo doch alle restlichen Balloninsassen ohnehin angeblich betäubt waren?«

Wieder kein Blinzeln, nicht einmal ein flüchtiger Lidschlag, nur fragende Blicke.

»Ich weiß nicht, ob es wichtig ist, aber Herr Rexeisen hat nicht an der vorgezogenen Sektzeremonie teilgenommen«, meldete sich schließlich Bi-Bee zu Wort. »Üblicherweise wird bei uns schon vor dem Start mit den Kunden —«

»Wir wissen über die kleine Änderung im Reglement Ihrer Ballonfahrten Bescheid«, klinkte sich nun Jacobi in die Vernehmung ein. »Womit hat Herr Rexeisen die Ablehnung des Sekts begründet?«

»Ali litt an einer angeborenen Alkoholunverträglichkeit«, erklärte die Witwe des Mordopfers, noch ehe das Edel-Callgirl antworten konnte. »Er trank nichts, das auch nur die geringste Menge Alkohol enthielt.«

»Wenn der Mörder das Betäubungsmittel also in den Sekt gemischt hat, war er über die Unverträglichkeit seines zukünftigen Opfers nicht im Bilde«, folgerte Feuersang.

»Oder die Mörderin wollte eben gerade diesen Eindruck erwecken, das Opfer doch nicht so gut zu kennen«, merkte Jacobi an und warf Leonie Rexeisen unverhohlen einen Blick zu. »Eine Frau kann locker einen schwer gehandicapten Schlaganfallpatienten überwältigen, auch wenn er nicht narkotisiert ist. Besonders wenn sie weiß, wie sie dabei vorzugehen hat. Vielleicht hat die Täterin ja von vornherein damit gerechnet, dass Rexeisen wach bleiben würde, oder es genau so geplant.«

»Was sehen Sie mich dabei so an?«, verwahrte sich Leonie Rexeisen gegen die offensichtliche Verdächtigung. »Ich habe meinen Mann nicht umgebracht. Das können Sie sich abschminken, es sei denn, Sie wollen unbedingt Zeit damit vergeuden, mir einen Mord anzuhängen, der mir nicht in den wüstesten Fieberträumen eingefallen wäre. Ja, Ali konnte ein richtiges Scheusal sein, das wissen Flo und ich nur allzu gut. Ich stand nicht nur ein Mal, was sage ich, hundert Mal kurz davor, eine Vase oder Flasche auf seinem Kopf zu zertrümmern, obwohl er doch eigentlich ein Krüppel war. Aber ihn ernsthaft zu verletzen oder gar zu töten – nein, das hätte ich nicht gekonnt, und wenn ich noch so oft die Gelegenheit dazu gehabt hätte. Immerhin habe ich ihn einmal geliebt. Und schon gar nicht wäre ich auf diese abgefahrene Ballonnummer verfallen, auch wenn Sie mir die jetzt anhängen wollen, weil das ja so bequem ist.«

»Wir verdächtigen niemanden, weil es bequem ist, Frau Rexeisen, sondern weil Motive und Indizien es nahelegen«, stellte Jacobi klar. »Und dass von nur fünf möglichen Tätern Sie aus dem Tod Ihres Gatten den größten Nutzen ziehen, das ist nun einmal ein Faktum.« Er wechselte einen Blick mit seinem langjährigen Mitarbeiter. Er sollte weitermachen.

»Frau Kronreif«, wandte sich Feuersang nun an die Chefin der Escort-Firma, »wir brauchen von Ihnen jetzt zunächst einmal vier Sachverhaltsdarstellungen. Erstens: Was genau hat man sich unter Ihrer Firma ›Ballooning Escort‹ vorzustellen? Zweitens: Wie sieht Ihr Werbekonzept aus, wie akquirieren Sie Ihre Kunden? Drittens: Wie und durch wen erfolgte die Buchung der heutigen Ballonfahrt? Und schließlich viertens: Schildern Sie uns doch bitte den Aufbruch von der Postalm und alles, was damit zu tun hat, sowie die geplante Route bis zum ursprünglichen Landeplatz.«

»Punkt eins ist schnell erklärt«, begann die Gefragte, während sie eine Straßenkarte aus einer Rucksacktasche zog und auf dem Tisch aufzufalten begann. »›Ballooning Escort‹ ist eine stinknormale GesmbH mit Begleit- und auch anderem Service. Letzteres hängt davon ab, wie weit die Mädchen gehen wollen. Das liegt ganz bei ihnen, ich misch mich da nicht ein. Unser Geschäftsmodell unterscheidet sich kaum von ähnlichen Betrieben dieser Art, nur dass wir zusätzlich die Ballonfahrten anbieten. Unser Markenzeichen und Alleinstellungsmerkmal, das – wie unsre Steuererklärung beweist – ausgesprochen goutiert wird. Die Mischung aus Adrenalinkick, Panoramablick und Erotik kommt bei unseren Kunden sehr gut an.«

»Wo ist Ihr Firmensitz und Hauptstützpunkt?«

»Der befindet sich in Abersee am Wolfgangsee, aber unsre Mädchen wohnen in Strobl oder in Salzburg-Stadt, wo sich auch unser Büro befindet. Und um gleich zu Frage zwei überzuleiten: Unsre Buchhalterin und PR-Agentin Helgard Wimmer, die auch dort lebt, macht einen sehr guten Job. Ob auf Flyern oder im Net: In der allgemeinen Wahrnehmung sind wir ziemlich präsent und können uns vor Aufträgen kaum retten. Die Warteliste ist dementsprechend lang. Hauptsächlich bieten wir Fahrten in den Voralpen an, inklusive Aeronautic-Happening, aber wenn die Wetterlage es zulässt, kann es auch schon mal in die Zentralalpen gehen. Nur ganze Alpenüberquerungen machen wir nicht, das damit verbundene Risiko ist zu wenig kalkulierbar.«

»Was kann ich mir unter einem Aeronautic-Happening vorstellen?«, wollte Feuersang wissen.

»Was auch immer du willst, Süßer.« Weil es in der Hütte allmählich warm wurde, hatte Sappho den Reißverschluss ihres grasgrünen Anoraks geöffnet. Als sie sich jetzt vorneigte, um sich auf dem Tisch aufzustützen, schoben sich ihre festen Brüste in dem knallengen lila Sweatshirt über den raffiniert geschnittenen Overall-Trägerlatz. »Wir sind ein Escort-Service, Chefinspektor. Interessiert? Apropos Interesse: Zu Frage drei, wie Alarich Rexeisen auf die Idee gekommen ist, mit uns zu

fahren, erkundigen Sie sich am besten bei Herrn Kerschhackl.«
Damit hatte Sappho alias Lara Kronreif den Ball vorübergehend an Rexeisens Kuli weitergespielt.

»Es war so ein Flyer, wie ihn Frau Kronreif erwähnt hat.« Kerschhackl fühlte Feuersangs Blick auf sich gerichtet und musste wohl oder übel Stellung nehmen. »Der Ali hat ihn im Foyer unseres Stammhotels, dem Braugasthof Hubertus, gesehen. Er hatte …« Er stockte.

»Er hatte schon immer ein Faible für Escort-Services der besonderen Note«, beendete Leonie Rexeisen an seiner statt den Satz. »Sprich es ruhig aus, Flo. Du kannst auch gleich dazusagen, dass du Ali den Flyer hingelegt hast, weil du wusstest, dass er darauf anspringen würde. Und da er halbseitig gelähmt war, erst recht.«

Kerschhackl wurde unruhig, seine Lider flatterten. »Wie auch immer: Er hat mich jedenfalls beauftragt, Verbindung mit ›Ballooning Escort‹ aufzunehmen. Das hab ich getan und gefragt, ob ein Flug mit drei Escort-Pilotinnen und drei Passagieren – einer davon behindert – ins Gasteiner Tal möglich wäre.«

»Das stimmt. Helgard hat ihm dann ausgerichtet, dass wir sofort Bescheid geben, wenn Wetter und Thermik für eine solche Fahrt passen«, bestätigte Sappho.

»Also waren anfangs drei Escort-Mädchen verlangt worden?«, unterbrach Jacobi. »Warum hat sich das Verhältnis zwischen Pilotinnen und Passagieren dann zu zwei zu vier geändert?«

»Daran bin ich wohl schuld, Herr Major«, meldete sich Leonie Rexeisen. »Bevor Sie es auf andere Weise erfahren und daraus falsche Schlüsse ziehen, sage ich es Ihnen lieber gleich: Ich hatte zufällig ein Gespräch über die geplante Ballonfahrt zwischen Ali und Lars mit angehört.«

»Lars Viebich?«, vergewisserte sich Jacobi.

»Genau, Viebich. Die beiden beschlossen gerade, den Hausmeister Schoissengeier mit den Vorbereitungen für das Aeronautic-Happening nach der Ballonfahrt zu betrauen und ihn dazu in unser Jagdhaus ins hintere Angertal zu schicken.«

»Ins hintere Angertal? Mit den Augen eines Luftfahrers gesehen wäre das ganz in der Nähe, nur ein paar Kilometer unterhalb des Ecklgruben-Kars und ein paar hundert Höhenmeter tiefer, oder?«

»Das stimmt. Wer immer den Heißluftballon hier geparkt hat, hat damit fast genau die Routenplanung von Frau Kronreif in die Tat umgesetzt«, sagte Leonie Rexeisen. Die genaue Ortskenntnis des Salzburger Kriminalbeamten erstaunte sie. »Dieser Jemand ist über dem Haupttal nur ein wenig nach Westen abgedriftet und zu spät runtergegangen«, präzisierte sie.

»Vor allem Letzteres!«, bekräftigte Bi-Bee. »Geplant war eine Landung am Parkplatz Angertal. Peter Salztrager, unser Mitarbeiter, müsste mittlerweile auch endlich dort sein.«

Jacobi schaltete schnell. »Sie wollen aber nicht noch heute mit dem Ballon ins Angertal runterfahren?« Er blickte auf seine Armbanduhr. Bald halb fünf, draußen dämmerte es bereits.

Sappho war seinem Blick gefolgt. »Eigentlich schon. Wie lange wird die Kriminaltechnik denn für ihre Arbeit brauchen?«, fragte sie.

»Jedenfalls länger, als Sie es gern hätten, Frau Kronreif«, antwortete er. »Anfang März sind die Tage noch kurz. Bis Sie aufsteigen könnten, ist es schon dunkel. Besser, Sie warten bis morgen und sichern heute noch die Ballonhülle, sowie die Spusi fertig ist.«

»Hab ich grad irgendwas versäumt?«, fragte Feuersang. »Ich fürchte, ich komm da nicht ganz mit.«

»Der Herr Major meint den Grabenwind, Chefinspektor«, erklärte Bi-Bee, die den Pinzgauer dabei mit einem professionelllaszivem Lächeln bedachte. »Einem gestandenen Gebirgler wie Ihnen ist das doch sicher ein Begriff. Der Wind sollte unsern Ballon eigentlich runter ins Tal tragen.«

Feuersang lief rot an. Zu peinlich, von einer Jahrzehnte jüngeren Flachland-Tussi auf typische Eigenheiten der Hohen Tauern hingewiesen werden zu müssen. Dass der Grabenwind abends aus Seitentälern hinunter ins Haupttal wehte, also die Umkehrung der tagsüber herrschenden Windverhältnisse darstellte, lernte man in den Gebirgsgauen eigentlich schon als kleines Kind. »Natürlich weiß ich, was der Grabenwind ist«, wiederholte er lahm, bevor ihm der Lärm des draußen landenden

Helikopters zum Glück weitere Kommentare zu diesem Thema ersparte. Fast wäre auch »Brave Scotland«, der Klingelton von Jacobis Handy, im Rotorgeräusch untergegangen.

»Höllteufel«, erklärte der Terrier lakonisch nach kurzem Blick auf das Display, ignorierte aber den Anruf und verließ die Hütte, um sich vor seinem Rückruf mit Oliver Stubenvoll, dem Leiter der Kriminaltechnik, und Dr. Sebastian Pernauer, dem Gerichtsmediziner, auszutauschen.

Feuersang nannte derweil Uhrzeit und Grund der Unterbrechung der Befragung, ehe er das Tonband stoppte. »Sie alle können sich schon mal überlegen, ob Sie der Blutentnahme zustimmen, zu der Sie der Major gleich auffordern wird«, sagte er *off records*. »Vielleicht lassen sich noch Spuren eines Sedativs feststellen – was die positiv Getesteten natürlich entlasten würde.« Doch der erfahrene Ermittler machte sich keine Illusionen. Der Appell zum Aderlass würde den Mörder – vorausgesetzt, er hieß nicht Lars Viebich – kaum aus der Reserve locken. Hatte Jacobi nämlich recht und der Mord war Zug um Zug geplant gewesen, dann hatte Q – so lautete die interne Chiffre für noch nicht identifizierte Täter – natürlich auch das Narkotikum so gewählt, dass es wenige Stunden nach der Verabreichung schon nicht mehr nachzuweisen sein würde.

7   FEUERSANG HATTE keine Zeit, seinen Gedanken weiter nachzuhängen, denn der Major kehrte bereits mit einem korpulenten Endvierziger mit Stirnglatze zurück, den er den Zeugen als Dr. Pernauer vorstellte. Der Pathologe sollte ihr Blut so rasch wie möglich auf Sedativa untersuchen.

»Inzwischen nimmt sich die Spusi den Ballon und dessen unmittelbare Umgebung vor«, erklärte Jacobi. »Es ist übrigens jetzt amtlich: Der Mund von Rexeisen war verklebt, als ihn Hans Pfeffer aufgefunden hat, und seine Knochen sind vielfach gebrochen, wie es für Stürze aus großer Höhe symptomatisch ist. Der Mörder hat sogar die Chuzpe besessen, unmittelbar vor dem Mord noch einen Markierungsbeutel abzuwerfen, um zu sehen, wo Rexeisen aufschlagen wird. – Du kannst jetzt mit der Vernehmung fortfahren, Leo. Das Blut nimmt Wastl nebenher ab.« Er wandte sich wieder an die Verdächtigen. »Macht jemand medizinische Vorbehalte geltend oder verweigert die Entnahme?«

Als keine Antwort erfolgte, nickte Jacobi dem Gerichtsmediziner auffordernd zu und setzte sich wieder auf die Pritsche.

Dr. Pernauer stellte seine nostalgische Arzttasche aus speckigem Schweinsleder auf den Tisch. »Seien Sie doch bitte so freundlich, einen Unterarm frei zu machen«, forderte er die Zeugen auf, während er die Instrumente und Eprouvetten zur Blutabnahme vorbereitete.

Feuersang kam inzwischen der Aufforderung Jacobis nach und knüpfte dort an, wo er aufgehört hatte. Die Antwort der Witwe war noch ausständig. Er schaltete den Rekorder wieder ein. »Also, Frau Rexeisen, Sie sagten vorhin, Sie seien für das Verhältnis zwei zu vier im Ballonkorb verantwortlich gewesen: zwei Escort-Mädchen und vier Passagiere. Wie das?«

»Leonie hat mir klipp und klar zu verstehen gegeben, dass sie unbedingt an der Ballonfahrt teilnehmen will«, nahm Kerschhackl eine Erklärung der Gefragten vorweg. Sein gehässiger Unterton war nicht zu überhören. »Sie hat mir sogar mit der Streichung gewisser Vergünstigungen gedroht, wenn ich das nicht in ihrem Sinne regle. Übrigens sollten Sie, Herr Chefinspektor, auch wissen, dass Frau Rexeisen schon vor Jahren den Luftfahrerschein gemacht hat. Nur deshalb hat sich Frau Kronreif überreden lassen, sie anstelle des dritten Escort-Mädchens mitzunehmen.« Feuersang und Jacobi blickten unwillkürlich die beiden Callgirls an.

Bi-Bee, die nach erfolgtem Aderlass den Wattebausch locker auf ihre linke Armbeuge drückte, bestätigte Kerschhackls Aussage: »Es stimmt, das ursprünglich gewünschte Verhältnis war drei Mädels, drei Herren. Herr Kerschhackl hat nur vergessen zu erwähnen, dass Herr Rexeisen über den Tausch nicht informiert werden würde. Stattdessen hat er versichert, Frau Rexeisen würde nicht nur als Luftfahrerin, sondern auch als Escort-Girl beim Aeronautic-Happening einen mehr als vollwertigen Ersatz für unser Mädchen darstellen.«

»Da sich am vereinbarten Pauschalpreis nichts änderte, war ich natürlich einverstanden«, ergänzte Sappho achselzuckend. »Die Gage für das eingesparte dritte Mädel ist zwischen Bi-Bee und mir aufgeteilt worden.«

Jacobi wandte sich an Frau Rexeisen. »Sagen Sie uns jetzt, warum Sie unbedingt mitfahren wollten?«

»Es war so: Mir wurde zugetragen, Ali hätte irgendeine Gemeinheit vor. Näheres kann ich dazu nicht sagen, aber ich wollte dabei sein, um gegebenenfalls eingreifen zu können.«

»Und wie hat Ihr Mann reagiert, als er schließlich doch von Ihrem eigenmächtigen Arrangement erfuhr? Wann war das überhaupt?«, wollte Feuersang von der Witwe wissen.

»Erst gestern. Ali war stinksauer und hat uns das bis zum Start auf der Postalm spüren lassen, aber die Fahrt hat er partout nicht stornieren wollen. Ich habe ihn heute früh noch dazu aufgefordert, doch er hat nur geknurrt, er habe noch eine Rechnung offen, das alles sei allein seine Angelegenheit und ginge mich – zumindest vorläufig – einen Dreck an.«

»Aber im Gegensatz zu Ihnen sollten Herr Kerschhackl und Herr Viebich sehr wohl dabei sein?«

»Das stand außer Frage. Vermutlich wollte er den beiden etwas Exquisites bieten. Was genau, das sollen sie Ihnen besser selbst erzählen. Aber eins ist klar: Ali hat in seinem Leben nie etwas uneigennützig und schon gar nicht aus Großzügigkeit getan. Altruismus war für ihn in doppelter Hinsicht ein Fremdwort. *Do, ut des,* ja, das war schon eher seine Devise. Wenn ich mich nicht täusche, ist das auch ein Prinzip der Mafia.«

Du klingst sehr verbittert, Mädchen, dachte Jacobi, sagte aber laut: »Gut, dann gehen wir jetzt gedanklich noch einmal zurück zur Postalm heute Morgen. Frau Lohbauer, schildern Sie uns doch bitte die Minuten vor dem Start. Jeder einzelne Handgriff kann wichtig sein.«

Bi-Bee begann sofort zu erklären, wie der Heißluftballon aufgerüstet und startklar gemacht worden war, und vergaß auch nicht zu erwähnen, dass Leonie Rexeisen als Einzige von den Passagieren bei den Vorbereitungen mitgeholfen hatte.

»Okay, dann sind jetzt also alle Utensilien an Bord«, zeichnete

Jacobi das Szenario nach. »Der Brenner donnert, der Ballon steht prallvoll über Ihnen, die Instrumente zeigen Parität zwischen Auftrieb und Ballast an, und Sie wissen, dass Sie gleich abheben werden. Was passiert dann?«

»Warum soll ich das auch noch runterbeten?« Bi-Bee sah aufmüpfig den Chefinspektor an, dessen bullige Erscheinung sie zu faszinieren schien. »Kerschhackl hat doch ohnehin ständig mit seinem hippen Handy fotografiert, da muss doch alles drauf sein.«

Feuersangs Proletenvisage konnte zur furchterregenden Grimasse entgleisen, wenn er sich über etwas so richtig ärgerte. Etwa so wie jetzt. »Her mit dem Teil, aber dalli! Es ist beschlagnahmt!«, brüllte er Kerschhackl an. Seine Pranken hatten die Ausmaße von WC-Deckeln, sodass der Gescholtene gut beraten war, dem energischen Wink ohne lange Diskussion Folge zu leisten. Der Ermittler nahm das Handy an sich, war aber noch nicht fertig mit ihm: »Warum haben Sie uns nicht gesagt, dass Sie beim Start Fotos gemacht haben?«

»Ich ... ich habe in der Aufregung nicht mehr daran gedacht«, stotterte Kerschhackl.

»Sie kriegen das Gerät wieder, wenn die Aufnahmen ausgewertet sind«, knurrte Feuersang, während er sich bereits durch den Bilderordner klickte.

»Ein Panoramafoto von der Postalm. – Die Crew vor dem Ballon. – Die Crew beim Einsteigen«, kommentierte er Bild für Bild. »Ah, hier droht Rexeisen mit der Faust, er will beim Einsteigen nicht fotografiert werden. – Und da sind Sie, Frau Lohbauer. Sie erklären grade etwas und deuten nach oben zum Brenner.« Er klickte weiter. »Wieder Sie, Frau Lohbauer, wie Sie in eine Getränkekiste langen, in der sich allerlei Krimskrams und zwei Sektflaschen befinden. – Und das ist jetzt die Sektzeremonie, wenn mich nicht alles täuscht – drei Bilder davon. – Jeweils zwei Leute trinken aus Sektflöten, dann vier zusammen, nein fünf. – Nur Rexeisen ist auf keinem Bild mehr.«

»Ali hasste es grundsätzlich, fotografiert zu werden. Auch schon vor seinem Schlaganfall«, erklärte Leonie Rexeisen, der eben Blut abgezapft wurde.

Feuersang klickte weiter – und stutzte. »Da sieht man doch glatt, wie Sie zu Boden gehen, Frau Kronreif – oder etwa nicht?« Er hielt das Handy Jacobi hin, der nickte.

»Zweifellos. Eine Momentaufnahme – oder aber, der Fotograf hat darauf gewartet. Mach weiter.«

»Wieder ein bizarrer Schnappschuss: Ein kleiner Mann unbestimmten Alters klammert sich wie betrunken ans Korbgeländer.«

Jacobi warf einen Blick auf das Display. »Das muss Viebich sein. Erstaunlich, dass auch er betäubt gewesen sein soll. Stunden später war er jedenfalls fit für seine Skitour im hochalpinen Gelände. – Weiter, Leo.«

»Das ist die letzte Aufnahme, mehr ist nicht drauf.«

Kerschhackl spürte die Blicke aller auf sich gerichtet. »Ich war so erschrocken, dass ich nicht mehr daran gedacht habe zu fotografieren«, beteuerte er. Auf seiner Oberlippe glitzerten Schweißperlen.

»Aber Sie Blitzgneißer werden doch hoffentlich noch wissen, was dann passiert ist?« Feuersang war so aufgebracht, dass seine Schläfenadern wie Kälberstricke hervortraten.

»Ich habe noch gesehen, wie Frau Lohbauer nach einem Tragseil griff, während gleichzeitig ihre Knie nachgaben«, sagte Kerschhackl und rang sichtlich um Fassung. »Es war das Letzte, woran ich mich erinnern kann, dann war auch bei mir Filmriss.«

»Tatsächlich?« Das grobschlächtige Primatengesicht vor Kerschhackls Nase mutierte zu fleischgewordenem Hohn.

»Frau Rexeisen, können Sie uns vielleicht noch Weiteres über diese Minuten sagen?«, wandte sich Jacobi an die Witwe. Vor seinem geistigen Auge ließ er noch einmal die Episode mit Kerschhackls Handy Revue passieren.

Feuersang war nicht im Mindesten darüber irritiert, dass Jacobi wiederholt in die Vernehmung eingriff. Die Einmischung war Teil einer hundertfach erprobten Taktik.

Die Gefragte schüttelte den Kopf. »Leider auch nicht mehr als Flo, der mich anscheinend aus unerfindlichen Gründen in die Pfanne hauen will. Dabei habe ich ihn immer gegen Ali in Schutz genommen.«

»Mich in Schutz genommen?« Kerschhackl lachte glucksend auf, um dann grimmig nachzusetzen: »Was versprichst du dir eigentlich von deinen Lügen? Wer hat Ali denn immer gedrängt, mich doch endlich rauszuwerfen? Wem passte es denn nicht in den Kram, dass ich über die Dates mit Lars Bescheid wusste, he?«

Trotz des dämmrigen Lichts in dem primitiven Unterstand war nicht zu übersehen, dass Leonie Rexeisen intensiv errötete. Bestimmt nicht aus Verlegenheit, dachte Jacobi, aus dem Teenie-Alter war die Witwe längst raus. Also musste Angst oder Zorn sie in Aufruhr versetzt haben.

»Sie haben ein Verhältnis mit Herrn Viebich, Frau Rexeisen?« Seine Frage glich schon eher einer Attacke. Jacobi belauerte die Zeugin wie ein Habicht, der den richtigen Augenblick abwartet, um sich vom Ansitz auf sein Opfer zu stürzen, aber dieser Augenblick wollte nicht kommen.

Leonie Rexeisen zog es vor, erst einmal zu schweigen. Typisch. Frauen, die im Zusammenhang mit einer Straftat bei einer Liaison ertappt wurden, ließen häufig erst einmal die Rollläden herunter. Jacobi erlebte das nicht zum ersten Mal, trotzdem probierte er es erneut: »Wo ist Viebich jetzt, Frau Rexeisen?«

Die Antwort war ein Achselzucken.

»Es ist Ihnen hoffentlich klar, dass er schon jetzt landesweit gesucht wird? Seine Wohnung wird überwacht, seine Eltern sind informiert, sein Bekannten- und Freundeskreis im heimatlichen Umfeld wird überprüft genauso wie jede Hütte und jede Liegenschaft, in der er Unterschlupf finden könnte.«

Keine Reaktion.

Auch Feuersang startete nun einen Versuch, die Witwe zum Reden zu bringen: »Frau Rexeisen, haben Sie sich mit Viebich zum Mord verabredet? Haben Sie beide Ihren Mann heute Vormittag über Bad Hofgastein aus dem Ballonkorb gestoßen?« Der direkte Vorwurf war so wenig Erfolg versprechend, dass sich Jacobi für die Hauruck-Methode des Kollegen fast schämte.

Wider Erwarten explodierte die Witwe förmlich: »So ein Blödsinn! So ein unglaublich hirnverbrannter Blödsinn! Wir wollten weg von ihm, Lars und ich, einfach nur weg! Verstehen

Sie? Nie haben wir auch nur darüber gesprochen, ihn umzubringen! Darum begreif ich auch nicht, warum Lars jetzt abgehauen ist. Er kann kein Mörder sein. Hätte ich Ali verlassen, wäre das doch die viel größere Strafe für ihn und all seine Gemeinheiten gewesen. Einen Alarich Rexeisen verlässt man schließlich nicht. Das ist ein No-go. Aber das verstehen Sie natürlich nicht. Er allein bestimmt, wann etwas zu Ende geht – und niemand sonst! Wegen dieser Einstellung ist er auch nie mit den Folgen seines Schlaganfalls klargekommen. Er konnte nicht akzeptieren, wozu die Natur ihn, Alarich Rexeisen, gemacht hatte: zu einem sabbernden Krüppel.«

»Sie wissen schon, dass Ihre starken Emotionen Sie nicht weniger verdächtig machen«, versuchte Jacobi das Eisen zu schmieden, solange es heiß war.

»Das ist mir bewusst, aber ... es ist etwas Schreckliches passiert, und deshalb konnte ich den Mund nicht halten. Ab jetzt sage ich jedenfalls nichts mehr, bis ich nicht mit Dr. Stuhlbein gesprochen habe.«

»Mit Ruben Stuhlbein von der Kanzlei Morgenstern & Stuhlbein?«

»Ja, er ist unser Anwalt.«

Jacobi nickte. »So, so.« Stuhlbein war bei den Medien fast noch mehr gefürchtet als bei der Exekutive, aber er galt als seriös und war kein Winkeladvokat wie etwa Potocnik. »Das ist Ihr gutes Recht, Frau Rexeisen«, gab sich Jacobi konziliant, doch die schwammige Formulierung, dass etwas Schreckliches passiert sei, hatte ihn aufhorchen lassen. Warum hatte sie nicht einfach gesagt: »Das ist mir bewusst, aber mein Mann ist ermordet worden.«? Er wechselte das Thema. »Was ganz anderes: Weiß jemand von Ihnen, wie Viebich zu seinem doch eher ungewöhnlichen skandinavischen Vornamen kommt?«

Da Leonie Rexeisen wieder in Schweigen verfallen war, beantwortete Kerschhackl die Frage: »Den verdankt er seiner Mutter. Sie soll als Jungköchin in Spittal unsterblich in einen schwedischen Saisonarbeiter verliebt gewesen sein. Die Erinnerung an ihn hat sie wohl Jahre später bei der Namensgebung ihres Erstgeborenen beeinflusst.«

Feuersang wandte sich nun wieder an die Chefin von »Ballooning Escort« und deutete auf die ausgebreitete Straßenkarte auf dem Tisch: »Frau Kronreif, Sie schulden uns noch die Antwort auf Punkt vier: die ursprünglich geplante Route von der Postalm hierher ins Gasteiner Tal und die dazugehörigen Eckdaten.«

Das Edel-Callgirl ließ die kastanienroten Augenbrauen nach oben wandern. »Und ich dachte schon, das hätten Sie über den Disput zwischen Frau Rexeisen und Herrn Kerschhackl vergessen. Nun gut, aber zuvor möchte ich noch etwas anderes sagen: Sie haben beim Durchklicken der Fotodatei die Kiste mit den Sektflaschen erwähnt ...«

»Ja, was ist damit?«

»Während wir da draußen im Korb auf Sie gewartet haben, ist mir aufgefallen, dass eine leere Sektflasche fehlt. Vermutlich hat Viebich sie mitgenommen –«

»Oder sie wurde bereits während der Fahrt abgeworfen. Danke, Frau Kronreif.« Jacobi schien sich mit diesem Detail nicht befassen zu wollen.

»Haben Sie zufällig bemerkt, dass auch sämtliche Daten auf Höhenmesser, Variometer und GPS gelöscht worden sind?« Sappho war anscheinend noch nicht fertig.

»Nein, das wussten wir noch nicht«, musste Jacobi zugeben.

»Und was hätten uns die Daten verraten?«, fragte Feuersang.

»Nun, zum Beispiel die jeweilige Position über Land zu jeder Minute der Fahrt.«

»Also auch die Position zu dem Zeitpunkt, als Rexeisen aus dem Korb geworfen wurde?«

»Natürlich, aber so wird es eher schwierig werden, sie im Nachhinein noch festzustellen.«

»Vielleicht können unsre Techniker da ja was machen. Aber jetzt bitte die Route«, erinnerte sie der Major.

»Okay. Vorweg ein Wort zur Wahl des Startplatzes«, begann die Escort-Chefin. »Herr Rexeisen wollte unbedingt im Angertal landen, von dieser Prämisse hatte ich auszugehen. Zum Glück war schon letzte Woche ein Wettersystem angekündigt worden, das sich von der Adria her entgegen dem Uhrzeigersinn über Ostösterreich hereindrehen und in den Nordstaulagen der

Voralpen einen tagelang stabilen Nordföhn Richtung Südsüdwest zur Folge haben würde. – Aua!«

Dr. Pernauer war Gerichtsmediziner, kein Internist. Da seine Patienten in der Regel bereits schmerzunempfindlich waren, wenn sie zu ihm gebracht wurden, hatte er beim Setzen der Injektionsnadel die erforderliche Vorsicht vermissen lassen. »Pardon, Sie haben sehr harte Venen«, entschuldigte er sich.

»Die Route danach festzulegen war also ein Kinderspiel«, fuhr Sappho fort, ohne ein weiteres Wort über seine Ungeschicklichkeit zu verlieren. »Den Satellitendaten nach war die Postalm der ideale Startplatz, was man bei Kenntnis der Windrichtung auch auf jeder guten Straßenkarte hätte erkennen können.«

Feuersang kniff scherzhaft-kritisch ein Auge zu. »Sie rattern das ja herunter, als hätten Sie's vorher auswendig gelernt.«

»Ich hatte ja auch genug Zeit, mir zu überlegen, was ich sage. Schließlich konnte ich mir ja denken, was man mich fragen würde«, sagte sie entwaffnend ehrlich. »Geplant war also, nach dem Start entlang der Postalm-Mautstraße zwischen den Gebirgszügen Astegg und Gschöß hindurchzufahren und dann über dem Talkessel von Abtenau ausreichend an Höhe zu gewinnen, bis zu zweitausendfünfhundert Meter.« Sie verbildlichte ihre Erläuterungen mit dem Finger auf der Karte.

»Warum ausreichend?«, fragte Feuersang.

»Um nicht erst kurz vor dem Tennengebirge weiter aufsteigen zu müssen, Chefinspektor. Das wäre gefährlich gewesen. Den Gebirgszug hätten wir dann auf Höhe des Fritzerkogels überquert, wobei wir Werfenweng auf dieser Route links passiert hätten, ebenso die A 10, Bischofshofen und die B 311. Die weitere Fahrt hätte uns über Sankt Johann, das Alpendorf und die Liechtenstein-Klamm in die Berge Gasteins bringen sollen. Vorbei am Schuhflicker-Massiv und dann in schrägem Winkel über das Haupttal hinweg ins höher gelegene Angertal hinein.«

»Und diese geplante Route wurde auch tatsächlich gefahren, wenn man von der Landung einmal absieht, war es nicht so?«, insistierte Feuersang, wobei er einen Blick mit Jacobi wechselte.

Der nickte. »Ich denke, warum der Mörder nicht am Parkplatz Angertal runtergegangen ist, sondern hier oben in diesem gottverlassenen Kar, erscheint zunächst naheliegend: Niemand sollte ihn beim Verlassen des Ballons sehen und an der Flucht hindern können.«

»Die verspätete Landung kann aber auch andere Gründe gehabt haben«, wandte Sappho ein, »zum Beispiel die abrupte Ballast-Änderung.«

»Weil Alarich Rexeisens Gewicht plötzlich wegfiel?«

»Ja. Außerdem ist ein Heißluftballon kein Hängegleiter und nur indirekt lenkbar. Der Ballon kann an Höhe gewonnen haben, ohne dass der Mörder etwas davon mitbekam. Vielleicht geriet er dann durch von Osten hereindrückende Turbulenzen zu weit nach achtern. Etwa hier«, sie deutete auf einen Punkt bei Hofgastein, »muss der Ballon, wie Sie unschwer erkennen können, nach rechts gefahren sein, geradeaus hätte er direkt den Höhenrücken Erzwies angesteuert. Die entsprechenden meteorologischen Werte lassen sich übrigens auch im Nachhinein von den Wetterwarten Sonnblick oder Flughafen-Salzburg abrufen. Jedenfalls glaube ich nicht, dass der Mörder die Landung aus Raffinesse hier am Ecklgruben-Kar eingeleitet hat. Er konnte die Inversion nicht voraussehen. Vermutlich ist er nur hier gelandet, weil er keine andere Möglichkeit sah, wenn er nicht im Bergwald eine Bruchlandung hinlegen wollte.«

»Sie wollen also sagen, dass er so hoch oben und schon ein gutes Stück westlich vom Angertal entfernt nur mehr hektisch an der Kronenleine gezogen hat, um nicht in der Goldberggruppe runterzukommen?«, scherzte Jacobi.

Frau Kronreifs Reaktion war nur ein Achselzucken.

»Wie viele Kilometer betrug die ursprünglich berechnete Route?«, fragte Feuersang.

»Bis ins Angertal wären es achtundsechzig Kilometer Luftlinie gewesen. Die tatsächlich gefahrene Linie hätte vielleicht ein paar Kilometer mehr betragen.«

»Und welchen Zeitrahmen hatten Sie für die Fahrt veranschlagt?«

»Nun, der Nordföhn hatte auf der Postalm noch keine zwölf Knoten, andernfalls wären wir nicht gestartet. Bei einer durchschnittlichen Geschwindigkeit von fünfzehn, sechzehn Knoten, also siebenundzwanzig bis neunundzwanzig Stundenkilometer, hätte die Fahrt circa hundertsechzig Minuten gedauert, wobei man eine Toleranz von zehn Minuten mehr oder weniger einkalkulieren kann. Dafür verantwortlich sind Variablen der Luftkonsistenz, sogenannte thermische Ablösungen. Weniger geschwollen ausgedrückt sind es Turbulenzen, die durch die unterschiedliche Erwärmung der Luft über ebenso unterschiedlichen Bodenformationen entstehen.«

»Aber Sie selbst haben von der Landung nichts mitbekommen?«

»Nein, ebenso wenig wie die anderen drei.«

»Aber genau das können Sie doch gar nicht wissen, wenn Sie bewusstlos waren, Frau Kronreif. Wie spät war es, als Sie wieder zu sich gekommen sind?«

»Das haben wir Ihnen doch schon am Telefon gesagt.«

»Dann sagen Sie's eben noch ein Mal.«

»Ich hab nicht sofort auf die Uhr gesehen, aber es wird wohl so um zwölf Uhr dreißig gewesen sein.«

»Und gestartet sind Sie wann?«

»Um neun – hab ich jedenfalls so ins Fahrtenbuch geschrieben. Es kann aber auch ein paar Minuten davor oder danach gewesen sein.«

Feuersang wechselte einen Blick mit Jacobi, der sich von der Pritsche erhob.

»Okay, Frau Kronreif, das war's – vorerst. Frau Lohbauer, Frau Rexeisen, Herr Kerschhackl und Sie können jetzt zum Hubschrauber rausgehen. Es wird schon dunkel, und wir sollten zusehen, dass wir von hier wegkommen. Möglich, dass Bezirksinspektor Stubenvoll von der Spusi noch ein paar Fragen an Sie hat, ehe Sie ins Tal geflogen werden. Vorher sollten Sie allerdings noch –«

»Die Ballonhülle verstauen und die Ankervorrichtung überprüfen«, ergänzte Sappho. »Machen wir natürlich.«

»Im Tal nehmen Sie und Frau Lohbauer sich am besten ein Zimmer. Wenn's nicht grad im teuersten Wellness-Tempel ist, können Sie die Unkosten sogar bei unsrer Finanzabteilung einreichen.«

»Das wird nicht nötig sein«, wehrte der rothaarige Vamp ab. »Wir lassen uns von unsrem Mitarbeiter Peter Salztrager nach Hause fahren und sind morgen wieder rechtzeitig vor Ort, um den Heißluftballon zu holen.«

Jacobi schüttelte den Kopf. »So läuft das leider nicht, Frau Kronreif. Einer intelligenten Frau wie Ihnen muss doch klar sein, dass Sie alle ab sofort als dringend des Mordes an Alarich Rexeisen Verdächtige geführt werden. Als solche dürfen Sie das Land bis zu anderslautenden Verfügungen nicht verlassen. Von Ihnen beruflich oder privat genutzte Räume in Gastein, Salzburg und Abersee werden heute noch versiegelt und erst zu gegebener Zeit von der Kriminaltechnik wieder freigegeben.« Das Amtsdeutsch ging Jacobi so glatt über die Lippen, als sei er mit den Gedanken längst schon weiter. »Auch Sie, Frau Rexeisen und Herr Kerschhackl, werden heute Nacht in ein Hotelzimmer ausweichen müssen, aber das wird für Sie ja kaum ein Problem darstellen.«

Alle vier nickten.

»Auch gut«, räumte die Escort-Chefin ein, »dann schlafen wir eben bei Helgard oder einem der Mädchen.«

»Das bleibt Ihnen unbenommen. Wir sehen uns dann morgen. Und selbstverständlich wird man Sie beide, Frau Kronreif und Frau Lohbauer, am Nachmittag wieder herfliegen, damit Sie den Ballon bei passender Thermik ins Angertal runterfahren und auf Ihr Verfolgerfahrzeug verladen können. Und noch ein letzter Tipp für Sie alle: Verhalten Sie sich den Medien gegenüber zurückhaltend, sonst werden die nächsten Tage für Sie zum Spießrutenlauf.«

Sappho grinste. »Früher oder später wird die Journaille ohnehin den Fuß bei uns in der Tür haben, aber fürs Geschäft ist das sicherlich kein Nachteil.«

8 »WAS WOLLTE Höllteufel von dir?«, fragte Feuersang, nachdem die Zeugen teils zum Ballon, teils zum Hubschrauber hinausgestiefelt und die Beamten wieder unter sich waren.

Jacobi setzte sich zu seinem Kollegen an den Tisch, zog seine Schuhe aus und hielt die Füße an den Ofen. Mittlerweile herrschte in der Hütte eine angenehme Temperatur, und er hatte nichts mehr dagegen, als Letzter ins Tal geflogen zu werden. »Meine Socken sind noch immer nass«, sagte er, ohne auf die Frage einzugehen.

Feuersang verstand und holte seinen Flachmann aus dem Dienstanorak.

»Vogelbeer?«, fragte Jacobi.

»Glaubst du, ich wage es, dir etwas anderes anzubieten? Also, was wollte Höllteufel?«

»Erinnerst du dich, dass er uns versprochen hatte, eine Bekannte anzuzapfen, der – ich zitiere – kaum eine zwischenmenschliche Verwerfung in Gastein verborgen bleibt? Rexeisen und sie sollen aus derselben Pinzgauer Gemeinde stammen.« Jacobi nahm die gefüllte Verschlusskappe entgegen.

»Ja, die Milchmesser-Mizzi«, bestätigte Feuersang und nahm einen Schluck aus der Aluflasche. »Ich kenn sie von einem Fall, der Jahre zurückliegt. Ein Bauer aus Maishofen hatte seinen Sohn, einen angehenden Tierarzt, genötigt, den Zuchtstier seines Nachbarn in einer Nacht-und-Nebel-Aktion zu kastrieren. Mizzi heißt eigentlich Maria Gamsleder, aber die meisten Pongauer und Pinzgauer kennen sie unter ihrem Vulgonamen und denken bei den Initialen M. M. nicht unbedingt an Marilyn Monroe, sondern eher schon an sie. Wie auch immer, Mizzi hat neben etlichen anderen Funktionen auch die der Schriftführerin beim Nutztierzuchtverband Innergebirg bekleidet, deshalb hab ich sie damals als Zeugin vernommen. Eine resche Person mit Pfiff, sehr tüchtig und bei der ländlichen Bevölkerung hoch geachtet. Leider hat sie ihren Mann sehr früh verloren. Er war Milchmesser und nebenbei auch Heilpraktiker für Tiere und hat, als er den Huf eines Norikers untersuchte, einen tödlichen Tritt gegen die Brust erhalten. Aber das alles ist schon ewig her. Hat Höllteufel denn nun oder hat er nicht?«

»Was?«

»Na, die Mizzi angezapft?«

»Er hat es versucht, aber ohne Erfolg. Wie du bereits angedeutet hast, ist die Dame nicht nur tüchtig, sondern auch ziemlich selbstbewusst. Sie hat uns ausrichten lassen, sie wüsste durchaus so einiges über Alarich Rexeisen und sein Umfeld zu berichten, aber wenn die Herren Kriminalbeamten etwas von ihr hören wollten, müssten sie sich schon persönlich zu ihr bemühen.«

Feuersang grinste. »Das passt zu ihr. Genauso schnoddrig hab ich sie in Erinnerung.«

»Was weißt du noch über sie?«

»Nicht viel, das dir für unseren Fall nützen könnte: Nach dem Tod ihres Mannes hat sie den bereits begonnenen Hausbau vollendet, dabei ihre drei Buben allein großgezogen und den heikelsten Teil der Arbeit ihres Mannes übernommen.«

»Der da wäre?«

»Na, die Milchlieferungen der Bauern zu kontrollieren. Das war und ist hier herinnen im Gebirge für eine Frau nicht gerade ein Klacks. So ist sie auch zur Milchmesserei, zum Nutztierzuchtverband, in den Gemeinderat und weiß der Teufel wohin noch gekommen.«

»Danke, Leo. Also ist die Mizzi eine engagierte Persönlichkeit, die ihr Umfeld sehr bewusst wahrnimmt. Hast du –?«

»Nicht nur das, Oskar, sie verfügt auch über etwas, das sie für dich besonders interessant macht«, unterbrach ihn Feuersang. »Sie hat ein Gedächtnis, das wie ein Schwamm selbst die unwesentlichsten Details aufsaugt und speichert. Ich würde die Behauptung wagen, dass sie dir darin sogar überlegen ist.«

»Das klingt ja sehr vielversprechend«, räumte Jacobi schmunzelnd ein, worüber sich sein Kollege keineswegs überrascht zeigte. Auch Jacobis nächster Satz war eigentlich zu erwarten gewesen. »Dann werde ich der Dame mal meine Aufwartung machen, sowie uns Pankraz am Sportplatz abgesetzt hat. Du bringst mich zu ihrem Haus und fährst dann weiter zum Posten Hofgastein. Hoffentlich wartet dort schon Hausmeister Simon Schoissengeier darauf, von dir in die Mangel genommen zu werden. Ich habe neben der Versiegelung der Büros und Privatwohnungen auch angeordnet, dass Höllteufel und Co. im Jagdhaus jeden Bierdeckel umdrehen. Möglicherweise lassen ja die Vorbereitungen, die Rexeisen für das dortige Aeronautic-Happening angeordnet hat, Rückschlüsse auf das Mordmotiv zu.«

9 SIE WAREN die Letzten, die der Pilot der Libelle am Parkplatz Angertal absetzte. Feuersang chauffierte seinen Vorgesetzten wie besprochen die Angertalstraße hinunter in die Ortschaft Hundsdorf und ließ ihn dort vor einer kleinen, hellgrün getünchten Pension aussteigen, bevor er weiter ins Ortszentrum von Bad Hofgastein fuhr.

Jacobi läutete am Tor, und eine groß gewachsene dunkelhaarige Frau öffnete. Sie war etwas älter als er.

»Ja?«

Er zückte seinen Ausweis und sagte sein Sprüchlein auf. »Major Jacobi, Landesgendarmeriekommando Salzburg, Referat für Vergehen gegen Leib und Leben. Sie wollten –«

»Ich weiß, wer Sie sind. Kommen Sie rein«, kürzte Maria Gamsleder das Verfahren ab. Sie begleitete ihn in eine rustikale Wohnküche, in der eine schwache Vierzig-Watt-Glühbirne und die Möbel aus massiver Eiche trotz zweier großer Fenster eine gewisse Düsternis verbreiteten, die gerade jetzt in der Dämmerung besonders auffiel. Sowie Jacobi sich allerdings auf der Längsseite der Sitzecke niedergelassen hatte, verflüchtigte sich der erste Eindruck und machte einer Vertrautheit Platz, wie er sie sonst nur in den eigenen vier Wänden empfand.

Auf der Anrichte standen eine Flasche Blaufränkischer aus dem Nordburgenland und eine Schale mit Käsestangerln, die, dem Duft nach zu urteilen, eben erst aus dem Backrohr geholt worden waren. Maria Gamsleder schien mit seinem Besuch gerechnet zu haben.

»Ich hab mir sagen lassen, Sie trinken gern guten Rotwein, Blaufränkischen oder Merlot.«

»Stimmt.« Jacobi verzichtete auf die Frage, woher sie diese Information hatte.

Maria Gamsleder stellte die Flasche auf den Tisch, daneben ein Rotweinglas und legte auch gleich den Korkenzieher dazu. »Seien Sie nur so gut und machen Sie sich den Wein selbst auf.« Er tat, wozu er aufgefordert worden war. »Also habe ich davon auszugehen, dass unser Gespräch länger dauern könnte?«, fragte er dabei.

»Höllteufel hat gesagt, Sie ermitteln im Todesfall Alarich Rexeisen und wollen möglichst viel über ihn und sein Umfeld erfahren. Ich bin keine Klatschtante, aber das wird schon eine gewisse Zeit in Anspruch nehmen.« Sie setzte sich ihm gegenüber an den Tisch.

Er neigte beipflichtend den Kopf. »Wenn Sie diese Zeit hätten, wäre ich Ihnen sehr verbunden. Erzählen Sie mir alles, was Sie über ihn wissen, und vor allem das, was Sie über ihn denken.«

»Mach ich, aber schenken Sie sich erst einmal ein.«

»Ich bin so frei. Sie trinken nicht mit?«

»Nein, ich werde mir später vielleicht einen Tee aufgießen.« Sie hatte seinen forschenden Blick zur angelehnten Tür in die sogenannte gute Stube längst bemerkt. »Sie halten Ausschau nach meinen Kindern?«

Jacobi fühlte sich ertappt. »Entschuldigen Sie meine Neugier.«

»Keine Ursache. Meine Buben sind längst flügge und halten nichts vom Hotel Mama, obwohl genügend Platz vorhanden wäre. Sie haben ihre eigenen Wohnungen, der älteste von ihnen baut mittlerweile schon selbst. Gelegentlich vermiete ich die Zimmer, aber nun zu Rexeisen ...« Mit ihren abgearbeiteten Händen glättete Maria Gamsleder unsichtbare Falten in dem blütenweißen Leinentischtuch und ließ noch ein paar Sekunden verstreichen, ehe sie begann: »Ich kannte Ali schon, als wir beide noch Kinder waren, das hat Ihnen der Hias sicher bereits gesagt. Wir stammen beide aus dem Unterpinzgau, aus Dienten, waren Pflegekinder bei Bauern und kamen zufällig zur gleichen Zeit nach Gastein. Wir waren halbwüchsige Taxenbacher, so nennen Einheimische zugereiste Underdogs, die keinen Groschen in der Tasche haben.« Sie hielt kurz inne. »Heute ist es schwer vorstellbar, zu welchen Bedingungen wir damals arbeiten mussten«, setzte sie dann fort. »Zunächst waren wir bei Bauern, aber über deren touristisches Standbein fanden wir schließlich den Weg ins Gastgewerbe und in die Hotellerie.«

»Entschuldigen Sie«, unterbrach Jacobi, »aber ich muss das fragen: Sie waren damals beide Jugendliche –«

»Ja, ich war vierzehn und der Ali sechzehn, aber wir hatten nichts miteinander, falls Sie das meinen. Damals war das in diesem Alter noch nicht üblich, jedenfalls nicht auf dem Land. Uns haben nur die gemeinsame Heimat und eine nicht gerade rosige Kindheit verbunden. Wir haben hier beide unsren Weg gemacht – allerdings getrennt voneinander und auf sehr unterschiedliche Weise.«

Sie seufzte kaum hörbar. »Ich verliebte mich in meinen Peppi, der Milchmesser, Heilpraktiker und ein liebenswerter Romantiker war. Durch die Heirat wurde die Arbeit für mich allerdings nicht weniger. Die Ehe sicherte zunächst meinen bescheidenen sozialen Aufstieg ab, aber das dürfte Sie wohl weniger interessieren –«

»Aber nicht doch, Frau Gamsleder. Mich interessiert alles, was irgendwie mit Rexeisen zu tun hat.« Jacobi blieb höflich. »Erzählen Sie weiter.«

»Tja, der Ali fing es wesentlich geschickter an als ich. Er ließ seine Lebensplanung jedenfalls nicht von Gefühlen durcheinanderbringen, so hat er es mir gegenüber einmal wortwörtlich gesagt.«

»Also riss die Verbindung zwischen Ihnen beiden nie ganz ab?«

»Nein, Jahre später war er zeitweise sogar mein Chef. Neben dem Milchmessen habe ich unter anderem in seinen Hotels gearbeitet.«

»Aber wie kam Rexeisen als sogenannter Taxenbacher an zwei Hotels, eine Pension und ein Maklerbüro?«

»Klingt wie ein amerikanisches Märchen, nicht wahr? Ist aber im Grunde eine ganz banale Erfolgsgeschichte, wie sie gar nicht so selten vorkommt. Ali hatte nur sein Charisma – sein Aussehen war auch in jungen Jahren nicht berauschend gewesen – und dazu seine Koch- und Kellnerausbildung, die er allerdings erst als Zwanzigjähriger abgeschlossen hatte. Beides zusammen versetzte ihn immerhin in die Lage, die einzige Tochter eines der wenigen wirklich liquiden Gasteiner Hoteliers mit beachtlichem landwirtschaftlichem Hintergrund aufzureißen und sie zunächst gegen den Willen ihres Vaters zu heiraten. Das war wohl der größte Coup in seinem Leben, aber schon damals hatte er, wenn es darauf ankam, immer mehr als nur ein Eisen im Feuer.«

»Wie ist das zu verstehen?«

»Ali war total skrupellos, besaß aber ein feines Sensorium für die Schwächen anderer und machte sich diese auch beliebig zunutze. In Hofgastein war es ein offenes Geheimnis, dass er sich parallel zu seiner Beziehung mit Livia Artenstein bis knapp vor seiner Heirat von einem homosexuellen Hotelier hat aushalten lassen, obwohl er selbst ganz bestimmt nicht schwul war.«

»Und das wissen Sie so genau, obwohl Sie eben noch beteuert haben, zwischen Ihnen beiden sei nie etwas gelaufen?«

Maria Gamsleder lächelte traurig. »Sie sind nicht auf der Schottensuppe dahergeschwommen, Herr Major, das hab ich schon bemerkt. Aber es ist nicht so, wie Sie denken: Eine Arbeitskollegin von mir hat ihn einmal sehr eindeutig als Hetero erlebt, deshalb darf ich mir dieses Urteil erlauben. Belassen wir es dabei.«

»Und, wie ging's dann weiter mit dem Filou?«

»Schon jener schwule Hotelier hat Ali damals auf die Idee mit dem Maklerbüro gebracht, aber erst die Heirat mit Livia und die Kumpanei mit Cyriak Kerschhackl, dem Vater von Flo, trieben seine Karriere als Hotelier und Makler derart voran, dass sogar sein Schwiegervater ihm die Anerkennung nicht mehr versagen konnte und seine anfänglichen Vorbehalte aufgab.«

»Rexeisen und der Direktor der Bauernbank?« Jacobi wurde hellhörig.

»Allerdings. Die beiden waren ein gefürchtetes Team, das sich geschäftlich gegenseitig die Bälle zuspielte, ohne die geringste Rücksicht auf Dritte zu nehmen. Für Cyriak hatte schon in seiner Jugend nur das Geld gezählt. Deshalb kann er bis heute nicht verstehen, dass sein einziger Sohn lieber ein Handwerk erlernt hätte, anstatt BWL zu studieren.«

»Dann muss es ihm gewaltig imponiert haben, wie rasch

der ebenso mittel- wie skrupellose Rexeisen zum Millionär aufgestiegen war.«

»Sie sagen es. Denn eines sollte man bei der Beurteilung von Ali nicht vergessen: Charakterlich war er vielleicht ein Aas, aber geschäftlich ein absolutes Ass. Cyriak hätte gern einen Sohn wie ihn gehabt. Den Flo hat er nach dem abgebrochenen BWL-Studium zu sich auf die Bank genommen, wo er zunächst Philodendren abstauben, Papierkörbe ausleeren und Botengänge erledigen musste, ehe man ihn ans eigentliche Bankgeschäft heranließ. Nach zwei Jahren hatte er sich einigermaßen eingearbeitet, aber dann kam es über Nacht zur Tragödie.«

»Ich ahne ungefähr, was vorgefallen sein muss.«

»Flo hatte sich in dem verzweifelten Versuch, dem Vater doch noch zu imponieren, und angestachelt von Rexeisen auf gefährliche Termingeschäfte eingelassen und war dabei furchtbar auf die Nase gefallen. Zwischen Vater und Sohn war damit endgültig der Ofen aus. Cyriak konnte das Desaster zwar als Verlust der Bank darstellen, aber die Blamage wurde trotzdem öffentlich.« Sie stand auf, um Teewasser aufzusetzen.

»Die Schadenfreude von ganz Gastein musste allerdings der Falsche aushalten«, sagte sie, als sie sich am Ofen umwandte. »Wie ein alttestamentarischer Patriarch – anders kann man es nicht beschreiben – verstieß Cyriak seinen Sohn, der nichts Besseres anzufangen wusste, als zunächst für ein paar Monate auf eine Alm seines Onkels zu flüchten und dann Hausmeister bei Rexeisen zu werden. Ausgerechnet bei jenem Mann, den ihm sein Vater immer wieder als Vorbild angedient hatte, der aber letztlich an dem Verstoß von seinem Vater nicht ganz unschuldig war. Vielleicht hat's Flo auch getan, um Cyriak zu ärgern, aber Sie wollten ja etwas über Ali hören und nicht über Flo.«

»Über beide, Frau Gamsleder, über beide – eigentlich sogar über alle, die eng mit Rexeisen verbandelt waren. Erzählen Sie nur frisch von der Leber weg, was Ihnen einfällt.«

»Tja, die Dreierbeziehung zwischen den beiden Kerschhackls und Rexeisen war in der Tat seltsam. Flo soll ja wegen seiner Kokserei bei Ali mordsmäßig in der Kreide gestanden haben. Es heißt, Cyriak habe seit jener Sache in der Bauernbank nie auch nur noch einen Cent für seinen Sohn herausgerückt, trotzdem sind er und Ali bis zu dessen Schlaganfall Jagd- und Saufkumpane geblieben. Anschließend beschränkten sich ihre Kontakte wohl nur noch auf gemeinsam eingefädelte Geschäfte.«

»Was ist eigentlich mit Florians Mutter?«, fragte Jacobi. »Die scheint dabei ja überhaupt keine Rolle zu spielen.«

Die Milchmesser-Mizzi hatte sich inzwischen wieder zu ihm an den Tisch gesetzt. »Cyriak hat Vroni schon vor Jahren unter Kuratel stellen lassen, weil sie angeblich an Depressionen leidet und nicht mehr geschäftsfähig ist — so sagt man das wohl. Damals konnte er es gar nicht erwarten, sie ins Sanatorium zu stecken, aber heute vergisst er bei keiner Gelegenheit zu erwähnen, wie teuer ihn die Unterbringung kommt.«

»Und? Ist sie wirklich so teuer?«

Sie winkte verächtlich ab. »Natürlich ist sie nicht billig, aber Vroni war die Tochter eines gut aufgestellten Bauern und hat eine so reiche Mitgift in die Ehe eingebracht, dass Cyriak eigentlich kein eigenes Geld dafür anrühren müsste. Außerdem ist sie ohnehin nur mehr gelegentlich im Sanatorium, die übrige Zeit geht sie ihrer Schwester auf deren Bauernhof in Dorfgastein zur Hand, womit beiden gedient ist.«

»Wissen Sie, ob Veronika Kerschhackl noch Kontakt zu ihrem Sohn hat?«

»Wenig, aber das liegt nicht an ihr, sondern an ihm. Er hat sich von ihr im Stich gelassen gefühlt, als ihre Depressionen kritisch wurden. Dafür hat sie ihn früher, wohl aus Enttäuschung über ihren Mann, allzu sehr verwöhnt, was Flo nicht gerade gut bekommen ist …«

»Warum sprechen Sie nicht weiter?«

»Was ich jetzt sage, ist eigentlich nur ein Gerücht. Ich will Cyriak nicht Unrecht tun, auch wenn er ein Schleimfisch ist, der trotz seines angehäuften Reichtums weiterhin jedem Cent hinterherrennt. Er ist sich nicht zu schofel, überall im Innergebirg einsame alte Witwen und Tunten abzukochen und ihnen Immobilien, Grundstücke, Wertpapiere und Ersparnisse abzuluchsen, indem er sie auf die Idee bringt, ihn zunächst als Vermögensverwalter und schließlich als Erben einzusetzen. Cyriak hat für die Bedürfnisse dieser Leute ein Sensorium entwickelt, das ihm kaum jemand zutrauen würde.«

»Welches Gerücht meinen Sie? Der Wein ist übrigens vorzüglich.«

»Freut mich, dass er Ihnen schmeckt. Tja, wie soll ich es sagen? Die einen munkeln, Cyriak sei latent schwul, die anderen schwören Stein und Bein, dass sein zuckersüßes Gehabe nur Strategie sei. Doch im Gegensatz zu Alis damaligem Freund, jenem Hotelier, würde Cyriak ohnehin nie zu einer solchen Veranlagung stehen, weil es so gar nicht …« Sie stockte wieder, schluckte, schwieg.

»Weil es so gar nicht zum Image eines strammen Katholiken passt, der dem Herrgott tagtäglich die Zehen abbeißt?«, ergänzte Jacobi, während er nach seinem stumm geschalteten Handy griff, das schon mehrmals vibriert hatte und es jetzt wieder tat. »Entschuldigen Sie bitte!«

Die Gastgeberin nickte und nutzte die Unterbrechung, um ihren Tee aufzugießen.

Am Telefon war Feuersang. »In Florian Kerschhackls Dienstwohnung im Babenberger Hof ist eingebrochen worden, das Siegel an der Tür ist allerdings nicht beschädigt.«

»Und wie ist der Einbrecher dann reingekommen?«

»Ganz einfach. Die Wohnung liegt im Souterrain. Vor einer halben Stunde hat ein Hotelangestellter das offene Fenster bemerkt, und da sich wegen Rexeisens spektakulärem Todessturz alles sowieso schon in heller Aufregung befindet und die bizarrsten Gerüchte kursieren, hat er vorsichtshalber den Posten Hofgastein verständigt. Höllteufel ist inzwischen persönlich vor Ort. Er hat Kerschhackl im Schlepptau, aber der sagt, es scheint nichts zu fehlen.«

»Tja, vielleicht ist er auch selbst eingestiegen, um etwaige —«

»Ist er nicht«, widersprach Feuersang sofort. »Seit er wieder im Tal ist, wurde er nicht einmal in der Nähe seiner Wohnung gesichtet, schließlich wird er jetzt auf Schritt und Tritt von Dutzenden von Augen beobachtet.«

Jacobi hob die Schultern an, obwohl sein Gesprächspartner ihn nicht sehen konnte. Eine jahrzehntelang verinnerlichte

Geste. »Wenn aber doch, dann wäre das ohnehin nur ein Beweis für seine Unschuld, denn ein strategisch vorgehender Mörder würde nicht erst nach der Tat Hinweise in seinem engsten Umfeld beseitigen. Schon eher könnte Leonie Rexeisen einen Grund haben, bei Flo Nachlese zu halten. Oder Lars Viebich – oder vielleicht beide gemeinsam. Viebich hätte außerdem schon zu einem Zeitpunkt einsteigen können, als von Versiegelung noch keine Rede war.«

»Sch…, daran hab ich jetzt wieder nicht gedacht.«

»Siehst du, Leo, und genau das macht letztlich den Unterschied zwischen einem Major und einem Chefinspektor aus.«

»Witzkeks!«

»Hast du sonst noch was für mich? Vielleicht zur Abwechslung mal etwas Erbauliches?«

»Und ob. Der Schoissengeier singt wie ein Vogel, *nomen est omen.*«

»Verschon mich mit deinen Kalauern und spann andere auf die Folter. Also, was sagt er?«

»Gut, aber ich muss vorausschicken, dass Kollege Hofstätter, der neben mir steht, zwei gut getarnte Kameras an verschiedenen Plätzen im Jagdhaus gefunden hat. Das Aeronautic-Happening sollte heimlich gefilmt werden. Was genau Rexeisen damit bezwecken wollte, behauptet der Hausl, nicht zu wissen, aber dafür ist er mit einem Fläschchen Gamma-Dingsbums, na, halt mit Liquid Ecstasy herausgerückt.«

»Du meinst wahrscheinlich GHB, Gamma-Hydroxy-Buttersäure«, half Jacobi aus. »Ich frage lieber nicht nach, was ihn so kooperativ hat werden lassen. Wozu war das GHB gedacht?«

»Auf Rexeisens Anordnung hin hat er zwei Flaschen Pommery Brut Royal mit jeweils sieben Gramm geimpft. Schon bei einem Konsum von zwei Gläsern Schampus hätte das etwa zwei Gramm im Blut bedeutet.«

Jacobi wusste, was er meinte. Die Menge galt als stark aphrodisisch, während über drei Gramm bereits einschläfernd wirkten und vier Gramm einen Erwachsenen ins Koma schicken konnten. Jedes Individuum reagierte auf die Mischung von GHB und Äthylalkohol anders, was die besondere Gefährlichkeit dieser

Substanz ausmachte, aber ganz offensichtlich hätte Rexeisen dieses Risiko in Kauf genommen. »Wer außer Rexeisen und dem Hausmeister wusste noch von dem GHB?«

»Niemand, behauptet jedenfalls Schoissengeier.«

»Und glaubst du ihm? Schließlich ist auch Flo Kerschhackl so was wie ein Hausl bei den Rexeisens.«

»Muss er denn automatisch eingeweiht gewesen sein, bloß weil er zufällig auch Hausmeister ist, noch dazu, wo er vermutlich selbst eine Figur in Rexeisens Reigen abgeben sollte?«, stellte Feuersang die nicht unlogische Gegenfrage.

»Es kann jedenfalls kein Zufall sein, dass ausgerechnet dieses Narkotikum zum Einsatz kommen sollte«, sinnierte Jacobi, während er der nachschenkenden Gastgeberin dankend zunickte. »Der Mörder muss davon gewusst haben, hat den Spieß umgedreht und früher zugeschlagen. Ich wette, die Besatzung des Heißluftballons ist auch mit Liquid Ecstasy außer Gefecht gesetzt worden.«

»Nur Rexeisen nicht.«

»Nein, den hat der Mörder mit eigener Hand überwältigt und ihm dann gesagt, was ihn erwartet. Gibt's noch was Neues von Stubi oder Wastl?«

»Unter der Schreibtischplatte in Rexeisens Büro im Babenberger Hof war eine Wanze angebracht. Laut Stubis erster Analyse muss sie schon länger dort geklebt haben. Fingerabdrücke gibt es dort leider keine, aber an den Sektgläsern an Bord des Ballons wurden fünf unterschiedliche Prints abgenommen. Die Ergebnisse der Blutanalysen erhalten wir morgen, sagt Pernauer. Er rechnet sich gute Chancen aus, das GHB in den Proben nachweisen zu können, denn zwischen Verabreichungstermin und Blutabnahme sind nur maximal sieben Stunden vergangen.«

»Tja, selbst wenn alle vier GHB im Blut hatten, beweist das noch nicht Viebichs Täterschaft«, sagte Jacobi und sah Maria Gamsleder zu, wie sie ihren Ingwertee an den Tisch brachte und mit zwei Stück Würfelzucker süßte. »Q könnte im Nachhinein eine geringe, genau kalkulierte Menge zu sich genommen haben, um nicht sofort auf sich aufmerksam zu machen.«

»Du sprühst ja heute wieder mal vor Optimismus, Oskar,

Wahnsinn! Dabei hatten wir es eigentlich noch nie so leicht, den Täterkreis einzugrenzen.«

»Du sagst es: Rexeisen kann nur von jemandem ermordet worden sein, der mit an Bord des Ballons war, aber Viebich wegen seiner Flucht gleich als einzigen logischen Täter zu zementieren, kommt mir doch etwas zu simpel vor. Und weil wir ihn gerade erwähnen: Fahr doch bitte noch heute zu seiner Wohnung und nimm sie unter die Lupe. Gefahr im Verzug, schließlich ist er im Moment der Hauptverdächtige. Wenn du damit fertig bist, holst du mich bei Frau Gamsleder ab. Kannst dir ruhig Zeit lassen, ich bin sicher noch eine Weile hier.«

»Stubi wird aber nicht erfreut sein, wenn wir ihm ins Handwerk pfuschen.«

»Mit Blick auf den Einbruch bei Flo Kerschhackl lässt mich das ehrlich gesagt ziemlich kalt. Auch wenn die Staatsanwaltschaft meckert. Gibt's noch was, das du mir sagen wolltest?«

»Ich glaube, im Moment nichts, das dich interessiert. Wenn uns die Journaille die Tür einrennt, kümmert dich das ja herzlich wenig. Ich werde jetzt versuchen den Posten ungeschoren zu verlassen und melde mich dann später.«

»'tschuldigen Sie noch mal, Frau Gamsleder.« Jacobi hatte aufgelegt und wandte sich wieder der Hausherrin zu. »Wo waren wir stehen geblieben?«

»Kein Problem, ist ja Ihr Job, Herr Major. Wir waren immer noch bei Cyriak Kerschhackl, dem Rabenvater von Florian.«

»Stimmt. Also, mich würde interessieren, wie es mit dem Sohn weitergegangen ist.«

»Der ist vom Regen in die Traufe geraten, als er in Rexeisens Dienste trat. Natürlich wusste Ali von seiner Drogenabhängigkeit und seinem Hang zu kostenintensivem Lifestyle. Beides nutzte er aus, um Flo vollständig von sich abhängig zu machen. Als Hausmeister vom Babenberger Hof und teilweise auch von der Pension Anneliese war er durchaus keine schlechte Wahl. Er war handwerklich sehr geschickt, ganz egal, ob er als Elektriker, Klempner oder Zimmerer gebraucht wurde. Aber natürlich konnte er sich die Lebensart, die er von früher gewohnt war, nicht im Entferntesten leisten und stand bei Ali bald hoffnungslos in der Kreide. Schnell hieß es, er sei für Ali eine Art Mädchen für alles.«

»Also hat Rexeisen ihn auch zu nicht ganz astreinen Tätigkeiten gezwungen?«, konkretisierte Jacobi.

»Das wurde behauptet. Jedenfalls war er nicht besser dran als ein Hund, der seinem Herrn auf Gedeih und Verderb ausgeliefert ist.«

»Es gibt Hunde, die beißen irgendwann die Hand, die sie füttert.«

Maria Gamsleder wiegte zweifelnd den Kopf. »Ich kenne ja die Hintergründe nicht, die zu Alis Tod geführt haben, und ich traue dem abgerutschten Kerschhackl junior durchaus so einiges zu. Zum Beispiel soll er immer wieder vor unseren Schulen Labordrogen verkaufen – behauptet zumindest mein Jüngster, Erich. Es heißt sogar, der Raub des Sternsinger-Geldes im vorigen Jahr würde auch auf sein Konto gehen, aber ich kann mir ums Verrecken nicht vorstellen, dass ein Weichei wie Flo einen Alarich Rexeisen aus dem Heißluftballon geworfen hat.«

»Stimmt es denn, dass Leonie Rexeisen ihn lieber heute als morgen entlassen würde?«

»Tja, auch das wurde immer wieder behauptet, aber ich glaube, selbst nach Alis Tod wird sie ihn wohl weiterhin als Hausmeister behalten. Nicht zuletzt, weil er Lars' Freund ist.«

»Lars Viebichs Freund?«

»Ja, die beiden kennen sich schon seit ihrer Gymnasialzeit in Villach – Flo ist damals ein Mal sitzen geblieben –, und sie haben auch gemeinsam maturiert.«

»Aber die beiden passen doch auf den ersten Blick so gar nicht zueinander«, meldete Jacobi Zweifel an. »Viebich soll verlässlich und tüchtig sein, während Florian Kerschhackl rein gar nichts auf die Reihe kriegt und seine Zukunft quasi schon verspielt hat.«

»Es stimmt, dass die Freundschaft etwas abgekühlt ist«, räumte Maria Gamsleder ein, »trotzdem hält der Kitt aus Kindertagen noch, wobei er bei Viebich weniger aus Sympathie, sondern eher aus Mitleid bestehen dürfte. Außerdem gibt es da noch eine weiter zurückliegende, äußerst ungustiöse Sache, die nicht nur die beiden, sondern alle vier Ballooninsassen betrifft und sie zu einer unheiligen Allianz zusammengeschweißt hat.«

»Alle vier? Wen genau?« Jacobi war wie elektrisiert. Das klang doch endlich exakt nach jenem düsteren Geheimnis, das Höllteufel angesprochen hatte.

»Ali, Leonie, Lars und Flo. Dazu muss ich allerdings etwas ausholen und zu Rexeisens Aufstieg zurückkehren. Wenn der Teufel, wie es heißt, den Seinen hilft, dann muss Ali eine Zeit lang sein ganz besonderer Liebling gewesen sein. Nur wenige Jahre nach seiner Heirat starb nämlich sein Schwiegervater, der Einzige, der ihm noch Paroli hätte bieten können. Mit der gebrochenen Gattin verfuhr Ali anschließend nach Belieben, was ihr – bei seinem Charakter nicht überraschend – aggressiven Magenkrebs bescherte und sie ihrem Vater bald nachfolgen ließ. Die Ehe ist kinderlos geblieben.«

»Auch nicht gerade überraschend«, konnte sich Jacobi nicht enthalten einzuwerfen.

»Kinder interessierten Ali nicht, nur Geld und Einfluss, und für die Anhäufung von Geld und Immobilien hatte er in Cyriak Kerschhackl den kongenialen Partner gefunden. Die geballte Macht der beiden bekamen denn auch viele schwächere oder zu vertrauensselige Mitbürger zu spüren. Eines ihrer Steckenpferde war Konkursbetrug, den sie mit gleich gestrickten Hoteliers wiederholt durchzogen, wobei etliche mittelständische Handwerker existenzgefährdend geschädigt wurden.«

»Ich erinnere mich, davon gelesen zu haben.«

»Ja, es stand nicht nur ein Mal in der Zeitung. Die umgekehrte Variante war, bereits angeschlagene Tourismusbetriebe vollends in den Ruin zu treiben. Die Bauernbank kündigte ihnen unter Vorgabe von Scheingründen auf einen Schlag sämtliche Kredite, dann veräußerten Ali und Cyriak die Konkursmasse mit sattem Gewinn an skandinavische Investoren oder sackten sie selbst ein. So unter anderem geschehen bei der angesehenen Familie Dornhaag vor rund einem Jahrzehnt.«

»Aha, also die angesprochene ungustiöse Sache?«

»Ja, Anneliese und Xaver Dornhaag führten schon in der vierten Generation eine wunderschöne Pension in Bad Gastein.

Sie war immer wieder liebevoll und stilgerecht renoviert worden, orientierte sich aber nicht ausreichend genug an modernen Erfordernissen.« Sie rührte etwas zu heftig in ihrer Teetasse. Der Löffel klirrte gegen das Porzellan. »Xaver war kein Geschäftsmann, eher ein Schöngeist. Ich mach's kurz: Auf dem Haus lasteten Hypotheken, die immer weiterwuchsen, anstatt weniger zu werden. Als die Bauernbank die Kredite plötzlich fällig stellte, verfiel Xaver auf die hirnrissige Idee, Rexeisen seine bildschöne Tochter Diana anzudienen, um so die Katastrophe abzuwenden.«

»Oh nein!«, entschlüpfte es Jacobi.

»Sie sagen es. Die Lehramtsstudentin war von Ali schon wiederholt angebaggert worden, hatte dem Parvenü aber stets die kalte Schulter gezeigt. Aber angesichts der niederschmetternden Gegebenheiten ließ sie sich vom Vater zu diesem Canossagang breitschlagen und suchte Ali in dessen protzigem Loft auf. Der wusste durch Leonie Glirsch, die Buchhalterin der Pension Anneliese, und durch Kumpan Cyriak über die prekäre finanzielle Situation der Dornhaags natürlich längst Bescheid.«

»Und wer war bei dem Treffen mit Diana anwesend?«, fragte Jacobi ahnungsvoll.

Maria Gamsleders Augen glänzten verdächtig, die Geschichte schien sie immer noch mitzunehmen. »Zunächst angeblich nur Rexeisen, und anfangs schien auch alles günstig für Diana und ihre verschuldeten Eltern zu laufen. Ali gab vor, am liebsten gleich an Ort und Stelle mit ihr Verlobung feiern zu wollen, und nötigte ihr ein Glas Sekt auf. Diana wurde kurz danach regelrecht euphorisch und hätte die Welt umarmen können.«

»Rexeisen hat mit ihr ein ähnlich übles Spiel gespielt, wie er es heute anscheinend auch wieder vorhatte«, dachte Jacobi laut.

»Was? Ich versteh nicht?« Die Milchmesser-Mizzi konnte ihm aufgrund ihres Informationsdefizits nicht ganz folgen.

»Unwichtig. Klären Sie mich lieber auf, woher Sie diese intimen Kenntnisse haben.«

»Ich kenne Dianas Mutter recht gut. Sie hat mir unter Tränen davon erzählt – schon vor Jahren, als ihre Tochter noch lebte.«

»Diana ist tot?« Die rhetorische Frage entschlüpfte dem erfahrenen Beamten im selben Moment, als er die Zusammenhänge auch schon erriet und abwehrend die Hände hob. »Lassen Sie nur, erzählen Sie bitte der Reihe nach weiter.«

»Das arme Ding ist im Babenberger Hof vergewaltigt worden, und zwar von allen vieren.«

»Was? Auch von der Frau? Von Leonie?«

»Ja, auch sie hat sich an der Sauerei beteiligt. Sie und die anderen zwei waren zu Ali und Diana gestoßen, als das Teufelszeug bei dem Mädchen bereits seine Wirkung tat.« Sie unterbrach sich, um einen Schluck von ihrem Tee zu nehmen, aber er war anscheinend noch immer zu heiß. Sie setzte die Tasse wieder ab und erzählte weiter: »Sie alle waren total high, hatten sich Koks reingezogen, wie Anneliese später aus sicherer Quelle erfuhr. Was in Dianas Sekt war, kann man hingegen nur vermuten.«

»Wahrscheinlich Crystal Speed oder etwas Ähnliches«, riet Jacobi. »Aber dass Viebich da mitgemacht hat, wundert mich doch – nach allem, was ich bisher über ihn gehört habe. Von der späteren Frau Rexeisen hab ich allerdings nichts anderes erwartet, schließlich ging es darum, eine Rivalin fertigzumachen. Ist die Sache denn gerichtsanhängig geworden?«

»Ja, die erste Verhandlung fand unter Ausschluss der Öffentlichkeit in Salzburg statt, aber es ist nichts dabei herausgekommen. Auch die Berufungsverhandlung vor der Kammer in Linz hat mit demselben Ergebnis geendet. Diana hatte viel zu spät und nur auf Drängen ihrer Mutter und einiger Freundinnen Anzeige erstattet. Ich denke, ihre passive Haltung damals war nicht zuletzt auf die unzureichenden medizinischen Bedingungen zurückzuführen, mit denen sich ein Vergewaltigungsopfer in Österreich konfrontiert sieht.«

Der melancholische Ausdruck in Jacobis Märtyrerphysiognomie verstärkte sich. »Ich weiß, das beanstande ich schon seit Jahren. Qualifizierte Untersuchungen finden bei uns nur im Gerichtsmedizinischen Institut Graz statt, während eine Nullachtfünfzehn-Überprüfung zu Hause beim Arzt recht schnell an ihre Grenzen stößt.«

Maria Gamsleder nickte. »Genau das war das Dilemma der Dornhaags. Die Chancen für Ermittler und Staatsanwaltschaft waren von vornherein gering, und die vier Angeklagten hatten ihre Aussagen genau untereinander abgesprochen. Es sei viel getrunken worden und auch Sex sei im Spiel gewesen, ja, aber nur einvernehmlich und nur zwischen Diana und Ali. Die Beschuldigungen seien nichts als eine billige Revanche, weil die durchsichtige Anbiederung nicht so funktioniert habe, wie die Familie Dornhaag das gern gesehen hätte.«

»Wahrscheinlich war im Loft alles vorbereitet worden, sobald Dianas Besuch auch nur abzusehen war«, mutmaßte Jacobi, indem er sich die Ereignisse von damals vergegenwärtigte. »Rexeisen wollte sie für die vorangegangene Zurückweisung unauslöschlich demütigen.«

»Exakt dieselben Worte hat Anneliese, Dianas Mutter, benutzt, aber das Mädel hat ja nicht einmal mehr schildern können, was mit ihr im Loft geschehen war. Später ist die Erinnerung umso schrecklicher zurückgekehrt. Obwohl sich Diana in der Zwischenzeit in psychiatrische Obhut begeben hatte, quälten diese sogenannten Flashbacks sie kontinuierlich weiter, wobei die Abstände dazwischen kürzer und kürzer wurden.«

»Und irgendwann konnte sie es nicht mehr ertragen?«, trieb er die Schilderung voran.

»Ja, auch die Behandlung ihres Traumas mit Propan…«

»Die Behandlung mit Propanonol hat nichts mehr genützt?«, half Jacobi aus, dem das Medikament gegen PTS von früheren Fällen her geläufig war.

»Sie sagen es. Diana kippte am Ufer der Salzach in der Nähe der Lendner Maut eine halbe Flasche Whisky in sich rein und ließ sich dann ins Wasser fallen.«

»Hat sie einen Abschiedsbrief hinterlassen?«

»Davon ist mir nichts bekannt. Zunächst fand man nur ihr Auto und die Flasche. Ihren Leichnam entdeckten Arbeiter erst Wochen danach am Stahlrechen des Flusskraftwerks bei Hallein.«

Fast eine halbe Minute verstrich, ohne dass ein Wort gesprochen wurde. »Auch ihr Vater, der sich nicht ohne Grund mitschuldig fühlte, überlebte die Tragödie nicht«, fuhr Maria Gamsleder leise fort. »Kummer und Scham setzten seinem ohnehin schon schwachen Herz so zu, dass er während der Beisetzung der Tochter einem Infarkt erlag. Wie es Anneliese dabei erging, kann wohl schwerlich jemand nachempfinden.«

Es war weniger Pietät, die Jacobi veranlasste, das abermalige Schweigen der Frau zu respektieren. Vielmehr trieb ihn neben den bisher favorisierten Hypothesen nun eine weitere, sehr vage Theorie um, die noch keine festen Züge annehmen wollte.

»Ist Ihnen bekannt, dass Leonie Glirsch, verheiratete Rexeisen, öfter an solchen Orgien teilgenommen hat?«, fragte er endlich. »Alarich Rexeisen scheint ja eine spezielle Vorliebe für diese Art von Unterhaltung gehabt zu haben.«

»Leonie tat seit Jahren alles, was Ali von ihr verlangte«, stellte die Gastgeberin klar. »Sie war Demütigungen – auch sexueller Art – gewöhnt, wie Ihnen einige Gasteiner Augenzeugen bestätigen könnten. Mit einer Vergewaltigung, wie sie Diana hat erleiden müssen, wär sie wohl eher klargekommen. Hätte Ali es angeordnet, hätte sie sich vor seinen Augen von einer ganzen Kompanie vögeln lassen.«

Die Milchmesser-Mizzi schien vom Leben hart rangenommen worden zu sein, wirkte aber vielleicht gerade deshalb so ausgeglichen. Eine solche Frau wählte nicht aus Jux oder Gehässigkeit so drastische Worte. Wusste sie mehr, als sie jetzt preisgab?

»Dann war die späte Heirat also nicht eine Art Belohnung für diverse Dienste?«, fragte Jacobi nach.

»Gott bewahre! Leonie war schon vorher nichts anderes als seine Sklavin, aber nach seinem Schlaganfall brauchte er sie mehr denn je. Das war der einzige Grund. Alles, was sie für ihn tat, betrachtete er als Selbstverständlichkeit – auch so linke Touren wie den Verrat an ihren früheren Arbeitgebern, den Dornhaags. Deren Pension Anneliese war ein spätklassizistisches Juwel. Ali hat es sich nach dem Konkursverfahren zu einem Spottpreis unter den Nagel gerissen – natürlich mit Cyriaks tatkräftiger Unterstützung. Die Innenstruktur des Prachtbaus wurde gänzlich umgemodelt, und heute dienen die geräumigen Wohnungen leitenden Hotelangestellten und Maklern seiner Firma Immo-Rex als Unterkünfte.«

»Und was bekam der Herr Bankdirektor für seinen Assist?«

Maria Gamsleder lachte bitter auf. »Keine Sorge, der ging

schon nicht leer aus. Cyriak ließ sich ein großes Grundstück überschreiben, das Anneliese, Dianas Mutter, einmal geerbt hatte und das nun ebenfalls weit unter Wert veräußert werden musste, damit die Dornhaags die drohende, unsäglich peinliche Exekution abwenden konnten.«

»Was ist Ihrer Meinung nach an der Behauptung dran, Leonie Rexeisen habe ein Verhältnis mit Lars Viebich?«, vollzog Jacobi einen abrupten thematischen Schwenk.

Die Milchmesser-Mizzi nippte an ihrem Tee, der jetzt Trinktemperatur erreicht haben musste. »Das passt eigentlich nicht zu der Leonie, die man seit Jahren kennt, nicht wahr? Aber da könnte tatsächlich was dran sein«, sagte sie, während sie die Tasse langsam absetzte. »Was Konkretes weiß ich leider nicht. Wie schon erwähnt hat sich Leonie früher nie von ihrer Sklavenrolle emanzipieren können. Allerdings trat sie in letzter Zeit in der Öffentlichkeit relativ selbstbewusst auf, was noch vor einem Jahr undenkbar gewesen wäre. Möglich, dass Lars und sie sich gegenseitig den Rücken gestärkt haben.«

»Hör ich da etwa Sympathie für eine Frau heraus, die Sie eben noch eines hässlichen Verbrechens bezichtigt haben?«

»Keine Sympathie, höchstens eine gewisse Anteilnahme, die man jedem Menschen entgegenbringen muss, der jemals in die Fänge von Alarich Rexeisen geraten ist. Übrigens hätte Viebich schon längst bei Immo-Rex gekündigt, wäre da nicht die Schwäche für Leonie, die ihm nachgesagt wird. Ali soll ihn immer wieder damit aufgezogen haben, aber mehr als einen Beihirsch hat er in ihm bestimmt nicht gesehen. Schwäche muss nicht gleichbedeutend mit Verhältnis sein, Herr Major, und leider war es mir bisher noch nicht möglich, in Viebichs Wohnung Mäuschen zu spielen.«

»Aber vielleicht Schoissengeier, was meinen Sie?«

Ihre Antwort beschränkte sich auf ein leichtes Anheben der Schultern und Augenbrauen.

Jacobi versuchte es anders: »Hätte Rexeisen seine Frau ziehen lassen, wenn sie es wirklich darauf angelegt hätte?«

Der Blick von der Milchmesser-Mizzi veränderte sich. »Nein, niemals«, antwortete sie nach einer reichlich überdehnten Gesprächspause. »Was Ali einmal als sein Eigentum ansah, gab er nicht mehr her. Dieses Prinzip galt für Sachwerte und Personen gleichermaßen. Schon als Jugendlicher hat er einmal gesagt: ›Wer nicht nimmt, was er kriegen kann, oder das Erreichte nicht halten kann, der hat es auch nicht verdient.‹«

Mizzis Gegenüber nickte zufrieden. »Das war deutlich genug. Ich danke Ihnen sehr für Ihre Offenheit – und natürlich für die vorzügliche Bewirtung. Können Sie mir zum Schluss noch sagen, wie und wo ich Frau Anneliese Dornhaag erreiche?«

»Nach jenen Ereignissen damals ist sie von Bad Gastein nach Hofgastein gezogen. Sie lebt jetzt in einer Mietwohnung in der Goldbergstraße, drittes Haus hinter dem SPAR-Markt.« Sie druckste einige Augenblicke lang herum, ehe sie weitersprach: »Es geht mich zwar nichts an, Herr Major, aber müssen die Wunden dieser armen Frau wirklich wieder aufgerissen werden? Eigentlich kann sie mit dem Tod von Rexeisen doch gar nichts zu tun haben. Ich komme mir fast wie eine Verräterin vor, weil ich Ihnen die Geschichte von Diana erzählt habe.«

»Das ist Unsinn, Frau Gamsleder. Ich will Frau Dornhaag nur um ein paar ergänzende Auskünfte bitten«, beschwichtigte er sie. »Und auch das hat Zeit bis morgen. Sie können sie ja schon mal vorwarnen, wenn Ihnen daran gelegen ist. Ich darf mich dann verabschieden. Nochmals vielen Dank und auf Wiedersehen.«

10 ALS JACOBI das Haus verließ, hielt der RS4 gerade davor. Feuersang öffnete ihm die Beifahrertür, und selbst ein stark Sehbehinderter hätte an seiner Miene ablesen können, dass er weitere Neuigkeiten zu vermelden hatte: Er grinste wie ein frisch lackiertes Schaukelpferd und legte los, noch ehe Jacobi es sich neben ihm bequem gemacht hatte.

»Du und deine Nase, Oskar«, begann er aufgekratzt. »Jetzt kenn ich dich schon so lange, aber damit überraschst du mich noch immer.«

»Und womit genau, wenn ich fragen darf?«

»Damit, dass du mich zu Viebichs Wohnung geschickt hast.«
Jacobi lachte kurz auf. »Das war doch nur die logische Konsequenz aus dem Einbruch bei Kerschhackl. Sag jetzt nicht, dass auch bei Viebich eingebrochen worden ist.«

»Ganz im Gegenteil! Zur Abwechslung sind wir jetzt einmal am Drücker. Das Vier-Zimmer-Apartment ist penibel aufgeräumt. Und auch wenn sein 3er BMW nicht an seinem Platz unterm Flugdach neben der Villa steht, sieht es nicht so aus, als hätte der Inhaber vorgehabt, für längere Zeit zu verreisen. Der Wagen ist selbstverständlich bereits in der Fahndung.« Feuersang startete und fuhr los. Die Kollegen von der Kriminaltechnik waren längst nach Salzburg abgerückt. Er und Jacobi waren wieder einmal die Letzten im Gasteiner Tal. »Viebich scheint ein sehr akkurater Mensch zu sein«, setzte er fort. »Man könnte bei ihm glatt vom Fußboden essen. Und sein ganzes Leben hat er alphabetisch in Büroordnern katalogisiert.«

»Der schlichtesten Info einen ganzen Roman vorzuspannen, das sollte eigentlich ausschließlich Hans vorbehalten bleiben, findest du nicht?« Jacobis Anspielung bezog sich auf Innendienst-Chef Hans Weider, dessen weitschweifige Erklärungen genauso bekannt wie gefürchtet waren. »Komm bitte zum Wesentlichen, Leo.«

»Nun gut, wie Sie wünschen, Herr Major. Das Wesentliche ist ein an Viebichs Eltern adressierter Brief, der ohne Zugriffscode auf seinem Laptop abgespeichert war. Schau ihn dir selbst an, ein Ausdruck liegt im Handschuhfach.«

»Du weißt genau, dass mir schlecht wird, wenn ich beim Autofahren lese, also sei so nett und erzähl mir den Inhalt. Und möglichst nur das Wichtige, wenn ich bitten darf.«

»Noch andere Wünsche? Vielleicht als Rap? Bin ich etwa Moderator in einer Dummschwätzer-Talkshow? Der Brief ist mehrere Seiten lang, Oskar, und mit Herzblut geschrieben.«

»So arg?«

»Ja, so arg. Dem seriösen Herrn Viebich ist es nämlich brutal ans Eingemachte gegangen. Jemand hatte ihn mit Aktienoptionsgeschäften geködert, und er ist drauf reingefallen.«

»Wie das?«

»Es war ähnlich wie mit diesen Fonds, die gewisse Raffzähne blauäugigen Leuten als gewinnbringend und idiotensicher anpreisen und die sich hinterher als totale Flops erweisen.«

»Mit Raffzähnen meinst du Hedgefonds-Manager, die gegen ihre eigenen Produkte wetten und damit unverschämt abkassieren?«

»Genau so einem Typ Mensch ist Viebich aufgesessen. Cyriak Kerschhackl und Rexeisen sind beziehungsweise waren beide solche Schweinsaugen. Auf perfide Art haben sie Viebich die Zähne nach einem Papier lang gemacht, welchem angeblich ein sagenhafter Run prognostiziert worden war. Und dabei ist die Weißenbach-Aktie seit Jahrzehnten eine Börsenleiche. Das mit ihr verbundene Projekt hat keine reale Chance auf Verwirklichung mehr.«

»Was für ein Projekt?«

»Hinter Sportgastein hätte einst der Weißenbach-Tunnel das Gasteiner Tal über eine Autostraße mit Kärnten verbinden sollen. Das war der Aufhänger. Rexeisen hat Viebich dann wie unbeabsichtigt einen Blick auf eine pseudomäßig vertrauliche Info der Bauernbank ermöglicht. In der wurde unterstellt, dass die ebenfalls schon lange über Osttirol und den Pinzgau projektierte Autobahn, die sogenannte Alemannia, gegen alle Widerstände der Anrainer in den nächsten Jahren durchgeboxt und Bauernbank International sich daran beteiligen wird. Und obwohl das Nassfeld und damit auch das Weißenbachtal zum Nationalpark Hohe Tauern gehört, hätte ein solcher Hype natürlich auch der vergilbten Weißenbach-Aktie neues Leben eingehaucht.«

»Aber warum?«, gab sich Jacobi begriffsstutzig.

Sein langjähriger Mitarbeiter legte mitleidig die Stirn in Falten. »Das verstehst du nicht? Nun, wie große Flüsse brauchen auch Autobahnen flankierende Entlastungsgerinne. Das Verkehrsaufkommen auf der A 10, der Tauernautobahn, veranschaulicht das besser als nur irgendwas. In Spitzenzeiten kann der Gasteiner Bahn-Tauerntunnel mit seinen Überstellungszügen den Autotunnel in den Niederen Tauern kaum noch wirklich entlasten.«

»Aber ein zusätzlicher Autotunnel könnte es«, insistierte

Jacobi, »und nicht nur das: Er würde bei Bedarf auch eine fertiggestellte Alemannia über den Felber-Tauern entlasten.«

»Also hat er es doch kapiert, mein kluger Chef! Allerdings würde ein Straßentunnel, wie er nach dem Zweiten Weltkrieg geplant war, jede Menge Verkehr nach Gastein ziehen und dem Ort ein ähnliches Schicksal bescheren wie dem Wipptal am Brenner. Eine Realisierung hat deshalb nicht die geringste Chance.«

»Und eben das hätte Viebich einleuchten müssen, ehe ihm die Gier das Gehirn vernebelt hat. Willst du mir das sagen?«

Feuersang nickte. »Viebich glaubte, mit seinem vermeintlich geheimen Wissen die große Kohle machen zu können. Er hat alles, was er nur irgendwie zu Geld machen konnte, in die Aktie gesteckt, auch sein Haus in der Nähe von Spittal. Und nachdem sie künstlich einen Mini-Hype provoziert hatten, stießen Rexeisen, Kerschhackl senior und Konsorten ihre Pakete schleunigst wieder ab, während Viebich nichtsahnend auf den prognostizierten Run wartete. Stattdessen aber kam das grausame Erwachen, und dabei hat es ihn nur wenig getröstet, dass sich auch andere, später aufgesprungene Naivlinge nun die Wände mit dem wertlosen Papier tapezieren konnten. Nicht das letzte Quäntchen Vernunft, sondern der Wunsch, die Eltern mit dem ganz großen Coup zu überraschen, hat ihn wenigstens davor bewahrt, sich von ihnen Geld für weitere Aktienkäufe zu leihen und damit auch sie in das Schlamassel mit hineinzuziehen.«

Längst hatten die beiden Beamten Markt Hofgastein hinter sich gelassen, links huschten bereits die Lichter des ÖBB-Bahnhofs an ihnen vorbei.

»Also gut, vermutlich ist er jetzt pleite und hat Schulden bis über die Hutschnur«, resümierte Jacobi. »Aber warum hat Rexeisen das überhaupt angezettelt? Warum hat er seinen Vorzeigeschüler so auflaufen lassen?«

»Auch das steht in dem Brief. Rexeisen ist anscheinend dahintergekommen, dass Leonie ihn verlassen und mit Viebich nach Kärnten ziehen wollte. Mit dieser Kabale wollte er dem einen Riegel vorschieben, was ihm ja zunächst auch geglückt ist.«

»Wie hat Viebich überhaupt von dem abgekarteten Spiel erfahren?«

»Von seinem Freund Flo, der ein Telefonat zwischen seinem Vater Cyriak und Rexeisen mitgehört hat. Darin wurde Viebichs Karriereknick im Nachhinein erörtert.«

»Und wann hat Viebich den Brief geschrieben?«

»Vor Monaten.«

»Also wusste er schon länger, dass Rexeisen ihm und Leonie den Abflug vermiest hatte.«

Feuersang blickte kurz zu seinem Beifahrer hinüber. »Abflug? Erinnert dich das nicht an irgendwas? Er wusste seit einem Vierteljahr Bescheid und fuhr trotzdem im Heißluftballon mit, als wäre überhaupt nichts passiert. Und das ist noch nicht alles. Beide, Lars Viebich und Leonie Rexeisen, hatten erfahren, dass Rexeisen heute im Jagdhaus filmen lassen wollte, wie sie und die Escort-Girls es im Ecstasy-Rausch miteinander trieben. Wahrscheinlich sollten sie mit dem kompromittierenden Material in puncto Weißenbach-Aktie ruhiggestellt werden. Viebich schreibt außerdem, dass sein Chef so etwas nicht zum ersten Mal gemacht hat, und wenn Ali kein Krüppel wäre, würde er ihn umbringen.«

»Aber woher weißt du, dass er das mit dem geplanten Sex-Tape wusste? Hat wieder Flo Kerschhackl etwas damit zu tun?«

»Allerdings. Du hattest mit deiner Vermutung nämlich doch recht: Er wusste Bescheid, was abgehen sollte. Überhaupt scheint er wesentlich mehr zu wissen, als er uns sagen will.«

»Ein unangenehmer Schleicher, der wie ein Nachtmahr herumpirscht und jeden ausspioniert.«

»Das ist wahrscheinlich das einzige Kapital, das Kerschhackl junior noch zur Verfügung steht.«

»Du meinst also, er ist nach Rexeisen der Nächste, der die anderen erpresst – jetzt mehr denn je?«

»Du sagst es. Und das ist bei Kalibern wie Viebich und Leonie Rexeisen nicht ungefährlich. Aber jetzt bist du dran: Was hat dir die Milchmesser-Mizzi gesteckt? Oder habt ihr euch nur gemeinsam die Kante gegeben? Nein, lass mich raten: Ich tippe auf einen Blaufränkischen vom Leithagebirge.«

Jacobi streckte ihm die blaue Zunge heraus. »Neidhammel! Aber Höllteufels Tipp war nicht schlecht. Maria Gamsleder hat tatsächlich ein Gedächtnis wie ein Schwamm und mit ihren vielen detaillierten Infos eine neue Qualität in unsere Ermittlungen gebracht.«

»Die da nämlich sind?«

»Der Mörder kann, muss aber nicht unbedingt der klassische Einzeltäter sein, wie ich zunächst angenommen habe.«

»Aber dass zum Beispiel Leonie Rexeisen und Viebich ein Tandem bilden können, das ist ja nun wirklich keine Top-Neuigkeit mehr.«

»Ich weiß, diese Möglichkeit steht neben den jeweiligen Solisten im Ranking ganz vorn, aber ich favorisiere eine Variante, bei der ein Komplize außerhalb des Ballonkorbs dem Mörder assistiert hat.« Jacobi begann nun sämtliche von Maria Gamsleder erhaltenen Informationen mit seinem Chefinspektor zu erörtern. Als er damit durch war, hatten sie das Gasteiner Tal, St. Veit und St. Johann längst hinter sich gelassen und fuhren bei Bischofshofen bereits auf die A 10.

»Dann lass uns noch einmal zusammenfassen, was wir haben. Schließlich sind wir nur zu zweit, und einer von uns muss morgen den Bericht für die Ablage tippen.«

»Spielverderber«, murrte Feuersang.

»Motz nicht, fang an.«

»Also, von den Ballonfahrern haben Leonie Rexeisen und Lars Viebich jeweils starke Mordmotive, wobei die Witwe den Jackpot gewonnen hat – und Viebich dadurch profitieren würde, wenn er denn wirklich ihr Herzbube ist.«

»Richtig, die stehen auf unsrer Liste ganz oben. Weiter.«

»Aber auch Flo Kerschhackl hat nicht nur ein Motiv: horrende Schulden, ständige Demütigungen und was weiß ich noch alles. Was Konkretes wissen wir leider noch nicht. Wenn Rexeisen allerdings tatsächlich einer seiner Kokslieferanten war, sollten wir ihn in der Hierarchie der Verdächtigen eher zurückstufen. Kein Süchtiger killt seine Lieferanten.«

»Es sei denn, er hat andre in Aussicht«, wandte Jacobi ein.

»Du und Max, ihr nehmt ihn euch morgen vor. Wenn er nicht selbst Q ist, stellt er möglicherweise eine Schwachstelle in der Strategie des Mörders dar. Und haben wir die geknackt, könnte irgendwo ein Damm brechen. Weiter.«

»Moment mal! Wenn Kerschhackl nicht der Mörder ist, Q ihn aber – so wie du auch – als Schwachstelle ansieht, warum hat er oder sie ihn nicht in einem Aufwasch mit Rexeisen umgebracht?«

»Weil dann der Kreis der Verdächtigen kleiner geworden wäre, als es Q lieb sein kann.«

»Aber jetzt sitzt Q nicht mehr mit vier anderen Verdächtigen im Heißluftballon-Korb. Wenn er Flo als Bedrohung empfindet, könnte er unter günstigen Bedingungen zuschlagen.«

»Wir werden nicht verhindern können, dass Q sich das überlegt. Weiter.«

»Vorläufig bleibt Viebich unser Hauptverdächtiger. Er hat auf den Tourenskiern die Ecklgruben verlassen, warum sollte er fliehen, wenn er's nicht war? Unklar ist allerdings das Motiv für ein so offensichtliches Verhalten. Aber dass er der Tourengeher gewesen ist, dessen Spuren wir gefunden haben, legen nicht nur logische Schlüsse, sondern auch zwei Indizien nahe.«

»Ich höre.«

»Erstens: Er hat den Ballon im Kar gesichert, als die anderen noch im Ecstasy-Dusel schlummerten –«

»Ob es Ecstasy war, wissen wir noch nicht.«

»Das ist im Moment doch Powidl, die Frage ist, warum jemand, der sich auf der Flucht befindet, auf etwas so Unmaßgebliches achtet wie auf die richtige Liegeposition der Ballonhülle. Die Zurückbleibenden können ihm doch egal sein, es sei denn, er fühlt sich einer Person verbunden. Und zweitens, um den Faden wieder aufzunehmen: Aus eben diesem Grund hat er nämlich auch beim Posten Hofgastein angerufen. Leonie Rexeisen sollte nicht zu lange ihrem Schicksal da oben überlassen bleiben.«

»Nicht schlecht, alter Hecht! Und was ist mit den Edel-Nutten?«

»Sind auf alle Fälle zu überprüfen, Hans kümmert sich schon. Laut Aussage seiner Frau hat Rexeisen etwas von einer

Rechnung daherschwadroniert, die noch offen wäre. Falls er das wirklich gesagt hat, könnte sich die Äußerung auf die beiden *roten Lolas* beziehen, schließlich verwendet man die Phrase eigentlich nur Leuten gegenüber, mit denen man längere Zeit nichts mehr zu tun hatte. Mit seiner Frau, mit Viebich und Flo Kerschhackl hatte er aber jeden Tag zu tun. Ich halte diese Spur ehrlich gesagt für gelegt, aber deshalb können wir sie nicht links liegen lassen.«

»Ein nettes Wortspiel, Herr Kollege. Hab ich das so zu interpretieren, dass du die Lohbauer nicht bei uns am Hundertzwölfer, sondern woanders vernehmen willst?«

»Nur dann, wenn du die Kronreif zum Souper in den Laschensky-Hof einlädst, um dir anschließend bei ihr zu Haus die Geschäftsprinzipien ihres Escort-Services näher erläutern zu lassen. Aber um noch einmal auf die alten Rechnungen zurückzukommen: eine wirklich grausige Angelegenheit, das mit der Familie Dornhaag. Und trotzdem kann ich mir nicht vorstellen, dass Anneliese Dornhaag mit einem der Beteiligten gemeinsame Sache macht, um Rexeisen und die anderen zwei dranzukriegen.«

»So etwas ist nicht so unmöglich, wie du denkst, und alles schon mal da gewesen. Man — oder in diesem Fall: frau — sucht sich den schwächsten der Peiniger der eigenen Tochter aus und knüpft trotz Hassgefühlen behutsam, *peu à peu*, den Kontakt zu ihm, um eben das schwächste Glied zum Mordinstrument aufzubauen.«

»Du denkst an Flo Kerschhackl?«

»Bei den anderen hätte es nicht funktioniert. Flo hasste seinen Chef, und Anneliese Dornhaag wusste von seiner unerträglichen Abhängigkeit. Sie könnte an sein chronisches Selbstmitleid appelliert und Verständnis geheuchelt haben, dass er für die Mehrfach-Vergewaltigung Dianas ja eigentlich nicht im selben Ausmaß verantwortlich ist wie die anderen drei, weil er — zugekokst bis in die Haarspitzen — Rexeisen nur als Werkzeug gedient hat.«

»Bevor du deine Phantasie weiter ins Kraut schießen lässt, mein lieber Oskar, solltest du die Dame vielleicht erst einmal abchecken und dir anschließend ein Urteil über sie bilden.«

»Das werd ich morgen garantiert tun«, versicherte Jacobi, ohne dem langjährigen Kollegen im Geringsten gram zu sein, dass er seiner Theorie nicht folgen wollte.

11   ALS JACOBI am Sonntagmorgen im neoklassizistischen Himmelbett erwachte, blickte er von seiner Dachterrassenwohnung am Ignaz-Rieder-Kai in einen leicht diesigen Frühlingshimmel und auf die Feste Hohensalzburg. Trotz des ihm gebotenen Panoramas auf eine der schönsten Städte der Welt war er ein wenig deprimiert, und das nicht nur wegen seiner generellen Föhn-Empfindlichkeit.

Lebensgefährtin Melanie Kotek lag nicht neben ihm. Sie hielt sich zurzeit überhaupt nicht in seiner Wohnung auf, sondern in ihrer eigenen am Müllner Salzachufer, der sie seit Kurzem öfter den Vorzug gab. Genauer gesagt, seit sie zum ersten Mal als Leutnant einen Fall federführend bearbeiten durfte. Und auch, wenn dieser stark nach *cold case* roch, wies er doch einige spektakuläre Charakteristika auf. Touristen hatten im Bluntautal bei Golling eine männliche Leiche gefunden, was zwar nicht alle Tage vorkam, aber auch nicht gerade die Sensation war. Sensationsverdächtig dagegen war, dass der Mann durch einen Pfeilschuss getötet worden war, wie die Gerichtsmedizin inzwischen einwandfrei festgestellt hatte.

Jacobi bereitete es nicht gerade geringen Kummer, dass seine Melanie unbedingt allein weiterermitteln wollte und sich vorbeugend jede Einmischung verbeten hatte. Unterstützung akzeptierte sie nur von Redl, der trotz seines höheren Ranges kein Problem damit hatte, ihr gelegentlich zur Hand zu gehen, ohne ihre Führungsqualitäten durch ungebetene Ratschläge in Frage zu stellen. Und selbst Oberst Dürnberger, der Melanie Kotek ohnehin nichts abschlagen konnte, hatte ganz in ihrem Sinn und gegen seine, Jacobis, Vorbehalte entschieden, dass sie diesen Fall übernehmen sollte.

Er verzichtete auf ein Kopfwehpulver und holte noch vor

dem Gang ins Bad die »K.u.K.« aus dem Postkasten im Stiegenhaus.

Schon auf der ersten Seite des Lokalteils sprang ihm die Überschrift der Kolumne *Tacheles* von Raphael Conte entgegen: »*Mord mittels Heißluftballon!*« Und in der Zusammenfassung darunter: »*Schlaganfall-Patient aus Heißluftballon geworfen!*«

Im Textteil nahm Conte wie immer kein Blatt vor den Mund. Während er das Ereignis selbst nur mit drei kurzen Sätzen abhandelte, beschrieb er den getöteten Hotelier ausführlich als Ekel, das seine nächste Umgebung ständig schikaniert und gedemütigt hatte. Zum Schluss ließ er – stets den Finger am Puls seiner Leser – sogar noch ein gewisses Verständnis für den Mörder anklingen, wobei er die Quellen seines profunden Detailwissens natürlich nicht preisgab.

Jacobi seufzte tief, trödelte wie meistens im mosaikverzierten Hygienezentrum seiner Wohnung und setzte sich danach selbst unter Zeitdruck. Schon acht Uhr! Melanie würde längst im Büro sein, vielleicht war sie sogar schon auf dem Sprung, es wieder zu verlassen? Vielleicht legte sie nach einigen Jahren wilder Ehe ja nun doch Wert auf einen Heiratsantrag? Quatsch, Unsinn! Und selbst wenn: Auch dann würde sie immer ihren eigenen Kopf behalten, sie war keine biegsame Leonie Rexeisen.

Unzufrieden vor sich hin murmelnd reinigte Jacobi die Kaffeemaschine und machte sich danach einen Cappuccino. Auch Tochter Nadine ließ sich in letzter Zeit immer seltener blicken, sie war schon mehr in der Wohnung ihres Freundes Alexander Wohltan zu Hause als hier bei ihm. Er seufzte erneut, und als das Telefon läutete, war er fast dankbar für die Ablenkung.

Haberstroh war dran. »Morgen, Chef. Gastein meldet, dass im Loft der Rexeisens im Babenberger Hof und im Büro des Braugasthofs Hubertus eingebrochen worden ist. Das Amtssiegel war an beiden Türen durchtrennt.«

»Noch zwei Einbrüche?«, ächzte Jacobi. »Das wächst sich ja zu einer Epidemie aus!«

»Alles ist durchwühlt, aber im Büro vom Hubertus-Gasthof fehlt nichts, und abgesehen von einigen hundert Euro und ein paar Wertsachen ist auch im Loft nichts von Bedeutung weggekommen. Der Wandtresor im Schlafzimmer des Ermordeten konnte nicht geknackt werden, obwohl sich jemand daran zu schaffen gemacht hat. Vielleicht lag's aber auch daran, dass Frau Rexeisen die Kombination gestern geändert hat.«

»Was für ein glücklicher Zufall.«

»Nicht wahr? Stubi ist mit seiner Brigade übrigens bereits wieder auf dem Weg ins Innergebirg.«

»Okay, hast du sonst noch was, Max?« Jacobi inspizierte den Kühlschrank. Melanie hatte ihn nicht hängen lassen: Es war alles vorhanden, was zu einem Frühstück gehörte.

»Das hab ich tatsächlich. Florian Kerschhackl ist verschwunden. In dem Ausweichquartier, das ihm seine Chefin zugewiesen hat, scheint ein Kampf stattgefunden zu haben. Jedenfalls gibt es einen umgeworfenen Sessel, einen verschobenen Frühstückstisch und eine frische Delle an einer Schranktür. Ohren- oder gar Augenzeugen sind leider Mangelware. Stubi und Leo haben schon alles Nötige veranlasst.«

Jacobi konnte den dritten Seufzer an diesem Morgen nicht unterdrücken. Ein weiterer Tiefschlag. Dabei hatten Feuersang und er doch noch gestern auf der Heimfahrt erörtert, wie sehr Flo Kerschhackl gefährdet war. Sie mussten so schnell wie möglich wieder nach Gastein. »Hat sich Pernauer schon mit Ergebnissen gemeldet?«

»Nicht dass ich wüsste.«

»Und zu welchem Termin hat Leo die Edel-Nutten und dieses Krispindl, den Salztrager, bestellt?«

»Sie sollen um neun kommen, wie du es angeordnet hast. Übrigens finde ich nicht, dass Salztrager ein Krispindl ist. Viel eher sieht er recht durchtrainiert aus und wartet schon draußen im Vorzimmer.«

»Selbst schuld, wenn er so früh kommt.«

»Hast du schlecht geschlafen, Chef?«

»Um neun bin ich da – oder ein paar Minuten später«, sagte Jacobi grantelnd, ohne auf Haberstrohs Frage einzugehen. »Hat Hans irgendwas über die drei ausgehoben?«

»Das will er dir persönlich sagen, er steht neben mir.«

»Oskar?«, tönte auch schon die Stimme von Hans Weider aus dem Hörer. »Ein bisschen was geht immer, heißt es beim ewigen Stenz. Stell dir vor, die Kronreif hat eine Tante in Gastein, alleinstehend und kinderlos, und die hätte ihr sage und schreibe eine Million Euro vererbt, wenn nicht, tja ...«

Weider wollte die Spannung mal wieder in die Länge ziehen, doch Jacobi hatte an diesem Morgen keine Antenne für seine Marotten. »Wenn nicht was? Lass deine Spielchen und sag, was du zu sagen hast.«

»Gott, hast du eine Laune. Als ob es dein erster Sonntagsdienst überhaupt wär. Also, Frau Luise Neuhauser, die Tante der Kronreif, war bis vor Kurzem noch eine gute Bekannte von Kerschhackl senior, wobei die Betonung auf der Vergangenheitsform liegt, denn wie euer Viebich zählt sie zu den Opfern der Weißenbach-Aktienblase. Durch ihre Beteiligung hat sie mehr als die Hälfte ihrer Million in den Wind geschossen.«

»Tja, das ist für beide Damen sehr ärgerlich, aber nach Stand der Dinge könnte die Kronreif auch jetzt noch mit ein paar hunderttausend Euro rechnen, oder?«

»Ja, aber –«

»Und trotzdem lockt sie den Krüppel Rexeisen in ihren Heißluftballon und wirft ihn über Bad Hofgastein ab, weil sein Kumpan ihre Tante gelinkt hat. Auf die zwei oder drei Hunderttausend, die sie immerhin noch zu erwarten hätte, pfeift sie. Da geht sie lieber in den Häfen.«

»Ich kann mich nicht erinnern, irgendeine Theorie geäußert zu haben, Oskar. Du hast nach Überschneidungen gefragt, und die habe ich geliefert, aber du kannst dir deine Infos ... auch gern selbst googeln, wenn dir meine Arbeit nicht passt.«

»Entschuldige, Hans.« Jacobi fand, es war an der Zeit, wieder runterzukommen. »Du hast ja recht, ich bin wirklich mit dem falschen Fuß aufgestanden.«

Weider ahnte, was dem Paten seiner Kinder gegen den Strich ging, hütete sich aber, das Thema anzuschneiden. »Ich weiß, die Suppe ist dünn, Oskar«, meldete er sich nach einer vielsagenden Pause wieder, »aber selbst auf die Gefahr hin, dass du gleich wieder sarkastisch werden wirst: Andere Berührungspunkte gibt's vorläufig nicht. Vorläufig, wohlgemerkt. Natürlich bleib ich weiterhin dran. Bei Lohbauer und Salztrager sind übrigens nirgendwo Bezüge zu den Rexeisens, zu Viebich oder zu Kerschhackl junior festzustellen, jedenfalls in keiner Datei, auf die wir legal Zugriff haben.«

»Hätte mich irgendwie auch überrascht. Aber wenn wir Glück haben, erfahren wir vielleicht im Gespräch mit den Damen etwas, das im EKIS bisher noch nicht aufscheint.«

»Alles, was es sonst noch über Kronreif und Lohbauer zu wissen gibt, Hobbys, Interessen, bevorzugte Urlaubsziele et cetera, liegt auf deinem Schreibtisch«, gab sich Weider bewusst kurz angebunden. Er war noch immer ein kleines bisschen beleidigt und ließ sich das auch anmerken.

»Gibt es über die anderen Verdächtigen denn noch etwas zu vermelden?«, war Jacobi nun gezwungen zu fragen. Ein wenig geschätzter Weider war nämlich durchaus imstande, ihm nicht ganz so wichtig erscheinende Infos liegen zu lassen, wenn man sich nicht gebührend darum bemühte.

Und Weider hatte tatsächlich noch etwas in petto. »Ein Onkel von Lars Viebich, genauer gesagt der ältere Bruder seines Vaters, ist nach dem Zweiten Weltkrieg nach Namibia ausgewandert und hat dort mit Frau, zwei Kindern und einigen Eingeborenen in der Nähe von Königstein eine Rinderfarm aufgebaut, die heute sein Sohn bewirtschaftet. Gemessen an den dortigen Verhältnissen gehört sie nicht zu den allergrößten, hat aber eine Besonderheit aufzuweisen.«

»Und zwar welche?«

»Der Cousin von Lars Viebich hat schon vor Jahrzehnten die politischen Veränderungen richtig eingeschätzt und jenen Oshivambo, der seinem Vater beim Aufbau geholfen hat, zum Teilhaber gemacht. Damit ist er recht gut gefahren.«

»Du meinst, er ist so gut damit gefahren, dass er heute gegebenenfalls einem Flüchtling Unterschlupf gewähren könnte?«

»Meine ich, ja. Aber meine Meinung —«

»Deine Meinung wird nach wie vor sehr geschätzt, Hans. Selbstverständlich ist das ein wichtiger Hinweis. Ist das jetzt alles?«

»Für den Moment schon.«

»Dann bis später! Und nichts für ungut, du kennst mich ja.«

»Sollte man meinen, aber ich muss ja nicht unbedingt jede Seite an dir lieben.«

12 ALS JACOBI um fünf nach neun am Franz-Josefs-Kai eintraf, war zwar Oberleutnant Lorenz Redl noch bei Weider in der Zentrale, aber Melanie Kotek hatte das LGK schon wieder verlassen, und auch Redl und sein Mitarbeiter Zischlpfitzer waren schon auf dem Sprung. Für Small Talk blieb da kaum Zeit.

Jacobi bat den vor seinem Büro wartenden Peter Salztrager gleich zu sich herein, während Feuersang noch schnell vom Vernehmungszimmer herübermeldete, dass die Escort-Mädels im Morgenverkehr stecken geblieben seien, sich aber mittlerweile schon an der Kreuzung Justizgebäude befänden.

Der Ermittler suchte im Schreibtisch-Chaos nach einem imaginären Textblatt und taxierte dabei den Zeugen. Haberstroh hatte recht, der Junge war durchaus kein Krispindl, sondern groß, schlank und sah durchtrainiert aus. Von Unterernährung oder gar Schwächlichkeit keine Spur. Jacobi blieb vor dem Schreibtisch stehen und blickte seinem Gegenüber in die Augen. Salztrager wirkte nicht aufgeregt, aber seine Unbefangenheit musste nicht automatisch mit Unkenntnis gleichzusetzen sein.

»Nehmen Sie Platz, Herr Salztrager. Ich lese hier, dass Sie Forensische Neuropsychiatrie an der Rechtswissenschaftlichen Fakultät Salzburg studieren. Am Gerichtsmedizinischen Institut?«

»Ja, ich bin im vierten Semester.«

»Und bei ›Ballooning Escort‹ verdienen Sie sich regelmäßig ein paar Euro dazu, indem sie das Verfolgerfahrzeug pilotieren und Equipment von hier nach dort liefern. So weit richtig?«

Salztrager nickte zustimmend. »Ja, ich bin für die Mädels so eine Art Packesel.«

»Und wie ist gestern Ihre Fahrt von der Postalm nach Gastein verlaufen?«, wollte Jacobi daran anknüpfend wissen.

»Nicht so gut. Ich bin fast zwei Stunden auf der B 311 im Salzachtal und auf der B 167 am Taleingang von Gastein im Stau gestanden, weil es unmittelbar nach dem Klammtunnel einen schweren Unfall mit einem Gefahrengut-Transporter gegeben hat.«

»Natürlich haben Sie versucht, die Luftfahrer-Crew zu kontaktieren?«

»Klar, mehrmals sogar. Ist aber niemand rangegangen. Ich konnte ja nicht wissen, dass im Escort-Ballon nur mehr der Mörder bei Bewusstsein war.«

»Nein, das konnten Sie natürlich nicht wissen«, pflichtete ihm Jacobi bei und wechselte schnell das Thema. »Sie sind mit Evelyn Lohbauer befreundet?« Die Info hatte er erhalten, weil er noch während des Frühstücks Helgard Wimmer, die Buchhalterin und PR-Frau der Escort-Firma, zwischen zwei Happen angerufen und in einem zwanglosen Gespräch ein wenig ausgefratschelt hatte.

Und Jacobis Taktik ging auf. Schon bei dieser unverfänglichen Frage unterlief dem Studenten ein Fehler: Anstatt einfach mit Ja oder Nein zu antworten, blockte er mit einigen Sekunden Verzögerung ab: »Warum müssen Sie das wissen? Ist das für Ihre Ermittlungen von Bedeutung?«

Jacobi zog die Schultern hoch. »Das, Herr Salztrager, weiß man meistens erst hinterher. Also?«

»Ja, ich bin mit ihr befreundet – allerdings ganz unverbindlich. Es ist nur so eine Sex-Geschichte, schließlich weiß ich, womit sie ihr Geld verdient.«

»Vielleicht würde sie ihren Job ja Ihnen zuliebe aufgeben?«

»Nein, das würde sie nicht tun. Im Gegenteil: Sie strebt eine Beteiligung an ›Ballooning Escort‹ an, und Sappho scheint gar nicht abgeneigt zu sein.«

»Könnte die Unverbindlichkeit denn möglicherweise etwas mit dem Spitznamen von Frau Lohbauer zu tun haben? Vielleicht ist Bi-Bee ja die Kurzform vom englischen ›bisexuelle Biene‹?«

Schweigen.

»Keine Antwort ist auch eine Antwort, Herr Salztrager«,

konstatierte Jacobi, als nach einer halben Minute noch immer nichts kam. »Die altgriechische Dichterin Sappho liebte Frauen. Vor diesem Hintergrund ist man natürlich versucht, zwei und zwei zusammenzuzählen.«

»Das bleibt Ihnen unbenommen, Herr ... äh ...«, Salztrager warf einen Blick auf das Alu-Namensschild auf dem Schreibtisch, »Major Jacobi. Ich weiß, wie die verzopfte Sechziger-Generation über Promiskuität denkt, vor allem, wenn sie von bisexuellen Frauen praktiziert wird. Aber ich habe damit kein Problem, schon gar nicht bei einem so wunderbaren Menschen wie Bi-Bee.«

Jacobi fiel nicht nur auf, wie solidarisch der Psychiatrie-Student zu dem Callgirl stand, sondern auch, dass ihm bis eben noch nicht einmal der Name des leitenden Beamten geläufig gewesen war. »Sie lieben Sie ja doch, Herr Salztrager«, sagte er gemütlich. »Dann sollte ich Ihnen vielleicht einen Tipp geben, wie Sie ihr am besten helfen —«

»Warum denn helfen?«, fuhr der junge Mann auf. »Warum sollte Bi-Bee sich in einer Lage befinden, in der ihr geholfen werden muss?«

»Das wissen Sie doch ganz gut allein. Oder muss ich Ihrem Gedächtnis erst auf die Sprünge helfen?« Mit bedeutungsschwer gerunzelter Stirn griff Jacobi nach einer Mappe auf dem Schreibtisch, in der sich die provisorischen Dienstpläne seiner Abteilung für das kommende Sommer-Halbjahr befanden.

Salztrager starrte wie hypnotisiert auf seine Hand. »Aber ich habe —«

»Sehen Sie«, fuhr sein Gegenüber treuherzig fort, »ich lehne Holzhammer-Methoden ab, und besonders hasse ich es, wenn ich vielversprechenden jungen Leuten drohen muss. Sie wissen sicher selbst, welche Folgen es für Ihre Zukunft haben kann, wenn Sie wegen Behinderung der Ermittlungen in einem Mordfall belangt werden. Ihrer Studienrichtung nach zu urteilen, wollen Sie doch einmal in den Staatsdienst treten, oder? Bestätigen Sie mir also jetzt, was ich heute Morgen ohnehin schon von Frau Wimmer gehört habe?«

»Die Sache damals mit Rexeisen?«

Dem Gendarmerieoffizier war es, als rutsche langsam ein Eiswürfel seinen Rücken hinunter. »Na klar, das mit Rexeisen, was denn sonst?« Er drückte eine Taste auf der internen Telefonanlage.

»Leo? Sind die Damen schon da? – Ah, Frau Lohbauer nimmt eben bei dir Platz? Sehr gut. Dann frag sie doch mal nach ihrer ersten Begegnung mit Rexeisen.«

Er ließ die Taste gedrückt, sodass Feuersang weiterhin mithören konnte, und wandte sich wieder an den Studenten: »Herr Salztrager, ich höre.«

Auf der Stirn des jungen Mannes hatte sich eine steile Falte gebildet. »Nein, ich werde nichts sagen. Sie können mich zu nichts zwingen, und ich werde Evelyn nicht so feig in den Rücken fallen.«

Jacobi stützte die Unterarme auf seinen Schreibtisch. »Hier geht es nicht um Feigheit, Herr Salztrager«, sagte er ruhig und leise, »sondern um die Aufklärung eines Kapitalverbrechens. Ihnen scheint Ihre Situation immer noch nicht klar zu sein. Da Sie mit Frau Lohbauer befreundet sind, könnten Sie zum Beispiel das Betäubungsmittel in den Sekt gespritzt haben, um so einem Mordplan Vorschub zu leisten. Machen Sie jetzt also nur keinen Fehler! Der Luxus Ihrer Solidarität kann Sie zunächst einmal Beugehaft und eine Meldung an das Rektorat der Rechtswissenschaftlichen Fakultät kosten.« Er sprach nicht weiter, sondern gab der Drohung Zeit zu wirken. – Und sie wirkte.

»Es war vor fünf Jahren auf der Tourismus-Messe ALLES FÜR DEN GAST hier in Salzburg«, begann Salztrager mit belegter Stimme. »Bi-Bee und Sappho kannten sich bereits, weil sie oft für dieselben Begleit-Agenturen arbeiteten. Sappho ging schon damals mit der Idee schwanger, so etwas wie ›Ballooning Escort‹ zu gründen, und war deshalb auf allen wichtigen Messen vertreten, um Kohle zu machen.« Er hielt inne, überlegte vermutlich abermals, ob er weiterreden sollte.

»Das muss noch vor ihrer Heirat mit Schickimicki-Anwalt Helmut Kronreif gewesen sein«, überbrückte Jacobi nach einem Blick in Weiders Datenausdruck die Gesprächspause.

»Kann sein, über dieses Intermezzo in Sapphos Leben weiß ich so gut wie nichts«, sagte der Student steif.

»Und was hat sich damals auf der GAST zugetragen?«
»Auch das weiß ich nicht genau. Ich war ja nicht dabei, ich kann nur wiedergeben, was mir die Mädels —«
»Herr Salztrager!«
»Okay, okay!« Er gab seinen Widerstand endgültig auf. »Rexeisen war auch dort. Er hatte drei Escort-Girls für sich und seine beiden Begleiter geordert und alle nach einem kurzen Rundgang durch die Messehallen in seine Hotelsuite mitgenommen. Eines der Mädchen war Bi-Bee.«
»Und Frau Kronreif, damals noch Lara Bergmann, war nicht dabei?«
»Nein, aber sie war zufällig im selben Hotel. Sie hatte ihren Kunden, der schon ziemlich betrunken gewesen war, in seinem Quartier abgeliefert. Als sie mit dem Lift nach unten fahren wollte, hörte sie Hilferufe aus einer Suite und erkannte Bi-Bees Stimme. Sie horchte an der Tür und unterschied dabei sehr rasch drei Männer, die anscheinend jemanden zum Trinken nötigen wollten. Als sie Bi-Bee wieder erstickt schreien hörte, man solle sie loslassen, begriff sie, was abging —«
»Und rief die Polizei?«, riet Jacobi.
Zu seiner nicht geringen Überraschung lachte Salztrager. »Nein, Herr Major. Selbst ist die Frau! Sappho hat schließlich den schwarzen Gürtel. Sie trat die Tür auf und erfasste mit einem Blick die Situation. Zwei nackte, vollkommen zugekokste Männer fixierten die ebenfalls nackte, sich heftig windende Bi-Bee am Boden, während ein dritter im Armani-Outfit ihr gewaltsam Sekt aus einer Flasche einflößen wollte. Und zwar nicht nur oral. Sofort knockte Sappho einen der Typen, die Bi-Bee niederhielten, mit einem Fußfeger aus und stoppte den Anzugträger, der sich auf sie stürzen wollte, mit einem Faustrückenschlag. Drei Mal dürfen Sie raten, wer das war.«
»Rexeisen?«
»Bingo! Der dritte war zwar am ärgsten zugekokst —«
»Flo Kerschhackl?«
»Wieder richtig. Aber sein Gehirn funktionierte noch so gut, dass er realisierte, dass er gegen eine Amazone wie Sappho keine Chance hatte, also ließ er Bi-Bee los, die er an den

Handgelenken gepackt hatte. Die beiden anderen Mädchen lagen bereits apathisch im Doppelbett. Sie hatten von dem Sekt getrunken, der mit Crystal Speed versetzt gewesen war, und begriffen längst nicht mehr, was um sie herum geschah. Nur Bi-Bee hatte rechtzeitig Lunte gerochen, weil ihr der Sekt so nachdrücklich aufgedrängt worden war. Als sie nicht trinken wollte, versuchten die drei Männer sie mit Gewalt zu zwingen.«

»Wer war der erste?«

»Ich kann mich an den Namen nicht mehr genau erinnern. Frühlich, Vierlich oder so ähnlich.«

»Vielleicht Viebich? Lars Viebich?«

»Ja, genau, das war der Name. Zunächst hat Sappho die drei mit Gardinen-Kordeln gefesselt und sich ihre Papiere angeschaut. Anschließend hat sie inkriminierende Fotos gemacht und diskret ihren Arzt kommen lassen, der die Mädchen versorgt und ihnen Blut abgenommen hat. Sogar Abstriche wurden gemacht. Schließlich hat sie Rexeisen vor die Wahl gestellt, entweder der Justiz ausgeliefert und an den medialen Pranger gestellt zu werden oder einer gütlichen Regelung zuzustimmen.«

»Das muss für den selbstherrlichen Parvenü äußerst demütigend gewesen sein, aber er wird lieber gezahlt haben, als vor den Kadi gezerrt zu werden, oder?«

»Allerdings. Aber Sappho hat ihn kräftig bluten lassen. In hilflosem Zorn hat er sie als elende Erpresserin beschimpft, woraufhin sie gekontert hat: ›Besser eine elende Erpresserin als ein elender Vergewaltiger!‹«

»Wie viel musste er zahlen?«

»Keine Ahnung, Bi-Bee hat mir gegenüber nie eine Summe genannt. Ich weiß nur, dass sich Sappho von einem Anwalt beraten ließ, damit ihr Rexeisen nicht hinterher ans Bein pinkeln konnte. Die Entschädigung wurde an die drei Mädchen gezahlt, Sappho persönlich hat kein Geld genommen – jedenfalls nicht offiziell.«

»Sie sagen, ein Anwalt hat sie beraten? Vielleicht ihr späterer Ehemann Helmut Kronreif?«

Salztrager zuckte mit den Achseln. »Wie ich schon sagte, Major, über Sapphos Ehestand weiß ich nicht das Geringste. Bi-Bee lässt mich zwar manchmal in ihr Bett, plaudert deshalb aber noch lange nicht alles aus. Sapphos andere Mädchen, ob Chantal, Sandrine und wie sie alle heißen, wissen sicher mehr über ihre Chefin als ich.«

»Ich versteh schon, Herr Salztrager, Sie haben jetzt Gewissensbisse, weil Sie meine Fragen beantwortet haben. Aber ich kann Ihnen nur noch einmal versichern: Sie haben das Richtige getan – für sich und für die Mädels.«

»Glauben Sie?«

»Davon bin ich sogar überzeugt. Sappho und Bi-Bee sind jetzt nicht verdächtiger als vorher. Dass sie sich nach Jahren plötzlich mit einer so krassen Nummer an Rexeisen rächen, nachdem sie sich bereits damals für die Übergriffe reichlich entschädigen haben lassen, das wäre nicht nur sehr weit hergeholt, sondern schlicht und einfach unlogisch. Jeder Untersuchungsrichter würde uns mit nassen Fetzen davonjagen.«

Der Student atmete erleichtert auf. »Wenn Sie das so sehen ...«

»Ja, so seh ich das«, bekräftigte sein Gegenüber. »Selbst die verlorene Million von Frau Kronreifs Tante ändert nichts an meiner Einstellung.«

»Welche verlorene Million?« Salztragers verständnisloser Blick machte nur allzu deutlich, dass nicht jeder von Jacobis Versuchsballons seinen Zweck erfüllte.

»Vergessen Sie's. Wie auch immer, eine letzte Frage hab ich noch: Auf der Postalm sind drei Männer und drei Frauen mit dem Ballon gestartet?«

»Aber das müssen Sie doch längst von den anderen wissen.«

»Nennen Sie mir die Namen.«

»Na gut, es waren Sappho, Bi-Bee, die beiden Rexeisens, Kerschhackl und Viebich.«

»Danke. Ich wollte nur sichergehen. Wir sind dann fertig, Herr Salztrager. Und noch eine kleine Anmerkung zur verzopften Sechziger-Generation, wie Sie sich so schön ausgedrückt haben: Sagt Ihnen Woodstock etwas?«

»Nein.«

»Das dachte ich mir. Auf Wiedersehen.«

13 »DU HAST ALLES mitgehört?«, fragte Jacobi, nachdem Salztrager gegangen war.

»Allerdings«, bestätigte Feuersang durchs Telefon. »Übrigens ziert sich Frau Lohbauer weit weniger als unser Student. Sie hat seine Schilderung auf Punkt und Beistrich bestätigt. Ich nehme an, du möchtest noch ein paar Fragen an sie richten?«

»Ich komme rüber.«

Der hellgrau gestrichene kahle Vernehmungsraum besaß keine Außenfenster, dafür – wie die meisten Verhörräume – den obligaten Spiegel, eine nur nach einer Seite durchsichtige Trennscheibe. In der Mitte des Zimmers saß Feuersang an einem ebenso trostlos grauen Hartplastiktisch mit einem Rekorder, dessen Mikro auf die Zeugin auf der anderen Tischseite zeigte.

Bi-Bee trug ein raffiniertes smaragdgrünes Ensemble, das zu ihrer Augenfarbe passte, für die Jahreszeit und ihre zudem kokett übereinandergeschlagenen Beine aber zu offenherzig war. Die durchbrochene fleischfarbene Seidenbluse unter dem knopflosen Spenzer ließ mehr als deutlich erkennen, dass sie keinen BH trug. Die junge Frau wirkte so entspannt, wie man nur sein kann, wenn man sich vollkommen sicher und im Recht fühlt. Vielleicht wäre sie nicht ganz so entspannt gewesen, hätte sie gewusst, dass hinter dem Spiegel ihre Chefin zwischen Bezirksinspektor Haberstroh und Major Jacobi saß.

Sappho war ebenfalls auffallend elegant und figurbetont gekleidet, wirkte aber einen Tick unaufdringlicher. Als Jacobi aufstand, um in den Vernehmungsraum zu gehen, wandte sie sich ihm zu, und ihre Blicke begegneten sich flüchtig.

»Guten Morgen, Frau Lohbauer.«

Hinter dem Spiegel war Max Haberstroh nicht überrascht, wie freundlich und verbindlich sich der Chef jetzt wieder gab, nachdem er frühmorgens noch sauübel gelaunt gewesen war. Jacobi konnte nicht nur Dienst und Privatleben strikt auseinanderhalten, sondern auch seine Stimmungen wechseln wie ein Chamäleon die Farbe.

»Machen wir's kurz. Ich will Sie nicht unnötig lange aufhalten, schließlich wollen Sie und Ihre Chefin ja noch den Ballon holen. Also: Warum haben Sie uns nicht gleich gesagt, dass Sie schon einmal mit dem gestern ermordeten Alarich Rexeisen zu tun hatten?«

»Können Sie sich das nicht denken?«

»Lieber sollten Sie, Frau Lohbauer, sich etwas denken. Zum Beispiel, dass es uns sehr misstrauisch macht, wenn uns ein derart wichtiger Fakt verschwiegen wird.«

Aber so leicht ließ sich das selbstbewusste Escort-Girl nicht einschüchtern. »Sagen Sie Ihrer Frau etwa immer alles? Auch dann, wenn Sie schon vorher wissen, dass sie es sehr wahrscheinlich missversteht?«

»Vielleicht beichte ich ihr nicht, in welcher anrüchigen Bar ich mit Herrn Feuersang auf einen Absacker gestrandet bin, aber wenn ich als Zeuge in einem Mordfall mit dem Opfer schon früher Kontakt hatte, dann würde ich das sofort sagen, um Missverständnissen vorzubeugen. Also, wie haben Sie auf die Buchung von Rexeisen reagiert? Oder haben Sie seinen Namen nicht wiedererkannt?«

Die jüngere Kopie von Lara Kronreif rückte ihre Vorzüge in eine ansprechende Position, bevor sie antwortete. »Natürlich wussten wir sofort, wer er war. Als Helgard den Namen nannte, wollten wir reflexartig absagen, aber dann sind wir neugierig geworden. Je mehr Details wir erfuhren, etwa das von Rexeisens halbseitiger Lähmung, umso schwächer wurde unser Widerstand. Sappho meinte schließlich, wenn die noch mal zahlen wollten, sollten wir sie zahlen lassen. Sie würde zu unsrer Sicherheit ein Schreiben bei einem Notar hinterlegen und Rexeisen vor dem Start eine diesbezügliche Notiz zustecken.«

»Wir haben keine solche Notiz bei ihm gefunden«, sagte Jacobi.

Bi-Bee hob nur die Schultern. »Ich hab mir den nächsten Anruf aus dem Babenberger Hof von Helgard aufs Handy durchstellen lassen und Florian Kerschhackl sofort an der Stimme wiedererkannt«, setzte sie fort. »Wir haben beide so getan, als würden wir uns nicht kennen, es war irgendwie gespenstisch. Auch später beim Treffen auf der Postalm ist der Vorfall von damals mit keinem Wort erwähnt worden, und so ist es bis heute geblieben, oder hat etwa Kerschhackl gesagt, dass er uns von früher kennt?«

»Nein, das hat er nicht«, bestätigte Jacobi. »Sie und Ihre Chefin haben also trotz des Vorfalls in ... in welchem Hotel eigentlich?«

Bi-Bee nannte den Namen eines renommierten Hauses in der Innenstadt.

»Sie haben also trotz des Vorfalls damals wegen des zu erwartenden Profits zugesagt?«

»Sehen Sie, Herr Major, dass Kunden betrunken oder bekifft auszucken, das kommt öfter vor. Wir sind ja kein Mädcheninternat, und manchmal rufen wir auch die Kiberei. Mit Rexeisen haben wir uns anders geeinigt. Und was heißt eigentlich: wegen des zu erwartenden Profits? Natürlich hat Sappho das Geld im Voraus verlangt, und es wurde auch prompt überwiesen.«

»Wie viel?«

»Fünfzehntausend – für das volle Programm.«

»Das wäre?«

»Die Ballonfahrt und eine Nacht im Jagdhaus mit allem Pipapo.«

»Auch Sadomaso-Spielchen? Rexeisen stand ja anscheinend auf so was.«

»Auch. Allerdings nur gegen zusätzliche Aufzahlung und solange alles im Rahmen blieb. Diesbezüglich hatte ich keine Angst, ich hätte ja Sappho an meiner Seite gehabt. Außerdem war klar, dass wir nur von unseren eigenen Getränken trinken würden. Uns hätte dieser Mensch sicher kein Liquid Ecstasy untergejubelt.«

»Dafür hat's dann jemand anders getan, irgendwer von Ihnen fünf.«

»Sappho und ich waren's jedenfalls nicht, warum auch? Um uns die Nacht mit diesen schrägen Vögeln zu ersparen? Mit einer solchen Einstellung wären wir längst pleite.«

Der Materialismus der jungen Frau stellte ein wichtiges Puzzleteilchen in Jacobis Indizien-Mosaik dar. Materialisten waren berechenbar und mordeten nur, wenn es sich lohnte oder wenn sie sich dazu gezwungen sahen. Auf Bi-Bee schien weder das eine noch das andere zuzutreffen. Und auf Sappho? Selbst wenn Rexeisen bei »Ballooning Escort« gebucht hatte, um jene Frau zu verunsichern, die ihm vor Jahren eine Niederlage zugefügt hatte, so passte das wohl zu ihm, der überzogene Konter aber nicht zu ihr. Natürlich wäre die wehrhafte Amazone in der Lage gewesen, den gehandicapten Hotelier in die Hölle zu schicken, aber wo war das Motiv? Für den Millionenverlust ihrer Tante war nicht Rexeisen, sondern Kerschhackl senior verantwortlich, und bei der GAST-Geschichte war sie nicht Opfer, sondern Retterin gewesen.

Er stoppte den Rekorder. »Wir sind vorerst fertig. Sie können gehen.«

»Wie? Alle beide?«

Jacobi blickte Richtung Spiegel. »Ja, nachdem auch Frau Kronreif ein paar Fragen beantwortet hat.«

Die beiden Frauen tauschten die Plätze – mit dem kleinen Unterschied, dass Sappho nun wusste, wer ihr im Nebenzimmer zuhörte. Jacobi blieb am Tisch stehen, schaltete den Rekorder wieder ein und nannte Ort, Uhrzeit und die Namen der anwesenden Personen.

»Haben Sie Rexeisen auf der Postalm eine Notiz der Art zugesteckt, wie Frau Lohbauer sie erwähnt hat?«, begann er.

»Das hatte ich vor, aber ich kam nicht mehr dazu, weil ich nach der Sektzeremonie bald bewusstlos geworden bin. Die Notiz habe ich hier in meiner Clutch. Wollen Sie sie sehen?« Sie entnahm dem Täschchen einen zusammengefalteten Zettel.

Jacobi nahm ihn an sich und las die handgeschriebenen Zeilen. *Herr Rexeisen, als Rückversicherung habe ich eine Nachricht über das heutige Engagement und den bunten Abend vor fünf Jahren bei einem Notar hinterlegt. Lara Kronreif.*

»Sie haben sich nach dieser GAST-Geschichte von Ihrem späteren Ehemann juristisch beraten lassen?«, klopfte Jacobi daran anknüpfend auf den Busch.

Sappho lächelte. »Allerdings. Sie sind ja beeindruckend fix mit Ihren Recherchen. Ich dachte mir gleich, dass es gescheiter wäre, das frühere Zusammentreffen mit Rexeisen nicht zu verschweigen. Nur wegen Bi-Bee habe ich zuerst anders entschieden.«

»Um Ihre Freundin nicht in Verdacht zu bringen?«
»So ist es.«
»Okay, wie viel haben Sie Rexeisen damals für Ihr Schweigen abgeknöpft?«
»Was soll ich getan haben?«
»Frau Kronreif, ich untersuche hier einen Mord. Ob Sie vor Jahren die Grenzen zur Erpressung überschritten haben, berührt diesen Fall nur am Rand. Lassen Sie mich die Frage anders formulieren: Sind die beteiligten Mädchen entschädigt worden?«
»Ja, das sind sie. Jede von ihnen bekam fünfzigtausend Schilling, also nicht ganz viertausend Euro nach heutigem Geld.«
»Hundertfünfzigtausend Schilling insgesamt, Donnerwetter. Vor 2002 war das Geld ja noch was wert. Und Rexeisen hat es ohne Weiteres abgedrückt?«
»Er hat gekeift wie ein Fischweib, aber es ist ihm nichts anderes übrig geblieben.«
»Aber Sie haben nichts genommen?«
»Nicht von ihm, aber als Bi-Bee mir Zwanzigtausend gegeben hat, wollten die beiden anderen Mädels nicht zurückstehen. Ich habe von jeder dieselbe Summe erhalten und das Geld gern genommen. Schon damals schwebte mir das Projekt ›Ballooning Escort‹ vor.«
»Obwohl Sie Helmut Kronreif bereits kannten?«
»Ich kannte ihn, ja, aber von Heirat war noch nicht die Rede. Das alles kam sozusagen über Nacht.«
»Sie entschuldigen die indiskrete Frage, aber ich muss sie stellen: Wie kommt ein arrivierter Strafverteidiger dazu, eine —«
»Sie meinen, ein Escort-Girl zu heiraten?«, ergänzte sie. »Ich könnte jetzt sagen, weil er mich liebte. Das stimmt auch, aber es war natürlich nicht der einzige Grund. Ich habe ihm einmal einen großen Gefallen getan, einen sehr großen. Gentleman, der er war, glaubte er, mir durch die Heirat seine Dankbarkeit beweisen zu müssen, um es mal vereinfacht auszudrücken.«
»Sie haben bei einem Prozess in seinem Sinn ausgesagt?«, gab Jacobi erneut einen Schuss ins Blaue ab.
»Ich habe ausgesagt, aber ich glaube nicht, dass die Bestätigung

eines Alibis bei einem großen Wirtschaftsprozess in München vor fünf Jahren für Ihre aktuellen Ermittlungen von Bedeutung ist.«

»Die kurze Dauer der Ehe –«

»Die geht auf meine Kappe. Ich hatte mir von Anfang an keine Illusionen gemacht, wie mir die sogenannte bessere Gesellschaft gegenübertreten würde, aber die Realität war wesentlich schlimmer, als ich es mir ausgemalt hatte. Irgendwann wollte ich nur noch mein altes Leben zurück, auch wenn dessen Standard vergleichsweise gering war. Und Helmut verstand mich, denn er besitzt etwas, das den meisten Männern abgeht: Einfühlungsvermögen.«

»Hat er Sie nicht auch beim Aufbau von ›Ballooning Escort‹ unterstützt?«

»Ja, sowohl finanziell als auch durch seine Verbindungen. Er war sogar unser erster Passagier, nicht wahr, Bi-Bee?«

Sie blickte in den Spiegel und nützte die Gelegenheit dafür, sich eine widerspenstige Haarlocke hinter das Ohr zu schieben. Die feminine Geste ließ einen glatt vergessen, dass die Frau auch hart zuschlagen konnte.

»Die Sache mit Ihrer Tante tut mir leid«, wechselte Jacobi das Thema, und als Sappho erneut lächelte, fielen ihm plötzlich die Grübchen an ihren Wangen auf.

»Tja, die arme unbelehrbare Luise. Sie hat mich sogar angerufen, bevor sie eine völlig überzogene Menge an Weißenbach-Aktien geordert hat. Ich übe meinen erlernten Beruf zwar nur als Prüferin im eigenen Betrieb aus, bin aber in Geldangelegenheiten seit eh und je extrem vorsichtig. Ein Mal Buchhalterin – immer Buchhalterin. Natürlich hab ich Luise gewarnt, aber vermutlich zu halbherzig, um sie noch abzuhalten.«

»Die Gier macht auch vor seriösen älteren Damen nicht Halt«, machte sich nun Feuersang bemerkbar.

»Das mit der Gier stimmt leider, aber alt ist Luise nun wirklich nicht«, widersprach Kronreif. »Sechzig ist doch heutzutage noch kein Alter, oder? Außerdem sieht sie viel jünger aus und strotzt geradezu vor Gesundheit.«

»Das heißt, in absehbarer Zeit wären Sie als Erbin ohnehin

nicht zum Zug gekommen?«, meldete sich Feuersang gleich noch einmal, wobei sein Gesicht immer länger wurde.

Die rothaarige Venus auf der anderen Tischseite lachte laut auf. »Da waren Sie aber auf einem ganz falschen Dampfer, Chefinspektor. Wenn ich so hinter Geld her wäre, hätt ich doch gleich bei Helmut Kronreif bleiben können, der gehört sicher nicht zu den Ärmsten. Aber mir und meinen Mädels geht es auch ohne männliche Unterstützung ganz gut, und darauf bin ich sogar ein bisschen stolz.«

Wieder fiel ein Steinchen passgenau an seinen Platz in Jacobis Indizien-Mosaik: Sappho war zwar ähnlich materialistisch orientiert wie ihre Mitarbeiterin, aber eben nur ähnlich. Freiheit und Selbstständigkeit waren ihr noch wichtiger als Geld, wie ihre Trennung vom wohlhabenden Promi-Anwalt deutlich gemacht hatte.

»Okay, Frau Kronreif, das war's dann fürs Erste«, beendete Jacobi die Vernehmung. »Sie beide können ab heute Abend wieder über Ihre Wohnungen verfügen. Bei der Bergung Ihres Ballons wird man Ihnen wie besprochen behilflich sein. Auch Herr Salztrager ist nach derzeitigem Stand der Dinge übrigens entlassen. Sie können ihn gern mitnehmen.«

14 KAUM HATTEN die Callgirls und der Student das Referat verlassen, da stand auch schon die nächste attraktive junge Frau in der Tür zu Jacobis Büro: Es war Jutta Granegger, die Sekretärin von Oberst Leo Dürnberger. Dass sie sich nicht über das interne Telefon meldete, sondern persönlich vorbeischaute, war die von ihr bevorzugte Form, ihn zum Rapport zu bitten.

Jacobi schüttelte bei ihrem Anblick sofort den Kopf. »Es geht mich zwar überhaupt nichts an, Jutta, aber warum färbt sich eine Naturschönheit wie Sie Ihre prachtvolle braune Mähne so aschblond?«

Jutta Granegger seufzte mitleidig. »Sie sind doch nur wie die meisten Männer vorgeprägt, Oskar. Sie zum Beispiel stehen ausschließlich auf kastanienrote oder dunkelbraune Bikini-Models, Typ Levantinerin. Sie werden es nicht für möglich halten, aber ich kann Ihnen versichern, es gibt auch Männer, die auf blond stehen. Ziemlich viele übrigens. Und Sie möchten bitte beim Oberst vorbeischauen, ehe Sie wieder nach Gastein entschwinden. Er hat das Gefühl, dass Sie mit seiner Entscheidung, zwei Leute Ihrer Abteilung für andere Fälle abzustellen, nicht einverstanden sind.«

»So? Hat er dieses Gefühl? Okay, dann schau ich gleich zu ihm rüber.«

Im Gegensatz zu Oberst Anselm Waschhüttl, seinem Vorgänger im Referat 112, pflegte Leo Dürnberger ein kollegiales Verhältnis zu seinen Offizieren. Kaum war Jacobi eingetreten, bat er ihn, Platz zu nehmen, und fiel gleich mit der Tür ins Haus.

»Ich habe Melanie den Bluntautal-Fall gegeben, weil sie mich darum gebeten und Lenz ihren Antrag unterstützt hat.«

»Natürlich habt ihr zwei Ritter ihr das nicht abschlagen können.«

Dürnberger lachte. »Na, wenigstens hast du nicht in Anlehnung an Don Quichotte gesagt: ihr zwei Ritter von der traurigen Gestalt. Aber nein, das allein war es nicht. Du weißt ja, dass Lenz noch den Steinewerfer vom A 10-Übergang Bruderloch bei Hallein sucht und sich deshalb nicht um einen neuen Fall gerissen hat. Und nachdem du ohnehin erst vorgestern von dieser Europol-Tagung zurückgekommen bist —«

»Zu der ich übrigens musste, weil du keine Lust hattest«, ergänzte Jacobi.

»So war es doch gar nicht«, wehrte Dürnberger wehleidig ab. »Wie auch immer, Melanie hat infolge dieses Engpasses ihre Chance sofort beim Schopf gepackt. Aber alles andere hätte mich auch gewundert. Und bisher macht sie einen sehr guten Job, du solltest stolz auf sie sein.« Das alte Schlitzohr wusste genau, wie sein bester Mann zu nehmen war und wo ihn der Schuh drückte.

Jacobis nächste Worte bestätigten seine Vermutung. »Leo, dem Mann wurde der Pfeil zwar mitten durchs Herz gejagt, aber die Leiche hat bereits monatelang beim Torrener Wasserfall im Bachbett gelegen. Warum also die Eile? Falls es sich trotz der punktgenauen Einschusswunde nur um fahrlässige Tötung handeln sollte – etwa durch einen Sportschützen, der nach dem Unfall in Panik versucht hat der Verantwortung zu entgehen, indem er die Leiche versteckte, dann sage ich: Okay, ich habe nichts dagegen einzuwenden, dass Melanie den Fall federführend bearbeitet.«

Der Oberst nickte verständnisvoll. »Aber du meinst, es könnte auch der Beginn einer Serie sein oder – noch schlimmer – die Tat eines Berufskillers?«

»Du kannst dir deine Süffisanz sparen, Leo. Das war ein Profi – hundertpro! Das rieche ich doch hundert Meter gegen den Wind, dazu hätte ich noch nicht einmal etwas über die Beschaffenheit der Wunde und das Tattoo des Toten erfahren müssen.«

»Aha?« Dürnberger tat überrascht, verzichtete aber darauf, wegen Pernauers Verletzung der Schweigepflicht ein Fass aufzumachen. Der Gerichtsmediziner hätte Jacobi nie etwas verheimlichen können, schon gar nicht, wenn es Melanie Koteks Sicherheit beträf.

»Wastl hat nur gesagt, dass er ein signifikantes Tattoo am linken Schulterblatt hat, mehr nicht«, trat Jacobi den Rückzug an. »Allerdings interpretiere ich das so, dass die Tätowierung nicht nur einen Hinweis auf das Opfer, sondern eventuell auch auf dessen soziales Umfeld liefert.«

»Und wie weit willst du dich jetzt definitiv in Melanies Fall einmischen?«, redete Dürnberger Klartext.

»Gar nicht«, stellte Jacobi ebenso unmissverständlich fest. »Ich werde im Fall Rexeisen Gas geben und ihn so schnell wie möglich abschließen. Inzwischen werden sich im Bluntautal-Fall kaum neue Erkenntnisse ergeben haben, und dann können wir noch mal über die Sache reden, einverstanden?«

Der so bedrängte Vorgesetzte seufzte. »Bist du dir denn so sicher, dass du deinen Fall früher löst als Melanie ihren?«

»Davon gehe ich aus, wobei Feuersang und ich natürlich aus der weitaus günstigeren Ausgangsposition starten.«

»Nun gut, und genau deshalb habe ich dich eigentlich auch hergebeten. Wie steht's in Gastein?«

»Leo müsste dir den Bericht eigentlich schon auf den Schreibtisch gelegt haben, aber zurzeit läuft die Fahndung nach dem flüchtigen Viebich, einem Angestellten von Rexeisen. Er wollte mit dessen Frau in Kärnten einen Neuanfang machen, was ihm Rexeisen allerdings gründlich vermasselt hat.«

»Weider sagt, der Viebich sei auch mit im Ballon gewesen, aber nach der Landung im Hochkar mit Tourenskiern getürmt.«

»Allerdings. Eben deshalb sind er und die Rexeisen-Witwe wegen eines ganzen Rucksacks voll griffiger Motive auch die Hauptverdächtigen. Seine Wohnung sieht zwar nicht so aus, als hätte er vorgehabt, für längere Zeit zu verreisen, aber das muss nichts heißen, und seine Komplizin könnte ihn auch in einer Rexeisen-Immobilie versteckt haben.«

»Wer kommt noch in Frage?«

»Hausmeister Kerschhackl. Der ist letzte Nacht ebenfalls verschwunden, weil er entweder selbst der Täter ist oder der Täter ihn möglicherweise als Risikofaktor ausgeschaltet hat, da blicken wir noch nicht ganz durch. Kerschhackls Kokainsucht hätte den Entschluss zur Ermordung seines Hauptlieferanten wohl nicht gerade begünstigt. Und dann haben wir noch zwei weitere Kandidaten: Die Girls von ›Ballooning Escort‹ haben schon vor Jahren eine höchst unerquickliche Erfahrung mit dem Toten gemacht. Somit erhöht sich die Zahl der Verdächtigen auf fünf. Details entnimmst du dann aber bitte dem Bericht.«

Der Oberst schnaufte unwillig. »Womit du mir durch die Blume sagen willst, dass du bereits wieder auf Nadeln sitzt. Dann hau schon ab! Aber spätestens morgen stellst du dich den Medien, klar? Die Gerüchte schießen schon jetzt wild ins Kraut. Da reicht es nicht, dass unsre Pressereferentin die üblichen Plattheiten von sich gibt, und ich hab auch keine Lust, mich von diesen Fuzzis blöd anmachen zu lassen.« Dürnberger war zwar im Umgang mit Reportern nicht unbedingt ungeschickt, aber zur Virtuosität eines Jacobi fehlte ihm doch einiges.

»Geht klar, Leo. Ich lass dich schon nicht hängen.«

15   EINE STUNDE SPÄTER waren Jacobi und Feuersang wieder im Gasteiner Tal. Unterstützt vom Föhn war der junge Frühling zwar an allen Ecken und Enden sichtbar, doch wie alle Alpentäler präsentierte sich auch dieses so früh im Jahr – wenn auch *vom Eise befreit* – nicht gerade von seiner Schokoladenseite. Der Anblick der weiß-grau-braun gefleckten Hänge und Fluren rief viel eher Assoziationen mit Schalenwild wach, das dem Haarkleidwechsel unterworfen ist. Die Landschaft war noch weit entfernt von jener Prachtkulisse, die man wieder von Mai bis Oktober würde bewundern können.

Der Major wäre gern sofort zu den Zeugenvernehmungen gefahren, musste aber auf Befindlichkeiten der Landgendarmen Rücksicht nehmen. Exekutivbeamte in der Provinz fühlten sich allzu rasch übergangen, wenn man über ihren Kopf hinweg in ihrem Revier herumfuhrwerkte. Ebenso wenig hätte es genügt, nur Feuersang zum Posten zu schicken. Sofort hätte es geheißen: »Aha, der Star vom Hundertzwölfer ist sich zu fein, das gewöhnliche Fußvolk persönlich auf dem Laufenden zu halten.« Diese Art von Irritation konnte Jacobi am Beginn einer Untersuchung nicht brauchen und hatte sich zuletzt deshalb zur Arbeitsteilung entschlossen.

»Also, alles klar?«, wandte er sich noch einmal an Feuersang, als er vor dem Posten Hofgastein hielt. Sofort wurde ihr Wagen von Reportern umringt. Doch Jacobi hatte Situationen wie diese schon zu oft erlebt, um sich davon noch aus der Ruhe bringen zu lassen. »Ich wiederhole noch mal: Wir fordern Hundeführer an und lassen schwerpunktmäßig nach Flo Kerschhackl suchen. Falls er tatsächlich ermordet wurde, werden die Hunde etwas finden und man wird die Leiche früher oder später entdecken. Wenn nicht, haben die hiesigen Kollegen vielleicht eine Idee, wohin er sich verkrochen haben könnte.«

»Du glaubst also nicht an einen Kampf in seinem Ausweichquartier?«

»Ich denke, die Spuren wurden gelegt – vermutlich von ihm selbst. Er war es, der den Einbruch im Rexeisen-Loft verübt hat – auf der Suche nach Koks, vielleicht auch nach belastendem Material, mit dem man ihn an die Kandare genommen hatte.«

»Und wer hat dann in seiner Wohnung eingebrochen?«
»Das hatten wir doch schon«, schnaufte Jacobi ungnädig. »Seine Chefin Leonie, sein Freund Viebich – such dir einen von beiden aus!«
»Lohbauer und Kronreif kommen also nicht in Frage?«, reizte Feuersang.
»Nur sehr theoretisch …«
»Warum sprichst du nicht weiter?«
»Weil mir gerade ein Gedanke gekommen ist.«
»Doch nicht etwa der berühmte Jacobi'sche Geistesblitz?«
»Vorsicht, Leo, leg dich nie mit deinem Vorgesetzten an, der hat meistens den längeren … Atem. Hör lieber zu: Du selbst hast mich durch deine Frage nach den Escort-Ladys erst draufgebracht. Hätten sie Rexeisen ermordet, wären sie kaum noch am selben Tag das hohe Risiko eingegangen und im Loft des Opfers eingebrochen. Solche Feger würden doch jedem Hotelangestellten sofort ins Auge stechen.«
»Das leuchtet ein.«
Jacobi hatte die Wagentür geöffnet, aber der anschwellende Lärm draußen ließ ihn diese gleich wieder schließen. »In die Souterrain-Wohnung dagegen«, fuhr er fort, »könnte ein Einheimischer mit erheblich geringerem Risiko einsteigen, während der Inhaber noch im Ballon beziehungsweise in der Ecklgruben festsitzt. In Frage dafür kämen in erster Linie Viebich, aber auch Anneliese Dornhaag.«
»Ah, wieder die Außenseiterin!«
»Deine Ironie kannst du dir sparen, Leo. Die Dornhaag kann zwar nicht die Mörderin sein, obwohl sie von allen Rexeisen-Geschädigten die stärksten Motive hätte, könnte dem Mörder aber trotzdem zur Hand gegangen sein.«
»Spielst du auf Flo Kerschhackl an? Und eine Komplizenschaft mit den beiden anderen, mit Leonie Rexeisen oder mit Viebich, schließt du aus?«
»Beide Male ja.«
»Hm, aber wenn die Dornhaag Flo zur Hand gegangen ist, wird sie wohl kaum bei ihm eingebrochen haben, oder?«
»Doch, Leo. Dem Mörder zur Hand zu gehen, ist eine Sache,

Hinweise auf die Mittäterschaft verwischen, eine andere. Wurde der Einbruch nicht von Viebich verübt, so soll doch zumindest der Eindruck erweckt werden, er sei es gewesen. Schließlich kann sich nur der Mörder genötigt fühlen, belastende Indizien zu beseitigen.«

Feuersangs Blick sagte alles, doch Jacobi nahm ihm seine Zweifel nicht übel, empfand er seine Vermutungen doch selbst als pures Herumstochern im Nebel. »Ich hätte wirklich gern bei der Dornhaag vorbeigeschaut, wie du mir ja gestern so eindringlich empfohlen hast«, versicherte er deshalb, »aber die neuerliche Einvernahme von Leonie Rexeisen geht im Moment vor, egal ob sie nun mit Anwälten anrückt oder nicht. Mir wär's also recht, wenn du dich nach dem Briefing da drinnen«, er deutete auf den belagerten Gendarmerieposten, »von einem Hofgasteiner Kollegen in die Goldbergstraße fahren lässt und das Gespräch mit der Dornhaag aufnimmst.«

»Das ist dir so wichtig?«

Jacobi hob die Schultern und drehte die Handflächen nach oben.

Feuersang winkte ab. »Ich weiß schon, was du sagen willst: Ob es wichtig war, wissen wir erst, wenn wir den Mörder haben.«

»So ist es. Und nach deinem Besuch bei der Dornhaag treffen wir uns beim Haus von Kerschhackl senior im Vorort Heißing. Wer zuerst dort ist, wartet auf den anderen, okay?«

»Geht klar. Na, dann mal los.«

Auf den wenigen Metern zum Gendarmerieposten prasselte ein Fragengewitter auf sie nieder, doch Jacobi wehrte es in lakonischer Kürze ab: »Ja, es war Mord, und dafür kommen fünf Personen in Frage. Darüber hinaus gibt es zu dem frühen Zeitpunkt der Ermittlungen weder von mir noch von meinen Mitarbeitern irgendeinen Kommentar. Pressekonferenz ist morgen um zehn am Referat 112.«

16 ALS JACOBI den Hinweis auf die Milchmesser-Mizzi als zeitsparenden und entscheidenden Fortschritt in den Ermittlungen bezeichnete, strahlte der sonst eher etwas zugeknöpfte Postenkommandant Matthias Höllteufel wie ein neuer Euro. Er hatte auch schon angeordnet, dass mit Leichenhunden nach Kerschhackl junior gesucht werden sollte.

»Wir haben übrigens aus kompetenter Quelle Tipps erhalten, wo man ihn finden könnte, falls die Spuren in seinem Ausweichquartier doch gefakt sein sollten«, erklärte er dazu aufgeräumt.

Jacobi lächelte. »Lassen Sie mich raten: Die Tipps kamen von Leonie Rexeisen?«

»Exakt. Nach Bekanntwerden seines Verschwindens hat sie uns sofort angerufen und eine breite Auswahl an Möglichkeiten offeriert. Dass Kerschhackl bei seinem Vater unterkriecht, sei nicht ausgeschlossen, aber unwahrscheinlich, sagt sie. Eher kämen da schon die Almen seines Onkels in Betracht – vorausgesetzt natürlich, er konnte zuvor ausreichend Koks an Land ziehen. Sie selbst sei zwar nie in den Drogen-Nachschub eingebunden gewesen, halte diesen aber als Spur für am erfolgversprechendsten. In Frage kämen die Plätze, an denen er sich seinen Stoff besorgte, wenn ihr Mann ihn knapp hielt.«

»Als da wären …?«

»Am Dürrnberg bei Hallein gibt es alte Schleichwege über die österreichisch-deutsche Grenze, auf denen von 1945 bis in die Achtziger Menschen- und Warenschmuggel stattgefunden hat. In den letzten Jahren soll Kerschhackl junior dort und in einschlägigen Bars in Laufen und Tittmoning öfter zugange gewesen sein.«

Sofort rief Jacobi Weider an, hatte aber gemerkt, dass Höllteufel noch etwas unter den Nägeln brannte. Nachdem die Fahndung veranlasst war, sprach er ihn darauf an.

»Leonie Rexeisen hat uns noch einen dritten Tipp gegeben«, bestätigte der Gefragte Jacobis Vermutung. »Der folgt einer typisch weiblichen Argumentation, auf die ein Mann nie kommen würde.«

»Sie machen mich neugierig.«

»Der Flo Kerschhackl war vor Jahren mit einem netten Mädel

zusammen. Sie hieß Isolde Seebauer und hat nur seinetwegen ihr Studium geschmissen, als er nach vier Semestern BWL noch keine einzige Staatsprüfung hatte und von Cyriak nach Hause geholt wurde. Die Seebauer ist eigentlich eine toughe, selbstbewusste Frau, es scheint, der Kerschhackl hatte schon immer einen Schlag bei den Damen.«

»Sie meinen, sie hätte eigentlich ihr Studium erfolgreich beenden können, ist aber der Liebe wegen nach Gastein gegangen?«

»Ja, und um ihren Freund vom Kokain wegzubringen. Sie hat in einem Supermarkt als Verkäuferin angefangen und es im Handumdrehen zur Filialleiterin gebracht, übrigens gerade zu der Zeit, als Flo in der Bauernbank so furchtbar auf die Nase fiel. Doch selbst da blieb Isolde Seebauer noch an seiner Seite und hielt ihn sogar vom Suizid ab. Aber zwei Leuten passte ihre Loyalität nicht.«

»Cyriak Kerschhackl und Alarich Rexeisen?«

Höllteufel nickte. »Cyriak hatte für den missratenen Sohn eine gewinnbringendere Partnerin vorgesehen als eine Eisenbahnerstochter. Er sollte die Tochter eines Cousins zweiten Grades, eines Zwölfklafterhof-Bauern in Dorfgastein, heiraten. Sie hätte jede Menge Grundbesitz in die Ehe eingebracht.«

»Und Rexeisen?«

»Der hatte was dagegen, dass Isolde Seebauer den Sohn seines Freundes vom Babenberger Hof loseisen wollte. Cyriak hat das übrigens auch einmal probiert, aber auch da hat Ali es unterbunden.«

»Seltsam. Als würde Rexeisen den jungen Kerschhackl als seine Geisel betrachten.«

»Genau, nur entpuppte sich Isolde Seebauer als viel hartnäckiger als Cyriak. Sie wollte ihren Freund um jeden Preis von dort wegschaffen.«

»Um jeden Preis?«

»Ja, und der Preis war insofern hoch, weil er umsonst bezahlt wurde. Eineinhalb Jahre nach dem Bank-Debakel von Flo Kerschhackl verlor die Seebauer den Leiterposten in der Hofgasteiner Filiale der ADEG-Nachfolge-GesmbH. Der Warenschwund sei überproportional stark angestiegen, und zum

Drüberstreuen wurden bei einer nicht angekündigten Inspektion in ihrem Golf unbezahlte Kosmetika gefunden.«

»Eine Intrige«, stellte Feuersang mit gerunzelter Stirn fest.

Wieder nickte Höllteufel. »Ganz klar. Die Beteuerungen von Isolde Seebauer nützten da gar nichts. Gnadenhalber hätte sie gewöhnliche Verkäuferin bleiben dürfen, aber sie hatte die Nase voll, vor allem von ihrem Freund. Der war noch immer bei Rexeisen, obwohl dessen und Cyriaks Rolle bei ihrer Demontage ein offenes Geheimnis in Hofgastein war. Die beiden waren nämlich, ebenso wie der Gebietsleiter der ADEG-Nachfolge-GesmbH von Pongau und Pinzgau, Mitglieder des Golfclubs Mittersill.«

»Aber wenn Isolde Seebauer doch damals mit Flo Kerschhackl gebrochen hat«, versuchte Jacobi den Bericht von Höllteufel ein wenig zu straffen, »warum sollte sie dann ein heißer Tipp für eine Fluchtadresse sein?«

»Deshalb sage ich ja, auf so etwas kann nur eine Frau kommen. Die Rexeisen ist überzeugt, dass die Isolde den Flo trotz allem noch immer liebt, obwohl sie inzwischen das getan hat, was sich Cyriak eigentlich für seinen Sohn vorgestellt hatte: Sie hat reich geheiratet. Um die Jahrtausendwende ist sie die Frau des zwanzig Jahre älteren Witwers Blasius Riesling geworden, eben jenes Zwölfklafterhof-Bauern, der Flos Schwiegervater hätte werden sollen, wäre es nach dem Herrn Direktor gegangen.«

»Na, da wird der alte Kerschhackl aber im Quadrat gesprungen sein«, sagte Feuersang grinsend.

»Das können Sie laut sagen«, pflichtete ihm Höllteufel bei. »Besonders, weil er der Seebauer seinerzeit noch Geld geboten hatte, um sie von seinem Sohn loszueisen. Übrigens hat nicht nur er getobt, sondern auch die beiden weichenden Tochter aus Blasius Rieslings erster Ehe. Um sich nicht ständig mit ihnen vergleichen zu müssen, hat die Seebauer ihrem Mann angeboten, seine beliebte Skihütte, die Muggenmoos-Alm, in Dorfgastein zu führen, um sich selbst aus der Schusslinie zu nehmen. Inzwischen hat sie den ersehnten männlichen Erben geboren, es ist also nicht mehr nötig, ihren Stieftöchtern aus dem Weg zu gehen. Und trotzdem führt sie die sehr lukrative Muggenmoos-Hütte noch weiter.«

»Und Leonie Rexeisen vermutet, dass Isolde Seebauer ihren ehemaligen Geliebten dort oben bei sich versteckt hat?«, fragte Jacobi nun schon etwas ungeduldig.

»Sie nennt es ernsthaft eine von den drei wahrscheinlichsten Möglichkeiten, ja.«

»Die Frage ist nur, warum ihr so viel daran liegt, dass wir Kerschhackl junior weiß Gott wo suchen.«

Feuersang wusste sofort, worauf Jacobi anspielte. »Du meinst, sie – oder auch Viebich – könnte den Kerschhackl beseitigt haben und unterstützt uns nun scheinheilig bei der Suche nach ihm?«

»Zumindest sollten wir die Möglichkeit nicht außer Acht lassen. Kleine Änderung im Tagesplan: Leo, du wirst nicht wie vorhin ausgemacht zu Anneliese Dornhaag fahren –«

»Ich hab schon gehört, dass Sie die arme Frau vernehmen wollten«, fiel Höllteufel dem Gendarmerieoffizier ins Wort. »Ich will mich ja nicht in Ihre Arbeit einmischen, Major, aber –«

»Dann tun Sie's bitte auch nicht, Gruppeninspektor Höllteufel«, unterbrach ihn Jacobi seinerseits. »Mein Kollege, Chefinspektor Feuersang, möchte jetzt gleich zu Herrn Kerschhackl senior gefahren werden und nach dessen Vernehmung zu Frau Seebauer. Ich nehme dir dafür die Dornhaag ab, Leo.«

»Dachte ich mir doch, dass du das lieber selbst übernehmen willst. Und was ist mit den Escort-Girls?«

»Bei uns haben die heute keinen Termin mehr, wohl aber bei der Spusi. Pankraz holt die beiden Chefinnen und ihre Mädels mit dem Hubschrauber um vierzehn Uhr am Parkplatz Angertal ab und fliegt alle rauf in die Ecklgruben. Stubi lässt währenddessen die Alpin-Gendarmen die Tourenski-Spur verfolgen und unten beim Wintersportzentrum Angertal Befragungen durchführen. Die Chancen, dass jemand Viebich gesehen hat und dies meldet, sind allerdings gering. Pankraz wiederum wird so lang zur Verfügung stehen, bis der Ballon wieder sicher am Parkplatz gelandet ist. Dabei sollte es keine Schwierigkeiten geben, denn der Wind hat sich mittlerweile gedreht. So, und jetzt los! Schließlich wollen wir heut noch irgendwann was essen.«

17 ALS JACOBI auf dem Weg zum Babenberger Hof in der Tauernstraße zum wiederholten Mal mit dem Gedanken spielte, Melanie Kotek anzurufen, ertönte aus seiner Anoraktasche die Highlander-Melodie »Brave Scotland«.

Auf dem Handydisplay leuchtete ihr Name auf. »Eben wollte ich dich anrufen, Katze. Wo bist du?«

»Hallo, Katzenbär!«, ertönte ihre geliebte Stimme. »Ich bin grad mit Lenz unterwegs zu bayrischen Kollegen in Marktschellenberg. Die hatten vor Jahren einen ähnlichen Fall wie unseren im Bluntautal und können uns vielleicht weiterhelfen. Ich komm abends nach Hause, dann erzähl ich dir alles. In Ordnung?«

Es war beruhigend, dass sie seine Wohnung als Zuhause bezeichnete, obwohl sie selbst zwei Wohnungen besaß. »Klar, ich freu mich. In der schönsten Hütte ist es einsam ohne dich, Katze.«

»Wow! Das hast du aber lieb gesagt, ich bin fast zu Tränen gerührt. Wünschst du dir für heut Abend einen besonderen Imbiss? Aber sag jetzt nichts Unflätiges, Lenz hat Ohren wie ein Luchs.«

Jacobi hörte das breite Lachen von Lorenz Redl und spürte einen leisen Stich der Eifersucht, obwohl es dafür keinen Grund gab. Redl war ein Beau, und Frauen jedes Alters schmachteten ihn an wie einen Filmstar, aber er hatte seiner Frau Marianne noch nie Anlass gegeben, an seiner Treue zu zweifeln. Und ebenso wenig hätte er die Freundschaft zu ihm, Jacobi, aufs Spiel gesetzt, auch wenn Melanie eine Frau war, die Männerphantasien durchaus bediente.

»Nein, danke«, sagte er entspannt. »Ich glaube, es ist noch alles Nötige für einen gemütlichen gemeinsamen Abend da. Also, bis später!«

»*Ciao, bello!*«

Man sah dem Hotel an, dass es des Öfteren vergrößert und ausgebaut worden war, trotzdem stellte es im Großen und Ganzen ein imposantes Beispiel alpiner Lederhosen-Architektur dar.

Jacobi hatte Leonie Rexeisen sein Kommen telefonisch angekündigt und wurde von der Rezeptionistin zum Lift begleitet. »Fünfter Stock, Major, dann links bis ans Ende des Flurs.«

»Frau Rexeisen ist wieder in ihrer Wohnung?«, fragte er etwas verwundert.

»Ja, Bezirksinspektor Stubenvoll hat das Loft bereits heute Vormittag wieder freigegeben«, erklärte sie.

Die Witwe erwartete ihn schon an der Tür zur Rexeisen'schen Residenz. Sie trug ein schlichtes schwarzes Kostüm, hatte aber weder verweinte Augen, noch gab sie sich die geringste Mühe, Trauer zu demonstrieren.

Schwarz stand ihr gut, fand Jacobi, es betonte ihre aparte Erscheinung und machte sie trotzdem nicht älter, als sie war. Und noch etwas fiel ihm auf: Weit und breit war kein Anwalt zu entdecken, dabei hatte es das Referat 112 schon mehr als ein Mal mit Dr. Stuhlbein zu tun bekommen.

Leonie Rexeisen führte ihn durch das gesamte Loft in einen über zwei Stockwerke reichenden Salon, dessen Bücherregale ebenso wie die Fenster dazwischen vom Boden bis dicht unter die stuckverzierte Decke reichten. Abgesehen von äußerst frivolen Malereien an der fensterlosen Nordwand erinnerten nicht nur unzählige lederne Buchrücken in den Regalen, sondern vor allem die riesigen weiß-blauen Karos des Marmorfußbodens an die Stiftsbibliothek des Klosters Admont.

Unwillkürlich fiel Jacobi ein bekanntes Bibelzitat ein: *Dies alles will ich dir geben, wenn du vor mir niederfällst und mich anbetest.*

Jacobi wohnte selbst kommod in seiner Sechs-Zimmer-Dachterrassenwohnung am Ignaz-Rieder-Kai, aber mit dieser Reitschule konnte sich sein Domizil dann doch nicht messen. Schon das Foyer war so groß wie ein Konferenzraum, und dahinter schlossen sich Zimmerfluchten von fast imperialen Ausmaßen an.

»Nehmen Sie doch Platz, Herr Major.« Leonie Rexeisen wies einladend auf eine Conolly-Ledergarnitur, die um einen eleganten venezianischen Tisch gruppiert war, und setzte sich selbst auf die pompöse Couch. »Etwas zu trinken? Vielleicht einen Kaffee? Cappuccino oder einen Verlängerten?« Sie griff nach ihrem Handy.

Jacobi winkte ab und ließ sich in einen Fauteuil sinken, der es ihm erlaubte, die sonnenseitig ausgerichteten Fenster im Rücken zu haben. »Danke, aber nein. Mehr als Ihr sicher ausgezeichneter Kaffee interessiert mich, wo der angekündigte Anwalt bleibt?«

»Ich hab's mir anders überlegt und sage aus, ohne dass mir ein Anwalt ständig vorgibt, was ich erzählen darf und was nicht. Ich habe meinen Mann nämlich nicht aus dem Ballonkorb geworfen, wenngleich es auf der Hand liegt, dass mir aus seinem Tod größere Vorteile erwachsen als jeder anderen Person.«

Es sei denn, Viebich heiratet dich und zieht somit, was den Nutzen anlangt, im Falle eines günstigen Ehevertrags mit dir gleich, dachte Jacobi. Er brachte seinen Rekorder in Stellung und sprach vorweg die Kenndaten drauf, während er überlegte, ob der Verzicht von Leonie Rexeisen auf den Rechtsbeistand Taktik oder doch nur die Naivität der Unschuldigen war.

»Frau Rexeisen, noch einmal: Wo hält sich Lars Viebich versteckt?«, richtete er dann die erste Frage an sie. »Falls Sie es wissen und ihn decken, lässt das nur den Schluss zu, dass Sie mit ihm gemeinsame Sache gemacht haben, wie Ihnen bereits gestern unterstellt worden ist.«

»Ich kann nur wiederholen, was ich gestern schon gesagt habe: Ich weiß nicht, wo er ist. Falls er Ali tatsächlich ermordet hat, geht das allein auf seine Kappe. Allerdings halte ich das für ausgeschlossen.«

»Sie trauen es ihm nicht zu? Ich muss gestehen, ich habe innerhalb von vierundzwanzig Stunden meinen Ersteindruck vom Biedermann Lars Viebich schon zwei Mal revidieren müssen. Oder wollen Sie mir erzählen, Sie wüssten nicht, auf welche Art sich Ihr Mann und seine Paladine auf der Salzburger GAST zu amüsieren pflegten?«

»Ich kann's mir denken, will's aber nicht wissen. Ich war nie dabei und bin auch diesmal niemandes Komplizin. Noch einmal zum Mitschreiben: Weder bin ich die Komplizin von Lars noch von sonst jemandem!«

»Aber Sie sind seine Geliebte. Warum haben Sie ihn als solche dann nicht vom Kauf der Weißenbach-Aktie abgehalten?«

»Drei Mal dürfen Sie raten! Weil er wie neunzig Prozent aller Männer dieses blöde Imponier-Gen in sich trägt und mich mit seinem Coup überraschen wollte. Als ich davon erfuhr, war es längst zu spät.«

Damit hatte sie immerhin indirekt zugegeben, dass sie und Viebich ein Paar waren. Doch Jacobi wollte noch eine andere Variante abklopfen. »Aber wenn Sie auch nicht vorhatten, selbst mit Hand anzulegen, müsste Ihnen der Crash von Viebich doch als ideales Vehikel zupassgekommen sein.«

»Als Vehikel wofür? Ich verstehe nicht ...«

»Sie verstehen sehr gut. Kein Gericht der Welt könnte Ihnen beweisen, dass Sie den Geliebten zum Mord aufgeganselt haben, wenn dieser anschließend wie vom Erdboden verschluckt bleibt.«

»Tatsächlich? Und wie sollte das von ihm oder mir zu bewerkstelligen sein?«

»Ganz einfach: Sie warten, bis der erste Ermittlungsdruck nachgelassen hat, suchen dann Viebich in seinem Versteck auf, töten ihn und lassen seine Leiche verschwinden.«

Leonie Rexeisen sah ihn an, als hätte er nicht alle Tassen im Schrank. »Sie spinnen doch! Ich bin Leonie Rexeisen, geborene Glirsch, aus der Steiermark und nicht Elfriede Blauensteiner. Außerdem liebe ich Lars.«

»Der Geburtsort sagt nichts über die dunklen Seiten eines Menschen aus«, philosophierte Jacobi. »Sie wären in Österreich nicht die erste Frau, die ihren Partner fern der Heimat im afrikanischen Wüstensand verscharrt oder in den Fluten des Ozeans versenkt.«

»Sie klopfen auf den falschen Busch.« Sie erhob sich von der Couch, zog ihre Kostümjacke aus und begann ihre weiße Bluse aufzuknöpfen.

»Was soll das werden, Frau Rexeisen? Lassen Sie das.«

»Keine Angst, Major, ich habe nicht vor, Sie zu vernaschen, sondern will Ihnen nur etwas zeigen.« Sie drehte sich um und ließ die Bluse ein Stück weit von den Schultern gleiten. Hässliche vernarbte Striemen entstellten ihren Rücken.

»Ihr Mann?«, fragte er überflüssigerweise.

Sie nickte, brachte ihre Kleidung in Ordnung und nahm wieder Platz. »Und das ist nur die Spitze des fast zwanzig Jahre alten

Eisbergs. In den letzten Jahren war er nicht mehr in der Lage, mir stärkere körperliche Gewalt anzutun, obwohl er es immer noch versucht hat. Dafür hat er subtilere Methoden gefunden, um mich zu quälen. Ali war ein Sadist, früher lief er im Bett zur Höchstform auf, wenn seine Sexualpartnerinnen oder -partner Qualen welcher Art auch immer dabei litten.«

»Hat er auch Florian Kerschhackl gequält?«

»Ja, weshalb sonst hätte er einen Loser wie ihn an sich ketten sollen? Er hat ihn genauso ausgepeitscht wie mich. Aber ich hab Ihnen meinen Rücken nicht gezeigt, um mich noch verdächtiger zu machen, als ich es für Sie ohnehin schon bin, sondern um Sie zum Nachdenken zu bringen. Ich habe Ali einmal geliebt, auch wenn Sie mir das nicht glauben mögen.«

»Sie wollen mir sagen, dass Sie es deshalb so lange bei ihm ausgehalten haben?«

»So ist es. Ich war auch als junges Mädchen kein Dummchen, aber Ali ist ... er war ein sehr manipulativer Mensch, der es verstand, anderen seinen Willen aufzuzwingen. Auch solchen, die ihm intellektuell überlegen waren ...«

»Aber nicht mental?«, differenzierte er.

Wieder nickte sie. »Ja, leider. Was lässt Goethe den Zauberlehrling sagen? ›Und mit Geistesstärke tu ich Wunder auch!‹ Ali war ein Alpha-Tier *par excellence*, er traute sich alles zu und verfügte über eine mentale Kraft, die einzigartig war, der aber auch etwas Böses innewohnte und die sich schließlich gegen ihn selbst richtete.«

Sie blickte einen kurzen Moment starr vor sich hin, ehe sie weitersprach. »Schon vor Jahren hab ich es in unsrer damals noch jungen Beziehung verpasst, die Notbremse zu ziehen. Erst ganz zuletzt ist es mir gelungen, mich seinem Einfluss sukzessive zu entwinden. Im selben Maß, wie die Liebe schwand, emanzipierte ich mich und machte mich für ihn unentbehrlich. Warum, glauben Sie wohl, hat er seinen einstigen Lieblingsschuler Lars derart gegen die Wand fahren lassen? Es war die reine Panik davor, ihn und vor allem mich zu verlieren.«

»Aber nicht im Sinne von: geliebte Menschen entbehren zu müssen, oder?«

Die Witwe lachte schrill auf. »Ganz bestimmt nicht. Ali hatte ganz einfach Angst, der Service in seinem Leben als Krüppel würde sich entscheidend verschlechtern, das war der Grund. Dass wir ihn gemeinsam verlassen wollten, hat ihn besonders gewurmt. Mit der Weißenbach-Scharade konnte er das zwar zunächst unterbinden, aber aufgeschoben war nicht aufgehoben.«

»Er hätte sich neue Schikanen ausgedacht, also glaubten Sie, ihm zuvorkommen zu müssen.«

»Sie wollen es einfach nicht verstehen, oder, Jacobi? Lars und ich mögen vielleicht charakterliche Defizite haben, aber trotz Alarich Rexeisen sind wir psychisch gesund geblieben, was nicht für alle Personen in Alis Umfeld gilt.«

»Womit wir wieder bei Flo Kerschhackl wären.«

»Ich weiß, Sie unterstellen mir, ich würde Flo hinhängen, um von Lars und mir abzulenken, aber Flo war schon immer ein armer Hund. Erst bei seinem Vater, dann bei Ali.«

»Sie haben die Hypothek seiner Kokainabhängigkeit vergessen zu erwähnen.«

»Ich erspare Ihnen die Einzelheiten, Jacobi, aber Sie können mir glauben, dass Flo von Ali Sachen erdulden musste, die sich kein halbwegs normaler Mensch jemals hätte ausdenken können. Dagegen ging es mir ja fast noch goldig. Ein gesunder Mensch wäre schon hundertmal gegangen, aber Flo konnte einfach nicht. Wie eine Geisel mit Stockholm-Syndrom hat er sich mit seinem Peiniger arrangiert. Deshalb hatte er gestern auch recht, als er sagte, ich hätte Ali gedrängt, ihn rauszuschmeißen.«

»Also wollten Sie ihn loswerden?«

»Auch, aber vor allem wollte ich ihn von Ali befreien.«

»Ach, was Sie nicht sagen! Das wollte seine damalige Freundin Isolde Seebauer auch, bei der Sie ihn jetzt interessanterweise vermuten.«

»Richtig. Nur kurz ein Beispiel, wie rücksichtslos Ali vorgehen konnte, wenn er das Gefühl hatte, dass ihm jemand etwas wegnehmen wollte: Sehr zum Unterschied zu Cyriak hatte Isi es geschafft, einen Therapieplatz in einer bekannten Münchner Klinik für Flo zu ergattern, der den Entzug auch tatsächlich machen wollte. Als Ali davon Wind bekam, drohte er ihr plötzlich mit der getürkten Doktorarbeit ihrer Mutter.«

»Ich dachte, Isolde Seebauer ist eine Eisenbahnerstochter?«

»Ihr Vater war Bahnhofsvorstand, ihre Mutter Gymnasiallehrerin. Woher Ali seine diesbezüglichen Infos hatte, weiß ich nicht, jedenfalls hat Isi dem Druck nachgegeben und sich zurückgehalten. Aus eigenem Antrieb hat Flo den Entzug natürlich nicht angetreten. Doch Ali hat das nicht genügt. Kurze Zeit später hat Isi ihren Filialleiterposten verloren, weil –«

»Ja, danke. Von dieser Intrige weiß ich schon. Immer wieder zieht bei derartigen Ränkespielen aber auch Cyriak Kerschhackl seine Fäden. Ist es nicht eigenartig, dass er untätig dabei zusieht, wie sein einziger Sohn von seinem Kumpan wie ein gerade noch geduldetes Haustier gehalten wird?«

»Worauf wollen Sie hinaus?«

»Ist es möglich, dass Ihr Mann auch den Herrn Bankdirektor in der Hand hatte, ihn womit auch immer erpresst hat?«

»Davon weiß ich leider nichts, aber es wäre durchaus vorstellbar. Soll das in weiterer Konsequenz heißen, Cyriak könnte den verlorenen Sohn zum Mord an Ali angestiftet haben, um ihn nach vollbrachter Tat wieder in Gnaden aufzunehmen?«

»Sie halten das für unrealistisch?«

»Hm, unrealistisch wäre vielleicht zu viel gesagt, ein bisschen weit hergeholt trifft es wohl eher. Natürlich weiß ich nicht, wie Flo reagieren würde, wenn Cyriak plötzlich auf der Vater-Klaviatur spielt, da wäre wohl alles möglich. Flo hat seit Kindestagen nach Anerkennung gelechzt, sie aber nie bekommen, weil er nicht Cyriaks vorgegebenem Schema entsprochen hat.«

»Ein ziemlich krasses Vater-Sohn-Verhaltnis, wenn ich das mal bemerken darf. Aber apropos krass: Sie, Frau Rexeisen, Ihr Mann, Lars Viebich und Flo waren vor zehn Jahren doch wegen Vergewaltigung angeklagt. So viel zu Ihrer Mein-Name-ist-Hase-Attitüde. Das Opfer –«

»Stopp: das angebliche Opfer«, korrigierte die Zeugin kühl und wechselte die Stellung ihrer übereinandergeschlagenen Beine.

»Das psychisch angeschlagene Opfer Diana Dornhaag«, legte

Jacobi noch eins drauf, »hat sich einige Monate später das Leben genommen.«

Leonie Rexeisens Miene wurde hart. »Wir wurden alle vier vom Vorwurf der Vergewaltigung freigesprochen, dem ist nichts mehr hinzuzufügen.«

»Also stimmt es auch nicht, dass Sie Rexeisen schon Jahre zuvor regelmäßig über die wirtschaftliche Situation Ihrer damaligen Arbeitsgeber, der Familie Dornhaag, informiert haben?«

»So ein Unsinn! Das ist doch nur Bassena-Gewäsch! Die Dornhaags haben wie etliche andere Hoteliers auch die Zeichen der Zeit übersehen. Sie glaubten, sie könnten ewig so weitermachen, wie man es in Bad Gastein seit der Belle Époque gewohnt war. Ich hab ihnen oft genug gesagt, sie müssten umstrukturieren, aber davon wollte Xaver nichts wissen.«

»Aha. Und dass Rexeisen Ihre Eifersucht auf die schöne Diana als Druckmittel benutzt hat, um in den entscheidenden Tagen die Killer-Infos über das finanzielle Desaster der Dornhaags zu erfahren, das ist dann wahrscheinlich auch nur ein Latrinen-Gerücht?«

»Ich sehe, es war ein Fehler, heute keinen Anwalt hinzuzuziehen. Ich werde zur Causa Diana Dornhaag nichts mehr sagen.«

Jacobi war klar, dass er hier nicht weiterkam. Doch die Erwähnung des Stockholm-Syndroms beschäftigte ihn noch immer. Vielleicht war auch eine Variante dieser Täter-Opfer-Beziehung denkbar? Kerschhackl hatte gelernt, sich mit seinem Peiniger Rexeisen zu arrangieren: Vielleicht hatte ihn sein schlechtes Gewissen dazu veranlasst, dasselbe auch mit Dianas Mutter zu versuchen? Oder war die Kontaktaufnahme von ihr ausgegangen? Noch auf der Heimfahrt am Vortag hatte Feuersang genau diese Hypothese als völlig absurd verworfen.

Jacobi wollte es trotzdem probieren. »Stimmt es, dass Anneliese Dornhaag ungeachtet aller tragischen Begleitumstände nach einigen Jahren den Kontakt zu Flo Kerschhackl gesucht hat?«

Die Witwe sah ihn erstaunt an. »Sie sind mir richtiggehend unheimlich, Jacobi. Davon wussten bisher nur drei Leute – dachte ich zumindest.« Sie hielt inne und fuhr erst nach einer auffällig langen Pause wieder fort: »Es scheint tatsächlich so etwas wie eine Kontaktanbahnung gegeben zu haben, übrigens schon vor Alis Schlaganfall. Flo hatte sich wieder einmal zugestaubt wie ein Mehlwurm, noch dazu während der Dienstzeit, deshalb war er von meinem Mann niedergemacht worden. Als Ali danach das Büro verließ, krähte Flo, er würde sich nicht mehr alles gefallen lassen, und es gäbe Leute, die würden viel zahlen, wenn er ihn, das größte Arschloch von Gastein, um die Ecke brächte.«

»Und da fiel Anneliese Dornhaags Name?«

»Nicht sofort. Außerdem maulte Flo oft irgendetwas hinter Alis Rücken, das konnte man nicht auf die Goldwaage legen. Doch diesmal hatte ich mir seine Worte zufällig gemerkt. Wochen später sprach ich ihn nach einer ähnlichen Kopfwäsche unter vier Augen darauf an, und da nannte er nicht nur Anneliese Dornhaags Namen, sondern ließ sogar durchblicken, dass sie bereits eine Vorauszahlung geleistet hätte, um zu zeigen, wie ernst es ihr mit ihrem Vorschlag war.«

»Und? Hat sie? In Ihrer Position konnten Sie sich doch einen indirekten Einblick in die Kontobewegungen Ihres Hausls verschaffen, wenn er zum Beispiel längere Zeit nicht mehr um Vorschuss ansuchte.«

Sie lachte kurz und verächtlich auf. »Hab ich auch, aber so dumm ist nicht einmal der Flo, dass er eine solche Zahlung über sein Girokonto laufen lässt. Es hat nichts auf den Eingang eines größeren Betrags hingedeutet.«

»Noch eine Frage zu einem Vorfall vor fünf Jahren auf der GAST: Sie waren zwar nicht dabei und noch nicht mit Rexeisen verheiratet, aber doch schon lange seine Buchhalterin. Als solcher dürfte Ihnen nicht entgangen sein, dass er damals hundertfünfzigtausend Schilling in bar von seinen Konten abgehoben hat.«

»Auch dazu möchte ich nichts sagen.«

»Aber wohl kaum aus Rücksicht auf den verblichenen Gatten, sondern um Ihren Liebhaber zu schützen, nicht wahr?«

Sie antwortete nicht mehr.

»Auch recht, Frau Rexeisen. Dann war's das für heute. Ich habe trotzdem das Gefühl, dass wir uns bald wiedersehen werden.«

Ihre Lippen wurden schmal. »Solange Sie mich nicht für die Mörderin halten, habe ich nichts dagegen.«

18 DAS LANDHAUS von Cyriak Kerschhackl am Heißing-Hügel machte einen gediegenen Eindruck, sah aber weder protzig aus, noch war es übermäßig groß, wie der wirtschaftliche Hintergrund des Besitzers es hätte erwarten lassen. Das klassische Prinzip, Reichtum nicht zur Schau zu stellen, um keine Neider auf den Plan zu rufen, schien hier schon in die Architektur eingeflossen zu sein.

Feuersang war auf ausdrücklichen Wunsch Jacobis schon hundert Meter vor dem Haus ausgestiegen und hatte den Kollegen Hofstätter angewiesen, den Wagen am Straßenrand zu parken und auf ihn zu warten. Ein vor der Villa geparktes Gendarmerie-Auto hätte der Bauernbank-Direktor im Hinblick auf die aktuellen Ereignisse möglicherweise in den falschen Hals bekommen, was wiederum vermutlich den erwünschten Informationsfluss gebremst hätte.

Jacobi war ausschließlich am Verbleib von Sohn Florian Kerschhackl interessiert, deshalb sollte er, Feuersang, hauptsächlich Fragen stellen, die das Verhältnis des Juniors zu seinem Vater und zum Ermordeten betrafen. Nachdem Feuersang an einer altväterischen metallenen Klingelkordel gezogen hatte, öffnete sich sofort die Haustür.

Beim Anblick des mittelgroßen weißhaarigen Mannes im Salzburger Anzug musste der Kriminalbeamte spontan an einen Landwirt und nicht an den Leiter einer Bank denken. Die blau geäderten roten Wangen, die kräftigen Hände mit nicht ganz sauberen Fingernägeln und vor allem die O-Beine verstärkten den ersten Eindruck.

»Herr Chefinspektor Feuersang? Sie wurden mir schon angekündigt. Sehr pünktlich, so ist's recht. Kommen Sie herein.« Die leise, fast piepsige Stimme wollte so überhaupt nicht zu der erdigen Erscheinung passen.

Feuersang folgte Kerschhackl senior in ein blitzblankes Wohnzimmer, dem aber die persönliche Note wie etwa Blumen oder Dekor von Frauenhand fehlte. Dafür saß ein kleiner drahtiger Mann mit schütteren braunen Schnittlauchlocken, gelbem Seidenhemd und weinrotem Zweireiher auf einer straff gepolsterten, grau karierten Couch, die auch in der Drei-Zimmer-Wohnung eines Fabrikarbeiters hätte stehen können.

»Dr. Potocnik, nett, Sie wieder mal zu treffen.«

Staranwalt Dr. Stanislaus Potocnik, der dem Sechserpack nur allzu bekannt war, hatte sich vor allem den Gendarmeriemajor Oskar Jacobi zum Feindbild auserkoren. »Ob unsere Begegnung nett wird, werden die nächsten Minuten zeigen«, kam die schnelle Antwort. »Wo haben Sie denn Ihren Herrn und Meister gelassen, Chefinspektor?«

»Major Jacobi ist gerade anderweitig beschäftigt. Natürlich war ursprünglich vorgesehen, dass er Herrn Kerschhackl seine Aufwartung macht.«

»Man sollte nur dann versuchen geistreich zu sein, wenn man's auch tatsächlich ist, Feuersang«, belehrte ihn Potocnik eisig. »Sonst wirkt's bloß peinlich. Also, was wollen Sie von meinem Mandanten, Herrn Kerschhackl?«

»Ich darf mich doch setzen?«, fragte Feuersang und nahm, nachdem ihn niemand dazu aufforderte, in einem der beiden grau karierten Polstersessel Platz. Auch Kerschhackl setzte sich.

»Bitte?«, sagte Potocnik, ohne die Frage zu wiederholen.

»Wir wüssten gerne, wo der Junior ist.«

»Und warum sollte ausgerechnet mein Mandant das wissen? Er hat den Kontakt zu seinem Sohn schon vor Jahren abgebrochen.«

»Lassen Sie bitte Herrn Kerschhackl antworten, oder darf er etwa nicht?«

Potocnik fletschte die Zähne zu einer geharnischten Replik, da säuselte der alte Kerschhackl: »Hab schon gehört, dass der Bub die Nerven verloren hat und davongelaufen ist – wie schon so oft in seinem vermurksten Leben. Trotzdem hab ich weder eine Ahnung, wo er sein könnte, noch warum er schon wieder den Kopf in den Sand steckt, gell? Aber mit dem Mord hat er ganz bestimmt nichts zu tun, so etwas Kapitales würde er nie zuwege bringen.«

Kerschhackls Art zu reden erinnerte Feuersang unwillkürlich an Marlon Brando in der Rolle des Paten, der im gleichnamigen Film ebenfalls in sehr reduzierter Lautstärke mit den Klienten zu kommunizieren pflegte. Der Tonfall des Bankers war zwar eine Nuance süßlicher, klang aber deshalb nicht weniger bedrohlich. Nein, dieser Mann war ganz und gar nicht schwul, die schwule Attitüde war nur eine Maske, nur vorgetäuschte Harmlosigkeit, um andere einzukochen.

»Hatten Sie in letzter Zeit Grund zur Annahme, dass zwischen Ihrem Sohn und seinem Arbeitgeber Alarich Rexeisen die Spannungen größer geworden waren?«

»Mein Anwalt hat es Ihnen doch schon gesagt: Ich habe keinen Anteil mehr am Leben von Flo, gell? Dass es so weit gekommen ist, hat er sich ganz allein zuzuschreiben.« Er wandte den Kopf zur Seite und schlug die Beine übereinander. Aber um Feuersang abzuwimmeln, bedurfte es schon gefinkelterer Methoden.

»Der Major Jacobi und ich verstehen nicht ganz, wie dieses Dreiecksverhältnis zwischen Ihnen, Rexeisen und Ihrem Sohn funktionieren konnte, wo doch –«

»Hören Sie eigentlich nicht zu?«, unterbrach ihn Kerschhackl. »Ein solches Verhältnis hat es nicht gegeben. Dass Alarich hin und wieder Geschäfte über unsre Bank abwickelte, das ist eine Sache. Dass Flo sich in den Kopf gesetzt hatte, als Hausmeister in seinen Hotels den Hanswurst zu geben, eine andere, gell? Letzteres war sicher nicht meine Idee, das können Sie mir glauben.«

»Seltsam bleibt es trotzdem. Hat Rexeisen vielleicht mittelbar Druck auf Sie ausgeübt? Immerhin hatte er Ihren Sohn über dessen Kokainabhängigkeit am Gängelband.«

»Mein Mandant wird diese hanebüchene Mutmaßung nicht kommentieren«, schritt Potocnik sofort ein.

»Oder haben Rexeisen und Sie sich durch die gemeinsam getätigten Geschäfte voneinander abhängig gemacht?«

»Auch dazu wird sich mein Mandant nicht äußern«, repetierte Potocnik wie ein Automat.

»Zum Beispiel durch ein Geschäft wie jenes, das der Familie Dornhaag vor Jahren die wirtschaftliche Basis entzogen hat«, vermutete Feuersang, der Potocniks abschlägige Antwort einfach ignorierte.

Doch der Anwalt grinste ihn nur an. »Ich würde Ihnen raten, Sie kommen wieder, wenn Sie konkrete Fragen zu klar umrissenen Sachverhalten haben, Chefinspektor. Dieses Herumstochern in der Nebelsuppe ist ja lächerlich.«

Wie recht er hatte, wusste niemand besser als Feuersang, aber der wollte noch nicht aufgeben. »Ich hätte zum Bruch mit Ihrem Sohn noch eine Frage, Herr Kerschhackl: Sie sollen vor drei Jahren Frau Isolde Seebauer eine sechsstellige Summe angeboten haben, damit sie sich von ihm zurückzieht. Hört sich das nicht nach einem endgültigem Zerwürfnis an?«

Kerschhackl musterte Feuersang wie ein Hundezüchter den schwächsten und untauglichsten Welpen eines Wurfes. »Bruch hin, Bruch her. Dass Flo nichts auf die Reihe kriegt, ist für mich kein Grund, ihn nicht günstig zu platzieren, wenn sich eine Gelegenheit ergibt, gell?«

»Sie wollten ihn mit einer Tochter des Zwölfklafter-Bauern verheiraten, ihn wie einen Spielstein benutzen.«

»Hätte ja sein können, dass er ein Mal was Nützliches tut und unser genetisches Material an geeigneter Stelle deponiert. Aber Sie haben ja inzwischen sicher erfahren, dass mein gut gemeintes Angebot abgelehnt wurde.«

»Ihre und Rexeisens Aktivitäten haben immerhin zu Frau Seebauers Trennung von Ihrem Sohn geführt. Halten Sie es trotzdem für möglich, dass er jetzt bei ihr Unterschlupf gefunden hat?«

»Das ist ja wohl Aufgabe Ihres Vereins, das herauszufinden«, mischte sich nun Potocnik wieder ein. »Haben Sie noch eine vernünftige Frage vorzubringen? – Nein? Dann ist die Unterredung hiermit beendet.«

19   DIE GOLDBERGSTRASSE war nur ein paar hundert Meter vom Babenberger Hof entfernt. Jacobi widerstand nur schwer der Versuchung, einen Umweg über das Annencafé, ein traumhaft gelegenes Hofgasteiner Café-Restaurant, zu fahren und sich dort eine Extraportion Fleischknödel mit konkurrenzlosem Sauerkraut und eine Halbe Weizen einzuverleiben. Der nächste Pflichttermin war leider wichtiger.

Als der Major im dritten Miethausblock im ersten Halbstock an der Tür mit dem Schildchen »Anneliese Dornhaag« läutete, wurde sofort geöffnet.

Eine gepflegte zierliche Endfünfzigerin mit grauem Kurzhaarschnitt und feinen verhärmten Gesichtszügen stand ihm gegenüber. »Herr Kommissar Jacobi?«

Der Angesprochene lächelte und schüttelte den Kopf. »Nein, ich bin Major. In der österreichischen Exekutive gibt's keine Kommissare. Darf ich trotzdem reinkommen? Es dauert auch bestimmt nicht lange.«

Sie ging in ein kleines Wohnzimmer voraus, dessen beide Fenster zwar nach Südwesten blickten, aber zwischen einem Spalier von Pappeln hindurch auch die Gasteiner Bundesstraße erkennen ließen. »Wollen Sie einen Tee oder Kaffee?«, fragte Anneliese Dornhaag, nachdem sie auf einer abgewohnten Kika-Garnitur Platz genommen hatten. Wie schon zuvor im Babenberger Hof lehnte Jacobi dankend ab und stellte seinen kleinen Taschenrekorder auf den Wohnzimmertisch.

»Was soll das? Werde ich verhört?«, fragte sie gereizt.

»Nur eine Gedächtnisstütze für mich«, winkte Jacobi beschwichtigend ab und schaltete den Rekorder ein. »Frau Dornhaag, meine erste Frage ist reine Routine, sie wird jedem gestellt, der mit der Sache direkt oder indirekt zu tun haben könnte: Wo waren Sie gestern Mittag, also etwa zwischen elf Uhr dreißig und dreizehn Uhr dreißig?«

»Also doch ein Verhör. Muss ich einen Rechtsbeistand hinzuziehen?«

»Das bleibt Ihnen selbstverständlich unbenommen, aber ich weiß nicht, ob sich das auszahlt. Die ganze Angelegenheit dauert sicher nur ein paar Minuten.«

»Das hoffe ich. Worum geht es eigentlich?«

»Das werden Sie gleich erfahren. Also, wo waren Sie gestern Mittag?«

Sie zuckte mit den Achseln. »Das können Sie ohne Weiteres wissen. Ich war bei meiner Mutter, Frau Dorothea Ahrens, im Seniorenheim Hohensalzburg-West. Ich bin vormittags um zehn Uhr vierzig mit dem Schnellzug rausgefahren, hab mich von einem Taxi zum Gasthaus Kuglhof bringen lassen, dort zu Mittag gegessen und bin dann zum Seniorenheim gelaufen. Der Besuch war schön. Meine Mutter hat mich erkannt, was nur noch selten vorkommt, und ich bin mit ihr ein paar Schritte durch den Park des Anwesens gegangen. Gegen Abend hab ich dann wieder den Zug nach Hause genommen.«

»Die Zugfahrkarte haben Sie nicht noch zufällig irgendwo liegen?«

»Doch, natürlich. Da drüben.« Sie zeigte beiläufig auf eine Kommode. »Aber als Alibi wird sie wahrscheinlich nicht gelten. Ich habe sie schon vorgestern ausdrucken lassen, schließlich konnte ich ja nicht wissen, dass ich sie heute brauchen würde.«

»Dann wissen Sie also, warum ich hier bin?«

»Weil der Rexeisen, diese Hyäne, ins Gras gebissen hat!« Sie spuckte die Worte förmlich aus.

»Frau Dornhaag, auch wenn mir bewusst ist, dass ich damit schmerzhafte Erinnerungen wachrufe, muss ich diese Fragen stellen, denn die Ermordung von Rexeisen könnte durchaus im Zusammenhang mit dem Freitod Ihrer Tochter stehen.«

»Meine Tochter hat sich nicht aus freien Stücken das Leben genommen, Herr Major. Sie ist physisch und psychisch so gründlich demoliert worden, dass sie nicht mehr weiterleben konnte. Und ich gesteh es Ihnen gern: Ich habe hier in meiner kleinen Wohnung getanzt und gesungen, als ich gestern Abend von der spektakulären Exekution Rexeisens erfahren habe.«

»Rexeisen wurde ermordet, nicht exekutiert«, verbesserte sie Jacobi.

»In meinen Augen wurde der Typ exekutiert, egal, welche Motive letztlich dabei Pate gestanden haben.«

»Auch nicht gerade die feine englische Art, sich mit dem Tod eines Menschen auseinanderzusetzen«, provozierte der Major weiter.

Anneliese Dornhaag blickte ihn feindselig an. »Was wissen Sie denn schon? Rexeisen und seine drei Büttel haben mir alles genommen, wirklich alles, woran das Herz einer Mutter hängen kann: die Tochter, den Mann, das Zuhause. Freilich wäre mir noch lieber gewesen, wenn alle vier vom Himmel gefallen wären, aber ich bin dem Schicksal dankbar, dass es immerhin den Hauptschuldigen erwischt hat.«

»Halten Sie Flo Kerschhackl etwa für weniger schuldig, Frau Dornhaag?« Jacobi behielt sie fest im Blick, aber sie zwinkerte nicht einmal.

»Er war genauso dabei, Herr Major, nur das zählt. Wie weit seine Kokserei oder Rexeisens Einfluss eine Rolle gespielt hat, ist für mich zweitrangig. Das hab ich ihm übrigens auch gesagt, als er mir vor zwei Jahren beim hiesigen Advent-Markt über den Weg lief und mit mir ein Gespräch anfangen wollte.«

»Er hat versucht mit Ihnen Kontakt aufzunehmen – nicht umgekehrt?«

Sie funkelte ihn empört an. »Warum sollte ich den Kontakt zu einem von Dianas Mördern suchen?«

»Ich hab mir während der Fahrt nach Gastein die Gerichtsakten von damals durchgeben lassen, Frau Dornhaag. Rexeisen und Viebich sollen Ihre Tochter penetriert haben, während Leonie Glirsch und Flo Kerschhackl nur der Beihilfe zur Vergewaltigung angeklagt wurden, aber auch von diesem Vorwurf –«

»Aber auch von diesem Vorwurf hat ein Parade-Macho von einem Richter sie freigesprochen«, unterbrach sie ihn brüsk. »So wie die zwei anderen auch. Das weiß ich doch, ich war ja dabei und musste diese sogenannte Rechtsprechung ertragen. Und wissen Sie, was mir der Rexeisen nach der Verhandlung im Vorbeigehen zugeraunt hat? Recht habe immer der, der die Regeln beherrscht, und die hätten mit Gerechtigkeit wenig zu tun. Dabei hat er keine Miene verzogen, ich träume heute noch davon.«

Jacobi schwieg, nahm dann aber einen neuen Anlauf. »Noch einmal, Frau Dornhaag: Sie wollten also nicht mit Flo Kerschhackl Kontakt aufnehmen und haben ihm auch kein Geld angeboten, damit er Ihnen hilft, sich an Rexeisen zu rächen?«

Ihr Blick wurde starr. »Solche idiotischen Unterstellungen muss ich mir in meiner eigenen Wohnung nicht anhören. Gehen Sie bitte. Wenn Sie wieder etwas von mir wollen, werden Sie mich wohl vorladen müssen.«

»Das werden wir in absehbarer Zeit tun.« Jacobi stand auf. »Und ich kann Ihnen gleich sagen, dass man Ihr Alibi sehr genau überprüfen wird – Bahnkarte hin oder her. Ich kann mir nämlich nicht vorstellen, dass Sie in all den Jahren den Gedanken an Vergeltung auch nur eine Sekunde lang haben fallen lassen.«

20 AUF DEM WEG zum Wagen machte sich Jacobis Handy bemerkbar. Pernauer war dran.

»Wastl, grüß dich! Lass mich raten: Es war Liquid Ecstasy?«

»Ja, ihr hattet mit eurer Vermutung recht. Alle Probanden hatten noch Spuren von Gamma-Hydroxy-Buttersäure im Blut.«

»Alle vier?«

»Ja, alle vier: Kronreif, Lohbauer, Leonie Rexeisen und der Kerschhackl. Und wenn ich Spuren sage, dann meine ich, dass sich die Unterschiede in der Konzentration im Nano-Bereich bewegen und eigentlich nicht mehr als Indiz verwertbar sind, wenn man seriös bleiben will. Meine junge ehrgeizige Forensikerin hat sich im Labor die Nacht um die Ohren geschlagen und eine Testreihe um die andere gemacht, aber mehr ist dabei leider nicht rausgekommen.«

Jacobi fluchte stumm. »Ist nicht vielleicht eine Person dabei, deren Werte von denen der anderen nach oben oder unten abweichen?«

»Das Quantum variiert bei allen vieren nur um Nuancen. Zwei hatten um ein paar Milligramm GHB weniger im Blut als die beiden mit dem höchsten Wert, aber das kannst du nicht als Indiz werten. Vielleicht haben sie weniger Sekt getrunken, oder ihr Organismus hat die Droge rascher verarbeitet. Es gibt viele Möglichkeiten dafür. Deshalb werde ich dir die Namen auch lieber nicht nennen, um dich nicht auf falsche Fährten zu lotsen.«

Jacobi hätte gern geantwortet, Pernauer solle besser in seiner Gruft bleiben und sich nicht in Ermittlungsarbeit einmischen, schluckte aber seinen Ärger hinunter. »Hat die Obduktion sonst noch irgendwas ergeben, das uns weiterhelfen könnte?«

»Nichts, was ihr nicht schon wüsstet: Das Genick von Rexeisen war mehrfach gebrochen, und ob es dich weiterbringt, wenn ich dir alle Knochen aufzähle, die beim Aufprall zerdeppert worden sind, wage ich auch zu bezweifeln. Der Schädel hat einen veritablen Sprung, ist aber ganz geblieben, während sich die Weichteile in einem verheerenden Zustand befinden, um es mal vorsichtig auszudrücken. Die Fallhöhe kann ohne spezielle Gewebeanalysen nach wie vor nur geschätzt werden: Ich tippe auf circa zweitausend Meter, hundert mehr oder weniger sind möglich. Aber weil wir gerade vom Absturz reden, da war noch etwas: Rexeisens gesunder rechter Arm war schon vorher ausgekugelt.«

»Das heißt?«, fragte Jacobi, obwohl ihm die Schlussfolgerung sofort klar war.

»Rexeisen hat sich nicht mehr wehren können, als jemand sich anschickte, ihn aus dem Ballonkorb zu schubsen.«

»Hatte er auch Narkotika im Blut?«

»Außer Rückständen seiner Apoplexie-Medikamente haben wir nichts Verdächtiges gefunden. Und dass nach dem Sturz ein Paketklebeband von seinem Mund entfernt wurde, wisst ihr ja.«

»Danke, Wastl. Ich hätte da noch eine Frage. Sie fällt zwar nur am Rand in euer Ressort, aber ich stelle sie trotzdem. Könnte es bei einem Schlaganfall-Patienten mit Gehirnblutung und halbseitiger Lähmung nach scheinbar erfolgreicher Rehabilitation zu einer – sagen wir mal – qualitativen Veränderung der Denkprozesse kommen?«

»Ich ahne schon, worauf du hinauswillst. Natürlich bin ich kein Spezialist für Apoplexie, aber ich habe einen Verwandten mit dem Krankheitsbild und den Symptomen, die du ansprichst. Mein Schwager ist neben seinem körperlichen Handicap auch intellektuell nicht mehr so spritzig wie vor der Gehirnblutung, wirkt aber auf den ersten Blick völlig normal und geistig intakt.«

»Aber er ist es nicht?«

»Genau, es scheint nur so. Ein befreundeter Neurologe hat mir bestätigt, dass unter solchen Voraussetzungen vernetztes Denken oft stark retardiert. Mein Schwager versteht zum Beispiel durchaus, dass Patienten, denen das halbe Gesichtsfeld fehlt, nicht mehr Auto fahren sollten, wendet diesen Schluss aber nicht auf sich an. Da er einen Wagen mit Automatik bedienen kann, nimmt er nach wie vor am öffentlichen Verkehr teil und wird von einem stoischen Amtsarzt auch noch in seiner Haltung bestätigt.«

»Prost Mahlzeit! Als medizinischer Laie erlaube ich mir auch eine laienhafte Ausdrucksweise: Kann es sein, dass solche Patienten kausale Zusammenhänge nicht mehr in ihrer Gesamtheit erfassen? Etwa so: Wenn ich das tue, passiert dieses oder jenes. Beziehungsweise das konkrete Beispiel zu unserem Fall: Hältst du es für möglich, dass Rexeisen, der mit einer persönlichen Niederlage aus seiner Vergangenheit konfrontiert wurde, plötzlich einen Racheplan realisieren will, ohne die strafrechtlichen Folgen einzukalkulieren?«

»Ich würde sagen, eine solche Denkweise ist nicht auszuschließen. Dazu kann ich sogar noch ein weiteres Verhaltensmuster meines Schwagers anführen: Neulich hat er doch glatt versucht, meine Schwester nachts im Schlaf zu erwürgen. Einfach so, ohne dass ein Streit vorausgegangen wäre. Zum Glück war er mit nur einer Hand dazu nicht in der Lage, und am nächsten Tag konnte er sich nicht mehr dran erinnern – angeblich. Die Konsequenz aber ware genau jene gewesen, die er am meisten fürchtet: Er wäre in eine entsprechende Anstalt eingewiesen worden.«

»Das mit deinem Schwager tut mir leid, Wastl, aber ich danke dir. Ich glaube, du hast gerade manches an unserem Fall verständlicher gemacht. Sorry, aber ich muss jetzt Schluss machen.« Er unterbrach die Verbindung, um Stubenvoll durchzustellen, der schon seit einer Minute anklopfte. »Hallo, Oliver, was hast du für mich?«

»Eine Streife hat den BMW von Viebich am Parkplatz des

Salzburger Flughafens entdeckt. Er war abgeschlossen, hinter der Windschutzscheibe lag ein gestern abgelaufener Parkschein. Auf einen Flug eingecheckt hat Viebich aber nicht, jedenfalls nicht unter seinem Namen. Wenn wir den Wagen erkennungsdienstlich behandelt haben, kommt er hinüber zum Requisitionsfuhrpark.«

»Danke. Leider werde ich es euch nicht ersparen können, die Bänder von den Flughafen-Überwachungskameras zu checken.«

»Da sind wir schon dran, Chef. Bisher noch kein Treffer.«

»Okay. Wenn ihr doch noch was findet, ruf mich gleich an.« Er legte auf, stieg in den RS4 und wählte Feuersangs Nummer.

»Wo steckst du gerade, Leo? Hast du Isolde Seebauer schon angerufen? Ich meine natürlich Isolde Riesling, wie sie jetzt heißt.«

»Ich glaube, das wäre keine so gute Idee, falls sie Flo tatsächlich Unterschlupf gewährt. Da sollte man besser gleich bei ihr auftauchen. Im Moment sitze ich mit zwei Kollegen von der Alpingendarmerie in einer Kabine der Fulseck-Bergbahn in Dorfgastein. Wir sind gleich oben an der Bergstation und fahren dann zur Muggenmoos-Alm runter.«

»Wie das denn? Auf dem Hosenboden?«

Feuersang ließ einen geringschätzigen Seufzer hören. »Du wirst langsam geistig träge, Sportsfreund. Heutzutage kannst du in Wintersportzentren an Bergbahn-Talstationen ohne Zeitverlust alles ausleihen, was du zum Skifahren brauchst. Hätt ich heute Morgen allerdings gewusst, dass ich dort hinauf muss, wär ich natürlich im eigenen Dress und mit eigenen Brettln angetreten.«

»Angeber. Hast du beim alten Kerschhackl was erreicht?«

»Eigentlich nichts. Außerdem saß der Überdrüber-Anwalt Dr. Potocnik dabei und hat aufgepasst, dass er nichts Falsches sagt.«

»Unser besonderer Freund Potocnik? Na, super! Hoffentlich bist du mit ihm nicht aneinandergeraten.«

»Ich bin ja nicht du«, entrüstete sich Choleriker Feuersang. »Und? Wie war's bei Leonie Rexeisen?«

»Soso, lala. Sie hat zugegeben, dass Viebich und sie ein Liebespaar sind, und behauptet, Anneliese Dornhaag habe versucht,

Flo Kerschhackl gegen Bezahlung für ihre Rache an Rexeisen einzuspannen.«

»Himmel, Arsch – und das nennst du: soso, lala? Ich nehm an, du warst inzwischen auch schon bei der Dornhaag.«

»War ich, ja. Sie behauptet, die Kontaktaufnahme sei von Kerschhackl junior ausgegangen. Als ich ihr mit dem Bestechungsvorwurf kam, hat sie mich kurzerhand rausgeworfen.«

»Wie ich dich kenne, werden wir dann an ihr dranbleiben. Langsam glaube ich auch, dass du den richtigen Riecher hattest – wieder einmal. Kommst du nach? Du könntest auf der Mittelstation einen Skidoo ordern oder dich von Pankraz zu uns raufffliegen lassen.«

»Danke, aber ich verzichte gern darauf, mich vom Alten wegen unnötiger Kosten ansägen zu lassen. Und weil du Pankraz gerade erwähnst: Er hat mir mitgeteilt, dass die Bergung des Ballons erfolgreich verlaufen ist. Kronreif und Co. sind mit ihrem Verfolgerfahrzeug schon auf dem Weg nach Abersee. Ich warte dann am Parkplatz vor der Dorfgasteiner Bergbahn auf dich – oder auf neue Nachrichten.«

»Okay, Chef, wir sind inzwischen auch angekommen. Bis später dann.«

Es waren nur wenige Minuten vergangen – Jacobi hatte eben erst das Gemeindegebiet von Bad Hofgastein hinter sich gelassen –, als Feuersang schon zurückrief.

»Wir sind jetzt auf der Muggenmoos-Alm, und auch wenn du Leonie Rexeisen nicht über den Weg traust: Ihr Tipp war goldrichtig.«

»Flo Kerschhackl ist dort untergekrochen?«

»Wollte er zumindest heute Vormittag, aber seine Exfreundin, die Zwölfklafter-Bäurin Isolde Riesling, hat versucht ihn dazu zu überreden, sich zu stellen.«

»Sehr g'scheit.«

»Und obwohl um diese Tageszeit auf der Skihütte immer furchtbar viel los ist, hat sie sich mehrmals ein paar Minuten Zeit genommen, um ihn in einem Extra-Stüberl ausgiebig zu bewirten und ihm wie einem kranken Ross zuzureden.«

»Was aber nichts genützt hat, nehme ich an?«
»Allerdings. Als dem jungen Kerschhackl klar wurde, dass er auf diesen Notnagel vergangener Zeiten nicht mehr zurückgreifen konnte und er letztlich auch bei ihr nicht sicher war, ist er wieder auf die Ski gestiegen und abgezischt. Das soll vor einer halben Stunde gewesen sein, wir haben ihn also nur um Furzes Länge verpasst.«

»Saubartl! Aber wenn Frau Riesling ihn so genau kennt, kann sie bestimmt sagen, ob sie den Eindruck hatte, dass er ausreichend mit Koks versorgt gewesen ist?«

»Eben nicht. Er wollte sogar, dass sie etwas für ihn besorgt.«

»Seltsam. Eigentlich dachte ich, der Rexeisen hätte ihm schon vor der Ballonfahrt etwas gegeben, damit er beim anschließenden Aeronautic-Happening *full stoned* sein und seine Rolle möglichst ambitioniert spielen würde. Bei der Leiche ist ja laut Stubi kein Gramm Koks gefunden worden. Hat der Kerschhackl denn gesagt, wo seine Exfreundin den Schnee besorgen soll?«

»So weit ist das Gespräch noch gar nicht gediehen, Oskar. Moment mal, Frau Riesling will mir was sagen.«

Nach einer etwas längeren Pause meldete sich Feuersang wieder: »Frau Riesling meint, kleinere Drogenmengen, egal welcher Art, bekäme man im Tal relativ problemlos, aber für Junkies, die hart drauf sind, ist es schon schwieriger. Sie hat mir zwei Adressen genannt, an denen sich ihr Ex früher eingedeckt hat, wenn ihn Rexeisen wieder einmal hat schmoren lassen: eine am Dürrnberg bei Hallein und eine andere in Laufen, Bayern.«

»Also die gleichen, die uns bereits Leonie Rexeisen verraten hat. Dort läuft die Fahndung zwar schon, aber immerhin können wir sie jetzt fokussieren.«

»Dass unser Vogel auf die Almen seines Onkels ausweichen könnte, ziehst du nicht in Betracht?«

»Nach allen bisherigen Erfahrungen mit Süchtigen eigentlich nicht, aber du kannst ja vorsichtshalber noch einmal Frau Riesling fragen, was sie von dieser Möglichkeit hält.«

»Sie hat mitgehört und schüttelt grad den Kopf. Warte mal kurz. – Oskar? Sie meint, der Flo wäre eher im Salzachtal draußen.«

»Das denke ich auch. Dann komm mal wieder runter, Leo, wir rücken ab.«

»Kann ich nicht noch ein paar Minuten bleiben, bis du an der Talstation bist? Ich hab die Kollegen gerade erst auf ein Seidel eingeladen.«

»Ich bin schon am Parkplatz vor der Talstation, Leo, gleich daneben steht auch ein ansehnliches Wirtshaus, und die Kollegen können ihr Bier genauso gut ohne dich trinken. Gib dir einen Ruck, du Genussmensch, und reiß dich los, ich brauche dich.«

21 JACOBI WAR AUSGESTIEGEN, um sich eine Tageszeitung aus dem Zeitungsständer neben dem Restaurant »Zur Einkehr« zu holen und setzte sich nun wieder in den Wagen, um auf Feuersang zu warten.

Er hatte noch nicht einmal die ersten zwei Seiten überflogen, da ertönte ein spitzer Schrei, der ihm durch Mark und Bein fuhr. Er wandte sich um. Nur ein paar Meter entfernt stand ein etwa zwanzigjähriges Mädchen in einem fast ebenso alten Ski-Dress und starrte in eine Parklücke.

Er stieg aus und ging zu ihr hinüber. Die junge Frau schien unter Schock zu stehen. Er musste sie mehrmals ansprechen, ehe sie reagierte.

»Mein Wagen! Mein Wagen ist weg«, jammerte sie schließlich.

»Beruhigen Sie sich. Da stehen doch mehrere hundert Autos, vielleicht haben Sie sich nur in der Reihe geirrt, das kann schon mal passieren«, sagte er und winkte dabei Feuersang zu, der eben an der Talstation aus seinen Leih-Skiern stieg. »Gehen Sie einfach noch einmal die benachbarten Blöcke durch.«

»Glauben Sie vielleicht, ich hab sie nicht alle?«, blaffte die Frau leicht hysterisch zurück. »Ich weiß genau, dass ich den Lupo neben die Erle gestellt habe, der Mercedes daneben steht ja auch noch da.« Plötzlich gingen ihr die Augen über. »Dabei ist er noch nicht einmal ganz abbezahlt!«

»Nun, falls der Wagen tatsächlich gestohlen wurde, sind Sie

bei mir an der richtigen Adresse: Landesgendarmeriekommando Salzburg, Major Jacobi.« Er hielt ihr seinen Dienstausweis unter die Nase. »Tragen Sie die Wagenpapiere wenigstens bei sich?«

»Ja, die hab ich dabei. Sie ... Sie sind doch der Bulle, der –«

»... der Kriminalbeamte, der ...?«, verbesserte Jacobi sie.

»Natürlich, der Kriminalbeamte, der vor einigen Jahren diese gigantische Sauerei mit den alten Leuten aufgedeckt hat, nicht wahr?« Sie nestelte ein Plastiksget mit Führerschein und Zulassung aus ihrem Anorak und hielt es ihm hin.

»Genau der bin ich«, bestätigte er und gab unverzüglich die Daten der angehenden Diplomkrankenpflegerin Astrid Sommer und ihres Kleinwagens an seinen Innendienst-Chef Weider durch. »Und noch was: Er wird sehr wahrscheinlich die stark frequentierten Grenzübergänge meiden und auf den Dürrnberg fahren«, schloss er.

Astrid Sommer war nicht auf den Kopf gefallen. »Wer wird mit meinem Wagen auf den Dürrnberg fahren?«

»Ein mutmaßlicher Mörder«, antwortete Feuersang, der nun dicht hinter ihr stand. Die junge Frau wandte sich um und stieß Aug in Aug mit der apokalyptischen Visage Feuersangs abermals einen markerschütternden Schrei aus.

»Deine Wirkung auf das zarte Geschlecht ist wie immer umwerfend, Leo«, sagte Jacobi grinsend.

Nun musste auch die junge Frau trotz des Schocks, unter dem sie zweifellos noch stand, herzhaft lachen. »Entschuldigen Sie, ich hab mich nur so erschrocken.«

»Macht nichts«, winkte Feuersang großzügig ab. »Ich bin es gewohnt, dass kleine Mädchen sich vor mir erschrecken. Aber richtige Weibsbilder«, er skizzierte in die Luft, wie solche seiner Einschätzung nach auszusehen hatten, »stehen auf Gebirgstannenzapfen wie ich einer bin. Gestatten Sie? Chefinspektor Leo Feuersang. Ihren Wagen bekommen Sie sicher bald wieder. Wo sollen wir Sie denn hinbringen, Fräulein?« Er legte einen der Rücksitze im RS4 um und nahm ihr dann Ski und Stöcke ab.

»Also hat ein Mörder meinen Lupo gestohlen?« Das Blut wich aus ihren Wangen.

»Vermutlich hat er sein eigenes Auto stehen lassen und Ihres geknackt, um uns einen Schritt voraus zu sein«, erklärte Feuersang.

»Das ist aber kein Grund, sich zusätzlich aufzuregen«, versuchte Jacobi sie zu beruhigen. »Und ob der Mann wirklich ein Mörder ist, wird sich erst noch herausstellen.«

Zum Glück hatte es die Dorfgasteinerin Astrid Sommer nicht weit bis nach Hause. Eben war sie im Begriff, an ihrer Wohnadresse in der Ortschaft Mayrhofen aus dem Wagen der Beamten zu steigen, als der Rückruf Weiders hereinkam.

»Oskar? Unsere Leute haben ihn am Pass Lueg erwischt, gleich nachdem du mich vorhin angerufen hattest. Er wollte besonders schlau sein und hat nicht die A 10 genommen. Genützt hat es ihm allerdings nichts.«

»Hat er Gegenwehr geleistet oder versucht die Sperre zu durchbrechen?«

»Nichts dergleichen. Er soll ganz brav gewesen sein. Keuschnigg von der Autobahngendarmerie sagt, als man ihn gestoppt hatte, saß er still in dem gestohlenen Lupo und hatte den Kopf in die Armbeuge auf das Lenkrad gelegt. Sie mussten ihn beinahe aus dem Wagen heben, und anschließend ließ er sich widerstandslos abführen. Auf die Frage, ob jemand benachrichtigt werden soll, hat er nur den Kopf geschüttelt.«

»Lass ihn gleich zu uns aufs Referat bringen. Max soll ihn schon mal vorkochen, bis Leo und ich eintreffen.« Vorkochen, das bedeutete im internen Jargon, dass ein Verdächtiger durch ständig wiederholte Fragen schon mürbe gemacht wurde, ehe man ihn dem eigentlichen Verhör unterzog.

»Haben Sie gehört, Fräulein Astrid?«, wandte sich Jacobi an das Mädchen im Fond. »Ihr Lupo wurde sichergestellt. – Wann kann der Wagen retourniert werden, Hans?«

»Wenn er untersucht ist, Oskar. Vurschrift is Vurschrift!«, ertönte es im breiten Dialekt aus dem Handy-Lautsprecher.

»Hauptsache, er ist wieder da!«, rief die junge Frau überdreht. Zuerst der schwere Schock und gleich darauf die Glücksbotschaft: fast zu viel für die angehende Diplompflegerin. Da sie noch im Fond saß, beugte sie sich zwischen den Vordersitzen weit nach vorn und küsste beide Männer auf die Wange. »Danke!« Und fort war sie.

»Ein versöhnlicher Abschluss für diesen durchwachsenen Arbeitstag«, meinte Jacobi schmunzelnd. »Jetzt könnten wir eigentlich noch einen draufsetzen und beim ›Posauner‹ draußen schnell was essen, ich hab nämlich noch Gutscheine.« Das Wirtshaus an der B 311, knapp außerhalb der Gasteiner Klamm, war nicht nur bei Behördenvertretern beliebt, sondern auch bei vielen anderen, die auf zwei oder vier Rädern unterwegs waren.

Aber Feuersang schüttelte den Kopf. »Nix da. Gegessen wird abends zu Hause. Meine Alte hat mich schon angerufen: Sie will von mir heute mehr hören als nur mein Schnarchen in der Nacht. Und Melanie wird sich ja, wie man mir sagte, zur Abwechslung auch wieder einmal am Ignaz-Rieder-Kai sehen lassen.«

»Du bist wirklich ein unmöglicher Klotz. Woher hast du das schon wieder?«

»Nun ja, man hat halt so seine Quellen. Jedenfalls fände ich es gut, wenn wir uns den jungen Kerschhackl noch zur Brust nehmen würden. Bis wir zurück sind, dürfte er grad richtig durch sein, und ich glaube nicht, dass er dann noch lange den Verstockten spielen kann. Am besten stellen wir ihm ein Döschen Nocaine vor die Nase, daraus darf er sich bedienen, wenn er umfassend ausgepackt hat.«

22 ALS SIE EBEN den Tunnel unter der Burgruine Klammstein durchfahren hatten und auf den großen Klammtunnel zusteuerten, konnten sie zu ihrer Linken am Rand des kleinen Parkplatzes noch Spuren des schweren Verkehrsunfalls am Vortag sehen. Gleichzeitig fiel ihnen eine Frau mit schlohweißem Haar und in dunkler Trauerkleidung auf, die rechts von ihnen in der Zufahrt zum großen Parkplatz Naturhöhle »Entrische Kirche« stand. Sie schien auf einen talauswärts fahrenden Wagen zu warten und begann zu winken, kaum dass sie den RS 4 erblickt hatte.

»Die meint uns, Chef«, sagte Feuersang. Als Jacobi das Tempo nicht drosselte, bat er nachdrücklich: »Macht es dir was aus, auf den Parkplatz zu fahren? Ich würde gern hören, was sie von uns will.«

Jacobi war zwar einigermaßen erstaunt, tat dem langjährigen Kollegen aber den Gefallen und lenkte in die Einfahrt.

»Ich kann mir nicht helfen, aber die Situation erinnert mich an ein Sagenmotiv, das eng mit der Gasteiner Klamm verknüpft ist«, fühlte Feuersang sich bemüßigt, seinen ungewöhnlichen Wunsch zu erklären. »Ich möchte nicht ausgerechnet an diesem Ort eine … eine alte Frau ignorieren, die ein Anliegen hat. So etwas bringt Unglück.«

»Schon okay, Leo. Hättest du eine junge Anhalterin mitnehmen wollen, würde es mich zwar weniger wundern, aber ich habe natürlich auch Verständnis dafür, dass du den Geist der Bettlerin aus der Weitmoser-Sage nicht brüskieren willst.« Jacobi hatte den Wagen unmittelbar nach der Parkplatzeinfahrt abgestellt und deutete auf die dunkel gekleidete Frau, die nun näher kam.

»Du kennst die Geschichte?« Feuersang schien sein Aberglaube nun doch etwas peinlich zu sein.

»Ich bin zwar kein Innergebirgler wie du, aber immerhin Salzburger, schon vergessen?«

Sie stiegen aus. »Grüß Sie, gnä Frau. Na, was haben wir denn auf dem Herzen?«, fragte Feuersang sie leutselig, während Jacobi feststellte, dass die Fremde bei Weitem nicht so alt war, wie ihre weißen Haare es zunächst suggeriert hatten. Wahrscheinlich war das anthrazitfarbene Kostüm, das schon bessere Tage gesehen haben mochte, am ersten Eindruck schuld gewesen. Die Frau war noch keine sechzig, obwohl das Leben schon tiefe Furchen in ihrem Gesicht hinterlassen hatte. Die grauen Augen blickten sie jedoch hell und klar an.

»Grüß Gott, die Herren. Ist jemand von Ihnen der Gendarmeriemajor Jacobi?«

Jacobi war der Sagen-Spott vergangen. »Ja, ich bin Jacobi. Und wer sind Sie, und woher wussten Sie, dass wir ausgerechnet jetzt hier vorbeifahren würden?«

»Oh, es war keine Kunst, das zu erfahren. Seit gestern bekannt wurde, dass jemand Rexeisen ermordet hat, macht jede Neuigkeit, die sich darauf bezieht, sofort die Runde. Isolde Riesling, die Frau meines Cousins Blasius, hat mich vor einer halben Stunde angerufen, dass Sie beide bald das Tal verlassen würden. Sie weiß, dass ich fast jeden Nachmittag hier zwischen Mayrhofen und Klamm am Radweg spazieren gehe. Außerdem ist sie abgesehen von meiner Schwester die Einzige, die sich überhaupt noch um mich kümmert. Und das, obwohl mein Sohn sie so enttäuscht hat. Isolde hält mich auch nicht für geisteskrank.«

»Geisteskrank? Möchten Sie uns nicht endlich sagen, wer Sie sind?«, fragte Jacobi, der aber schon ahnte, wen er vor sich hatte.

»Ich bin Veronika Kerschhackl. Hat man Ihnen noch nicht von mir erzählt? Dass ich ins Narrenhaus gehöre, dass ich meinen Sohn zu einem Nichtsnutz erzogen und dadurch meinen Mann dem Gespött preisgegeben habe?«

»Die Milchmesser-Mizzi hat Sie kurz erwähnt, dabei aber nur gesagt, Ihr Mann sei an Ihren Depressionen schuld.«

Veronika Kerschhackl entspannte sich. »Ja, die Mizzi, die hat das Herz noch am rechten Fleck, aber sie hat mir damals auch nicht helfen können.«

»Was damals war, Frau Kerschhackl, kann leider niemand mehr rückgängig machen«, sagte Jacobi sanft, »aber womit können wir Ihnen heute helfen?«

»Sie können mir helfen, indem Sie meinem Sohn aus seiner vertrackten Lage heraushelfen. Der Flo hat Ali Rexeisen bestimmt nicht aus dem Ballon geworfen, das könnte er einfach nicht.«

Jacobi zuckte mit den Schultern. »Sie sind nicht die Erste, die uns das sagt, Frau Kerschhackl. Und trotzdem bedeutet das nichts.«

»Ihr Sohn ist drogenabhängig, Frau Kerschhackl«, fügte Feuersang lapidar hinzu. »Bei einem Junkie ist immer alles möglich. Wie können Sie also sicher sein, dass er als Mörder nicht in Frage kommt?«

»Eine Mutter weiß so etwas«, sagte sie, ohne sich Feuersang

zuzuwenden. Ihr Blick ruhte ausschließlich auf Jacobi. »Natürlich ist Flo schwach und beeinflussbar, und jeder, der ihm ein bisschen Anerkennung zukommen lässt, kann ihn sich zum Freund machen. Aber er besitzt nicht die Spur eines Killerinstinkts.«

»Für das Verhalten Ihres Sohnes gibt es keine Garantie, Frau Kerschhackl«, musste Jacobi ihre Illusionen zerstören. »Und heute ist nur derjenige Flos Freund, der ihm das nötige Quantum Koks besorgt, und niemand anderer. Egal, welche Rolle er letztlich im Fall Rexeisen gespielt hat, er muss unbedingt einen nachhaltigen Entzug machen. Dafür werden wir uns einsetzen, aber mehr können wir Ihnen leider nicht versprechen.« Er verzichtete darauf, die unglückliche Frau über den aktuellen Stand der Dinge zu informieren.

»Sie sind ein guter Mensch, Major Jacobi«, sagte Veronika Kerschhackl mit feuchten Augen. »Sie werden es schon richten.«

»Können Sie uns vielleicht noch verraten, warum Ihr Mann Geschäfte mit einem Menschen gemacht hat, der seinen einzigen Sohn langsam, aber sicher zugrunde gerichtet hat?«, fragte Feuersang plötzlich.

»Nein, das kann ich nicht. Ich kann höchstens erklären, warum Cyriak Flo nicht hilft: Er kann nicht verzeihen, das ist sein Problem. Nicht mir, nicht Flo, einfach niemandem und am allerwenigsten sich selbst. Er ist so unversöhnlich wie Käpt'n Ahab. Aber zum Mord an Rexeisen kann ich Ihnen vielleicht einen Tipp geben: So wie meinem Mann war auch Ali Geld immer das Wichtigste. Folgen Sie also dem Geld, dann werden Sie den Mörder finden. Er ist sicher aus demselben Holz geschnitzt wie sein Opfer.«

»Danke. Sollen wir Sie vielleicht noch irgendwohin fahren, Frau Kerschhackl?«, fragte Jacobi, um zu einem Ende zu kommen.

Sie schüttelte den Kopf. »Nicht notwendig, Herr Major, ich finde schon allein zurück. Hauptsache, Sie vergessen Ihr Versprechen nicht.«

23 FLO KERSCHHACKL hockte zitternd wie ein Häufchen Elend am Alutisch im Vernehmungsraum Nummer eins, der ihm gegenübersitzende Haberstroh musste ihm schon arg zugesetzt haben. Als Feuersang nun eintrat, fand Jacobi seine Annahme durch den Blickwechsel der beiden Verhörspezialisten bestätigt. Er selbst blieb vorerst auf der anderen Seite der monolateral verspiegelten Trennscheibe stehen.

Nachdem Haberstroh die erforderlichen Daten – Ort, Zeit, Zweck der Vernehmung und die Namen der beteiligten Personen – auf Band festgehalten hatte, setzte sich Feuersang auch schon neben ihn an den Tisch, platzierte eine weiße Dose neben den Rekorder und wandte sich dann seinem Gegenüber zu.

»Sie können sich sicher denken, was uns zunächst interessiert, Herr Kerschhackl. Nicht Ihr Einbruch bei Rexeisen, wo Sie vermutlich Ihre Schuldscheine und vor allem Koks gesucht haben, nein, sondern warum Sie einen Überfall auf Ihre Person vorgetäuscht und danach versucht haben unterzutauchen?«

Kerschhackl junior schob das Kinn demonstrativ, aber sichtlich mühsam nach vorn und ließ die erfahrenen Beamten damit erahnen, wie mürbe er bereits war. Haberstroh hatte tatsächlich gute Vorarbeit geleistet. »Na, drei Mal dürfen Sie raten. Ich habe Lars schon vor Tagen gesagt, was Ali vorgestern im Jagdhaus mit uns vorhatte. Und wenn Lars es wusste, dann wusste es natürlich auch Leonie. Ich verstehe nicht, warum man nicht wenigstens sie einbuchtet, wenn man schon ihn nicht findet. Wer anders als diese beiden sollte Ali aus dem Ballonkorb geworfen haben?«

»Haben Sie es deshalb so ostentativ vermieden, sich in der Ecklgruben-Hütte neben die Witwe zu setzen?«

»Natürlich! Was glauben Sie denn? Ich hab nicht jeden Tag mit Mördern zu tun wie Sie. Aber wenn ich irgendwas von meinem Vater gelernt habe, dann die Dinge mit folgender Frage anzugehen: *Cui bono?* Wer zieht denn den größten Nutzen aus Rexeisens Tod und kann gleichzeitig auch noch sein Mütchen kühlen? Wer, he? Die beiden waren's, da fährt die Eisenbahn drüber! Sie haben die günstige Gelegenheit beim Schopf gepackt und ein für alle Mal reinen Tisch gemacht. Ich sag's ganz ehrlich, wie es ist: Ich wär wirklich froh drüber, hätt ich nicht grausige Angst, dass es nun auch mir an den Kragen gehen soll.«

»Sie glauben also, weil Sie, der getreue Flo Kerschhackl, Ihren Freund Lars gewarnt haben, möchte er Sie zum Dank dafür auch gleich abmurksen, damit Sie nur ja keinen Hinweis auf ihn liefern können, oder was?«

»Sie können sich Ihre Süffisanz sparen, Chefinspektor. In Extremsituationen ist sich jeder selbst der Nächste. Ich habe Lars mit meinen eigenen Ohren sagen hören, dass er Ali umbringen wird. Und? Ali wurde tatsächlich umgebracht, und damit bin ich für Lars zum Sicherheitsrisiko geworden.«

»Ich dachte, Sie beide wären Freunde?«

Kerschhackl lachte leise auf. »Die sogenannte Jugendfreundschaft ist schon längst zur Zweckgemeinschaft verkommen.«

»Sie meinen, weil Viebich von Ihnen kostenpflichtige Infos erhalten hat, die Sie über die Wanze in Rexeisens Büro zu beziehen pflegten?«

Flo Kerschhackl antwortete nicht, zeigte sich aber auch nicht überrascht. Wahrscheinlich hatte er sich ausgerechnet, dass die Spusi sein Abhör-Equipment finden würde. Andererseits konnte ein Gericht diesen Umstand auch zu seinen Gunsten auslegen, denn welcher Mörder hätte ein solches Indiz nicht beizeiten verschwinden lassen?

»Merken Sie nicht, welchen Widerspruch Ihre Argumentation enthält?«, blaffte Haberstroh ihn nun an. »Warum sollte Viebich – oder meinetwegen auch Leonie Rexeisen – vorhaben, einen Präventivmord an Ihnen zu begehen, wenn beide doch ohnehin die Verdächtigen Nummer eins sind?«

»Weil meine Aussage den sowieso schon starken Verdacht noch zementieren würde«, verteidigte sich Kerschhackl halbherzig.

»Oder werden wir vielleicht nur deshalb ständig mit der Nase auf das Pärchen Lars und Leonie gestoßen, damit wir bloß nicht auf die Idee kommen, nach einem anderen Tandem zu suchen?«, assistierte Feuersang, die durchaus schlüssige Begründung Kerschhackls ignorierend.

Der Gasteiner bekam einen starren Kalbsaugenblick, und der Verhörspezialist ließ ihn noch kurz im eigenen Saft schmoren, ehe er seinen ersten Trumpf ausspielte: »Sagen Sie, wie kam der Kontakt mit Frau Dornhaag eigentlich zustande? Und versuchen Sie erst gar nicht, ihn zu leugnen, wir haben dazu eine Aussage. Von wem ist die Initiative vor mehr als zwei Jahren denn ausgegangen: von Ihnen oder von Frau Dornhaag?«

»Kontakt mit der Dornhaag? Mit Anneliese Dornhaag? Was sollte mich veranlassen, ausgerechnet mit −«

»Herr Kerschhackl!«, unterbrach ihn Feuersang, wobei er demonstrativ mit der weißen Dose spielte, die Dr. Pernauer ihm gegeben hatte. »Mein Kollege Haberstroh hat Ihnen sicher schon erklärt, wie der Hase hier läuft. Natürlich wird Ihnen nach vierundzwanzig Stunden auch ein Anwalt gestellt, aber bei dieser Faktenlage wird Sie niemand hier rausbekommen. Muss ich Ihnen erst aufzählen, was bei Ihnen alles zu Buche schlägt? Behinderung der Ermittlungen, Verschleierung von Tatbeständen, Unterschlagung von Beweismaterial, Vortäuschung einer Straftat, Irreführung einer Behörde, Drogendelikte, Autodiebstahl, Einbruch und, und −«

»Auf die Vergewaltigung von Diana Dornhaag werden wir später noch zu sprechen kommen«, warf Haberstroh ein, der sich bei Einvernahmen mit Feuersang blind verstand. »Die steht jetzt noch nicht im Vordergrund. Zunächst geht es um den Kontakt mit der Mutter. Also, wir hören. Oder wollen Sie sich das wirklich antun und vorerst den Macho markieren? Mit Ihrem Kokain-Handicap werden Sie das nicht einmal ein paar Stunden durchhalten, glauben Sie mir.«

»Auf diesem Sessel«, Feuersang zeigte auf die Sitzgelegenheit Kerschhackls, »ist vor ein paar Monaten ein Serienmörder nach einem Achtundvierzig-Stunden-Nonstop-Verhör zusammengebrochen. Sie halten«, er blickte angelegentlich auf seine Armbanduhr, »von jetzt an gerechnet maximal zwölf Stunden durch. Dann werden Sie uns alles sagen, was wir hören wollen − auch Sachen, die Sie gar nicht zu verantworten haben. Wollen Sie es wirklich so weit kommen lassen, dass Sie winselnd darum betteln, uns etwas erzählen zu dürfen?« Jacobis Mann fürs Grobe hatte nicht nur eine gewöhnungsbedürftige Visage, auch seine grauen Augen blickten so kalt, dass Kerschhackl nicht nur wegen der Entzugserscheinungen fröstelte. Schon im Ecklgruben-Kar hatte der Junkie erleben müssen, wie wenig Widerstand er dieser Reinkarnation des Minotaurus entgegenzusetzen hatte. Dumm für ihn war nur, dass auch Feuersang das wusste.

Draußen vor der Trennscheibe wurde Jacobi in diesem Augenblick von einem Innendienst-Beamten ein Telefon gereicht.

»Ein Anruf aus Bad Hofgastein, Gruppeninspektor Höllteufel.«

»Jacobi. Was gibt's, Höllteufel?«

»Den Kollegen in Bad Gastein wurde erst jetzt von einem Hotelangestellten des Braugasthofs Hubertus gemeldet, dass in der vergangenen Nacht jemand im obersten Geschoss der Pension Anneliese in die kleine Privatwohnung Rexeisens eingebrochen haben muss. Eigentlich hatte zu der niemand außer ihm Zutritt. Das Amtssiegel war aufgerissen und jemand hat den ebenfalls versiegelten Tresor, ein uraltes Wertheimer-Modell, geöffnet – entweder hat der Eindringling die Kombination gekannt, oder es war ein Profi am Werk. Ob etwas oder was genau fehlt, kann nicht einmal Leonie Rexeisen sagen. Außer ihrem Mann hatte auf dieses Ungetüm niemand Zugriff.«

»Habt ihr Fingerabdrücke genommen?«

»Wir haben es versucht, aber die Tresortür wurde mit einem Feuchttuch zuvor sorgfältig abgewischt.«

»Sonst irgendwelche sachdienlichen Beobachtungen?«

»Leider nicht, Major.« Der Gasteiner druckste herum.

»Trotzdem vielen Dank, Höllteufel. Oder gibt's doch noch was?«

»Da wär tatsächlich noch was. Die Frage ist nur: Sollen wir uns auch noch mit Geisterspuk und derlei Krimskrams befassen?«

»Alles kann wichtig sein, Höllteufel. Das muss ich Ihnen doch nicht sagen. Raus damit.«

»Also gut: Frau Aloisia Viebich, die Mutter von Lars, hat bei uns angerufen und wollte wissen, ob wir schon eine Spur von ihrem Sohn gefunden hätten. Sie sei nämlich sehr besorgt, weil er sich nicht meldet. Dass er irgendetwas mit der Ermordung von Rexeisen zu tun hat, schließt sie natürlich aus, vielmehr befürchtet sie, ihr Sohn könnte nicht mehr am Leben sein.«

Jacobi spürte ein Kribbeln im Nacken. »Wie kommt sie zu dieser Annahme?«

»Weil er sich bei ihr gemeldet hat, noch ehe er in die Fahndung gegeben wurde.«

»Viebich hat sich gemeldet?« Jacobi schrie die Worte fast.

»Am Samstagmorgen um zehn. Die Mutter will sich sicher sein, sie habe nämlich unmittelbar danach auf die Uhr geschaut. Sie hat gerade die Gästezimmer auf ihrem Hof gemacht, da hörte sie plötzlich jemanden zwei Mal rufen. Als sie die Stimme ihres Sohnes erkannt hat, ist sie zum nächsten Fenster geeilt, aber er war nirgendwo zu sehen.«

»Und weiter?«, drängte Jacobi. Eigentlich wollte er von der Vernehmung Kerschhackls nicht ein Wort verpassen, aber Höllteufels Bericht faszinierte ihn mehr, als er es sich eingestehen mochte.

Der Gruppeninspektor war ein kühler falkenäugiger Gebirgler, den nichts so leicht aus der Ruhe bringen konnte, doch jetzt begann er zu stottern. »Grad ... grad als sie sich vom Fenster wieder abwandte, hörte sie die Stimme von Lars zum dritten Mal, nun ganz dicht neben sich. ›Mama!‹, soll er gerufen und dabei ganz angstvoll und traurig zugleich geklungen haben. Und da habe sie tief in ihrem Herzen gefühlt, dass er nicht mehr am Leben ist.«

Jacobi musste sich erst räuspern, um antworten zu können, so trocken war sein Mund mit einem Mal geworden. »Es war richtig, mir den Anruf zu melden, Höllteufel. Das war's dann aber?«

»Das war's im Moment, Major. Auf Wiederhören.«

Inzwischen hatte sich Flo Kerschhackl entschlossen auszupacken.

»Die Dornhaag hat mich vor mehr als zwei Jahren auf dem Advent-Markt bei uns daheim angesprochen«, sagte er, als Jacobi sich wieder der Vernehmung widmete, und stierte dabei auf die weiße Dose. »Also noch vor dem Schlaganfall von Ali, den hatte er im Jänner darauf. Die Initiative ging von ihr aus, und wie Sie sich denken können, war mir überhaupt nicht wohl dabei.«

Keinem der Ermittler unterlief der Fehler, ihn auf die Hintergründe seines Unbehagens anzusprechen, und so fuhr Kerschhackl fast erleichtert fort: »Das erste Treffen hielt ich noch für einen Zufall. Wir haben ein paar belanglose Worte gewechselt – ich brachte ohnehin kaum was heraus, so peinlich war mir das Ganze – und haben uns dann gleich wieder verabschiedet.«

»Und beim zweiten Mal?«, fragte Feuersang fast behutsam.

»Das war im März darauf. Ali hatte schwer mit den Folgen des Schlaganfalls zu kämpfen, und man wusste nicht …« Er stockte.

»Man wusste nicht, ob er es noch schaffen würde und ob man sich deshalb freuen oder ängstigen sollte?«, half Haberstroh ihm über die Klippe hinweg, dass ein Koks-Junkie sich vor allem um seine Stoff-Zufuhr sorgte.

»Jedenfalls war ich mit einer Gruppe von Hotelgästen auf der Schlossalm beim Skifahren, als mich in der gerammelt vollen Haitzing-Hütte die Dornhaag scheinbar unabsichtlich anrempelte. Sie entschuldigte sich bei mir und lud mich auf einen Drink ein.«

»War Ihnen da schon klar, dass der Zusammenstoß kein Zufall war und sie etwas von Ihnen wollte?«

»Natürlich. Aber es waren drei weitere Treffen innerhalb der nächsten Monate nötig, bis sie damit herausrückte. Sie hat mich immer wieder sowohl auf mein dienstliches als auch mein privates Verhältnis zu Ali angesprochen, aber da ahnte ich längst, worum es ihr ging.«

»Und Sie kamen auf die Idee, die Wünsche von Frau Dornhaag zu Geld zu machen«, versuchte Feuersang seine Mitteilsamkeit noch zu erhöhen.

Flo Kerschhackl schüttelte den Kopf. »Nein, die Initiative ging wieder von ihr aus. Nachdem sie mich schließlich auch zu sich in die Wohnung eingeladen hatte, bot sie mir bei Kaffee und Kuchen zweihunderttausend Schilling an, wenn ich ihr behilflich wäre, Alarich Rexeisen zu töten, ehe er krankheitsbedingt den Löffel abgab. Die ersten hunderttausend legte sie im Voraus bar auf den Wohnzimmertisch vor mich hin. Ein toller Anblick, das kann ich Ihnen sagen.«

»Und Sie, der Sie ohnehin ständig klamm waren, konnten der Versuchung nicht widerstehen?«

Flo überlegte nur kurz, ob er die Beamten anlügen sollte, entschied sich aber dann, bei der Wahrheit zu bleiben: »Ja, ich hab das Geld genommen.«

»Und welchen Plan hat sie Ihnen unterbreitet?«, fragte Haberstroh.

»An diesem Tag noch keinen, und in der Woche drauf bin ich ihr ausgewichen, weil von ihrem Geld schon nichts mehr übrig war.«

Feuersangs Miene verfinsterte sich. »Hunderttausend Schilling in einer Woche futsch? Das kannst du deiner Oma erzählen!«

»Sie haben doch keine Ahnung! Ich hatte einen Berg Schulden abzutragen, nicht nur bei Ali, und war verdammt froh, endlich wieder ein wenig Luft zu haben. Aber kurze Zeit später hatte ich wieder ein furchtbares Tief ...«

»Sie sind also freiwillig zu ihr gegangen?«, vermutete Haberstroh. »Sie wollten ihr noch ein paar Tausender abluchsen, indem Sie Interesse für ihr Vorhaben heuchelten.«

Kerschhackl nickte, auf seiner Stirn bildeten sich kleine Schweißperlen.

»Aber Anneliese Dornhaag durchschaute Sie«, sekundierte Feuersang dem Kollegen. »Wie hat sie darauf reagiert?«

»Sie hat abgecheckt, wie weit ich zu gehen bereit wäre. Zum Beispiel fragte sie mich, ob ich mir zutrauen würde, Rexeisen auf einer einsamen Almhütte zu fesseln und ihm gewaltsam einen tödlichen Cocktail einzuflößen. Aber ich war so arg auf *turkey*, dass ich zusammenbrach. Ich gestand ihr, dass ich dazu nicht imstande wäre, dass die Anzahlung weg und eben alles scheiße sei.«

»Und da kapierte sie, dass sie sich mit Ihnen nicht gerade den coolsten Profikiller an Land gezogen hatte«, spottete Haberstroh, was Feuersang ein Stirnrunzeln abnötigte. Jacobi konnte äußerst widerborstig werden, wenn eine Vernehmung aufgrund unnötiger Sticheleien ins Stocken geriet.

Doch Kerschhackl erzählte weiter, wobei er die weiße Dose keine Sekunde mehr aus den Augen ließ. »Ja, sie war stocksauer und hat mich nach Hause geschickt, nicht ohne mir aufs Aug zu drücken, dass ich ihr noch immer hunderttausend Schilling schulde und sie dafür von mir wenigstens Diskretion einfordert. Außerdem sollte ich einige Botengänge für sie machen, wenn die Zeit gekommen wäre.«

»Wenn die Zeit wofür gekommen wäre?«, fragte Haberstroh.

»Das hat sie mir erst Anfang dieses Jahres gesagt: Ich sollte ein paar Flyer im Babenberger Hof auslegen, im Foyer, an der Rezeption, eventuell auch direkt im Büro von Rexeisen, und ihr dann berichten, wie er darauf reagiert, das war alles. Ali ist tatsächlich sofort auf die Idee mit der Ballonfahrt abgefahren und hat einen Termin im Frühjahr ins Auge gefasst. Das hab ich der Dornhaag gesagt, nicht aber, dass wir schon ein Mal mit den Escort-Schicksen zu tun hatten.«

»Das war alles?«

»Ja, das war alles. Als Draufgabe hab ich ihr noch gesteckt, welche Sauereien Ali mit den Girls, Lars und mir im Jagdhaus vorhatte. Was die Dornhaag allerdings mit diesen Infos anfangen wollte oder angefangen hat, hat sie mir nicht verraten.«

»Sie waren draußen, Kerschhackl.« Feuersang musterte den Zeugen nachdenklich. »Sie waren nicht mehr im Dornhaag'schen Projekt vorgesehen, weil sie sich nicht auf Sie verlassen konnte.«

Jacobi betrat den Raum und löste Haberstroh mit einem Wink ab. »Wie haben Sie überhaupt erfahren, was Rexeisen nach der Ballonfahrt plante, und wem haben Sie noch davon erzählt?« Er verzichtete vorläufig darauf, sich hinzusetzen.

Kerschhackl begriff, dass es jetzt ans Eingemachte ging, wenn der Oberkiberer persönlich in die Vernehmung eingriff. »Das war ganz einfach«, versicherte er eilig. »Der Schoissengeier sagt mir fast alles, wenn ich ihm nur irgendeine Tussi für einen Quickie besorge.«

»Und wie bringen Sie die Tussi dazu, sich darauf einzulassen? Ich meine, der Schoissengeier ist ja nicht gerade das Unterhosen-Model, um das sich die Frauen reißen.«

»Oh, da fällt mir eigentlich immer was ein. Meistens jammere ich den Mädels vor, dass ich von ihm erpresst werde, aber mit so einem Besenkammer-Fick könnte ich den Spieß umdrehen und ihm mit seiner Alten drohen. Mir zuliebe lassen sie sich dann von ihm bumsen, nicht alle natürlich, aber doch die eine oder andere.«

Jacobi war von der chauvinistischen Erklärung nicht überzeugt, ließ es aber vorläufig dabei bewenden. »Gut. Sie haben also Anneliese Dornhaag vom Aeronautic-Happening und Rexeisens Plänen dazu erzählt. Wem noch?«

»Lars natürlich. Ali hatte Schiss, er könnte sich wegen der Weißenbach-Geschichte doch noch an die Medien wenden. Dem wollte er einen Riegel vorschieben und ihn bei dem Ringelpiez im Jagdhaus filmen lassen, wie er es schon des Öfteren mit Jagd- und Geschäftsfreunden gemacht hatte. Das inkriminierende Video wollte er falls nötig als Druckmittel einsetzen. Einem Makler, der sich in einer wüsten Orgie wie eine Sau gebärdet, glaubt man weniger als einem, der so seriös rüberkommt wie ein nicht gedopter Lars.«

»Aber Viebich war alles andere als seriös, wie die Episode auf der GAST in Salzburg und vor allem die Vergewaltigung von Diana Dornhaag beweist«, sagte Jacobi und begann in dem kleinen Raum auf und ab zu gehen.

Kerschhackl, der ihm hinterhersah, protestierte: »Wir alle sind damals vom Vorwurf der Vergewaltigung freigesprochen worden, Sie haben kein Recht, das jetzt zum Thema zu machen.«

»Beim Auftreten neuer Verdachtsmomente kann jeder Prozess wieder aufgerollt werden, besonders dann, wenn es zur Erhellung anderer Straftaten beiträgt«, konterte Feuersang sofort, wobei er die Verjährungsfrist kurzerhand unter den Tisch fallen ließ.

»Sagen Sie mir nur eins«, vollzog Jacobi einen kleinen Schwenk. »Warum haben Sie Viebich zwar vor dem Drogen-Happening im Jagdhaus gewarnt, nicht aber vor dem Kauf der Weißenbach-Aktien? Über die Wanze in Rexeisens Büro waren Sie doch ständig auf dem Laufenden.«

Kerschhackl schwieg zunächst. Schon glaubten die Beamten, er würde nach Ausflüchten suchen oder den Vorwurf als haltlos bezeichnen, da beantwortete er die Frage doch. »Am Telefon in seinem Büro hat Ali nur ein einziges Mal über den

Weißenbach-Deal gesprochen, da war der aber schon so weit gediehen, dass ein Uneingeweihter dem Wortlaut nicht hätte entnehmen können, was da eigentlich ablief. Ich begriff nur, dass Ali und mein Vater wieder einmal eine Sauerei planten. Doch Lars brachte ich nicht damit in Verbindung, weil sein Name gar nicht fiel.«

»Also haben Sie ihn nicht gewarnt?«, vergewisserte sich Feuersang.

»Nein, warum auch? Ich hatte von der Gefahr, die ihm drohte, ja keine Ahnung. Erst später habe ich die Zusammenhänge begriffen, aber da war das Malheur schon längst passiert.«

»Den Verlust konnte Viebich nicht mehr ungeschehen machen, aber er konnte sich dafür rächen, womit wir wieder bei der Jagdhaus-Intrige wären. Und wenn er Bescheid wusste, war auch seine Geliebte informiert. Die Frage ist nur, warum sie unbedingt im Ballon mitfahren wollte. Es hätte doch genügt, die Besatzung am Jagdhaus zu erwarten und alle über Rexeisens Pläne zu informieren.«

»Nein, sie wollte unbedingt mit«, bestätigte Kerschhackl und stützte sich mit den Unterarmen auf den Tisch. »Sie hat mich brutal erpresst, ihr die Teilnahme zu ermöglichen, dies aber so lang wie möglich geheim zu halten.«

»Ja, das haben Sie schon in der Ecklgruben angedeutet«, erinnerte sich Jacobi. »Wie hat sie Sie erpresst? Sollten Sie bei Nichterfüllung kein Kokain mehr erhalten?«

Die absichtlich naive Frage ließ Kerschhackl entsprechend verächtlich auflachen. »Nein, das war es nicht, aber ich möchte dazu nichts sagen. Ich muss mich nicht selbst belasten.«

»Nein, das müssen Sie nicht«, sagte Jacobi und musste dabei an Maria Gamsleders Äußerung denken, Flo Kerschhackl würde Labordrogen an Schulkinder verticken.

»Waren es Ihre Geschäfte vor Schulen, mit denen Leonie Rexeisen Druck machte?«

»Kein Kommentar.«

»Ihr Mann muss ziemlich getobt haben, als Leonie unbedingt mitwollte.«

»Und wie! Er hat es erst vorgestern herausgefunden. Allerdings hatte er es nun mit einer anderen Frau zu tun als mit der, die er geheiratet hatte«, ereiferte sich der Koks-Junkie. »Sie war wie ausgewechselt. Keine Unterwürfigkeit, Kriecherei und masochistische Selbstaufgabe – nichts davon war noch vorhanden! Und damit konnte Ali nicht umgehen.«

Jacobi hörte aus der Schilderung über die Verwandlung von Leonie Rexeisen fast so etwas wie Neid heraus. »Apropos Masochismus: Würde es Ihnen etwas ausmachen, sich Ihr Hemd auszuziehen?«

Flo Kerschhackl zuckte seine mageren Achseln. »Das können wir uns sparen. Ich habe dieselben Striemen wie Leonie, das wollten Sie doch wissen, oder?«

»Also haben Sie Frau Rexeisen auch schon nackt gesehen?«

»Nicht nur einmal, und sie hat wirklich geile Titten, trotzdem sollten Sie daraus keine falschen Schlüsse ziehen. Leonie würde ich im nüchternen Zustand nicht einmal mit der Kneifzange anfassen.«

»Viel mehr als die Frage, ob Sie, Herr Kerschhackl, mit Ihrer Leidensgenossin intim geworden sind, interessiert mich, ob Sie sich ebenfalls von Ihrem Peiniger emanzipieren wollten – nur eben mit unlauteren Mitteln?«

Kerschhackl junior ließ sich wieder in den Stuhl zurückfallen. »Ich war nicht mit von der Partie, Major Jacobi. Dazu hab ich einfach nicht das Format. Ich nehme an, mit genau diesen Worten hat Ihnen das auch mein Vater gesagt, und aus demselben Grund hat Anneliese Dornhaag wohl auch nach einem anderen Helfershelfer für ihre Rache gesucht, vermutlich aber ohne Erfolg.«

»Meinen Sie, Frau Dornhaag könnte sich an ihre ehemalige Buchhalterin Leonie oder gar an Viebich gewandt haben?«

»Nein, das erscheint mir zu grotesk. Ihr Hass auf Leonie ist viel zu groß, als dass sie mit ihr auch nur ein Wort wechseln könnte, ohne ihr sofort an die Gurgel zu gehen. Für Viebich gilt dasselbe. Aber die beiden brauchten ohnehin keine Anneliese Dornhaag, um eine solche Nummer abzuziehen.«

»Sie meinen, als Rexeisen die Order ausgab, die Ballonfahrt zu organisieren, kamen die beiden sofort auf die Idee?«

»Genau das glaube ich. Deshalb hat auch die Nachricht,

was Ali auf diesem Aeronautic-Happening mit ihnen anstellen wollte, ihr Verhalten gar nicht mehr groß beeinflusst, ihr Entschluss, oben in den Wolken zuzuschlagen, stand ja längst fest. Sie haben ihm schlichtweg heimgezahlt, was er sich mit ihnen geleistet hat.« Kerschhackl hatte mit großer Befriedigung gesprochen, wobei er für den Moment wohl vergessen hatte, dass der Ermordete zwar ein Sadist, aber auch sein wichtigster Dealer gewesen war.

»Viebich ist wahrscheinlich gleich gestern untergetaucht. Bestimmt ist er schon im Ausland, vermutlich in Namibia. Mit seiner Abwesenheit hat er natürlich von Anfang an die Ermittlungen auf sich gezogen. Und sollte Leonie ins Visier der Justiz geraten, hat sie bestimmt einen Trumpf in der Hinterhand, vielleicht ein Schreiben, in dem Lars sachdienliche und für sie entlastende Angaben zum Mord macht.«

»Sie meinen ein Schreiben, auf dessen Kuvert steht: Nur im Notfall öffnen?«, fügte Feuersang grinsend hinzu.

»Sparen Sie sich Ihren Spott, Chefinspektor. Grund zum Lachen haben am Ende wahrscheinlich nur Lars und Leonie. Bei den Millionen, die sie nun abstaubt, eröffnen sich für beide erkleckliche Möglichkeiten der weiteren Lebensgestaltung.«

»Tja, so könnte es tatsächlich gewesen sein, Herr Kerschhackl«, räumte Jacobi ein. »Aber vorläufig haben Sie sich durch Ihren Fluchtversuch ebenso verdächtig gemacht wie Viebich. Warum haben Sie übrigens den Einbruch in Ihre eigene Wohnung inszeniert? Der Sinn dieser Aktion hat sich uns bis jetzt noch nicht erschlossen.«

»Das war ich nicht.«

»Aha. Und natürlich sind Sie auch nicht, wie vom Kollegen Feuersang behauptet, in die Räumlichkeiten der Rexeisens eingedrungen?«

»Kein Kommentar.«

»Ich vermute mal Folgendes: Da Sie im Loft und in den Büros nicht gefunden hatten, wonach Sie suchten, haben Sie es noch in derselben Nacht auch in Rexeisens kleiner Absteige in der Pension Anneliese versucht – diesmal jedoch mit Erfolg, denn der alte Tresor dort wurde geöffnet.«

»Ich sagte doch bereits: kein Kommentar.«

»Auch gut. Dann habe ich noch eine Frage, die das Verhältnis Rexeisens zu Ihrem Vater betrifft.«

»Lassen Sie meinen Vater außen vor, der hat mit Alis Tod nicht das Geringste zu tun.«

»Ähnliches hat man auch von Frau Dornhaag behauptet, während wir das nach derzeitigem Ermittlungsstand nicht mehr ausschließen können.«

Der Schweiß trat Kerschhackl inzwischen aus allen Poren. Gesicht und Hals glänzten feucht.

»Was wollen Sie von ihm? Seine Geschäfte mit Rexeisen sind doch für Ihre Ermittlungen überhaupt nicht relevant.«

»Wirklich rührend und edel von Ihnen, sich so vor Ihren Vater zu stellen, wo er doch so gar nichts von Ihnen hält«, höhnte Feuersang.

»Immerhin hat er, so wie Ihre Exfreundin Isolde Seebauer, nunmehr verehelichte Riesling, versucht Ihnen einen Therapieplatz in einer Münchner Klinik zu verschaffen«, stieß Jacobi nach, »aber Sadist Rexeisen hat das unterbunden. Warum hatte er die Macht dazu?«

»Auch das hatte nichts mit den Geschäften zu tun«, wiederholte Flo Kerschhackl.

»Das glaube ich nicht. Vielmehr glaube ich, dass gerade diese Geschäfte der Stein des Anstoßes zwischen den Kumpanen waren«, mutmaßte Jacobi drauflos. »Hat Rexeisen in seiner Maßlosigkeit vielleicht sogar dem langjährigen Partner ein ähnliches Schicksal bereitet wie seinem Lehrling? Vermutlich hat er ihn nicht so gründlich ruinieren können wie Lars Viebich, aber er hat ihn tief in seinem Ego getroffen, nicht wahr, Flo?«

»Nur Hirngespinste! Nichts als aus der Luft gegriffener Unsinn!«, heulte der Koks-Junkie. Plötzlich schnellte seine Linke vor und griff nach der kleinen weißen Dose, aber Feuersangs Pranke umschloss sein Handgelenk wie eine Stahlklaue und drehte es herum. Aufschreiend ließ Kerschhackl die Dose fahren.

Jacobi schien die fragwürdige Disziplinierungsmaßnahme seines Kollegen nicht bemerkt zu haben, sondern ging bereits wieder auf und ab. »Natürlich!« Er blieb stehen, als wäre ihm gerade erst der Gedanke gekommen. »Er hat ihn dort erwischt, wo heute fast jeder zu erwischen ist: bei seiner Gier. Welchen Köder hat Rexeisen für Ihren Vater ausgelegt, Flo? Sagen Sie es uns.«

»Ja, los! Sag es! Sag es uns, du Loser!« Feuersang langte mit seinen Abortdeckel-Händen über den Tisch, packte Kerschhackl an den Schultern und schüttelte ihn, dass sein Kopf hin und her flog wie ein traktierter Punchingball.

»Ich … weiß … es … nicht!«, rief der Gebeutelte entnervt und suchte dabei anklagend den Blickkontakt mit Jacobi. Doch Feuersang ließ ohnehin schon wieder von ihm ab.

»Aber Sie vermuten etwas«, differenzierte der Major und wartete gelassen. Seine Geduld wurde erst nach einer vollen Minute belohnt, denn Flo schien erst einmal mit Übelkeit zu kämpfen.

»Ali hat einmal … so eine Andeutung gemacht«, begann er schließlich ächzend. »Das war noch lange vor seinem Schlaganfall. Er sagte, meinem Vater sei ein Wertpapier-Geschäft aus dem Ruder gelaufen, von dem er selbst wohlweislich die Finger gelassen habe. Nicht umsonst ließ er sich überall für seinen unfehlbaren Instinkt feiern. Während ich schon immer geahnt habe, dass mein Vater eines Tages über sein zwanghaftes Hamstern stolpern würde, hat Ali bei all seiner Anmaßung der Gier nie erlaubt, Macht über ihn zu gewinnen.«

»Sie bewundern diesen Arsch auch noch?«, entfuhr es Feuersang.

Jacobi überspielte seine Entgleisung geistesgegenwärtig: »Und von diesem Deal hat natürlich auch Leonie gewusst?«

Kerschhackl schüttelte nachdrücklich den Kopf. »Nein, Ali hat mir gegenüber nur behauptet, mein Vater hätte die Hälfte seiner erschleimten und ergaunerten Immobilien verloren. Hätte er auch Leonie informiert, hätte sie doch schon gestern mit dem Finger auf mich und meinen Vater gezeigt.«

Der Major hatte keine Lust, einer solchen Amöben-Logik zu folgen. Und dass Kerschhackl junior Leonie Rexeisen noch immer so krass unterschätzte, warf kein besonders günstiges Licht auf seine Intelligenz. »Haben Sie bei Ihrem Vater rückgefragt, ob das mit dem Verlust stimmt?«

»Nein«, musste Flo einräumen. »Aber er hätte es ohnehin nie zugegeben. Warum Ali es mir gesagt hat, ist mir übrigens auch schleierhaft. Solche Dinge hat er normalerweise nicht mit seinem Hausmeister besprochen, wie Sie sich ja denken können.«

»Herr Kerschhackl, er wollte, dass Sie es wissen. Um Ihnen zu demonstrieren, dass er hier im Tal der King ist – dass er noch besser als Ihr Vater ist.«

Der Junkie nickte langsam. Über sein schweißbedecktes Gesicht flossen dicke Tränen. »Das mag zwar alles zutreffen, aber selbst wenn der unfehlbare Cyriak Kerschhackl wirklich die Hälfte seines Besitzes verloren hätte, wäre er immer noch zu geizig, um sich mit einem vergleichsweise kleinen Teil der ihm verbliebenen Hälfte an einem Mordkomplott zu beteiligen. Glauben Sie mir, ich kenne meinen Vater! Statt sinistre Pläne zu wälzen, intensiviert er lieber seine Witwen- und Waisentour, um den Verlust wieder auszugleichen.«

»Das ist immerhin eine klare Ansage, und dabei lassen wir es für heute auch bewenden. Leo, gib Herrn Kerschhackl das Nocaine, aber nicht alles auf einmal.«

Nachdem zwei Justizwachebeamte den jungen Kerschhackl weggebracht hatten, gingen die drei Ermittler in Jacobis Büro.

»Setzt euch. Also, was denkt ihr?«, fragte der Major in die Runde.

Feuersang und Haberstroh waren in etwa gleich alt wie ihr Chef, fühlten sich bei Fragen wie dieser aber immer ein bisschen wie Schüler bei einer Prüfung.

»Du zuerst«, sagte der Chefinspektor zum Bezirksinspektor.

»Ich kann mir beim besten Willen nicht vorstellen, dass er der Mörder von Rexeisen ist«, legte sich Haberstroh mutig fest. »Abgesehen davon, dass er ein Junkie ist und sich so eine Chose nie ausdenken könnte, fehlt ihm vor allem die Coolness, so etwas durchzuziehen.«

»Und das Können«, fügte Feuersang hinzu. »Stellt euch mal vor, ihr müsstet allein mit so einem Heißluftballon zurechtkommen, weil alle anderen im Koma liegen. Würdet ihr euer Ziel erreichen, eine Punktlandung in der Ecklgruben hinkriegen und danach vor allem noch sofort den Schirm in die Richtung ziehen, die er für den nächsten Start haben muss?«

»Ein nicht unwesentlicher Aspekt, das mit dem Schirm«, pflichtete ihm Jacobi bei.

»Ich könnte das jedenfalls nicht«, meinte Haberstroh. »Und da ist noch was: Wie wir wissen, hat der junge Kerschhackl mit den Flyern die tödliche Falle für Rexeisen aufgestellt und – nicht zu vergessen – als Schwächster der Viererrunde den Stärksten zu Fall gebracht, nur – profitiert hat er davon am wenigsten von allen.«

»Und genau das ist der Punkt«, bestätigte Jacobi. »Er hat im Prinzip nichts von Rexeisens Tod, obwohl man versucht sein könnte zu sagen, er hätte sich von ihm befreit.«

»Das könnte man«, räumte Feuersang ein, »aber das Problem von Kerschhackl junior war ja nicht Rexeisen. Er ist sein eigener Feind, er kommt mit sich selbst nicht klar. Sein Vater und Rexeisen tragen zwar ein gerüttelt Maß Schuld an diesem Zustand, sind aber nicht die primäre Ursache.«

»Und der Junge weiß das, ist aber letztendlich zu schwach, um sich selbst aus dem Sumpf zu ziehen«, sekundierte Haberstroh dem Busenfreund.

»Wodurch seine Gefühle für Rexeisen, der ihn mit Kokain und Peitsche nach Belieben dirigiert hat, ebenfalls ambivalent geblieben sind – wollt ihr das damit sagen?«, fragte Jacobi.

Feuersang nickte. »Ambivalent und daher viel zu schwach für einen Mord, mal ganz abgesehen von dieser pompösen Begleitmusik.«

»Deshalb hätte sich der alte Kerschhackl auch nie an seinen Sohn gewandt, wenn er vorgehabt hätte, seinen Kumpan auszuschalten«, ergänzte Haberstroh neuerlich.

»Womit wir wieder bei Leonie Rexeisen wären«, stellte Feuersang fest. »Sie besitzt mittlerweile sicher die dafür nötige Coolness.«

»Okay, Leo, dann werden wir beide morgen noch einmal allen dreien auf den Zahn fühlen: Anneliese Dornhaag, Leonie Rexeisen und Cyriak Kerschhackl. Und wisst ihr was? Ich bin froh, Schnösel wie euch in meiner Mannschaft zu haben.«

Ein Lob von Jacobi kam alle zweihundert Jahre einmal vor, dementsprechend zufrieden machten sich Feuersang und Haberstroh auf den Heimweg.

24 DER SPÄTE ABEND mit Melanie begann vielversprechend und harmonisch. Sie war schon eine Stunde vor ihm zu Hause gewesen und hatte ihm ein paar Häppchen zurechtgemacht, die er jedem opulenten Abendessen vorzog. Seinen favorisierten Rotwein hatte sie ebenfalls schon vor seinem Eintreffen dekantiert, aber nicht allzu warm werden lassen. Der Nordföhn war inzwischen zusammengebrochen, und das von Nordwesten hereindrückende Atlantik-Tief machte das knisternde Kaminfeuer erst so richtig angenehm.

Nach dem Imbiss hatten es sich die beiden im sogenannten Herrenzimmer bequem gemacht. Jacobi saß auf der Büffeldercouch, während Melanie lang ausgestreckt darauf lag. Ihr Kopf war auf seinen rechten Oberschenkel gebettet, der unter dem dunkelbraunen Schleier ihrer Haarpracht vollkommen verschwand. Alles war so harmonisch, wie es nur sein konnte.

»Wir kommen im Bluntautal nicht weiter«, gestand sie plötzlich und brach damit – nicht zum ersten Mal – das Übereinkommen, zu Hause nicht über den Job zu reden. »Lenz geht es bei den Autobahn-Steinwerfern übrigens ähnlich. Eigentlich war das nicht zu erwarten, oder?«

»Weder in Lenz' Fall noch in deinem scheinen die Täter Amateure zu sein«, begann er, wobei er sorgfältig darauf achtete, jeden Anschein von Besserwisserei zu vermeiden. »Auch wenn sie sich redlich Mühe gegeben haben, diesen Eindruck zu erwecken.«

»Du meinst also schlicht und einfach, es waren Profis am Werk? Dürnberger hat so etwas schon anklingen lassen.«

»Ja, das glaube ich. Und da ich den Täter vom Bluntautal für besonders gefährlich halte, falls man ihm zu nahe kommt, schlage ich dir jetzt einen Deal vor.«

Sie lachte. »Wenn du Zeugen oder Verdächtigen einen Deal vorschlägst, wirkt sich der fast immer nachteilig für die Betroffenen aus.«

»Vertraust du mir, Katze?«

Sie wurde ernst. »Natürlich vertraue ich dir, aber ich mag es nicht, wenn du meine Liebe zu dir benutzt, um mich zu gängeln, und das weißt du.«

»Ich gängele dich nicht, sondern sorge mich um dich. Wir sind zwar Beamte, aber in unserer Sparte ist jederzeit mit größeren Katastrophen zu rechnen als mit ein paar gefälschten Bilanzen. Hör mir also einfach zu. Du hilfst mir ab jetzt, meinen aktuellen Fall zu lösen, und anschließend kannst du dich wieder dem Toten vom Bluntautal widmen, wobei es dir freisteht, mich in dein Team zu nehmen oder nur gegebenenfalls meinen Rat einzuholen.«

»Oder dich ganz draußen zu lassen?«

»Auch das. Aber überlege bitte, was zum Beispiel Lenz bei einem solchen Angebot tun würde.«

»Das ist nicht vergleichbar. Ihn packst du nicht sofort in Watte, wenn er einen gefährlichen Fall übernehmen will. Gefährlichkeit hin oder her: Du gibst ihm den Fall einfach.«

»Ah, daher weht also der Wind: Du fühlst dich von mir nicht nur bevormundet, sondern auch noch bemuttert. Ich finde aber, es macht schon einen riesigen Unterschied, ob ich mich um dich sorge, den neben Nadine wichtigsten Menschen in meinem Leben, oder um eine Kampfmaschine wie Lenz, der wohl kaum Beschützerinstinkte in anderen Leuten wachruft. Sich sorgen hat nichts mit Bevormundung zu tun, Melanie, das sollten wir mal so stehen lassen. In dem Schnellhefter da drüben auf der Kommode befindet sich übrigens eine Zusammenfassung unsrer Erkenntnisse im Fall Rexeisen. Nur falls du Lust hast.«

Melanie Kotek seufzte. »Ich wusste doch, du würdest mich wie immer mit deiner emotionalen Masche über den Tisch ziehen. Aber sei's drum, ich werde Feuersangs Kauderwelsch morgen zum Frühstück lesen.« Sie zog ihn an den Ohren zu sich herunter und küsste ihn.

25 DER PRESSEFOYER GENANNTE Allzweck-Konferenzraum neben dem Büro von Oberst Dürnberger war an diesem Montag schon um drei viertel zehn proppenvoll, aber das war bei einem Aufsehen erregenden Kapitalverbrechen wie dem Fall Rexeisen nicht weiter verwunderlich. Der Oberst und Sicherheitsdirektor Mag. Marcus Krummbiegel, seines Zeichens Nachfolger von Hofrat Kandutsch, überließen die Medienarbeit wie vereinbart ihrem besten Mann. Selbst wenn Jacobi mal einen schlechten Tag hatte, bekamen die Reporter von ihm doch nie auswendig gelernte und trotzdem haarsträubende Sätze zu hören wie von manchem Pressereferenten, dessen Job es eigentlich gewesen wäre, geläufiges und gut verständliches Deutsch zu sprechen. Reporter, die Jacobi schon lange kannten, wussten seine Eloquenz durchaus zu schätzen.

Als der Major den Konferenzsaal vom Bürotrakt des Referats her betrat, wurde er von Leutnant Kotek und Chefinspektor Feuersang begleitet. Nachdem sie am langen Tisch an der Stirnseite des Foyers Platz genommen und die Mikros kontrolliert hatten, musste Jacobi kaum »Guten Morgen allerseits!« sagen, da prasselten schon die ersten Fragen einiger junger Journalisten auf ihn nieder. Doch der Major verfügte über genug Routine, um die erste Welle einfach schweigend über sich ergehen zu lassen. Als die Youngsters merkten, dass sie mit Disziplinlosigkeit und Ellbogentechnik nicht recht weiterkamen, übten sie sich gezwungenermaßen in Geduld.

»Einigen wir uns bitte auf folgendes Procedere«, begann Jacobi, als der Lärmpegel auf ein erträgliches Maß gesunken war. Er formulierte seine Worte bewusst langsam und prononciert. »Ich werde Sie zunächst mit dem jüngsten Stand unsrer Ermittlungen vertraut machen, und danach sind Sie mit Ihren Fragen an der Reihe, okay?« Ohne auf ein Feedback zu warten, ging er sofort in medias res: »Meine Damen und Herren, der Hotelier Alarich Rexeisen aus Bad Hofgastein ist vorgestern zweifellos einer Verschwörung zum Opfer gefallen. Wie Sie inzwischen wissen, wurde er über seinem Wohnort aus einer Höhe von circa zweitausend Metern über Boden aus einem Heißluftballon geworfen und schlug am hartgesandeten Parkplatz der

Bergbahn-Talstation auf. Laut spektroskopischem Befund trat der Tod um elf Uhr dreißig plus/minus fünfzehn Minuten ein. Der Zeitpunkt stimmt auch mit den Zeugenaussagen überein.«

Er legte eine kurze Atempause ein, um dann in erhöhter Lautstärke fortzufahren: »Jeden Tag werden in unserm Staat Menschen ermordet, meistens handelt es sich dabei um Beziehungstaten. Ungewöhnlich an diesem Fall ist erstens die groteske Methode, mit der man den halbseitig gelähmten Hotelier getötet hat, zweitens sein äußerst angespanntes Verhältnis zu seiner Gattin und den beiden Begleitern und drittens das unumstößliche Faktum, dass sich der Mörder unter den fünf Ballonfahrern befinden muss, die anschließend im Gasteiner Angertal gelandet sind.«

»Aber dann kann es doch nicht so schwierig sein, den Täter zu ermitteln«, platzte eine Blondine mit schwarzer Designerbrille heraus.

»Wenn Sie mich die näheren Umstände eingehender erläutern lassen, Frau Piritz, werden Sie einsehen, dass es trotz der Umstände auch nicht eben leicht ist«, widersprach Jacobi. Amanda Piritz von der »Neuen« war ihm schon seit Längerem bekannt. »Einer der Mitfahrer«, fuhr er fort, »Rexeisens Prokurist Lars Viebich, ist gleich nach der Landung im Hochkar Ecklgruben mit Tourenskiern getürmt und konnte trotz intensiver Fahndung bis jetzt noch nicht gestellt werden. Die übrigen vier haben angegeben, sich zum Zeitpunkt der Tat in einem komatösen Zustand befunden zu haben und erst um zwölf Uhr dreißig oder noch später wieder das Bewusstsein zurückerlangt zu haben. Unser Gerichtsmediziner Dr. Pernauer hat ihre Angaben bestätigt, jedenfalls sagt die Blutanalyse bei keinem der Probanden Gegenteiliges aus. Und jetzt, Frau Piritz, beweisen Sie unter diesen Umständen einer der vier Personen mal, dass sie nicht betäubt war.«

»Wann wurde das Blut denn abgenommen?«, fragte Pepi Jänner von der »K.u.K«, ein Kollege des bekannten Kolumnisten Raphael Conte.

»Circa sieben Stunden nach Verabreichung, also durchaus noch innerhalb einer Erfolg versprechenden Zeitspanne«, antwortete Jacobi, bevor er auf die problematische Beziehung zwischen Opfer und Mitfahrern zu sprechen kam. Dabei lenkte er zunächst das Augenmerk des Publikums auf die jahrelang schikanierte Witwe und ihren Liebhaber Viebich, dem von Rexeisen besonders übel mitgespielt worden war. Erst anschließend schilderte er die Katabasis von Florian Kerschhackl, die in der U-Haft ihren vorläufigen Tiefpunkt gefunden hatte.

»Entspricht es den Tatsachen, dass jemand Flo Kerschhackl Geld geboten hat, damit er Rexeisen umbringt?«, wollte Hüttinger vom »Salzburger« wissen.

»Woher haben Sie diese Information?«, grantelte Jacobi sofort zurück.

»Also ist da etwas dran?«, stieß Hüttinger nach, der nicht im Traum daran dachte, seine Quelle preiszugeben. Erwartungsgemäß hinkte der Informationsstand der Medien jenem der Ermittler kaum hinterher, das hatte schon Raphael Conte von der »K.u.K.« mit dem Artikel vom Vortag bewiesen. Jetzt ging es nur mehr darum, Jacobi die allerletzten News herauszukitzeln.

»Uns liegt eine diesbezügliche Aussage vor«, gab der Major zu, »aber sie ist noch nicht verifiziert.« Und obwohl er ursprünglich nicht geplant hatte, Sappho und Bi-Bee ins Visier der Journaille zu rücken, änderte er nun seine Meinung. Auf keinen Fall wollte er, dass sich die Medienvertreter nach Viebich jetzt zu sehr auf Kerschhackl junior einschossen. Also schilderte er in nüchternen Worten, was sich auf der GAST vor fünf Jahren abgespielt hatte. Weil neu und pikant, war das natürlich Wasser auf den Mühlen der Regenbogenpresse.

»Wobei ich noch einmal ausdrücklich darauf hinweisen möchte«, hielt er abschließend fest, »dass die Damen von ›Ballooning Escort‹ zwar die schlechten Erfahrungen mit Rexeisen gemacht haben, aber Sie, sehr verehrte Damen und Herren von der Presse, sich vor Augen halten sollten, wie lange die Ereignisse bereits zurückliegen und dass auch die Motive zu schwach wären, um einen Schlaganfallpatienten zweitausend Meter über Land aus einem Heißluftballon zu stoßen. Und noch eins: Vergessen Sie nicht die hohe Entschädigung, welche die Callgirls von einer Anzeige hat absehen lassen.«

»Hoffentlich vergessen Sie nicht, Major, dass auch engelsgesichtige rothaarige Sexbomben morden können!«, rief ein an Akne leidender junger Mann, der nur mehr einen Stehplatz am Einlass ergattert hatte.

»Und warum zeigen Sie überhaupt erst mit dem Finger auf sie, wenn Sie sie im selben Atemzug wieder exkulpieren?«, kritisierte Amanda Piritz.

»Ich exkulpiere niemanden, sondern möchte im Gegenteil noch einmal bewusst machen, dass es jeder von den fünfen im Ballonkorb gewesen sein kann. Und vor allem will ich nicht, dass sich jetzt alle auf die romantische Figur des Flo Kerschhackl stürzen«, sprach Jacobi Klartext. »Und da wir ohnehin schon bei den Fragen sind: Bitte, fragen Sie!«

»Omphale Zahnlos von ›Kontur‹«, meldete sich eine hübsche Brünette von ganz hinten. »Unsre Recherchen haben ergeben, dass die Eltern von Lars Viebich eine versteckt liegende Almhütte am oberen Ende des Stockenboi-Tales besitzen, also in unmittelbarer Nähe des Weißensees. Hat man dort schon nach ihm gesucht?«

»Aus dem Stegreif kann ich diese Frage nicht beantworten, Frau Zahnlos, aber ich nehme doch an, dass unsre Kärntner Kollegen dort zuerst suchen werden. Nicht ganz so leicht durchzuführen wäre allerdings die Suche in Königstein, Namibia, am anderen Ende der Welt, wo Viebichs Onkel eine große Rinderfarm besitzt.«

Gedämpftes Gelächter auf Kosten der jungen Reporterin war die Folge, aber »Fluchtburg Rinderfarm in Südafrika« würde sich als Kopfzeile eines Artikels gar nicht mal so schlecht machen.

»Aber eine Flucht nach Südafrika, womöglich noch in den Busch, wäre kein Spaziergang und müsste von langer Hand vorbereitet gewesen sein«, wandte Amanda Piritz ein.

»Und was spricht Ihrer Meinung nach dagegen, dass Viebich die Tat bis ins kleinste Detail vorbereitet hat?«, konterte Jacobi. »Er ist ein sehr ordentlicher, geradezu pedantischer Mensch, und dass Rexeisen ihn mit den Weißenbach-Aktien hereingelegt hat, ist schließlich schon einige Monate her. Er hatte Zeit genug.«

»Er könnte bei diesen Vorbereitungen tatkräftig von seiner

Geliebten unterstützt worden sein, nicht wahr, Major Jacobi?«, insistierte eine verrauchte Alt-Stimme aus der zweiten Reihe. Sie gehörte zu einer aufgedonnerten Wasserstoff-Blondine, an deren Blazer das Logo von »täglich aktuell« prangte, einem berüchtigten Revolverblatt.

»Viebich und Frau Rexeisen haben tatsächlich seit einiger Zeit ein Verhältnis, das hat sie gestern bestätigt. Aber mit weiteren Behauptungen würde ich vorsichtig sein, solange die Beweise fehlen, Frau …?«

»Sibylle Schneeweiß, Herr Major. Immer zu Diensten.«

»Gestern also wurde Florian Kerschhackl in die U-Haft überstellt«, sagte Alfred Schneck von »Recherche«, den nur der Junkie zu interessieren schien. Wie immer war er unfrisiert, trug einen Dreitagebart und ein beiges Cordsakko und vermittelte viel eher das Bild eines Fauns als das eines seriösen Journalisten, der er ohne Zweifel war. Er musste sich Jacobi nicht vorstellen, die beiden kannten sich seit Jahren. »Mir wurde zugetragen, er werde – nicht zuletzt wegen seiner handwerklichen Fähigkeiten – mit Einbrüchen in den Büros und Privaträumen des Ermordeten in Verbindung gebracht. Was ist da dran?«

»Mindestens ein Einbruchsversuch im Loft der Rexeisens geht nach derzeitigem Erkenntnisstand tatsächlich auf sein Konto, aber endgültige Beweise stehen noch aus.«

»Und was genau werfen Sie ihm vor? Kommt er als Mörder an Rexeisen in Betracht?«

Wäre der Frager nicht Schneck gewesen, hätte Jacobi vermutlich etwas Unverbindliches geantwortet, aber ebenso wie mit dem berüchtigten Kolumnisten Conte verband ihn auch mit dem Aufdeckungsjournalisten eine fast symbiotische Beziehung, die gehegt und gepflegt werden musste. »Ich kann mir im Moment nicht vorstellen, dass die Staatsanwaltschaft so ohne Weiteres mit einer Mordanklage beim Untersuchungsgericht durchkäme«, sagte er bedächtig. »Kerschhackl ist leicht manipulierbar, was sein Über- und Ersatzvater Rexeisen zur Genüge bewiesen hat. Aber es könnte sich diesmal auch jemand anders seiner bedient haben, der oder die ihn kurzfristig mit dem Versprechen von Koks zur

Mordwaffe umfunktioniert hat. Vielleicht sogar jemand, der gar nicht mit an Bord war.«

»Sie haben eine bestimmte Person im Auge?«

»Allerdings. Aber da ich nicht die Spur eines Beweises gegen diese Person in der Hand habe, werde ich ihre Identität noch nicht preisgeben.«

Schneck wusste, dass es im Moment zwecklos war, diesbezüglich noch weiter in Jacobi zu dringen, also wandte er sich wieder Kerschhackl junior zu. »Sie glauben also eigentlich nicht, dass Kerschhackl selbst der Mörder ist, und wenn doch, dann würden Sie seine Schuldfähigkeit anzweifeln, habe ich das richtig verstanden?«

Jacobi nickte. »Ja, ich denke, Kerschhackl ist nicht der Mann für einen so aufwendigen Mord mit unübersehbarem Symbolcharakter. Außerdem hätte er nicht den Nerv gehabt, den behinderten Rexeisen aus dem Ballonkorb zu werfen. Damit will ich aber nicht sagen, dass er mit dem Mord gar nichts zu tun hat.«

»Also Beihilfe?«, versuchte Schneck zu fokussieren.

»Ist nicht auszuschließen, aber auch das wird ihm zurzeit nicht vorgeworfen. Er befindet sich wegen anderer Delikte in Untersuchungshaft.«

»Als da sind?«, fragte Hüttinger.

Jacobi zählte sie auf, bevor er hinzufügte: »Aber in erster Linie ist er wegen Fluchtgefahr festgesetzt worden, wobei er diese Hypothese sehr anschaulich bestätigt hat. Über die U-Haft ist er im Moment übrigens gar nicht so traurig, denn er hat große Angst, dass –« Plötzlich bemerkte er Jutta Granegger, die schon seit einigen Sekunden seitlich hinter ihm stand.

»Ein Anruf aus Gastein, dringend«, flüsterte sie ihm ins Ohr.

Jacobi runzelte unwillig die Stirn, schaltete aber geistesgegenwärtig das Mikro aus. »Können Sie ihn mir nicht aufs Handy legen?«, flüsterte er zurück, aber sie schüttelte den Kopf.

»Höllteufel hat gesagt, es wird länger dauern.«

Notgedrungen stand Jacobi auf und nahm das Mikrofon aus der Halterung. »Tut mir leid, aber es hat eine unvorhergesehene Wendung gegeben. Die Pressekonferenz ist hiermit beendet.

Selbstverständlich stehe ich Ihnen morgen wieder um dieselbe Zeit zur Verfügung, wenn Sie es wünschen. Versprochen.« Und schon waren Granegger, Kotek, Feuersang und er durch die Verbindungstür zu den Referatsräumen verschwunden. Den geschäftig anschwellenden Lärm hinter sich nahmen sie nur mehr in gedämpfter Form wahr.

Alfred Schneck und die anderen journalistischen Trüffelschweine, die in der ersten Reihe saßen, hatten natürlich ihre Ohren gespitzt, und Jacobis Reaktion bestärkte sie nur in ihren Vermutungen: In Gastein hatte sich etwas getan. Als sie eilig zum Ausgang strebten, schlossen sich ihnen auch die Frischlinge sofort an, und innerhalb einer halben Minute war das Pressefoyer leer.

26 IN SEINEM BÜRO drückte Jacobi auf die Lautsprechertaste, um Kotek, Feuersang, Haberstroh und Weider mithören zu lassen.

»Kollege Höllteufel? Jacobi hier. Was gibt's so Dringendes, dass Sie mich aus der Pressekonferenz holen?«

»Tut mir leid, Major, aber der Fall Rexeisen scheint eine wirklich drastische Wendung zu nehmen. Wir hatten vorgehabt, Frau Dornhaag heute Morgen zur Vernehmung auf den Posten zu holen, wie Sie's angeordnet haben. Aber sie wollte uns nicht öffnen – das dachten wir jedenfalls zunächst, weil der Schlüssel von innen steckte. Nach einer Stunde und zig Appellen, dass sie uns doch endlich aufsperren soll, habe ich die Tür von unserm Schlüsseldienst öffnen lassen.«

»Und sie war da?«, fragte Jacobi, der bereits Schlimmes ahnte.

»Ja – und auch wieder nicht. Aber wie hätten wir denn auch wissen können, dass wir zu spät kommen? Wir haben sie im Wohnzimmer gefunden. Sie lag auf der Couch und fühlte sich kalt und steif an. Die Totenstarre hatte längst eingesetzt. Also haben wir den zuständigen Arzt gerufen, der den Totenschein ausgestellt hat.«

»Lassen Sie sie in die Gerichtsmedizin nach Salzburg bringen«, verfügte Jacobi. »Aber es eilt nicht – jetzt nicht mehr.«

»Im Rotweinglas, das auf ihrem Wohnzimmertisch steht, haben wir weißen Bodensatz festgestellt«, erläuterte Höllteufel weiter. »Sicher kein Weinstein.«

»Schicken Sie's gleich Pernauer.«

»Ich vermute, Anneliese Dornhaag hat noch aufrecht gesessen, als sie den tödlichen Cocktail getrunken hat, aber dann muss ihr Oberkörper zur Seite gekippt sein. Um ein Haar wäre sie vom Sofa gerutscht. Und jetzt kommt's: Ihre erstarrte rechte Hand hat noch immer drei Bögen beidseitig beschriebenes altes Briefpapier festgehalten. Es war nicht leicht, es aus ihrem Griff zu lösen, ohne es zu zerreißen, eine echte Geduldsarbeit, das kann ich Ihnen sagen, aber es ist mir gelungen.«

»Danke, Höllteufel, das haben Sie sehr gut gemacht.«

»Ich lese Ihnen den Brief am besten gleich vor. Er ist ohnehin an Sie gerichtet.«

»Ich bitte darum.«

»Okay, also: *An das LGK Salzburg und die Justiz, welche die Mörder meiner Tochter und meines Gatten haben davonkommen lassen.*« Die harte Dialektfärbung des Gruppeninspektors aus dem Innergebirg fiel den Zuhörern kaum auf, ihre Aufmerksamkeit galt ausschließlich dem Geschriebenen. »*Im Vollbesitz meiner geistigen Kräfte und ohne Zwang, aber auch ohne Zeugen bringe ich diese Zeilen handschriftlich zu Papier und hoffe, dass wenigstens diesmal der Gerechtigkeit Genüge getan wird.*
Ja, Herr Gendarmeriemajor Oskar Jacobi, Sie waren in der Tat sehr bald auf der richtigen Fährte. Ich habe es Ihrem Blick angesehen, dass Sie mir meine Empörung über Ihre Fragen nicht abgenommen haben. Ich wünschte, Sie hätten auch damals die Ermittlungen geleitet, als Diana, mein Ein und Alles, von diesen Tieren zerstört wurde. Sie war jung, bildschön und hatte im Staatsdienst eine relativ sorgenfreie Zukunft vor sich, unabhängig davon, was mit unsrer Pension geschehen wäre. Auch wenn Cyriak Kerschhackl und sein kongenialer Partner uns hinterfotzig über den Tisch gezogen haben: Mein Mann und ich wären schon nicht verhungert. Doch Rexeisen reichte das nicht. Er verfuhr mit uns wie ein monströses Kuckucksküken, das andere Nestlinge ins Nichts

hinausschubst. Mich konnte er nur aus der Pension Anneliese hinauswerfen, aber mein Vögelchen Diana und meinen Mann katapultierte er aus dem Leben. Deshalb sollte auch er endlich erfahren, wie es sich anfühlt, wenn man aus einem vermeintlich sicheren Nest wortwörtlich an die Luft gesetzt wird.«

»Das also war die Symbolik«, warf Jacobi ein. »Rexeisen hat Mitmenschen aus ihrem Leben geworfen wie ein Kuckucksküken andere Jungvögel aus ihrem Nest. Entschuldigen Sie die Unterbrechung, Höllteufel, bitte lesen Sie weiter!«

»Ihre Vermutung war richtig. Ich habe den Gedanken an Rache nie aufgegeben und schon vor Jahren das Häufchen Elend namens Flo Kerschhackl kontaktiert, um ihn zu einem Mordwerkzeug zu machen. Nach dem Verlust unsrer Pension habe ich auch die Wohnung meiner Eltern in Salzburg verkauft und bin nach Hofgastein in eine Mietwohnung gezogen. Ich hatte also noch etwas Geld übrig. In meiner Einfalt merkte ich allerdings zu spät – um 100.000 Schilling Anzahlung zu spät –, dass Flo für mein Projekt völlig ungeeignet war. Erst als er mir das selbst sagte – er war wieder einmal ganz unten und weinte sich bei mir aus –, änderte ich meinen Plan, soweit er ihn betraf, gab aber mein Vorhaben nicht auf.

Ich glaubte, noch ein anderes Eisen im Feuer zu haben: Leonie, unsere ehemalige Buchhalterin. Von Flo hatte ich erfahren, dass sie ein Verhältnis mit Viebich hatte. Auch Rexeisen wusste davon und hatte ihr gedroht, sie umzubringen, wenn sie ihn tatsächlich verlassen sollte. Ich vermute, dass er noch mit einer anderen Sache Druck auf sie ausgeübt hat, aber darüber weiß ich leider nichts Näheres. Allerdings gibt es Gerüchte, dass Leonie bei dem letztlich doch sehr plötzlichen Tod seiner ersten Frau die Hand im Spiel gehabt hat. Es war damals eigenartig, dass sich der Gatte meilenweit entfernt aufhielt, als seine Frau ihre letzten Atemzüge tat. So ein perfektes Alibi ist schon was wert – ebenso wie gut abgesprochene Zeugenaussagen in einem Vergewaltigungsprozess. Nicht dass Leonie bei unsrem ersten geheimen Treffen vor etlichen Wochen echte Reue gezeigt hätte. Sie hatte ja jahrelang Betriebsgeheimnisse an Rexeisen verraten und bei der Vergewaltigung von Diana zumindest Beihilfe geleistet, doch immerhin wirkte sie zerknirscht. Sie gab zwar nichts zu, verhehlte aber gleichzeitig auch nicht, dass sie neugierig war zu erfahren, was ich ihr denn vorzuschlagen hätte. Ich habe ihr also das

Angebot unterbreitet, sich mit meiner Hilfe von Alarich Rexeisen zu befreien — und sie war einverstanden, ohne Wenn und Aber.«
»Also doch: Leonie Rexeisen«, entfuhr es Feuersang. Jacobi hielt bittend den Zeigerfinger an die Lippen.
»*Da staunen Sie, Jacobi, nicht wahr?*«, las Höllteufel weiter. »*Ebenso, wie ich gestaunt habe. Anfangs hat mich Leonies Bereitwilligkeit sogar argwöhnisch werden lassen. Erst als sie mir — und nicht umgekehrt! — Geld für die Teamarbeit anbot, gewissermaßen als Entschädigung für früher erlittene Einbußen, schwanden meine Bedenken. Allerdings sollte ich die halbe Million erst nach Realisierung des Projekts Kuckucksküken und am Ende des laufenden Wirtschaftsjahres erhalten. Bis dahin würde der Ermittlungsdruck nachgelassen haben.*
Ich war umso beruhigter, als ich begriff, dass Lars Viebich in ihrer Zukunft nicht vorgesehen war. Er diente nur noch als Vehikel, sollte mithelfen, den Spieß ihrem verhassten Gatten gegenüber umzudrehen. Warum sie nichts dagegen hatte, dass auch er dran glauben sollte, wurde mir erst klar, als ich gewisse Infos in Oberkärnten einholte. Viebich war nie in Leonie verliebt gewesen, hatte ihr das aber überzeugend vorgespielt, um über sie in manche Unterlagen Einsicht nehmen und bei Rexeisens Geschäften als Trittbrettfahrer mitkassieren zu können. Eine Zeit lang funktionierte das ganz gut, aber irgendwann muss er sich einen Schnitzer geleistet haben, woraufhin sie einen Ausflug nach Spittal machte. In Viebichs schmuckem Landhaus residierte damals recht kommod eine ahnungslose Kärntner Schönheit, eine gewisse Ludmilla Senegatschnigg, seine eigentliche Partnerin. Kaum war allerdings das Haus futsch, machte auch Milli die Fliege.
Leonie stellte den Geliebten erstaunlicherweise nicht zur Rede, sondern unterstützte ihn nach seinem Finanzdebakel im Gegenteil noch wochenlang mit Geld, was den Schluss nahelegt, dass er sie mit irgendetwas in der Hand hatte. Vielleicht hatte sie auch deshalb mitgeholfen, den Köder der Weißenbach-Aktie auszulegen, den der toughe Lars prompt schluckte. Wem er seinen Ruin und seinen Tod im Eiskeller am Fritzerkogel in letzter Konsequenz verdankt, erfuhr er gar nicht mehr. Ich vermute, er starb völlig ahnungslos — unverdienterweise.« Höllteufel atmete tief durch, bevor er fortfuhr.
»*So, jetzt wissen Sie, wo seine Leiche zu suchen ist. Finden werden Sie sie wahrscheinlich trotzdem nicht. Leonie und ich haben Lars in*

der Nähe des Zwischenlandeplatzes, wo ich in den Ballon zugestiegen bin, in eine vereiste Doline fallen lassen. Vorher haben wir ihm noch die Trekkingstiefel ausgezogen und den Autoschlüssel abgenommen. Wenn er unter dem Eis in eines der Höhlensysteme gerutscht ist, wird der Leichnam dort gut gekühlt bis zum Jüngsten Tag liegen. Todesangst hatte er vermutlich nicht auszustehen, er war noch sediert, als er runterfiel.«

»Und wenn er dort unten doch noch einmal zu sich gekommen ist?«, warf Kotek entsetzt ein, aber niemand antwortete ihr.

Nach einer kurzen Pause begann Höllteufel wieder zu lesen: »*Sie wollen bestimmt wissen, wie ich ausgerechnet auf die Masche mit ›Ballooning Escort‹ verfallen bin? Flo war durch eine Werbebroschüre auf den Begleitservice gestoßen und hatte mich schon vor etlichen Monaten darauf aufmerksam gemacht. Dabei hat er mir auch von den Vorkommnissen auf der Salzburger GAST erzählt. Bizarr, nicht wahr? Er, der an der Vergewaltigung meiner Tochter beteiligt gewesen war, erzählt mir von einem weiteren Vergewaltigungsversuch. Die Idee hielt er deshalb für so gut, weil Rexeisen noch eine Rechnung mit der Firmeninhaberin und einem ihrer Mädchen offen hatte. Schon allein aus diesem Grund würde er sicher anbeißen. Außerdem sollten sich nach seiner Exekution auf diese Weise zwei Verdächtige mehr anbieten.*
Leonie, die einen Luftfahrerschein hat, eignete sich als Vollstreckerin natürlich zehn Mal besser als der zaghafte Flo. Ich für meinen Teil hatte vergangenes Jahr im Vorfrühling, als mein Plan längst konkrete Züge angenommen hatte, eine Probetour von der Abtenauer Karlshütte zur Laufener Hütte unternommen. Die Bedingungen waren damals ähnlich. Ich wusste also, dass bei Nordföhn mit gefährlichen Triebschnee-Paketen im Tennengebirge zu rechnen war, aber auch, dass ich trotz des kalkulierten Lawinen-Risikos zur richtigen Zeit an Ort und Stelle sein konnte.
Sie wundern sich über die Fitness einer Sechzigjährigen? Bergsteigen und Tourengehen waren neben unsrer kleinen Pension meine einzige Freude, außerdem verleihen nicht nur Elektrolyt-Getränke Flügel – auch der Wunsch nach Rache hat diese Eigenschaft.
Als ich Leonie den Plan im Detail unterbreitete, war sie sofort Feuer und Flamme. Nach dem Neujahrsbesuch bei meiner Mutter im Seniorenheim Hohensalzburg-West besorgte ich mir im Büro von »Ballooning Escort«

die Flyer und nötigte Flo, sie im Babenberger Hof so auszulegen, dass Rexeisen auf sie stoßen musste. Der sprang sofort darauf an und fieberte laut Flo der Ballonfahrt und dem Aeronautic-Happening in den letzten Wochen förmlich entgegen.

Sie, Herr Jacobi, können nur vermuten, was er mit den Escort-Girls, aber auch mit seiner Frau und seinen Laufburschen im Jagdhaus angestellt hätte, wäre ihm Leonie nicht zuvorgekommen. Die hatte während des Aufrüstens des Ballons ausreichend Gelegenheit, den Sekt mit dem GHB zu impfen – selbst trank sie natürlich erst nach erledigter Arbeit, damit man auch in ihrem Blut Rückstände davon finden würde. Kaum war man vom Parkplatz Postalm aufgestiegen, befand sich die übrige Besatzung auch schon im Land der Träume, und Leonie konnte ihrem Mann eins drüberziehen, um ihn in Ruhe zu verschnüren. Später war er wieder bei Bewusstsein und hat alles mitbekommen: zunächst die Zwischenlandung am Eiskeller ein Stück oberhalb der Laufener Hütte. Die ist zwar winterdicht, aber ich habe trotzdem dort übernachtet, nachdem ich am Vortag von Abtenau zum Tennkessel hinauf getourt war. Dann musste Rexeisen mit ansehen, wie sein unbotmäßiger Büttel Viebich in der Doline verschwand, während ich dessen Platz im Heißluftballon einnahm. Von da an wusste das Stück Scheiße, was es geschlagen hatte.

Als wir uns schließlich anschickten, ihn hier in Hofgastein über dem Parkplatz der Bergbahn-Talstation rauszukippen, konnte er weder schreien noch sich wehren. Der Angstschweiß stand ihm auf der Stirn, und die Augen quollen ihm fast aus den Höhlen. Das war das Letzte, was ich vom Schänder und Mörder meiner Diana gesehen habe. Und während er lautlos die angezeigten neunzehnhundert Meter hinunterfiel, empfand ich tiefste Befriedigung, die bis jetzt anhält.

Leonie landete den Ballon dann in der Ecklgruben im Schnee, woraufhin ich die Ballonhülle entlüftete und auf die Talseite zog. Lange, ehe die anderen Mitfahrer wieder zu sich kamen, tourte ich schon wieder in Richtung Gadaunerer Hochalm und Angertal. Unterwegs habe ich den Posten Hofgastein über ein Prepaid-Handy angerufen und mit verstellter Stimme meinen Text aufgesagt. Im Tal bin ich unerkannt in den Babenberger Hof und in Flos Dienstwohnung spaziert und habe den Einbruch inszeniert. Schließlich sollte es so aussehen, als hätte Viebich bei Flo Indizien beseitigen wollen. Dann bin ich mit Viebichs

BMW zum Airport Salzburg gefahren und anschließend mit einem Taxi zu meiner Mutter ins Seniorenheim. Nach Hause habe ich den Zug genommen.
Und noch etwas möchte ich nachschicken: In den ersten Jahren nach Dianas Tod hielt ich jeden der vier Täter für gleich schuldig, aber das erbärmliche Schicksal von Flo Kerschhackl hat mich seine Mitverantwortung dann doch relativieren lassen. Heute denke ich, dass er mit seiner persönlichen Hölle auf Erden genug gestraft ist. Für die anderen drei Täter galt beziehungsweise gilt das nicht, und da Leonie Rexeisen eine von ihnen ist, liefere ich sie aus. Wir waren keine Komplizinnen! Auf diese Feststellung lege ich unmittelbar vor meinem Freitod allergrößten Wert. Wir haben bestenfalls eine Zweckgemeinschaft gebildet und in der jeweils anderen ein willfähriges Werkzeug gesehen. Doch Leonie hat zwei Fehler begangen. Erstens: Sie wähnte sich in Sicherheit, denn ihrer Meinung nach diente der ganze Aufwand um Rexeisens Hinrichtung nur dem Zweck, uns der Justiz zu entziehen und dafür den toten Viebich hinzuhängen. Und der zweite Fehler: Sie glaubte, dass ich darauf verzichten würde, auch sie zur Rechenschaft zu ziehen, wenn sie mir hilft, Rexeisen zu eliminieren. Ich verzichte nicht. Allerdings habe ich nicht die geringste Lust, mich einer Justiz auszuliefern, die es nicht für nötig gehalten hat, das an meiner Tochter begangene Verbrechen zu ahnden. Die Rechtsprechung unseres Landes, die fortwährend Täter begünstigt, hat letztlich ein Gutteil Schuld am Suizid von Diana, zu der ich jetzt gehen werde.
Während ich das schreibe, habe ich eine Schachtel mit zwanzig Flunitrazepam in einem Glas Rotwein aufgelöst. Der Tod hat für mich den Schrecken verloren. Es ist jetzt ein Uhr nachts. Wenn man mich findet, bin ich längst bei meiner Tochter.
Tun Sie Ihren Job Jacobi, und leben Sie wohl!
Anneliese Dornhaag«

Eine Pause entstand. Den Zuhörern fehlten die Worte.

»Das war's, Major. Jetzt sind Sie am Zug«, schloss Höllteufel, als wollte er Anneliese Dornhaags letzten Sätzen noch Nachdruck verleihen. »Ich lasse den Brief jetzt abtippen und sofort an Ihr Büro mailen.«

»Danke, Kollege. Schicken Sie dann bitte auch das Original und eine Schriftprobe von Frau Dornhaag zur Überprüfung an die KTU.« Jacobi legte auf und blickte durchs Fenster auf die Möwen, die über der Salzach schwebten.

»Die Alte hat uns glatt ausmanövriert«, stellte Feuersang nach einer weiteren Minute gemeinsamen Schweigens fest.

»Mit verdammt hohem Einsatz«, ergänzte Haberstroh, »und dem Tod als Partner.«

»Tja, gegen ein solches Team ist nur schwer zu gewinnen«, fand Kotek. »Willst du nicht Rothmayer anrufen?« Die Aufforderung galt Jacobi und bezog sich auf den Staatsanwalt, der für das Referat 112 zuständig war.

»Ewald Rothmayer ist in Urlaub«, sagte Haberstroh.

»Dann eben seine Vertretung, die Schratzenfischer?«

»Hm, das werd ich wohl müssen«, murmelte Jacobi und wählte nur sehr zögernd die Nummer von Dr. Franziska Schratzenfischer.

Kotek war die Unschlüssigkeit ihres Lebensgefährten nicht verborgen geblieben.

»Was überlegst du, Oskar?«, appellierte sie fast ärgerlich.

»Anneliese Dornhaag hat sich selbst gerichtet und dir Leonie Rexeisen auf dem Silbertablett serviert. Sie ist die Gattenmörderin. Der Brief wird jeden Untersuchungsrichter und jedes Schöffengericht überzeugen, warum sollte sie noch lügen, wenn sie den Tod durch eigene Hand schon vor Augen hat?«

»Du hast recht, warum sollte sie da noch lügen?« Jacobi telefonierte mit Dr. Schratzenfischer und setzte damit das Regelwerk der Staatsmacht in Bewegung. Nur Minuten später würde das Faxgerät am Gendarmerieposten Bad Hofgastein den Haftbefehl für Leonie Rexeisen auswerfen.

»Was geschieht jetzt mit Flo Kerschhackl?«, wollte Feuersang wissen.

»Den werde ich persönlich aus dem Häfen holen«, sagte Jacobi. »Er hat keine Schuld am Tod von Rexeisen. Nicht nur der Brief, auch die Löschung der Daten auf dem Höhenmesser beweist das.«

»Die jetzt auch Sinn macht, weil man dadurch die Landung am Eiskeller verschleiern wollte«, ergänzte Feuersang, was ihm postwendend bestätigt wurde.

»So sieht's aus. Die Landung diente der Ermordung Viebichs, der Entsorgung seiner Leiche und dem Zustieg von Anneliese Dornhaag. An der Tötung des Jugendfreundes hätte sich Flo Kerschhackl trotz seiner sonstigen Defizite niemals beteiligt, aber jetzt wissen wir, dass sich seine Rolle im Fall Rexeisen ohnehin nur auf das Auslegen des Köders beschränkt hat. Mich wundert übrigens, dass sich bisher kein Angehöriger wegen seiner Verhaftung bei uns gemeldet hat.«

»Mich nicht«, sagte Feuersang sofort, »aber ich habe Cyriak Kerschhackl ja auch schon persönlich erleben dürfen.«

»Stimmt. Und der Mutter haben wir es erst gar nicht gesagt. Für seine Bagatelldelikte kriegt er als Vorbestrafter sicher noch sein Fett weg, aber nicht sofort. Ich brauche jetzt jedenfalls frische Luft zum Nachdenken«, schloss Jacobi.

27 EINE STUNDE SPÄTER kam er vom Spaziergang zum Justizgebäude zurück, das nur einen Katzensprung vom LGK entfernt lag. Die Uhren der Salzburger Kirchtürme schlugen gerade zwölf.

Trotz der anhängigen Delikte wie Einbruch, Autodiebstahl et cetera war Kerschhackl junior auf Betreiben des Referats 112 vorläufig aus der U-Haft entlassen worden, weil keine Flucht- und Verdunkelungsgefahr mehr bestand. Auch der Senior war informiert worden, woraufhin er die Beamten hatte wissen lassen, dass er den straffällig gewordenen Sohn von der Schanzlalm abholen werde.

Während Flo Kerschhackl die Habseligkeiten, die man ihm bei der Festnahme abgenommen hatte, an der Pforte ausgehändigt bekam, nutzte Oberkiberer Jacobi die Gelegenheit, um noch einige Worte mit ihm zu wechseln.

Als er nun wieder in seinem Büro am Schreibtisch Platz nehmen wollte, stürmte Kotek durch die Verbindungstür herein.

»Oskar, komm rasch in die Zentrale! Sie bringen die Verhaftung der Rexeisen auf ORF Regional. Das war vor einer guten Stunde, und auch deutsche TV-Stationen waren mit großem Besteck vor Ort. Jeden Augenblick muss man die Gasteiner Kollegen mit ihr aus dem Hotel kommen sehen.«

Sogar auf dem TV-Schirm war zu erkennen, dass die Auffahrt zum Babenberger Hof unpassierbar zugeparkt war. Etliche Übertragungswagen und Pkws der Journaille standen wie hingeworfen kreuz und quer in der Tauernstraße. Der Salzburger Regionalsender hatte alle Hände voll zu tun gehabt, sich in Position zu bringen, wie man an den verwackelten Clips unschwer erkennen konnte.

An der Eingangstür des Hotels erschien nun Leonie Rexeisen. Sie wurde von zwei Exekutivbeamten flankiert, die sie aus der Empfangshalle zu einem Dienstwagen der Bundesgendarmerie begleiteten. Die Kamera des Regional-TVs war inzwischen fixiert worden, sodass die Bilder nun gestochen scharf waren. Höllteufel und Hofstätter machten einen betretenen, ja fast verlegenen Eindruck, während sie die honorige Hofgasteiner Unternehmerin abführten. Umso energischer bemühten sie sich, die Verdächtige gegen die andrängende brüllende Meute und die aggressiv hingestreckten Mikrofone abzuschirmen.

Leonie Rexeisen wirkte so, wie man sie von den Jahren unter der Fuchtel ihres Mannes her kannte: erschlagen und gedemütigt. Doch plötzlich änderte sie ihre geduckte Haltung, sie richtete sich auf, nahm die schützend hochgehaltenen Hände herunter und blickte direkt in die Kamera des Regionalsenders. »Ich war's nicht, Jacobi! Denken Sie nach. Bitte, denken Sie nach und finden Sie den wahren Mörder.« Dann wurde sie von Höllteufel auf den Rücksitz des Einsatzfahrzeugs geschoben, während Hofstätter sich eilig hinters Lenkrad klemmte. An der Stelle brach die Übertragung ab, und eine Kommentatorin füllte die ihr noch zur Verfügung stehende Zeit mit haarsträubendem Kaffeesudlesen.

Als Kotek den Fernseher ausmachte, waren nicht nur ihre Augen auf Jacobi gerichtet. Alle warteten gespannt auf eine Reaktion des Chefs, die nicht auf sich warten ließ.

»Hans, du organisierst uns die Spusi am Fritzerkogel. Wir

brauchen unbedingt einen Hubschrauber des Innenministeriums, möglichst schon morgen früh. Max, du leitest die Aktion vor Ort, damit sich Stubenvoll auf seine Arbeit konzentrieren kann. Melanie und Leo, ihr vernehmt die Rexeisen, sowie sie hier eintrifft. Nach dem oscarreifen Auftritt ist zu erwarten, dass sie weiterhin darauf beharren wird, nicht schuldig zu sein. Das kann ziemlich haarig werden, Dr. Jungwirth sollte in Reichweite sein. Wer einen Rexeisen mehr als eineinhalb Jahrzehnte aushält, ohne endgültig zusammenzubrechen, der wird nicht so leicht zu knacken sein. Und checkt vor allem, ob die Beziehung zu Viebich tatsächlich *perdu* war – und wenn: seit wann.«

»Du zweifelst daran?«, fragten Kotek und Feuersang unisono. Trotz der plötzlichen Wendung im Fall Rexeisen herrschte Aufbruchstimmung, was wohl daran lag, dass das sogenannte Sechserpack nun wieder fast vollständig war und wie gewohnt an einem Strang zog.

Jacobis Antwort bestand aus den für ihn typischen hochgezogenen Schultern und nach oben gedrehten Handflächen. »Im Moment sehe ich nur diesen einen Ansatzpunkt. Wir müssen das Verhältnis der beiden zueinander bis zu den letzten Tagen genauestens durchleuchten. Entscheidend ist, ob Viebich die Rexeisen wirklich derart vor den Kopf gestoßen hat, dass sie seinen Tod während der Ballonfahrt billigend in Kauf genommen hat.«

»Vorausgesetzt natürlich, die Zwischenlandung am Fritzerkogel hat tatsächlich stattgefunden«, wandte Weider ein. »Einfacher wäre es nämlich andersrum.«

»Wie andersrum?«, fragte Haberstroh.

»Wenn sich Viebich durch den Mord an Rexeisen von seiner Schuld freigekauft und gleichzeitig selbst gerächt hätte.«

»So hätte sich eine Zwischenlandung erübrigt und alles wäre so abgelaufen, wie es die Spurenlage von Anfang an nahegelegt hat.« Haberstroh strahlte über seine kriminalistische Glanzleistung.

»So sehe ich das auch«, sagte Weider, wobei er um Zustimmung heischend in die Runde blickte. »Die Dornhaag hätte in ihrem Abschiedsbrief nur Viebichs Tod bestätigen müssen, während er in Wirklichkeit schon längst irgendwo auf Tauchstation gegangen ist, und schon gucken wir dumm aus der Wäsche.«

»Total abenteuerlich und realitätsfern«, kommentierte Feuersang die Theorie. »Wer hätte ihm denn garantieren können, dass die Dornhaag den Brief im Nachhinein auch wirklich schreibt und sich dann umbringt? Das ist doch an den Haaren herbeigezogen.«

»Aber nicht unmöglich. Er hätte mit der Knarre danebenstehen können«, sprang Haberstroh dem Innendienst-Chef zur Seite.

Feuersang blickte in gespielter Verzweiflung zur Decke. »Versteh ich euch richtig? Viebich, der bereits Diana auf dem Gewissen hat, diktiert ihrer Mutter, die ihn abgrundtief hasst, einen seitenlangen und äußerst persönlichen Brief, in welchem seine Geliebte zum Sündenbock gemacht wird, und zwingt die Dornhaag anschließend, einen letalen Cocktail zu trinken? Das soll irgendjemand glauben?«

Weider und Haberstroh blickten nun doch etwas betreten.

»Ihr kennt Anneliese Dornhaag nicht«, schaltete sich Jacobi wieder ein. »Diese Frau hätte sich niemals zwingen lassen, auch nicht mit einer Pistole an der Schläfe. Ein solcher Deal hätte nur von ihr ausgehen können.«

»Und das ist er auch«, bekräftigte Feuersang. »Nur eben mit Protagonistin Leonie, die nach getaner Tat von ihr in logischer Konsequenz hingehängt wurde. Weshalb also hätte sich die Mutter Dianas an Viebich, den Schänder ihrer Tochter, wenden und ihn auch noch davonkommen lassen sollen?«

»An Viebich hat sie sich bestimmt nicht gewandt«, pflichtete ihm der Chef nachdenklich bei. »Außerdem würde mich brennend interessieren, warum die Dornhaag sich von Flo Kerschhackl Abhör-Equipment hat liefern lassen. Er hat mir das vorhin erzählt – war so erleichtert, weil ich mich für seine einstweilige Entlassung eingesetzt habe.«

»Hätte sie Leonie Rexeisen abhören wollen, hätte sie das doch von ihm direkt vor Ort machen lassen«, stellte Kotek lapidar fest.

»Richtig. So gesehen wird Dornhaags Verhalten immer mysteriöser, und eben deshalb wirst du, lieber Hans, die sogenannte

Zwischenlandung auch auf Herz und Nieren prüfen«, wandte er sich an Weider. »Start war um neun Uhr auf der Postalm, die Landung nicht später als zwölf Uhr in der Ecklgruben. Die exakte Zeit wissen wir noch immer nicht, deshalb müssen wir jedes verdammte Lüftchen berücksichtigen, das die Ballonfahrt beschleunigt oder verlangsamt haben könnte.«

»Aber auf alle Fälle müssen wir auch die von der Dornhaag genannte Lebensgefährtin Viebichs in Spittal checken«, führte Kotek zum Ausgangspunkt des Diskurses zurück.

Jacobi nickte nachdrücklich. »Klar, das ist die *conditio sine qua non*. Sie kann uns helfen, die Glaubwürdigkeit des Briefes richtig einzuschätzen. Sollte Viebich seiner Leonie tatsächlich eine Lebensgefährtin vorenthalten haben, dann hat möglicherweise auch der restliche Inhalt Hand und Fuß.«

»Ich werde sofort den Kollegen Major Glantschnigg in Klagenfurt kontaktieren. Der erledigt so was im Handumdrehn. Wenn Viebichs angebliche Bettgenossin in seinem ehemaligem Haus nun aber eine biedere Haushälterin oder Zugehfrau sein sollte – oder überhaupt gar nicht existiert, was dann?«

»Dann sehen wir genauso alt aus wie das Briefpapier von Anneliese Dornhaag, in das sie uns posthum eingewickelt hat.«

28 WIEDER ALLEIN im Büro, brütete Jacobi vor sich hin, ärgerte sich über die eigene Unschlüssigkeit und griff nach mehreren Anläufen schließlich doch zum Telefon.

Eben in der Runde hatte er noch betont, er würde vorläufig nur einen Ansatzpunkt sehen, aber das war nicht die ganze Wahrheit. Schon seit seinem Besuch bei der Milchmesser-Mizzi beschäftigte ihn eine Vermutung, die er seinen Mitarbeitern bisher vorenthielt, obwohl ihn die Äußerung von Flo Kerschhackl, Anneliese Dornhaag hätte sich niemals direkt an Leonie Rexeisen gewandt, doch darin bestärkt hatte.

Gendarmeriemajor Oskar Jacobi hatte vor wenigen Dingen auf der Welt Angst, seine Zivilcourage war fast sprichwörtlich, und wenn sein Spitzname Terrier fiel, führte das bei Ganoven und allzu saturierten Beamtenschädeln gleichermaßen zu starkem Unbehagen. Nur eines fürchtete der Mittvierziger: sich vor Leuten lächerlich zu machen, die ihm etwas bedeuteten.

Immerhin hatte er jetzt Glück, und Maria Gamsleder war zu Hause. »Hallo, Frau Gamsleder, Jacobi hier.«

»Grüß Sie, Herr Major. Das war ja ein Mordsauflauf vorhin beim Babenberger Hof. Halb Hofgastein ist auf den Beinen. Alle hecheln den Selbstmord der unglücklichen Anneliese und die Verhaftung der Rexeisen-Witwe beim Nachbarn oder am Stammtisch durch. Ich war auch gerade bei einer Freundin, aber deshalb rufen Sie bestimmt nicht an. Also, wo drückt der Schuh?«

»Freundin, das ist ein gutes Stichwort. Erinnern Sie sich noch, dass Sie mir erzählt haben, Diana habe viel zu spät und nur auf Drängen ihrer Mutter und einiger Freundinnen Anzeige gegen die vier Vergewaltiger erstattet? Können Sie mir über die Freundinnen Näheres sagen, zum Beispiel deren Namen?«

»Puh, die weiß ich jetzt wirklich nicht mehr. Anneliese hat die Dirndln zwar hie und da erwähnt, später aber auch betont, dass nur eine von ihnen Diana wirklich zur Seite gestanden hat. An den Namen kann ich mich beim besten Willen nicht mehr erinnern.«

»Und Sie haben auch keine Ahnung, wo ich die Dame heute finden könnte?«

Eine Zeit lang herrschte Schweigen am anderen Ende der Verbindung. Das Warten wurde für Jacobi zur Geduldsprobe. »Vielleicht war es eine von den Turnerinnen«, meldete sich die Milchmesser-Mizzi schließlich wieder.

»Turnerinnen?«

»Diana war Mitglied beim Gasteiner Damen-Turnverein Spagat. Dem Hörensagen nach hat sie trotz ihres Pädagogik-Studiums in Salzburg nie auch nur einen der Freitagabend-Termine sausen lassen, was für ein Mädchen dieses Alters eigentlich normal gewesen wäre.«

»Das hört sich an, als wären Sie selbst auch Mitglied dieses Vereins?«

»Ausgerechnet in diesem bin ich nicht, aber sonst bei fast jedem.« Maria Gamsleder lachte. »Nein, Scherz beiseite: Im Spagat ist von achtzehn bis achtzig alles vertreten, und seine Mitglieder machen jedes Jahr einen Wochenendausflug irgendwohin, wo's schön ist. Mehr weiß ich von dem Verein auch nicht. Die Tochter meiner Nachbarin ist schon seit fünfzehn Jahren dabei. Ich glaube, mich zu erinnern, dass sie eine verschworene Gruppe von vier Mädchen erwähnt hat, die viel unternahm, aber mehr weiß ich nun wirklich nicht.«

»Schade, das hätte mir viel Zeit erspart.«

»Anna Ährenegger, die Tochter meiner Nachbarin, kann Ihnen sicher weiterhelfen. Sie ist so alt, wie Diana heute wäre, und war schon damals im Verein.«

»Sie meinen, auch wenn sie nicht zu dieser Viererbande gehört hat, kann sie sich zumindest an die Namen erinnern?«

»Exakt. Anna ist in der Bezirkshauptstadt St. Johann im Pongau verheiratet und arbeitet als Verkäuferin bei Intersport im Outlet-Center Bischofshofen.«

»Kennen Sie ihre Privatadresse?«

»Moment, da muss ich nachsehen.«

Wenige Sekunden später meldete sie sich wieder, gab Jacobi die Adresse durch, fügte aber gleich hinzu: »Um diese Zeit ist die Anna sicher im Sportgeschäft. Ihre Handynummer hab ich leider nicht, aber ich könnte zu ihrer Mutter, meiner Nachbarin –«

»Lassen Sie nur, Frau Gamsleder. Ich möchte ohnehin persönlich mit der Dame sprechen. Aber ich habe noch eine andere Frage zu dem Parkplatz, auf dem Rexeisen den Tod gefunden hat. Könnte es da irgendeinen Bezug zu Diana, zu Rexeisen oder gar zu beiden geben?«

»Hm«, machte die Milchmesser-Mizzi am anderen Ende der Leitung, »vielleicht gibt es den sogar. Es hieß damals, Diana sei nach jenem schicksalhaften Besuch bei Rexeisen halbnackt am Busbahnhof herumgeirrt. Der Bergbahn-Parkplatz schließt direkt an den Busbahnhof und einen anderen Parkplatz an.«

»Wahrscheinlich hat sie noch unter Drogeneinfluss gestanden«, sagte Jacobi mehr zu sich selbst als zu seiner Gesprächspartnerin, »und wurde nach der Vergewaltigung dort ausgesetzt.«

»Die arme Menschin!«, echauffierte sich die resolute Gasteinerin auch noch nach so langer Zeit. »Aber ja, jetzt fällt's mir wieder ein: Ein Spätheimkehrer soll sie gesehen und ihren Zustand erkannt haben. Er hat dann die Gendarmerie gerufen.«

»Dann müsste auch ein Bericht dazu existieren, den wir raussuchen werden. Vielen Dank, Maria! Es könnte durchaus sein, dass Sie abermals die Weichen für uns richtig gestellt haben.«

»Bitte, gern geschehen.« Sie war hörbar geschmeichelt, vom Major mit dem Vornamen angesprochen worden zu sein. »Und wenn Sie wieder nach Hofgastein kommen, schaun Sie bei mir vorbei, Oskar. Ein Kiberer wie Sie ist jederzeit in meinem Haus willkommen.«

Er legte auf und ging in Melanie Koteks Büro hinüber. Sie telefonierte gerade, bat aber den Teilnehmer um eine kurze Unterbrechung und wandte sich Jacobi zu. »Was ist?«

»Ich muss kurz nach Bischofshofen, möchte aber über eure Fortschritte bei der Suche nach der Viebich-Freundin und über die Vernehmung von Leonie Rexeisen laufend informiert werden, geht das?«

Sie deckte den Hörer mit der anderen Hand ab. »Klar, aber warte kurz. Ich habe grad Glantschnigg dran. Seine Leute in Spittal sind echt auf Draht. Stell dir vor, die stehen schon bei dieser Ludmilla Senegatschnigg auf der Matte, obwohl sie inzwischen woanders gemeldet ist. Er ruft wieder an, wenn sie ihre Ermittlungen abgeschlossen haben.« Sie hielt das Telefon wieder ans Ohr und verabschiedete sich vom Kärntner Kollegen, der ihr noch einige Nettigkeiten zu sagen schien, so wie sie dabei grinste.

»Was erheitert dich so?«, fragte Jacobi misstrauisch.

»Glantschnigg lässt fragen, ob dir die Großkopferten dein Glück bei den Frauen neiden, weil du trotz deiner Verdienste erst vor Kurzem zum Major befördert worden bist.«

Glantschnigg kannte Kotek persönlich und machte selbst bei Dienstgesprächen keinen Hehl aus seiner Verehrung für sie, was von Jacobi naturgemäß wenig goutiert und auch schon mal als unverschämtes Ranschleimen heruntergemacht wurde.

»Er ist doch selbst erst Major. Typisch Kärntner, immer nur

die Weiber im Schädel! War der Landtagsabgeordnete, der da pudelnackt und im Clinch mit einer Wörthersee-Beauty von einer Wild-Fotofalle abgelichtet worden ist, nicht sein ehemaliger Vorgesetzter?«

Als wieder das Telefon läutete, nahm Kotek den Anruf entgegen und rief Jacobi, der bereits die Tür hinter sich schließen wollte, noch hinterher: »Warte mal, ich höre eben, dass Leonie Rexeisen in die Vernehmung eins gebracht wird. Ihr Anwalt soll in den nächsten Minuten eintreffen.«

»Dr. Stuhlbein?«

»Ja.«

»Dann wartet auf jeden Fall mit der Vernehmung, bis er da ist. Wir dürfen uns keine Formalfehler erlauben.«

Sie unterließ es zu fragen, warum er jetzt, wo sich die Ereignisse überschlugen, unbedingt nach Bischofshofen fahren musste. Wenn Jacobi ungelegte Eier mit sich herumtrug, war es nicht nur zwecklos, sondern auch nicht ratsam, ihn darauf anzusprechen. Kotek wollte die am Vortag beigelegten beruflichen Differenzen nicht schon wieder aufleben lassen, indem sie ihn daran erinnerte, dass die Stärke des Sechserpacks immer schon in der Teamarbeit gelegen hatte. Natürlich war sie froh und stolz gewesen, als ihr Dürnberger gleich nach ihrer Rückkehr an das Referat 112 einen eigenen Fall übertragen hatte, aber dass Jacobi jetzt in puncto Großzügigkeit unbedingt noch einen draufsetzen musste, indem er sie die Vernehmung von Leonie Rexeisen im Beisein von Staranwalt Ruben Stuhlbein allein durchführen ließ, das war definitiv zu viel des Guten. Doch, sie musste etwas sagen.

»Okay, Oskar, wirklich gut, dass du das Thema selbst anschneidest: Ich fühle mich nämlich überhaupt nicht zurückgesetzt, wenn du Leonie Rexeisen verhörst, und ich bin auch gar nicht heiß darauf, deinen Fall zu vergeigen, weil mir Ruben Stuhlbein einen Formalfehler um die Ohren haut oder ich ein Detail übersehe. Du warst von Anfang an dabei, während ich nur Feuersangs Berichte gelesen habe, was nicht dieselbe Qualität ist. Mir wär es lieber, wenn du die Vernehmung führst.«

»Aber —«

»Kein Aber. Nach Bischofshofen kannst du später auch noch fahren.«

Das klang forsch, doch als er ihren bittenden Blick sah, gab er nach.

29   RUBEN STUHLBEIN war nicht mehr der Jüngste, sah in dem tadellosen dunklen Zweireiher und den sorgfältig gestutzten weißen Haaren aber gepflegt und Respekt gebietend aus wie eh und je. Nachdem der junge Anwalt, der ihn begleitete, ihm die Tür zum Vernehmungsraum eins geöffnet hatte, sah er sich sofort nach einer Sitzgelegenheit für seinen Boss um. Zum Glück hatte Haberstroh eben noch zwei Sessel aus der Zentrale geholt. Stuhlbein legte Wert auf Umgangsformen und konnte sehr reserviert werden und am Buchstaben kleben, wenn Exekutivbeamte mangelhafte Manieren an den Tag legten.

Als der Grandseigneur der westösterreichischen Anwaltsszene eingetreten war, hatten sich Major Jacobi und Chefinspektor Feuersang erhoben.

»Einen guten Tag den Damen, den Herren!« Stuhlbeins Stimme erinnerte an das Knarren alter rostiger Türangeln. Er nahm neben Leonie Rexeisen Platz, die auf jenem Stuhl saß, auf dem sich am Vortag Florian Kerschhackl auch ohne Rechtsbeistand gar nicht so ungeschickt verteidigt hatte und deshalb vorläufig auf freien Fuß gesetzt worden war. Die Witwe trug das hellgraue Escada-Ensemble, das man bereits im Fernsehen an ihr gesehen hatte. Der dritte Stuhl auf dieser Tischseite blieb frei, denn Stuhlbeins Gehilfe hatte seitlich hinter ihm Aufstellung genommen.

Der Staranwalt deutete lässig hinter sich. »Das ist Dr. Orfeo Kozythomantis, ein Mitarbeiter unsrer Kanzlei.« Dann wandte er sich sofort an seine Mandantin und ersuchte sie in gedämpfter Lautstärke um bestimmte Verhaltensweisen.

Auch die Ermittler setzten sich wieder und nahmen ihre Unterlagen zur Hand, die unter anderem Kopien des Schreibens von Anneliese Dornhaag enthielten. Feuersang schaltete den Rekorder ein und sprach peinlich genau alle relevanten Daten vorweg auf Band.

Noch ehe einer von ihnen das Wort an Leonie Rexeisen richten konnte, schlug der alte Fuchs Stuhlbein auf der gegenüberliegenden Seite gleich einmal die Pflöcke ein: »Was genau wirft man meiner Mandantin eigentlich vor, Jacobi? Nachdem die Staatsanwaltschaft zwar einen Haftbefehl ausgestellt, gleichzeitig aber auf Ihr Betreiben eine einstweilige Nachrichtensperre verhängt hat, muss die Frage geklärt sein, ehe wir auch nur mit der Vernehmung beginnen.«

»Frau Rexeisen wird von Frau Anneliese Dornhaag posthum in einem von Hand geschriebenen Brief beschuldigt, aktiv an der Ermordung ihres Gatten Alarich Rexeisen mitgewirkt zu haben«, sagte der Major.

»Die Echtheit des Briefes ist überprüft?«, kam es von Dr. Kozythomantis wie aus der Pistole geschossen.

»Wir sind dabei, sie zu überprüfen«, erklärte Jacobi. Er hatte den Einwand erwartet. »Sie wissen, dass so etwas seine Zeit dauert. Die Anschuldigungen in dem Schreiben sind allerdings so massiv und detailliert, dass die Staatsanwältin die Verhaftung anordnen musste, noch ehe eine Expertise vorlag.« Wohlweislich fügte er hinzu: »Da aber Frau Rexeisen nach wie vor nicht die einzige Verdächtige ist, haben wir die Nachrichtensperre verfügt. Im Zuge der nun folgenden Vernehmung wird der Brief von Kollegin Leutnant Kotek verlesen werden, wobei Ihre Mandantin und Sie aufgerufen sind, sowohl zum Text als auch zu den anhängigen Fragen Stellung zu nehmen.«

»Worauf Sie sich verlassen können, Herr Major«, brummte Stuhlbein.

»Zunächst aber hätten wir gern ein paar Auskünfte eingeholt«, sagte Jacobi unbeeindruckt. »Leo, bitte.«

Die Witwe blickte starr auf Feuersang, dessen bukolische Physiognomie sie schon in der Ecklgruben aus der Fassung gebracht hatte. Der Besitzer des Gesichts rückte umständlich seinen Sessel zurecht und schaute mit gerunzelter Stirn in seine Unterlagen.

»Frau Rexeisen, warum wollten Sie so unbedingt an dieser Heißluftballonfahrt teilnehmen?«, begann er seinen Katalog abzuarbeiten.

Sie zuckte etwas übertrieben mit den Achseln. »Soll ich sagen, weil ich einen Luftfahrerschein besitze, oder was wollen Sie hören? Ich habe Ihnen die Antwort schon oben in der Ecklgruben gegeben.«

»Sie sind dabei aber sehr allgemein geblieben und sagten nur, man habe Ihnen zugetragen, dass Ihr Mann eine Gemeinheit vorgehabt hätte. Wir würden nun gern die Details erfahren.«

»Ich wusste von Lars, dass Ali ihn, Flo und die drei Callgirls im Jagdhaus unter Drogen setzen und die zu erwartende Orgie von Simon filmen lassen wollte. Diese neuerliche Eskalation zwischen Ali und Lars musste natürlich unbedingt verhindert werden, deshalb wollte ich dabei sein. Da aber Lars aus dem Kar geflüchtet war, konnte ich Major Jacobi und Ihnen das nicht sagen, ohne ihn zusätzlich zu belasten.«

»Mit Simon meinen Sie Simon Schoissengeier, den anderen Hausmeister?«

»Ja. Lars hatte den Tipp von Flo, und der hatte ihn von Simon, der ihm noch etwas schuldete. Mir hätte Schoissengeier so etwas niemals verraten. Obwohl ich seine Chefin bin, ließ er mich gern spüren, dass ihm Ali die Mauer machte. Aber nun wird sich diesbezüglich ja einiges ändern.«

»Danke. Nächste Frage«, setzte Feuersang fort. »Womit haben Sie Kerschhackl gedroht, damit Sie vorerst ohne das Wissen Ihres Mannes anstelle eines der Escort-Mädchen mitfahren konnten?«

»Mit allem Möglichen: dass ich ihn beim Drogen-Referat anzeige, dass ich einen Drogenhund fürs Hotel bestellen würde – aber eigentlich hat es schon genügt zu sagen, ich würde den Dealer auffliegen lassen, bei dem Ali das Kokain für ihn und seine wohlfeilen Schicksen besorgt.«

»Sie kennen diesen Dealer?«

»Iwo! Glauben Sie wirklich, Ali hätte bei auch nur einem illegalen Geschäft – und wäre es nur der Erwerb einer Prise Koks gewesen – einen Zeugen geduldet? Er hat niemandem getraut und mir schon gar nicht. Ich hab nur geblufft, aber es hat gewirkt. Flo hat sich angestrengt, sodass die Leitung von ›Ballooning Escort‹ gegen die Damen-Rochade nichts einzuwenden hatte.«

»Na gut, dann gehen wir zur dritten Frage über: Warum haben Sie beim Aufrüsten des Ballons mitgeholfen, Frau Rexeisen?«

»Weil es an und für sich üblich ist, dass dabei auch die Passagiere helfen. Und nachdem ich anstelle einer Pilotin dazugestoßen bin, war das ja wohl selbstverständlich.«

»Sie haben sich bei dieser Gelegenheit nicht zufällig an den Sektflaschen zu schaffen gemacht?«

»Nein, das habe ich nicht.« Leonie Rexeisens Stimme klang auffallend gefestigt.

»Dann die vierte Frage: Haben Sie von dem Sekt getrunken, der vor dem Start gereicht wurde?«

»Natürlich. Was hätte auch dagegensprechen sollen? Wenn Sie es nicht glauben, können Sie ja die Fotos anschauen, die der Flo gemacht hat. Darauf kann man es bestimmt sehen.«

»Auf den Fotos führen Sie das Glas zum Mund, aber es ist für den Betrachter nicht erkenntlich, ob Sie tatsächlich daraus trinken.«

»Ich habe aber getrunken, und es hat mir auch sehr bald die Beine weggezogen«, beteuerte die Befragte. Ihre Wangen röteten sich.

»Das sind nur Testfragen, gnädige Frau«, versuchte Stuhlbein sie zu beruhigen. »Die Ermittler erwarten nicht ernstlich ein Nein von Ihnen, sie beobachten nur, wie Sie reagieren. Also bleiben Sie locker, ich pass schon auf, dass Sie nicht über den Tisch gezogen werden. – Und Sie, Chefinspektor, unterlassen gefälligst das Nummerieren der Fragen, wir können noch selbst zählen.«

»Okay, Doktor. Frau Rexeisen, würden Sie sich zutrauen, einen Heißluftballon zu starten und zu landen?«

»Diese Frage ist tendenziös und suggestiv und wird deshalb nicht beantwortet«, griff der Anwalt gleich wieder ein. »Die nächste Frage bitte.«

Feuersang warf einen Blick in seine Notizen. »Frau Rexeisen, seit wann wusste Ihr Mann über Sie und Viebich Bescheid?«

»Schon ziemlich lang. Er hat mich ja selbst vor elf Jahren auf ihn angesetzt, um den Jungstar der Drautal-Immobilien GesmbH leichter abzuwerben.«

»Hat Rexeisen diesen totalen Körpereinsatz auch bei anderen Gelegenheiten von Ihnen verlangt?«, klinkte sich jetzt Kotek in die Vernehmung ein. »Zum Beispiel, um Geschäftsabschlüsse voranzutreiben?«

Die Antwort ließ auf sich warten, fiel dann aber doch sehr bestimmt aus. »Ja, Lars war nicht der erste Mann, für den ich in Alis Auftrag die Beine breit machen musste. Aber selten war es mir ein Vergnügen wie bei Lars.«

»Sie haben sich in ihn verliebt?«

Sie nickte. »Sofort. Es war nicht vorgesehen, aber es passierte halt. Aus Angst vor Ali haben wir nach den ersten Begegnungen unsre Liebe nicht weiter ausgelebt. Aber deshalb verkümmerte sie noch lang nicht, sie schlief nur. Und vor fünf Jahren loderte sie auf einer Betriebsfeier der Immo-Rex plötzlich wieder hell auf. Wir schlichen uns von der Party im Braugasthof Hubertus davon und liebten uns gleich an der nächsten Straßenlaterne.«

Jacobi fiel unwillkürlich der Weltkriegshit »Lilli Marleen« von Lale Andersen ein. Er linste verstohlen zu Stuhlbein, aber der verzog keine Miene bei der ebenso romantischen wie klischeehaften Schilderung seiner Mandantin.

»Von da an trafen wir uns regelmäßig«, fuhr Leonie Rexeisen fort, »wobei der Zwang zur Diskretion unsre Liebe nur prickelnder machte und frisch hielt. Mit der Zeit wurden wir jedoch unvorsichtig, und vor drei Jahren ist Ali dahintergekommen.«

»Wie hat er darauf reagiert?«, wollte Kotek wissen.

»Dass ich mit Lars schlief, war ihm völlig egal. Im Gegenteil: Er genoss die Ménage à trois, während er uns gleichzeitig das Gefühl vermittelte, wir täten ihm Unrecht. Von dieser Position aus konnte er uns wie Schachfiguren dorthin schieben, wo er uns gerade brauchte. Und nebenher spielte er mit uns nach wie vor seine Spielchen. Zum Beispiel ließ er mich von Schoissengeier oder Flo bespitzeln, und nachdem er im Jahr zuvor kaum noch

Interesse an mir gezeigt hatte, wollte er plötzlich wieder mit mir schlafen und mich dabei verprügeln. Natürlich meistens dann, wenn ich mit Lars verabredet war.«

»Dabei waren Sie zur fraglichen Zeit noch nicht einmal mit Rexeisen verheiratet?«, merkte die Beamtin auf der anderen Tischseite an.

»Noch nicht. Als er dann aber kurz darauf seinen Schlaganfall hatte und ein ohnmächtiger Krüppel zu sein schien, nur mehr ein Schatten seiner selbst, da packte er die Mitleidsmasche aus und ich dumme Kuh fiel noch einmal auf ihn rein. Dabei hatten mich alle so eindringlich davor gewarnt.«

»Alle?«

»Freunde und Klienten aus Gastein, aber vor allem natürlich Lars und auch dessen Eltern.«

»Sie kennen die Eltern von Lars Viebich?«, fragte Jacobi sofort.

»Ja, Lars hat mich ein paarmal auf ihren Hof in Stockenboi mitgenommen. Es sind nette, einfache Leute, die trotz ihres Erfolgs am heiß umkämpften Markt für luftgetrockneten Schinkenspeck auf dem Boden geblieben sind. Besonders der Vater drängte Lars und mich, von Gastein wegzugehen. Damals war allerdings noch keine Rede davon, dass ich Ali heiraten könnte.«

»Und warum wollte der alte Viebich dann, dass Sie weggingen?«

»Er hielt Ali für einen gefühl- und charakterlosen Menschen, einen Soziopathen, der uns nur hinunterzog. Wenn Lars zum Beispiel mit seinen Erfolgen bei riskanten Spekulationsgeschäften prahlte, schüttelte sein Vater nur den Kopf und meinte, die Gier sei der Fluch unsrer Zeit. Wäre er seinerzeit mit der Geduld der Yuppie-Generation an die Erzeugung seines Specks herangegangen, dann würde er heute todsicher vor den Trümmern seiner Existenz stehen.«

»Ein kluger Mann, der alte Viebich«, sagte Jacobi, was ihm einen schrägen Blick von Stuhlbein eintrug.

»Weil gerade von Geschäften die Rede ist, Frau Rexeisen«, nahm Feuersang auf ihre Schilderung Bezug, »hätte ich auch dazu eine Frage: Wir wissen von Flo, dass sein Vater —«

»Flo? Wer soll das sein, Chefinspektor?«, unterbrach Kozythomantis.

»Verzeihung. Ich wollte natürlich sagen, dass Florian Kerschhackl uns von einer verlustreichen Spekulation seines Vaters berichtet hat, über die sich Rexeisen auch noch lustig gemacht haben soll. Wissen Sie Näheres darüber?«

»Ich weiß nur, dass Cyriak vor einigen Jahren, lange noch vor Alis Schlaganfall, bei einem von einer US-Bank beworbenen Aktiendeal furchtbar auf die Nase gefallen sein soll«, gab Leonie Rexeisen bereitwillig Auskunft. »Er war damals hinter einer Erbschaft her, das hat ihn abgelenkt, und — patsch! — schon hatte es ihn erwischt.«

»Das hat Ihnen Ihr Mann erzählt?«

»Ja.«

»Können Sie den Umfang des Verlusts eventuell —?«

»Nein, ich habe keine Ahnung, was beziehungsweise wie viel Cyriak damals in den Sand gesetzt hat. Ich weiß nur, dass Ali ein Mordsschwein gehabt hat, dass er da nicht mitgegangen ist. Aber nicht etwa, weil er den Braten gerochen hätte, sondern weil er zu dieser Zeit an einem anderen Deal dran war.«

»Dennoch hat er sich für seinen Instinkt feiern lassen«, zitierte Feuersang aus dem Vernehmungsprotokoll von Florian Kerschhackl.

Leonie Rexeisen lachte kurz und bitter auf. »Ali hat sich ständig für seine Erfolge feiern lassen. Und wenn grad mal Mangel an ihnen herrschte, erfand er welche.«

»Noch eine Frage zum Verhältnis der beiden zueinander«, knüpfte Jacobi daran an. »Mir ist natürlich bewusst, sie in ähnlicher Form schon einmal gestellt zu haben: Könnte Ihr Mann seinen Kumpan erpresst haben? Zum Beispiel mit Filmaufnahmen, die im Jagdhaus gemacht wurden, so wie sie auch nach der Ballonfahrt geplant waren?«

»Und ich muss Ihnen wie vor ein paar Tagen antworten: Ich weiß es nicht, aber möglich ist es durchaus. Wenden Sie sich diesbezüglich an Schoissengeier.«

»Okay. Leo, hast du vorläufig noch Fragen?«, wollte Jacobi nun wissen.

Als Feuersang mit einer knappen Kopfbewegung verneinte, wandte sich der Major wieder an die Witwe des Ermordeten: »Aber ich hätte noch eine, bevor ich den Brief verlesen lasse: Warum sagten Sie oben in der Ecklgruben so beiläufig, es sei etwas Schreckliches passiert?«

Die Augen der Einvernommenen nahmen einen seltsam glasigen Ausdruck an. »Na, war der Absturz von Ali denn etwa nicht schrecklich?«, antwortete sie leise.

»Ich sag Ihnen was, Frau Rexeisen: Sie hatten in diesem Moment nicht den Tod Ihres Mannes vor Augen.« Jacobi wurde lauter. »Sie haben damit etwas anderes gemeint – und zwar was?«

»Was fällt Ihnen ein, Jacobi?«, fuhr Stuhlbein sofort dazwischen. »Die Frage wurde bereits beantwortet.«

Aber der Terrier war längst nicht so verärgert, wie er sich gab. Seine Attacke hatte ihren Zweck bereits erfüllt. »Nun gut, dann beginnen wir jetzt mit dem Verlesen des Briefs. – Melanie, bitte.«

30 KOTEK BEGANN zu lesen. Während der ersten dreißig Zeilen wurde sie weder von Leonie Rexeisen noch von den Anwälten unterbrochen. Erst an der Stelle *»Ich glaubte, noch ein anderes Eisen im Feuer zu haben: Leonie, unsere ehemalige Buchhalterin«* wurde die Witwe sichtlich unruhig. Allerdings äußerte sie sich zu Jacobis nicht geringer Überraschung nicht zu der Behauptung Dornhaags, ihr, Leonie, wäre von ihrem Mann mit dem Tod gedroht worden, sollte sie ihn verlassen. Sie stoppte sogar Stuhlbein mit einer Handbewegung, als er Einspruch erheben wollte.

Erst der Vorwurf, sie hätte beim zwar absehbaren, aber doch sehr plötzlichen Tod von Rexeisens erster Frau die Hand im Spiel gehabt, brachte sie merklich aus der Fassung. Ruckartig wandte sie sich ihrem Anwalt zu und begann aufgebracht mit ihm zu flüstern. Doch schon nach kurzer Zeit bedeutete ihr Stuhlbein, sich zu beruhigen.

»Meine Mandantin möchte zu diesem Anwurf Stellung beziehen«, sagte er an alle gewandt. »Bitte, Frau Rexeisen.«

»Livia Artenstein-Rexeisen ist vor nunmehr fünfzehn Jahren an einem besonders aggressiven Magenkrebs gestorben«, begann die Beschuldigte mit belegter Stimme. »Der Tumor füllte den ganzen Magen aus, sodass sie schon Monate vor ihrem Tod nur mehr intravenös ernährt werden konnte. Sie wurde nur deshalb noch operiert, damit sie nicht am eigenen Magensaft erstickte. Danach hat man sie austherapiert auf eigenen Wunsch nach Hause entlassen.«

Feuersang winkte ungeduldig ab. »Das wissen wir alles, Frau —«

»Lassen Sie meine Mandantin ausreden, Chefinspektor«, schnitt ihm Stuhlbein das Wort ab, und jetzt war es Jacobi, der die Hand beschwichtigend auf den Arm seines cholerischen Kollegen legte.

»Ich war damals bei der Steuerberatungskanzlei Ritzinger & Co. angestellt«, setzte die Witwe fort. »Die Rexeisens waren wie andre Firmen und Hoteliers unsre Klienten. In meiner Funktion als Lohnbuchhalterin habe ich von Zeit zu Zeit im Babenberger Hof und im Braugasthof vorgesprochen. Auch als Livias Krankheit schon sehr weit fortgeschritten war. Aber ich versichere Ihnen, dass ich mich kein einziges Mal allein mit ihr in einem Raum aufgehalten habe.«

»Waren Sie damals schon mit Ihrem späteren Mann liiert?«, fragte Jacobi.

»Ja, aber das alles war noch sehr unverbindlich«, bestätigte Leonie Rexeisen ohne Zögern.

»Und als Frau Artenstein-Rexeisen starb, wo waren Sie da?«

»Da war ich tatsächlich beruflich im Hotel, fand aber keinen Ansprechpartner. Ich wusste nicht, dass Ali in Salzburg auf einer Gastgewerbe-Tagung war und hoffte, dort zum Spartenobmann gewählt zu werden. Und genauso wenig ahnte ich, dass Livia in diesen Minuten ihre Augen für immer schloss und das Stammpersonal sich deshalb und wegen der schlechten Optik ziemlich reserviert mir gegenüber verhielt.«

»Sie bekamen die Sterbende an diesem Tag also gar nicht zu sehen?«, assistierte Stuhlbein.

»Nein, ich war nicht einmal in ihrer Nähe, außerdem ist der Vorwurf absurd, wenn man weiß, wie es um Livia damals schon seit Tagen stand.«

»Und so etwas ließe sich auch heute noch problemlos nachprüfen«, ergänzte Orfeo Kozythomantis nicht ohne süffisanten Unterton.

Jacobi sah ihn von unten an. »Das werden wir tun, keine Sorge, Herr Advokat.«

»Rechtsanwalt Dr. Kozythomantis, Herr Major.«

»Frau Rexeisen, uns ist bewusst, dass die Causa Dornhaag schon vor Jahren vom Oberlandesgericht Linz abgeschlossen worden ist«, fuhr der Gemaßregelte fort, wobei er die Pingeligkeit des Anwalts geflissentlich überging. »Doch zwischen dem Mord an Ihrem Mann und der unterstellten Vergewaltigung von Diana samt Folgen besteht zweifellos ein Zusammenhang, der uns zwingt, die Angaben von Anneliese Dornhaag auch vor diesem Hintergrund zu beleuchten.« Er wandte sich an Kotek: »Melanie, überspring bitte die Stelle mit den Betriebsgeheimnissen und fang dort an, wo es heißt: Ich habe ihr also das Angebot unterbreitet ...«

»Ich habe ihr also das Angebot unterbreitet, sich mit meiner Hilfe von Alarich Rexeisen zu befreien – und sie war einverstanden, ohne Wenn und Aber«, zitierte Kotek aus der Abschrift.

Leonie Rexeisen schüttelte energisch den Kopf. »Aber das ist schlichtweg gelogen. Anneliese Dornhaag hätte sich nie in irgendeiner Angelegenheit an mich gewandt! Sie hasste mich inbrünstig, fast ebenso wie Ali und Lars. Ich habe mich gestern schon bezugnehmend auf die Causa Diana Dornhaag von Dr. Stuhlbein beraten lassen. Wie Sie richtig sagen, ist in dieser Angelegenheit schon vor Jahren ein Urteil ergangen und eine allfällige Straftat wäre längst verjährt, deshalb räume ich gern ein, dass ich damals dabei war, als Ali sein Lieblingsspiel, die Schweine der Circe, mit der schönen Diana als Hauptfigur aufzog.«

»Die Schweine der Circe?«, wiederholte Jacobi verblüfft.

»Ja. Wie so mancher Parvenü war auch Ali trotz seines ausgeprägten Egos nicht ganz frei von Komplexen. Er hatte nur die Volksschule besucht und empfand als erfolgreicher Erwachsener seine rudimentäre Bildung als Makel. Während er nur wenig Respekt vor dem derzeitigen Spätkapitalismus hatte, in dem er sich mit traumwandlerischer Sicherheit bewegte, entwickelte er ab vierzig ein Faible für die Klassik und Renaissance. Dass der damit verbundene Humanismus seiner eigenen Dschungelphilosophie diametral gegenüberstand, störte ihn dabei nicht.«

»Und was hatte es mit den Schweinen der Circe auf sich?«, erinnerte Kotek an die Erklärung.

»Sie müssen das nicht im Detail ausführen, wenn Sie das Gefühl haben, dadurch in einem ungünstigen Licht zu erscheinen«, warnte Stuhlbein.

Die Witwe hielt kurz inne und senkte den Kopf. Erst nach einer Weile blickte sie wieder hoch. »Doch, ich möchte das sagen. Ich will mir diesen Dreck endlich von der Seele reden.« Noch einmal legte sie eine Pause ein, ehe es dann nur so aus ihr heraussprudelte: »Ähnlich wie Circe, jene Zauberin in der Odyssee, ihre Gäste mittels Drogen in brünstige Schweine zu verwandeln pflegte, hat es Ali mit arglosen Gästen, Jagdkameraden und anderen Kumpanen gemacht. Er, der selbst nie etwas nahm oder trank, unterwarf seine Opfer dabei den perversesten Torturen – zum Beispiel dem Rettich-Ritual, das die alten Griechen für Ehebrecher vorgesehen hatten.«

»Und? Was versteht man darunter?«, fragte Feuersang.

»Im frühantiken Griechenland wurde Ehebrechern und -brecherinnen zur Strafe ein Rettich in den Hintern gerammt. Ali fand es besonders witzig, wenn seine Gäste zunächst voll aufgedreht kreuz und quer kopulierten und dann zugedröhnt und von ihm solcherart bestraft im Loft oder im Jagdhaus herumlagen.«

»Und vor zehn Jahren lief so ein Schweinezirkus auch mit Diana Dornhaag ab?«, versuchte diesmal Jacobi auf den Punkt zu kommen.

»Ja. Sie bekam es zwar zunächst nicht mit, sie war ja vollkommen abgedreht, aber unglücklicherweise erinnerte sie sich nach einigen Tagen wieder und konnte das Erlebte nicht verkraften. Wäre ich immer so eine Mimose wie sie gewesen, hätte ich mich schon hundertmal umbringen müssen. Lars geht's da besser –

oder auch nicht: Jedenfalls weiß er hinterher nie, was auf den Partys passiert ist. Manchmal hat das auch was Gutes.«

Kotek spielte nachdenklich mit einem Kugelschreiber. »Kann Lars Viebich sich auch nicht an den Nachmittag mit Diana erinnern?«, fragte sie. Jacobi hielt sich jetzt bewusst zurück. Aus Erfahrung wusste er, dass sich Frauen seiner schönen Lebensgefährtin eher öffneten als ihm.

»An das Davor und Danach schon, aber nicht an die Ereignisse im Loft«, sagte Leonie Rexeisen erwartungsgemäß. »Sogar wenn wir in der Pension Anneliese zusammen im Bett sind, ist das manchmal ein Thema. Er klagt immer wieder über anhaltende Blackouts.«

»Tatsächlich? Und wie steht es mit den Vorfällen auf der GAST? Fallen die auch unter die Drogen-Amnesie?«

Leonie Rexeisen machte nicht den Eindruck, dass sie sich durch das Wortspiel provoziert fühlte. »Lars weiß, dass Ali, Flo und er nach der Messe in das Hotel gegangen sind, aber dann kann er sich erst wieder an die Heimfahrt erinnern. Ali fuhr den Mercedes G wie ein Irrer und war so wütend, dass Lars ständig fürchtete, sie würden von der Fahrbahn fliegen.«

Jacobi war nicht entgangen, dass die Witwe von ihrem verblichenen Gatten im Perfekt, vom Liebhaber aber im Präsens sprach, als würde er noch leben. Entweder hatte sie sich so gut unter Kontrolle oder sie war unschuldig – oder aber Viebich lebte tatsächlich noch. Schon die nächsten Minuten konnten darüber Aufschluss geben.

»Anneliese Dornhaag behauptet in ihrem Brief, Sie, Frau Rexeisen, hätten ihr sogar Geld für die Unterstützung bei der Beseitigung Ihres Gatten angeboten«, erhöhte Melanie Kotek den Druck.

»So ein Schmarrn! Sie hat Flo Geld angeboten, nicht ich ihr. So etwas Hirnrissiges, das wird ja immer verrückter.«

»Sie unterstellt des Weiteren, Ihre Beziehung zu Viebich sei längst in die Brüche gegangen. Sollte das der Fall sein, haben Sie es bisher geschickt überspielt.«

»Ich habe überhaupt nichts überspielt. Natürlich streite ich mich auch hin und wieder mit Lars, aber auf Augenhöhe, das ist wichtig. Und meistens landen wir hinterher im Bett, wie es in einer guten Beziehung sein sollte. Er wird mir noch erklären müssen, warum er da oben in der Ecklgrubn abgehauen ist, aber bisher hat er sich noch nicht bei mir gemeldet. Und auch dafür wird er eine plausible Erklärung haben.«

Ihre Stimme zitterte ein wenig, und Jacobi musste an den Anruf von Viebichs Mutter denken.

»Sagt Ihnen der Name Ludmilla Senegatschnigg etwas?«, schoss Kotek ihren nächsten Pfeil ab.

»Stopp!«, fuhr Stuhlbein dazwischen. »Wer soll das sein?«

»Das ist – oder besser gesagt: Das war die Haushälterin von Lars«, erklärte seine Mandantin anstelle von Kotek. »Da sein Haus weg ist, braucht er auch keine Haushälterin mehr.«

Aber die Kriminalbeamtin ließ nicht locker. »Sie wissen aber schon, dass Ludmilla Ihrem Lars nicht nur die Hemden gebügelt hat?«, insistierte sie weiter.

»Ich verstehe nicht, worauf Sie hinauswollen, Frau Kotek«, blockte Stuhlbein erneut ab. »Es geht hier doch um den Mord an Rexeisen, was haben da irgendwelche nebensächlichen Bettgeschichten zu suchen?«

Koteks schöne dunkle Augen blitzten. »Wie nebensächlich diese Bettgeschichten für den Fall Rexeisen sind, werden Sie gleich wissen, Dr. Stuhlbein.«

»Melanie, lies bitte die entsprechende Textstelle vor«, schaltete sich Jacobi ein, der nicht ohne Grund fürchtete, seine temperamentvolle Gefährtin könnte sich mit dem Patriarchen anlegen.

»Von der Stelle: *›Viebich war nie in Leonie verliebt gewesen‹* bis zu: *›den Köder der Weißenbach-Aktie auszulegen‹*.«

War zuvor im Gesicht der vierzigjährigen Witwe kaum ein Fältchen zu sehen gewesen, schienen die Linien jetzt deutlicher hervorzutreten, je länger sie zuhörte. Doch während sie ihre Beteiligung am Mordkomplott nach wie vor beharrlich von sich wies, versuchte sie zur Verwunderung der Ermittler nicht, die Rolle der Kärntner Haushälterin herunterzuspielen. Erst als ihr schließlich unterstellt wurde, sie hätte sich an der Intrige gegen ihren Exlover beteiligt und ihm die Weißenbach-Aktie schmackhaft gemacht, schien ihr abermals der Kragen zu platzen.

»Das ist derselbe Bockmist wie vorhin, dass ich der Dornhaag Geld angeboten haben soll! Gut, ich hab mir schon gedacht, dass Lars nicht nur mit mir, sondern auch mit seiner Haushälterin schläft, ich bin ja nicht blöd. Aber ich hab ihm doch weit mehr zu bieten als zwei Titten und eine Möse, und das weiß Lars auch. Wir beide sind ein gutes Gespann, auch wenn er im Moment pleite ist. Glauben Sie vielleicht, ich mache wegen so einer Lappalie gleich einen mordsmäßigen Aufstand?«

»Vielleicht gehört Mord ja zu Ihren Konfliktbewältigungsstrategien?«, hakte Jacobi nach.

»Das sind doch Wortklaubereien, Major. Dann formulier ich's halt anders: Ali hat mich im Laufe von fast zwei Jahrzehnten Dinge erdulden lassen, die ich meiner schlimmsten Feindin nicht wünsche. Und da glauben Sie ernsthaft, ich würde bei Lars wegen einer Kärntnerin mit Sprachfehler ein Fass aufmachen?«

Jacobi ging nicht auf den uralten Kärntnerinnen-Witz ein, sondern bat Kotek weiterzulesen.

»Du meinst ... den Satz mit dem Eiskeller?«

»Ja, genau den.«

»Stopp!« Stuhlbein ahnte wohl, dass nun ein dicker Brocken kam, und wollte seine Mandantin dem nicht unvorbereitet aussetzen. »Lassen Sie mich vorher einen Blick darauf werfen.«

Feuersang markierte die Stelle in seinem Exemplar des Briefes und schob diesen Stuhlbein hinüber.

Der Anwalt überflog die Zeilen rasch, ließ sich aber auffallend viel Zeit, ehe er sich an seine Mandantin wandte. »Frau Rexeisen, soweit ich das bisher beurteilen konnte, fühlen Sie sich Lars Viebich sehr verbunden, nicht wahr?«

»Ja, ich liebe ihn. Wo ist das Problem?«

»Das Problem ist ... und das tut mir jetzt wirklich sehr leid für Sie, gnädige Frau ...« Er nahm erneut Anlauf: »Das Problem ist: Anneliese Dornhaag hat vermutlich Ihren Freund ermordet und will Sie jetzt in die Sache mit hineinziehen. Ich denke, am besten lesen Sie es selbst.« Er schob ihr die DIN-A4-Blätter hin.

Die drei Beamten beobachteten die Verdächtige wie die Geier, bekamen zunächst aber weder Tränen noch entgleiste Gesichtszüge zu sehen. Leonie Rexeisen musste schon zuvor etwas geahnt haben. Wie oben in der Ecklgruben, schoss es Jacobi durch den Kopf.

»Hat Frau Viebich, die Mutter von Lars, Sie vor Kurzem angerufen?«, fragte er, einer plötzlichen Eingebung folgend.

Leonie Rexeisen senkte den Kopf. »Vorgestern, als ich in der Ecklgruben eben erst das Bewusstsein wiedererlangt hatte und natürlich telefonieren wollte, sah ich, dass sie drei Mal versucht hatte mich zu erreichen. Aber die Ereignisse überstürzten sich, also kam ich erst viel später dazu zurückzurufen, und da hat ... da hat sie mir ... davon erzählt ...«

Ohne Vorwarnung fiel Leonie Rexeisen vom Stuhl. Ihr Kopf schlug hart auf dem Granitpflaster des Vernehmungsraums auf. Kozythomantis hatte zwar noch die Hände nach ihr ausgestreckt, war aber nicht schnell genug gewesen, und Stuhlbeins eingerosteten Reflexe hatten sich als vollends unzureichend erwiesen. Der Staranwalt stand gerade erst betroffen auf, als Kotek und Jacobi schon bei der Ohnmächtigen knieten und Erste Hilfe leisteten. Während sie sie in die stabile Seitenlage brachten, hatte Haberstroh jenseits der Trennscheibe Dr. Maria Jungwirth vom UKH Salzburg am Handy. Die junge Internistin, die zugleich eine Freundin Koteks war, wurde vom LGK regelmäßig für besonders heikle Vernehmungen angefordert. Dass Zeugen oder Beschuldigte unter Stress hyperventilierten oder Probleme mit dem Kreislauf bekamen, war keine Seltenheit. Da Jungwirth diesmal vom Referat 112 schon vorab benachrichtigt worden war, war sie in der Kantine des LGKs in Bereitschaft gewesen. In nur zwei Minuten war sie bei Leonie Rexeisen.

»Kollaps«, stellte die zierliche Brünette lakonisch fest, während sie den Puls der Witwe fühlte und danach eine den Kreislauf stärkende Injektion aufzog. »Die Frau ist stark dehydriert, hat sich wahrscheinlich stundenlang extrem aufgeregt und heute tagsüber zu wenig getrunken.« Rasch und routiniert setzte sie die Spritze, wobei Feuersang zwangsläufig den Vergleich mit dem behäbig agierenden Dr. Pernauer zog, der dabei nicht gut wegkam.

»Ich lasse sie vorsichtshalber bei uns drüben im UKH durchchecken und behalte sie bis morgen zur Beobachtung dort«, sagte sie.

»Und wann können wir die Vernehmung fortsetzen, Maria?«, fragte Kotek.

Jungwirth horchte Frau Rexeisen mit dem Stethoskop ab. Sie war immer noch bewusstlos. »Allerfrühestens morgen Nachmittag – vorausgesetzt natürlich, es wird nichts Gravierendes bei ihr gefunden. Aber Puls und Atmung werden schon wieder stärker, sie wird bald zu sich kommen.«

»Du schließt aus, dass sie simuliert?«

»Ich muss doch sehr bitten!«, polterte Stuhlbein. »Solche Tricks hat meine Mandantin sicher nicht nötig.« Er und sein Adlatus hatten den Erste-Hilfe-Maßnahmen bis dahin nur stumm zugesehen.

Die Ärztin lächelte. »Du kannst beruhigt sein, Melanie. Einen Kollaps kannst du nur einem medizinischen Laien vorspielen.«

»Aber man könnte ihn medikamentös herbeiführen?«

Jetzt lächelte Maria Jungwirth nicht mehr. »Das ist schon möglich, aber auch sehr gefährlich. Im aktuellen Fall halte ich es für unwahrscheinlich.«

»Ein Drogentest ohne richterlichen Beschluss käme ohnehin nicht in Frage«, fuhr Kozythomantis sofort dazwischen.

Jungwirth verdrehte die Augen, wohl um anzudeuten, dass ihr die juristische Erbsenzählerei auf die Nerven ging. Sie griff nach ihrem Handy. »Ich lasse die Frau von unseren Leuten abholen.«

»Das war's dann wohl für heute«, sagte Stuhlbein und schickte seinen Aktentaschenträger mit einem Blick zur Garderobe. »Und ich werde rechtzeitig benachrichtigt, wann es weitergeht?« Es klang weniger wie eine Frage als wie eine Anordnung.

»Selbstverständlich, Herr Dr. Stuhlbein«, sagte Jacobi, da sich Kotek nicht überwinden konnte, ihm zu antworten.

31 AUS DEM LAUTSPRECHER des Autoradios im RS4 ertönte Stefanie Wergers Hit »Männer«: »... keine Chaoten, keine Machos, keine Penner, wir brauchen Männer mit Profil und viel Gefüüühl ...«

Die Strecke von Salzburg-Süd bis Bischofshofen war auf der A 10 auch bei Regen nur ein Katzensprung. Schon eine Viertelstunde nach Abfahrt bretterte Jacobi die starke Steigung zur Abzweigung Schnellstraße Salzachtal hinauf und grölte mit seinem Radio um die Wette, als ihn der Anruf Koteks erreichte.

Er stellte das Radio leiser. »Ja, Katze? Wie geht es Leonie Rexeisen?«

»Schon viel besser, aber ich rufe nicht ihretwegen an, sondern wegen Ludmilla Senegatschnigg. Sie hat sich als sehr kooperativ erwiesen und den Kollegen alles erzählt, was sie wissen wollten, und noch etliches mehr. Zum Beispiel, dass sie jetzt wieder als Kellnerin in einem Innenstadtlokal von Spittal jobbt. So wie vor ihrem Haushälterinnen-Job bei Viebich.«

»Und war sie jetzt tatsächlich nur Haushälterin oder doch die Gefährtin oder gar Verlobte von Viebich?«

»Hm, sie hat wohl in den letzten zwei Jahren auf das Haus geschaut. Aber ganz so einfach, wie ihr Männer das gern hättet, lassen sich die Paradigmen in diesem Fall nicht auseinanderklauben. Senegatschnigg ist knapp dreißig, nach dem fachmännischen Urteil der Kärntner Kollegen ausgesprochen hübsch und soll sich durchaus Hoffnungen gemacht haben. Sie durfte in Viebichs Haus wohnen, es in Ordnung halten, für ihn kochen und ihm als Bettwärmer dienen, wenn er denn mal da war – und bekam dafür eine Art Haushaltsgeld. Und welche moderne junge Frau – selbst wenn sie vom Land ist – nimmt sich heutzutage schon monate- oder gar jahrelang freiwillig so zurück? Wenn doch, dann wohl nur aus einem Grund.«

»Du meinst tatsächlich, es könnte aus Liebe geschehen sein?«, wollte Jacobi ihre Attacke auf die chauvinistische Männerwelt ironisch abfangen.

»Natürlich meine ich das. Aber wenn eine Frau an einer Beziehung zufällig auch den besseren Lebensstandard schätzt, dann gilt sie bei euch Wapplern ja gleich als durchtrieben und berechnend.«

»Während du eher dem verblichenen Viebich aber Berechnung unterstellst, nicht wahr?«

»Er ist mindestens zwei Jahre lang zweigleisig gefahren, hat Ludmilla allerdings nichts versprochen. Das hat sie ehrlich zugegeben, obwohl sie mit Tränen in den Augen vom Ende ihres Haushälterinnen-Daseins berichtet hat. Viebich soll ihr alles nur gemailt haben: dass er sich verspekuliert habe, dass er aus dem Haus müsse und es daher auch zwischen ihnen aus sei. Nicht einmal zu einem Telefonanruf hat es gereicht. Typisch für einen Mann wie ihn.«

»Sie hat ihn also seit damals nicht mehr gesehen?«

»Das habe ich nicht gesagt«, kam es postwendend retour. »Viebich hatte wenige Wochen nach dem Verlust des Hauses und sonstiger Rücklagen plötzlich wieder Geld. Und jetzt kommt's: Er hat eine kleine Wohnung in Seeboden am Millstätter See gekauft, dort Versöhnung mit der feschen Milli gefeiert und sich seither auch wieder regelmäßig mit ihr getroffen. Dass er jetzt wirklich nicht mehr wiederkommt, haben die Kollegen ihr allerdings verschwiegen.«

»Feiglinge!«

»Du hast's grad nötig!«

»Okay, Waffenstillstand. Hat die Senegatschnigg gewusst, dass Viebich auch mit der Frau seines Chefs in die Kiste hüpfte?«

»Gewusst nicht, aber geahnt. Viebich hat es zwar regelmäßig abgestritten, sich dabei aber so oft verplappert, dass es für eine einigermaßen gescheite Frau nicht schwer war, die Zusammenhänge zu erraten. Im Großen und Ganzen ist das alles. Willst du mir jetzt nicht endlich sagen, was du in Bischofshofen zu tun hast?« Kotek biss sich auf die Zunge. Mist, jetzt hatte ihr die Neugier doch ein Schnippchen geschlagen, obwohl sie sich fest vorgenommen hatte, sich in Geduld zu üben.

»Das sage ich dir auf der Rückfahrt. Im Moment weiß ich selbst noch nicht, ob und wie weit ich wieder mal meiner eigenen Paranoia aufsitze. Bisher wurde nämlich eigentlich noch keine Aussage von Anneliese Dornhaag widerlegt. Und du darfst dich ohnehin nicht beschweren: Wir haben Leonie Rexeisen wie von dir gewünscht gemeinsam vernommen. Vorhin beim Jungschweinebraten im ›Zollhäusl‹ warst du doch noch recht zufrieden mit unsrer Arbeit, oder lag's doch eher am Weißbier, und der Schwips ist jetzt verflogen?«

»Quatsch, mit der Arbeit war ich zufrieden, mit dem Ergebnis nicht. Es ist einfach unrealistisch anzunehmen, dass die Frau eine so geniale Schauspielerin ist. Und wenn sie authentisch war, dann —«

»Dann müsste sie so unschuldig sein wie Flo Kerschhackl«, ergänzte Jacobi.

»Aber im Brief von Anneliese Dornhaag steht etwas anderes«, hielt sie dagegen.

»Eben. Sag ich doch. Und bevor wir den Brief, den sie immerhin vor ihrem Suizid geschrieben hat, als Scharade abtun, wären wir gut beraten, den Ball flach zu halten. Leonie Rexeisen läuft uns nicht davon, und wenn sie's war, kriegen wir sie, verlass dich drauf. Da kann Stuhlbein noch so gut sein. Außerdem hab ich in diesem Zusammenhang noch ein Anliegen.«

»Oskar Jacobi hat ein Anliegen? Hast du etwa Kreide gefressen?«

»Setz dich bitte mit den Kollegen in Hofgastein in Verbindung. Sie sollen Schoissengeier die Hölle heißmachen, der Kerl muss alle Filme herausrücken, die jemals heimlich im Jagdhaus oder im Loft gedreht wurden. Irgendwie kann ich mich des Eindrucks nicht erwehren, dass auch Cyriak Kerschhackl drauf sein muss.«

Wie meistens schaltete Kotek schneller als andere Zeitgenossen. »Du meinst doch nicht ernsthaft, er könnte beim Unternehmen Kuckucksküken auch mit im Boot gesessen haben?«

»Ich meine gar nichts, will aber auch keiner Schimäre nachjagen, während ich andere konkrete Möglichkeiten schlichtweg übersehe. Anneliese Dornhaag hat ihre demente Mutter im Seniorenheim Hohensalzburg-West zurückgelassen, was ihr sicher nicht leichtgefallen ist. Ich möchte wissen, wer jetzt ihre Angelegenheiten regelt. Sag Hans, er soll da mal nachgraben. Ich bin jetzt gleich am Ziel, Katze. Also, wir hören uns später!« Er legte auf.

Mittlerweile hatte er das hell erleuchtete Outlet-Center in der Nähe des ÖBB-Bahnhofs Bischofshofen erreicht und stellte den Wagen im Parkhaus ab. Eine Turmuhr schlug sechs Mal.

Erst jetzt wurde ihm bewusst, dass es bereits Abend geworden war. Die letzten drei Tage waren wie im Zeitraffer verflogen.

Das Sportgeschäft war rasch gefunden, und obwohl auch hier wieder einmal der Abverkauf mittels Rabattschlacht angekurbelt werden sollte, traten sich die Kunden um diese Jahreszeit nicht gerade gegenseitig auf die Füße. Der Filialleiter hatte also nicht allzu viel dagegen, dass der Kriminalbeamte, den er schon das eine oder andere Mal in »Salzburg heute« gesehen hatte, seine beste Kraft, Frau Ährenegger, für ein paar Minuten in das gegenüberliegende Stehcafé entführen wollte.

Anna Ährenegger war eine sommersprossige Blondine und überragte Jacobi um Haupteslänge. Bei ihrem gewinnenden Wesen brauchte es nicht viel Phantasie, um in ihr eine hervorragende Verkäuferin zu vermuten. Über den Fall Rexeisen war sie so weit informiert, wie sie es durch die Regionalmedien sein konnte.

»Nicht persönlich, aber immerhin so gut, um jetzt wieder an eine höhere Gerechtigkeit zu glauben«, antwortete sie auf Jacobis Frage, ob sie Alarich Rexeisen gekannt habe. »Erst der schwere Schlaganfall und nun dieser tödliche Sturz aus dem Ballonkorb.«

»Warum höhere Gerechtigkeit?«, wollte er wissen.

»Das haben Sie doch sicher längst recherchiert, Herr Major. Der Tod von Diana Dornhaag und die damit verbundenen Umstände hatten ja wirklich was von einer griechischen Tragödie. – Hans, einen Cappuccino! Was nehmen Sie, Herr Major?«

»Auch einen, aber mit Schlag, bitte! – Sie glauben also, der Todessturz von Rexeisen könnte in Verbindung mit Diana Dornhaags Suizid stehen?«

»Meine Mutter hat grad vorhin angerufen. Im Fernsehen heißt es, man habe jetzt auch Anneliese Dornhaag tot in ihrer Wohnung gefunden. Sie soll Schlaftabletten genommen haben«, sagte sie, ohne die Frage direkt zu beantworten.

»Und darin sehen Sie einen Zusammenhang?«

»Sie etwa nicht?«

»Kannten Sie die verstorbene Diana näher, Frau Ährenegger?«

»Nennen Sie mich doch Anni, Herr Major.«

»Nur, wenn Sie Oskar zu mir sagen.«

»Das ist ein cooler Name. Aber ja, ich kannte Diana sehr gut. Wir vier – Diana, Britta, Lara und ich – waren eine Zeit lang unzertrennlich. Drei von uns kannten sich schon seit der Pflichtschulzeit: Diana, Britta und ich. Britta Aiginger machte wie ich nach der Hauptschule eine Lehre als Handelsangestellte, während Diana das Lisei in Sankt Johann besuchte.«

»Das Lisei?«

»Na, das Elisabethinum. Dort lernte sie Lara kennen. Sie brachte sie mit in den Hofgasteiner Damenturnverein, wo wir vier uns fünf Jahre lang jeden Freitagabend zum Turnen trafen und hinterher auch hin und wieder zum Abhängen in die Disco gingen.«

»Warum denn immer zum Turnen und nur hin und wieder in die Disco?«

»Tja, Herr Major –«

»Oskar, Anni!« Als sie lachte, konnte Jacobi sich gut vorstellen, dass Anna Ährenegger keine Mühe hatte, Bekanntschaften zu knüpfen.

»Sehen Sie, Oskar, ich mag Männer«, stellte sie klar, »aber es gibt auch Frauen, die mögen Frauen, Sie verstehen?«

»Wollen Sie damit andeuten, dass unter den vier Freundinnen eine Lesbe war?«

»Eine? Nein, schon eher zwei. Natürlich waren wir alle vier befreundet, wirklich gut befreundet, aber das zwischen Diana und Lara war mehr als Freundschaft, das war schon eher eine leidenschaftliche Beziehung.«

»Eine …?«

»Ja, eine Liebe, wie man ihr eigentlich nur im Film oder in Büchern begegnet. Dabei waren die beiden sehr bemüht, es vor Dritten nicht so zu zeigen, damit Britta und ich uns in der Viererrunde nicht zurückgesetzt oder unwohl fühlten.«

»Das dürfte nicht einfach gewesen sein«, sagte Jacobi.

»Allerdings. Und in den letzten zwei Jahren vor Dianas Tod wurde es immer schwieriger. Sie mussten es nämlich auch vor Laras Patenkind geheim halten, das ständig nach Gastein mitgenommen werden wollte. Seit die Göre – Evelyn hieß sie, jetzt weiß ich's wieder! –, seit Evelyn also Diana zum ersten Mal gesehen hatte, war sie ganz vernarrt in sie.«

»Evelyn? Und wie weiter?«

»Den Nachnamen hab ich leider vergessen, ich weiß nur, dass sie eben erst die Musikhauptschule besuchte. Dieses Zahnspangen-Ungetüm war eine wahre Klette und mir nicht sonderlich sympathisch. Und was einem nicht sympathisch ist –«

»Das verdrängt man, meinen Sie?«

»Sie haben's erfasst«, sagte Anna Ährenegger lachend, als hätte Jacobi einen Witz gemacht. »Und so oft war Evelyn ja auch wieder nicht mit, als dass man sie unbedingt in Erinnerung hätte behalten müssen. Lara hat sie abgewimmelt, wenn es nur ging, schließlich wollte sie mit Diana nach Möglichkeit allein sein.«

»Dann versteh ich nicht ...« Jacobi unterbrach sich selbst mitten im Satz.

»Was verstehen Sie nicht?«, fragte die Verkäuferin.

»Nichts, vergessen Sie's.«

»Sie verstehen nicht, warum die lesbische Diana eine Bemerkung ihres Vaters aufgreifen konnte, dass eine Verlobung mit Alarich Rexeisen viele Probleme mit einem Schlag lösen würde, nicht wahr?«

»Sie wissen davon?«

»Die Schnapsidee haben die meisten Gasteiner nicht verstanden, obwohl sie gar nicht wussten, dass Diana homosexuell veranlagt war. Es war ja allgemein bekannt, wie Rexeisen mit Frauen umging. Aber Diana liebte ihren Vater und konnte nicht mit ansehen, wie er sich die Schuld am Niedergang der Pension Anneliese gab und darunter litt.«

»Aber ihren Suizid hat er erst recht nicht verkraftet.«

»Das wäre ihr sicher bewusst gewesen, wenn sie nach jenen Ereignissen noch rational hätte denken können. Aber das konnte sie nicht mehr. Lara hat um sie gekämpft wie eine Löwin, mehr noch als Anneliese, ihre Mutter. Wochenlang, monatelang! Doch wie wollen Sie einen Kampf gegen jemanden gewinnen, den Sie lieben?«

»Ich bräuchte noch den Nachnamen von Lara«, sagte Jacobi.

»Bergmann. Lara Bergmann. Heute trägt sie den Namen ihres geschiedenen Mannes: Kronreif. Sie war nur kurz verheiratet, die Ehe hat aus naheliegenden Gründen nicht funktioniert.«

»Da Sie so gut Bescheid wissen, nehme ich an, Sie haben noch einen Draht zu Frau Kronreif?«

»Seit letztem Jahr nicht mehr, aber bis dahin ist sie gelegentlich noch zu den Turnabenden nach Hofgastein gekommen. Ich gehe da nach wie vor regelmäßig hin.«

»Hat Frau Kronreif damals auch noch Kontakt zu Anneliese Dornhaag gehabt?«

»In der ersten Zeit nach Dianas und Xavers Tod kam sie jedenfalls noch oft zu ihr, um sie zu trösten. Ob sie sie auch später noch aufsuchte, kann ich leider nicht sagen.«

»Macht nichts, Sie haben mir ohnehin schon genug gesagt, Anni. Sie und die Freundin Ihrer Mutter haben meine Ermittlungen vermutlich schneller vorangebracht als alles andere, was wir dazu unternommen haben.«

»Die Freundin meiner Mutter? Sie meinen die Milchmesser-Mizzi, oder?« Wieder ließ sie ihr sympathisches Lachen hören. »Ja, die hört nicht nur das Gras wachsen, sondern weiß auch noch, wann welcher Grashalm wo genau gewachsen ist.«

32 AUF DER RÜCKFAHRT nach Salzburg — er hatte die beiden Tunnel durch das Tennengebirge schon passiert — erinnerte sich Jacobi an sein Versprechen, Kotek den Zweck der Bischofshofener Recherche zu verraten, und rief ihre Nummer an.

Es dauerte einige Zeit, bis sie abhob. »Oskar, ich bin noch im Büro.« Sie sprach ihn mit seinem Vornamen an, war also nicht allein. »Die Hofgasteiner Kollegen haben sich Schoissengeier inzwischen noch einmal vorgeknöpft. Dem Schleicher ist gleich zu Beginn entschlüpft, dass tatsächlich ein Film mit Cyriak Kerschhackl als Hauptdarsteller existiert. Aber obwohl er am Samstag zugegeben hat, dass ausnahmslos er für die Kameras im Jagdhaus zuständig war, will er jetzt plötzlich partout nicht wissen, wo sich sein Archiv befindet.«

»Der soll bloß nicht pampig werden. Der hat genug Delikte für einige Tage U-Haft auf dem Kerbholz. Behinderung der Ermittlungen, Unterschlagung von Beweismaterial, Verletzung der Intimsphäre durch unerlaubtes Abhören und Filmen, schwere Körperverletzung — Stichwort Rettich —, Verabreichung von Betäubungsmitteln et cetera. Sag Höllteufel, sie sollen ihn morgen früh zu uns rausbringen. Max und Leo werden ihn befragen. Ich bin sicher, morgen Abend haben wir die Filme.«

»Mach ich. Ich hab eben schon den Bericht über die Vernehmung von Leonie Rexeisen geschrieben und mach dann noch einen vorläufigen Abschluss zu den Recherchen im Bluntautal-Fall —«

»Sag doch einfach, dass du nicht mit mir reden kannst. Wir können es auch verschieben.«

»Natürlich kann ich mit dir reden, aber —«

»Ich bin auch in Melanies Büro, Oskar«, sagte Oberst Dürnberger, der sich von Kotek ihr Handy hatte geben lassen. »Ich hab gesehen, dass noch Licht brennt, und dann sind wir über euren Fall ins Plaudern gekommen. Außerdem wollte ich von der schönsten Frau zwischen Boden- und Neusiedlersee wissen, wie du sie schon wieder rumgekriegt hast, ihren eigenen Fall zurückzulegen, um dir zuzuarbeiten. Aber du wolltest ihr ja noch was sagen, also will ich euch nicht länger aufhalten. Bis morgen dann. Einen Moment, ich gebe Melanie das Handy zurück.«

»Also, Oskar?«, fragte Kotek. »Ich bin ganz Ohr: Wen hast du in Bischofshofen getroffen beziehungsweise angezapft?«

War es die Anwesenheit Dürnbergers in Koteks Büro oder der Restverdacht, den er gegen die Witwe hegte: Irgendetwas hinderte Jacobi daran, das fertige Puzzle im Fall Rexeisen vollständig auf den Tisch zu legen, obwohl Anna Ähreneggers Bericht ohne jeden Zweifel das letzte Teilchen dafür geliefert hatte. »Ich habe bei einer gewissen Anna Ährenegger aus Sankt Johann Infos über Kronreif und Lohbauer eingeholt. Die standen uns bisher nicht zur Verfügung und müssen überprüft werden. Aber darüber können wir auch daheim reden. Jedenfalls werden die beiden morgen noch einmal vorgeladen. Für heute hab ich genug, ich fahr jetzt nach Hause. Bis dann, Katze! Und mach nicht zu lang im Büro, sonst brummt dich der alte Plüschbär noch in den Schlaf.« Er hörte Dürnberger im Hintergrund noch launig trompeten: »Den Plüschbären hab ich gehört, Oskar!«, dann legte er auf.

Nachdem er noch zwei weitere Telefongespräche geführt hatte, spürte er, wie müde er schon war. Er freute sich auf ein entspannendes Bad und hatte tatsächlich nichts anderes vor, als nach Hause zu fahren. Der Vorsatz geriet auch dann noch nicht ins Wanken, als er bereits von der A 10 abgefahren und auf der Alpenstraße in Richtung Innenstadt unterwegs war. Auf der rechten Salzachseite versäumte er dann allerdings, von der Aigner Straße in die Rennbahnstraße abzubiegen, ließ auch den Kapuzinerberg links liegen und verdankte es an der Kreuzung Fürbergstraße-Linzer Bundesstraße nur seinen guten Reflexen aus Rallyefahrer-Zeiten, dass er den RS4 noch vor einem Passanten zum Stehen bringen konnte. Der Greis in rustikalem Loden hatte die Ampel vermutlich übersehen und geistesabwesend versucht die Fahrbahn zu queren. Beim Kreischen der Bremsen war er erschreckt zusammengezuckt und um ein Haar zu Sturz gekommen. Jacobi fuhr sofort rechts ran, aktivierte Warnblinkanlage und Blaulicht und sprang aus dem Wagen.

»Ist Ihnen was passiert?«

Der Alte hatte sich inzwischen zurück auf den Gehsteig gerettet. Er winkte ab und lächelte jetzt sogar. »Nein, nein, alles in Ordnung. Ihr jungen Leute habt es halt immer so eilig.«

Jacobi ärgerte sich über die zu Unrecht erfolgte Kritik. »Tja, Zeit ist eben Geld«, ließ er sich deshalb noch zu einem gedankenlosen Kalauer hinreißen.

Da wandte sich der Greis, schon im Gehen, noch einmal um. »Mag sein, aber den absoluten Wert der Zeit erkennt man meistens erst dann, wenn sie nicht mehr unbegrenzt verfügbar ist.«

Noch so ein Spruch, dachte Jacobi, brachte die Worte des Alten aber seltsamerweise auch dann noch nicht aus dem Kopf, als er schon in die Sterneckstraße einbog. In einer Nebenstraße der stark befahrenen Salzburger Ausfallroute lag die Stadtwohnung von Lara Kronreif: Richard-Kürth-Straße Nr. 36.

Einem plötzlichen Impuls folgend, steuerte er den Audi nicht in die Einfahrt zur Tiefgarage des Wohnblocks, sondern bog vorher in eine spärlich beleuchtete Quergasse ein, in der noch Parkplätze frei waren. Zu Fuß ging er zum Wohnblock zurück, wobei er sich nicht zum ersten Mal fragte, was er eigentlich vorhatte und wozu er eigentlich wie ein Wahnsinniger hierher gerast war.

Wenn Sappho alias Lara Kronreif tatsächlich die Mörderin von Alarich Rexeisen war, was trotz schwerwiegender Indizien noch immer nicht in letzter Konsequenz feststand, hätte es dann nicht genügt, am nächsten Morgen mit dem MEK anzurücken? Welcher Teufel ritt ihn also, der äußerst wehrhaften Karateka am Abend und allein auf den ansehnlichen Leib zu rücken? Ausgerechnet ihn, der das monatlich vorgeschriebene Nahkampf-Training mit penetranter Regelmäßigkeit schwänzte. Jacobi tastete unwillkürlich nach seiner Glock im Schulterholster, als wollte er sich vergewissern, dass sie noch an ihrem Platz war.

Doch in seinem tiefsten Innern wusste er, wer oder was ihn trieb. Es war der Tod von Anneliese Dornhaag. Wenn Sappho ihre Komplizin gewesen war und von ihrem Suizid erfuhr, würde sie sofort wissen, was es geschlagen hatte, und Vorbereitungen für die Flucht treffen – wenn sie das nicht ohnehin längst getan hatte. Keine Sekunde später schlug er ein – der Jacobi'sche Geistesblitz. Reichlich spät zwar, aber immerhin.

Deshalb also hatte Anneliese Dornhaag noch unmittelbar vor ihrem Freitod gelogen: Es war ihr nicht in erster Linie darum gegangen, Leonie Rexeisen hinzuhängen, mit dem Schachzug wollte sie vor allem ihre Leidensgenossin Lara schützen oder ihr zumindest Zeit verschaffen. Zeit zur Flucht natürlich.

Jacobi erinnerte sich an die Überlegungen, die er unmittelbar nach der Ankunft in der Ecklgruben angestellt hatte. Er schien richtiggelegen zu haben: Der Auslöser für die Ermordung Rexeisens waren große Gefühle gewesen. So große, dass das Risiko, erwischt zu werden, in den Hintergrund getreten war. Was aber nicht den Umkehrschluss erlaubte, dass die Mörderin sich nach vollbrachter Tat freiwillig stellen und zu ihrer Verantwortung stehen würde. Denn Sappho sah sich nicht als Verbrecherin, die aus niederen Motiven gehandelt hatte, sondern als Vollstreckerin eines Urteils, welches zu verhängen sich der österreichische Staat nach ihrem Dafürhalten geweigert hatte.

33 ES WAR ZWANZIG UHR durch. Jacobi hielt es für keine gute Idee, an ihrer Haustürklingel zu läuten, und die Tiefgarage war durch ein automatisches Tor gesichert, wie er inzwischen festgestellt hatte. Aber nicht nur deshalb wollte er von seiner überstürzten Hauruck-Aktion Abstand nehmen und zum Wagen zurückgehen, er dachte noch immer an die Bemerkung des alten Mannes und an den absoluten Wert der Zeit. War es wirklich nötig, jetzt auf der Stelle den Sack zuzumachen und einer Mörderin gegenüberzutreten, die die Geduld aufgebracht hatte, zehn Jahre auf den günstigsten Augenblick zu warten?

Doch der Zufall nahm ihm die Entscheidung ab. Ein Spätheimkehrer, ebenfalls zu Fuß, aber nicht mehr ganz nüchtern unterwegs, sperrte die Haustür auf. Ehe der hydraulische Stopper die Tür wieder langsam ins Schloss fallen ließ, stellte Jacobi einen Fuß dazwischen. Er griff in die Innentasche nach seinem Ausweis, aber der Betrunkene nahm nicht die geringste Notiz von ihm und verschwand sofort im Aufzug.

Eine Minute später stand Jacobi in der vierten Etage vor der Wohnungstür mit dem Namensschild »Lara Kronreif«. Während er noch einmal seine Glock 19 kontrollierte und anschließend locker in das Holster unter dem Anorak zurücksteckte, hörte er etwas von drinnen. Jemand packte eilig für eine Reise: Die dabei verursachten Geräusche waren auf der ganzen Welt dieselben. Hatte Jacobi noch eben Bedenken gehabt, so hatten diese sich jetzt in Luft aufgelöst. Er drückte auf die Klingel.

Augenblicklich wurde es still in der Wohnung. Erst nach einigen Sekunden meldete sich jemand über die Gegensprechanlage: »Ja, bitte? Wer ist da?«

Doch Sappho musste ihn schon längst durch den Spion gesehen haben, die Frage sollte wohl Unbefangenheit vortäuschen. »Ich bin's, Major Jacobi. Frau Kronreif, ich muss Sie dringend sprechen, es haben sich neue Erkenntnisse ergeben.«

»So dringend, dass es nicht einmal Zeit bis morgen hat?«, gurrte sie, als hätte er angedeutet, hier und sofort ihre Dienste als Callgirl in Anspruch nehmen zu wollen.

»Es wäre wirklich besser, wir würden die Erkenntnisse gleich besprechen.« Er unterließ jede Drohung. War sie unschuldig, würde sie ohnehin öffnen, war sie es nicht, musste sie öffnen, um ihn nicht sofort zum Handy greifen zu lassen. Handy oder ein Gespräch vor entsicherter Pistole – sie hatte die Wahl.

»Okay, einen Moment noch, ich mache gleich auf. Ich muss mir nur schnell was anziehen.«

Jacobi blickte unwillkürlich auf seine Breitling. Noch nicht einmal Viertel nach acht, und sie wollte sich was anziehen, was im Umkehrschluss bedeutete, dass sie ausgezogen war? Wahrscheinlicher war wohl, dass sie zum Fenster rannte, um nachzusehen, ob er mit der gesamten Kavallerie angeritten war. Um nicht doch durch einen Überraschungsangriff überrumpelt zu werden, zog er die Glock aus dem Holster. Sicher war sicher.

Nach etwa einer halben Minute drehte sich der Schlüssel im Schloss. Als sich die Tür öffnete, stand Sappho nicht etwa im aufreizenden Negligé vor ihm, wie er geargwöhnt hatte, sondern in blauer Jogginghose und weißem Sweater. Beim Anblick der Pistole machte sie den ersten Fehler. »Oh!«, sagte sie kurz.

Würde eine unbescholtene Bürgerin eines so friedlichen Bundeslandes wie Salzburg in einem wenig frequentierten Häuserblock plötzlich eine schussbereite Handfeuerwaffe auf sich gerichtet sehen, würde sie mit Sicherheit anders reagieren, dachte Jacobi. Es sei denn, sie hatte damit gerechnet.

Sappho schien ihr Patzer ebenfalls bewusst geworden zu sein. »Was soll das? Sind Sie verrückt geworden?«, polterte sie reichlich verspätet. »Wollen Sie mich erschießen, oder was bezwecken Sie mit diesem Auftritt? Mein Rechtsanwalt wird Ihnen eine

Dienstaufsichtsbeschwerde um die Ohren hauen, die sich gewaschen hat!«

»Das kann er gern tun, Frau Kronreif. Aber jetzt bleiben Sie erst einmal brav immer ein paar Schritte vor mir, wenn wir in Ihr Wohnzimmer gehen und uns dort hinsetzen.«

»Das dürfen Sie gar nicht. Ohne richterliche Anordnung ist das Nötigung und Hausfriedensbruch«, sagte sie lahm, folgte aber trotzdem seiner Aufforderung.

»Ich darf, Gefahr im Verzug. Wie man sieht, wollen Sie verreisen?« Er wies auf zwei fertig gepackte teuer aussehende Koffer in Türnähe. Eine andere halb offene Tür auf der gegenüberliegenden Seite des Raumes erlaubte einen Blick in ein Schlafzimmer, auf dem ein dritter, noch offener Koffer auf einem französischen Bett lag.

»Evelyn und ich machen immer im Frühjahr Urlaub, wenn die Heißluftballon-Saison dem Ende zugeht.« Sie hatten die weitläufige Wohnküche erreicht.

»Und wohin soll's gehen?«

»Nach Malle – aber ins Inland. Dort ist es traumhaft schön, wenn bei uns noch Schnee liegt.« Anzüglich fügte sie hinzu: »Außerdem kann Bi-Bee nicht nur Französisch, sondern radebrecht auch ganz leidlich Spanisch.«

»Ich fürchte, aus dem Urlaub wird nichts, Frau Kronreif. Ihnen droht die vorläufige Festnahme wegen des dringenden Verdachts, Alarich Rexeisen ermordet und Beihilfe zum Mord an Lars Viebich geleistet zu haben.«

Weder zuckte die Beschuldigte betroffen zusammen, noch begann sie empört zu dementieren. »Das klingt ja alles schon sehr konkret«, sagte sie überraschend ruhig. »Allerdings bezweifle ich, dass Sie diese Anschuldigung auch mit Beweisen stützen können. Wollen Sie sich nicht endlich setzen?« Sie deutete auf die schwarzlederne Designer-Sitzecke, die vor einer Fensterfront stand.

Jacobi wehrte ab. »Danke, aber ich stehe lieber.«

»Aber Sie haben doch sicher nichts dagegen, wenn ich mich setze?«, sagte sie achselzuckend.

Er wusste natürlich, dass Karatekas auch aus scheinbar ungünstigen Positionen blitzartig hochschnellen und in Aktion treten konnten, trotzdem trug es sehr zu seiner Beruhigung bei, dass sich Sappho nun in einen flachen Fauteuil lümmelte.

»Ich war eben bei Frau Anna Ährenegger«, begann er, »und nun raten Sie mal, welch interessante Geschichte sie mir erzählt hat.«

»Ich bin wirklich ganz schlecht im Raten.«

»Sie hat mir von einer großen Liebe berichtet.«

»Ach?«

»Ja, von der Liebe zwischen Diana Dornhaag und Lara Bergmann, und wie Lara ihren verzweifelten Kampf um die suizidgefährdete Diana verlor.«

In Sapphos Augen glomm ein roter Funke auf, der Jacobi nicht zu knappes Unbehagen verursachte. »Eine kurze Zwischenfrage«, wechselte er das Thema. »Ist Ihr Patenkind Evelyn identisch mit Ihrer Mitarbeiterin Bi-Bee?«

»Nein, das ist nur eine zufällige Namensgleichheit. Evelyn Brahe, die Tochter einer entfernten Verwandten und Freundin, habe ich schon seit Ewigkeiten nicht mehr gesehen. Man hat sie mir entfremdet, als ich vor neun Jahren ins Escort-Gewerbe eingestiegen bin.«

»Das mit der Namensgleichheit hab ich mir fast gedacht. Wär sich ja altersmäßig auch nicht ganz ausgegangen. Also wieder zurück zu Diana und Ihnen: Warum haben Sie Rexeisen und Viebich eigentlich nicht schon damals auf der GAST umgebracht? Die Gelegenheit dazu hätten Sie gehabt.«

»Weil ich es damals genauso wenig gewollt habe wie vorgestern«, erwiderte Sappho, während sie gelangweilt ihre Fingernägel inspizierte. »Deshalb fände ich es auch angebracht, dass Sie Ihr Spielzeug endlich wegstecken, bevor Sie mich noch irrtümlich erschießen.«

»Keine Diskussionen, das Spielzeug bleibt, Frau Kronreif. Bei einer so gefinkelten und wehrhaften Mörderin gehe ich kein Risiko ein.«

»Danke für die Disteln, Major. Aber Sie halten sie dem falschen Esel vors Maul.«

Jacobis ärgerliches Grunzen drückte besser aus, als es Worte je hätten tun können, was er von dieser Beteuerung hielt. »Frau Kronreif, Ihr Täterprofil passt wie die Faust aufs Auge. Während mir gestern Ihre Motive noch zu leichtgewichtig erschienen, weist jetzt jedes einzelne Detail dieses Rachefeldzugs auf Sie. Schon allein die öffentliche symbolträchtige Hinrichtung von Rexeisen mitten in Bad Hofgastein, Stichwort Kuckucksküken, passt nur auf Sie und Anneliese Dornhaag.«

»Sie sagten vorhin etwas von Beweisen.«

»Geduld, Frau Kronreif, Geduld. Damit werden Sie noch früh genug konfrontiert. Zuvor möchte ich mich ein wenig als Profiler versuchen und Ihnen darlegen, warum nur Sie für den Mord in Frage kommen. Die bis dato Verdächtigen Leonie Rexeisen, Lars Viebich und Florian Kerschhackl hätten den Krüppel Alarich Rexeisen jederzeit an jedem anderen Ort auf jede beliebige Art töten können. Sie hätten sich sogar gegenseitig Alibis geben können, aber nein, der Mord hatte von einem Heißluftballon aus zu geschehen, und zwar auf eine Art und Weise, die Insider als Botschaft verstehen mussten.«

»Welche Insider?«

»Alle, denen bekannt war, dass Dianas Vergewaltiger von der österreichischen Justiz verschont worden waren.«

Lara Kronreif lachte belustigt auf. »Wollen Sie damit sagen, ich hätte ›Ballooning Escort‹ nur gegründet, um Rexeisen auf die hinlänglich bekannte Weise umzubringen?«

»Nein, aber Ihr Job brachte Sie in dem Augenblick auf die Idee, als Sie gezwungen waren, Ihren Todfeind auf der GAST zu verschonen. Sie ließen die rein zufällige Chance damals verstreichen, weil Sie Bi-Bee nicht zur Zeugin einer Bluttat machen wollten. Es war Ihnen aber auch klar, dass ein Mensch wie Rexeisen auf Rache sinnen würde, man musste ihn also nur dazu einladen.«

»Ihn einladen? Nachdem ich ihn schon niedergeschlagen und um eine beträchtliche Summe erleichtert hatte? Das glauben Sie doch selbst nicht.«

»Oh, und ob ich das glaube. Das war nicht so unmöglich, wie Sie es jetzt darstellen. Da Sie noch immer Kontakt zu Dianas Mutter hatten und von ihrem eher dilettantischen Versuch wussten, Flo Kerschhackl als Killer anzuheuern, sollte er wenigstens den Köder auslegen, sprich: Er sollte Rexeisen die Flyer so unterjubeln, dass er gar nicht anders konnte, als anzubeißen.«

»Pah, ich bezweifle doch sehr, dass ein Schlitzohr wie Rexeisen sofort auf einen Flyer mit ein paar barbusigen Mädels angesprungen wäre.«

»Doch! Vor allem, weil man ihn glauben ließ, die Idee käme von ihm. Der Manipulator wurde diesmal selbst manipuliert. Auch dieses Detail deckt sich mit den Angaben im Abschiedsbrief – bis auf eine Kleinigkeit: Flo Kerschhackl hätte es aus naheliegenden Gründen niemals geschafft, mit Anneliese Dornhaag über die Vorfälle auf der GAST zu reden. Er hat es mir auf Rückfrage übrigens bestätigt. Also können nur Sie ihr davon erzählt haben, denn Bi-Bee hat Frau Dornhaag nicht gekannt.«

»Von welchem Abschiedsbrief reden Sie da eigentlich?« Zum ersten Mal ließ Lara Kronreif so etwas wie Unsicherheit erkennen.

»Von dem Abschiedsbrief, den Anneliese Dornhaag unmittelbar vor ihrem Freitod an mich geschrieben hat.«

Künstliches Licht erschwert die Beurteilung, ob ein Gesprächspartner erblasst, trotzdem hatte Jacobi den Eindruck, als würde die Beschuldigte die Farbe wechseln. »Sie hat sich gar nicht von Ihnen verabschiedet?«, gab er sich erstaunt. »Aber was hat Sie dann so in Panik versetzt, dass Sie noch heute Nacht verduften wollten?«

Sappho reagierte nicht auf die Provokation, doch er konnte förmlich sehen, wie es hinter ihrer weißen Stirn arbeitete. Für ihn war die Sachlage klar: Entweder hatte Anna Ährenegger wegen ihrer Mitteilsamkeit Gewissensbisse bekommen, oder sie war schlicht und einfach neugierig geworden und hatte ihre Jugendfreundin angerufen. So hatte Sappho zwar von seinem Besuch und vom Suizid ihrer Komplizin erfahren, nicht aber von deren Abschiedsbrief. Vermutlich hatte Anneliese Dornhaag schweren Herzens darauf verzichtet, sie zu benachrichtigen, um nur ja keine Spur in ihre Richtung zu legen. »Sie können gern einen Blick auf den Brief werfen, ich habe zufällig eine Abschrift dabei.« Er zog die gefalteten Seiten aus der Innentasche seines Anoraks und schob sie ihr mit der Linken auf dem gläsernen Jugendstil-Tisch hinüber. »Ich bin überzeugt, dass die darin geschilderten Ereignisse sich weitgehend so abgespielt haben, vorausgesetzt, man denkt sich die gegen Leonie Rexeisen erhobenen Beschuldigungen weg und ersetzt ihren Namen an den authentischen Stellen durch Ihren Namen: Lara Kronreif. Aber lesen Sie selbst, wir haben ja keine Eile.« Auch Jacobi ließ sich jetzt endlich in einen der Ledersessel fallen, behielt aber die entsicherte Pistole in der Hand.

Sapphos Interesse für den Brief schien nicht übermäßig groß zu sein. »Natürlich habe ich Frau Dornhaag hin und wieder besucht«, räumte sie ein, »und es tut mir leid, dass sie sich das Leben genommen hat. Aber ich sehe keine Veranlassung, diesen Brief zu lesen, in dem, wenn ich das richtig verstanden habe, die Täterschaft von Leonie Rexeisen hinlänglich dargelegt wird.«

»Lesen Sie ihn trotzdem«, verlangte Jacobi und legte dabei mit der Linken sein Handy vielsagend vor sich auf den Glastisch.

Sappho seufzte, nahm den Brief nun doch zur Hand und begann zu lesen. Als sie schließlich das letzte Blatt zur Seite legte, sagte sie: »Und? Sind Sie jetzt zufrieden? Ein erschütternder Bericht, ja, aber wie ich vorhin schon sagte: Ich habe mit der ganzen Angelegenheit nichts zu tun.«

»So? Eine Angelegenheit nennen Sie es also, wenn Anneliese Dornhaag noch im Sterben versucht Sie davor zu bewahren, lebenslänglich weggesperrt zu werden?«

Lara Kronreif tippte sich mit allen zehn Fingern gegen ihre Brust. »Warum sollte sie mich retten wollen? Sie schreibt doch ausführlich, wer ihr bei den Morden zur Hand gegangen ist.«

»Das tut sie eben nicht. Außerdem war nicht sie die Federführende bei der ganzen Aktion. Die gesamte logistische Planung kam von Ihnen, angefangen vom Liquid Ecstasy im Sekt über die Zwischenlandung im Eiskeller, um Viebich zu ermorden und an seiner Stelle Anneliese Dornhaag zusteigen zu lassen, über den Absturz des Kuckuckskükens in Hofgastein bis hin zur scheinbar spontanen Landung in der Ecklgruben, die nicht nur das verspätete Eintreffen verschleiern sollte, sondern auch, dass es nicht Viebich war, der anschließend von dort oben geflohen ist.«

»Ich nehme an, Sie haben Viebich schon gefunden, da Sie sich Ihrer Sache so sicher sind?«

Ihr Sarkasmus konnte Jacobi nicht aus der Reserve locken. »Er wird ab morgen am Nordhang des Fritzerkogels gesucht, und ich bin sicher, wir werden Beweise für seine Anwesenheit dort oben finden«, sagte er ruhig. »Einfacher wäre es allerdings für uns, Sie würden uns einen Tipp geben, wo genau wir suchen sollen.«

»Sehr geistreich, Herr Major. Sind am Referat alle so humorvoll wie Sie?«

»Apropos geistreich: Dass Sie sich gegen neuerliche Übergriffe durch Rexeisen mit einem Brief bei einem Notar absichern wollten, kam zunächst recht gut rüber. Weil es aber diesmal Rexeisen war, der Schutz benötigt hätte, hat die zynische Umkehrung der Verhältnisse im Nachhinein wie eine Visitenkarte von Ihnen gewirkt. Kurz und gut: Die Coolness und Chuzpe, eine solche Operation durchzuziehen, hätte eine so gebrochene und nur mehr vom Hass am Leben gehaltene Frau wie Anneliese Dornhaag niemals gehabt.«

»Ihr Brief sagt aber etwas anderes.«

»Genau den Eindruck soll er ja auch erwecken. Trotzdem ändert das nichts daran, dass sie Ihnen nur assistiert hat. Zugegeben, sehr gut assistiert, denn die Tour hinauf zum Eiskeller muss ihr erst einmal einer nachmachen. Außerdem spielte sie ihre Rolle als flüchtiger Viebich hervorragend. Wäre sie nicht der Meinung gewesen, die Exekutive sei ihr schon dicht auf den Fersen und sie müsse deshalb Sie, Frau Kronreif, noch im Abgang schützen, dann würden wir vielleicht noch immer die Falschen verdächtigen.«

»Würden? Der Konjunktiv ist hier wohl fehl am Platz. Wenn Sie sich schon Florian Kerschhackl nicht als Mörder seines Kerkermeisters vorstellen wollen: Was ist mit Leonie Rexeisen, die man heute verhaftet hat? Warum sollte eine Frau wie sie nicht die Coolness aufbringen, von der Sie eben gesprochen haben, mal ganz abgesehen davon, dass sie einen Heißluftballon pilotieren kann?«

»Das hatten wir doch alles schon: Eine Witwe, die vom Tod

des Gatten so profitiert wie sie, wird natürlich als Erste auf Herz und Nieren überprüft, alles andere wäre unlogisch. Aber warum sollte sie sich ausgerechnet so ein Ballon-Szenario ausdenken, das nicht einmal das lausigste Alibi zulässt? Und vor allem: Welchen Zweck hätte die spektakuläre Demonstration für sie erfüllt? Eine Frau, die fast zwei Jahrzehnte benötigt hat, um sich von Rexeisen zu befreien, und sich nun anschickt, mit Viebich etwas Neues zu beginnen, die soll sich ausgerechnet mit dem Mord am kranken Gatten alles zunichtemachen? Ich frage Sie ernsthaft: Welchem Richter würde diese Widersprüchlichkeit nicht sofort auffallen?«

Lara Kronreif starrte ihn finster an. »Das gilt im Umkehrschluss ebenso für mich, Jacobi. Sicher, Rexeisen hat mir Diana genommen, trotzdem habe ich mir ein Leben nach meinen Vorstellungen aufgebaut, ohne mich wie Leonie Glirsch grotesk zu verbiegen und von irgendwelchen Machos schikanieren zu lassen. Warum also sollte ich mir das jetzt alles zerstören?«

»Weil Sie sich zur Rache verpflichtet fühlten. Auf Ihnen lastete eine Art Bringschuld. Deshalb auch der gewaltige Aufwand beim Mord an Rexeisen und Viebich, verbunden mit dem Kalkül, Leonie und Flo Kerschhackl als logische Verdächtige hinzuhängen, wobei Sie ein irrsinnig hohes Risiko eingegangen sind, erwischt zu werden. In Worte gekleidet würde das lauten: Siehst du, so sehr habe ich dich geliebt, Diana!«

Scheinbar verzweifelt schüttelte Sappho den Kopf. »Sie spinnen doch, Jacobi. Wahrscheinlich verdanken Sie Ihren Spitznamen Terrier Ihrer Borniertheit, die von den Medien als Fähigkeit missinterpretiert wird. Wenn Sie sich erst einmal in eine Idee verbissen haben, sind Sie nicht mehr davon abzubringen, nicht wahr? Aber in meinen Augen sind Sie alles andere als eine Zierde Ihrer Zunft und als Profiler und Psychologe eine vollkommene Niete.«

Gewöhnlich perlten Verbalinjurien an Jacobi ab wie Wasser auf fetter Haut, aber diesmal fühlte er sich unerklarlicherweise getroffen. »Sie waren es, Lara Kronreif!«, sagte er deshalb heftiger, als er es beabsichtigte.

»Womit wir wieder bei der Frage nach den Beweisen wären«, hielt sie dagegen.

»Die kommen schon noch, keine Sorge. Obwohl sie gar nicht mehr nötig wären, denn jeder Richter würde sich auf die bisher bekannten Indizien einlassen, denen ich jetzt noch vier weitere folgen lassen werde.« Diesmal erfolgte kein süffisanter Zwischenruf.

»Da wäre zunächst einmal das Ecstasy im Sekt vor dem Start des Heißluftballons«, begann Jacobi aufzuzählen. »Jemand, der wie Sie und Bi-Bee jene Erfahrungen auf der GAST gemacht hat, hätte wie ein Geier darauf geachtet, dass Ihnen so etwas nicht noch einmal passiert. Rexeisen und sein Anhang wären also gar nicht an die Flaschen herangekommen, und da die Motive von Bi-Bee verglichen mit Ihren der reinste Fliegenschiss sind, bleiben nur Sie übrig.«

»Reine Mutmaßung.«

»Das zweite Indiz ist Rexeisens rechter Arm. Sie haben ihn ihm nach dem Start ausgerenkt, um ihn wehrlos zu machen. Das geschah, noch ehe Anneliese Dornhaag zugestiegen war, weshalb dieses Detail im Abschiedsbrief auch nicht erwähnt wird. Ihre Komplizin hielt Rexeisens Unbeweglichkeit für die Folge eines Schlags gegen seinen Kopf.«

»Aber warum ich? Leonie oder Flo können es genauso gewesen sein.«

»Eben nicht. Rexeisen war nicht besinnungslos wie die anderen. Als das Ecstasy reihum zu wirken begann, hat er rasch begriffen, was die Stunde geschlagen hatte. Die Rächerin musste ihn also unschädlich machen, ohne ihn zu betäuben, schließlich sollte er alles mitbekommen, bis er selbst an der Reihe war. Weder Leonie noch Flo hätten es geschafft, ihm den Oberarmknochen so fachmännisch auszukegeln. Abgesehen von Ihnen, Frau Kronreif, beherrschte nur Viebich eine Nahkampf-Technik, aber der ist, wie wir ja wissen, ganz sicher nicht der Mörder.«

»Ich kann mich nur wiederholen: Sie kolportieren Auswüchse Ihrer Phantasie, die vor Gericht nicht standhalten werden.«

Ihre Gelassenheit wirkte aufgesetzt und beeindruckte ihn nicht mehr. »Auch die rätselhafte Landung in der Ecklgruben war ein Hinweis auf Sie: Natürlich waren die Turbulenzen ab Hofgastein nicht vorhersehbar gewesen, aber auch für solche

Fälle hatten Sie vorgesorgt. Von Anneliese Dornhaag wussten Sie, was Rexeisen im Jagdhaus geplant hatte und dass das Angertal unbedingt das Ziel der Ballonfahrt sein musste. Logischerweise durften Sie also dort nicht landen, sondern mussten auf die umliegenden Berghänge ausweichen, weil –«

»Weil?«, unterbrach ihn Sappho spöttisch.

»Weil Ihr Joker Anneliese von dort oben ungesehen türmen konnte«, ergänzte er unbeirrt. »Dazu boten sich die verfallene Mahdleiten-Alm, die weitläufige Erzwies und die weitab gelegene Ecklgruben an. Hätte der Ballon zum Beispiel die geplante Route geradeaus weiterverfolgt und wären Sie in der Mahdleiten-Alm gelandet, dann wäre Anneliese Dornhaag eben statt über die Gadaunerer Hochalm und den Karteisenwald entlang der Stubnerkogel-Nordflanke und durch den Burgerwald hinunter ins Angertal getourt.«

»Ihre Ideen werden immer skurriler und lassen über weite Strecken die Logik vermissen.«

»Das werden Sie vermutlich auch beim nächsten Indiz beanstanden: Denn wer außer Ihnen hätte nach der Landung in der Ecklgruben ein Interesse daran gehabt, die Ballonhülle sofort für eine Sonnenuntergangsfahrt ins Tal in Position zu bringen? Rexeisens Witwe, die schon Heißluftballone pilotiert hat, wäre theoretisch die einzig andere Alternative gewesen, aber warum zum Teufel hätte sie sich, nachdem sie eben erst ihren Gatten und ihren Geliebten ermordet hatte, um die Ballonhülle scheren sollen?«

»Um den Verdacht auf mich oder Bi-Bee zu lenken.«

»Etwas Fadenscheinigeres fällt Ihnen wohl nicht ein?«

»Doch. Das alles sind nichts als pure Vermutungen. Jeder halbwegs gute Anwalt wird Ihnen das in der Luft zerfetzen.«

»Also gut, dann nehmen wir jetzt die Beweiswürdigung vor.«

»Da bin ich aber neugierig.«

»Die Hinweise, die ich heute von Ihrer Jugendfreundin Anna Ährenegger erhalten habe, haben Sie, Frau Kronreif, als Täterin entlarvt und werden vor Gericht sicher eine Rolle spielen. Aber wirklich entscheidend war mein Anruf grad vorhin bei Ihrer Lebensabschnittspartnerin Evelyn Lohbauer.«

Sapphos Blick nahm einen äußerst wachsamen Ausdruck an.
»Sie können sich bestimmt an unser Gespräch im Ecklgruben-Kar erinnern«, fuhr er fort. »Es wurde erörtert, warum der Täter den Ballon ausgerechnet dort oben in den Schnee gesetzt hat. Es war halb fünf durch, ich habe wegen der beginnenden Dämmerung auf die Uhr gesehen.«

»Und?«

»Frau Lohbauer sagte, Salztrager müsse inzwischen auch am Parkplatz angekommen sein.«

»Ich kann Ihrem Gedankengang beim besten Willen nicht folgen, Herr Major.« Das Callgirl lehnte sich relaxed zurück. »Was ist an diesem Satz so außergewöhnlich?«

Doch Jacobi ließ sich durch ihre Coolness nicht täuschen und blieb weiterhin auf alles gefasst. »Ja, warum erwähnte Frau Lohbauer eine solche Selbstverständlichkeit?«, schloss er an ihre Frage an. »Salztrager war um neun Uhr Vormittag von der Postalm weggefahren, hätte also um sechzehn Uhr dreißig schon seit Stunden im Angertal sein müssen. Der Hinweis machte nur dann Sinn, wenn Ihr Mitarbeiter zwischenzeitlich aufgehalten worden wäre.« Wieder trafen sich ihre Blicke, und er konnte an ihren Augen ablesen, dass sie sehr wohl wusste, wovon er sprach. »Doch woher sollte Bi-Bee wissen, dass ihr gelegentlicher Bettwärmer —«

»Sparen Sie sich diese herabwürdigende Ausdrucksweise«, unterbrach Kronreif ihn scharf.

»Pardon. Woher also sollte Evelyn Lohbauer wissen, dass ihr, äh, Kollege Salztrager wegen eines schweren Unfalls am Taleingang von Gastein ganze zwei Stunden auf der B 311, der Salzachtal-Bundesstraße, im Stau gestanden hatte?«

»Na, woher wohl?«, höhnte sie. »Höchstwahrscheinlich hat er sie angerufen.«

»Ja, er hat angerufen, nicht nur ein Mal — und nicht nur Frau Lohbauer, sondern auch Sie, weil Ihr Handy den besseren Empfang hatte. Selbstverständlich haben Sie nicht abgehoben und auch die Mailbox nicht abgehört, denn offiziell waren Sie ja besinnungslos. Also hat der gute Peter um zwölf Uhr noch eine SMS geschrieben und erst dann die Versuche, Sie beide zu kontaktieren, vorläufig eingestellt.«

»Ach? Was Sie nicht sagen? Und das soll jetzt meine Täterschaft beweisen?«, spottete sie.

»Sie scheinen schon wieder vergessen zu haben, dass sich mein Gespräch mit Frau Lohbauer nicht nur ums Wetter drehte. Sie selbst haben bei Ihrer Einvernahme ausgesagt, Sie hätten Ihre Freundin gebeten, die Ereignisse auf der GAST zu verschweigen. Ich vergegenwärtigte mir die Situation, als Sie das von ihr verlangten: Sie mussten in der Ecklgruben auf unser Eintreffen warten – im Ballonkorb zusammengepfercht mit zwei Personen, denen Frau Lohbauer und Sie sehr reserviert gegenüberstanden.«

»Natürlich war die Gesellschaft nicht die beste, aber das hat nichts zu bedeuten. Wollen Sie nicht endlich zum Punkt kommen?«

»Gleich, Frau Kronreif, gleich. Ihre Freundin bestätigte mir, dass die Atmosphäre nicht nur wegen der winterlichen Verhältnisse frostig gewesen sei und sie sich aus diesem Grund nur mit Ihnen über Ihre Lage ausgetauscht hätte. Und da Frau Lohbauer laut übereinstimmenden Aussagen als Erste das Bewusstsein wiedererlangt hatte, war sie es natürlich, die den Notruf absetzte. Erst anschließend kümmerte sie sich um Sie. Als sie später dann auch Salztrager anrufen wollte, passierte es …«

»Was denn, Sie Superbulle?« Zum zweiten Mal schien Sapphos Selbstsicherheit Sprünge zu bekommen. Sie zeigte Nerven.

»Ihre Freud'sche Fehlleistung. Nachdem sich Bi-Bee um Sie bemüht hatte, waren Sie – natürlich einige Minuten nach ihr – offiziell wieder erwacht. Frau Lohbauer besprach sich mit Ihnen und sagte auch, dass sie jetzt Salztrager anrufen würde. Da erwiderten Sie, er sei wegen eines Unfalls ohnehin erst seit Kurzem im Angertal. Logisch, Sie hatten ja seine SMS gelesen.«

»Ich hab da oben weder eine SMS gelesen noch etwas Derartiges gesagt.«

»Doch, das haben Sie. Vielleicht haben Sie ja sogar noch am Vormittag vom Ballon aus den Stau auf der Salzachtal-Bundesstraße mit dem Fernglas beobachtet? Ihre Freundin hatte die SMS logischerweise auch schon gelesen und fragte deshalb erstaunt, woher Sie von dem Unfall in der Klamm wissen konnten.«

»Das ist doch purer Unsinn! Ein solches Gespräch hat nie stattgefunden.«

»Es ist kein Unsinn. Sie stotterten rum, Sie wüssten nichts von einem Unfall in der Klamm, baten die Freundin aber wohlweislich, bei den Vernehmungen sowohl die GAST-Geschichte als auch den sogenannten Versprecher zu verschweigen.«

Sappho schüttelte nur stumm den Kopf.

»Sie werden sich Ihren Kurzschluss vermutlich selbst nicht erklären können«, fuhr Jacobi ungerührt fort, »aber ich kann es noch weniger. Nachdem Sie sonst alles bis ins Kleinste ausgetüftelt und einen regelrechten Feldzugsplan entworfen hatten, unterlief Ihnen auf einmal dieser lächerliche Patzer, der mindestens eine weitere Mitwisserin bedeutete. War es das plötzliche Nachlassen der Spannung nach der Landung, oder hatten Sie nach Ihrer Rache noch zu viele Endorphine im Blut?«

»Sie phantasieren, Jacobi.« Ihre drohend zusammengezogenen Brauen sagten allerdings etwas anderes.

»Ich phantasiere nicht, Frau Kronreif, denn ich habe vorhin nicht nur mit Frau Lohbauer telefoniert, sondern gleich anschließend auch mit Herrn Salztrager. Frau Lohbauer ist mit der Wahrheit rausgerückt, und Salztrager hat ihre Angaben Punkt für Punkt bestätigt.« Er verzichtete darauf hinzuzufügen, wie sich die doppelt abgesicherte Aussage auf die Mordanklage auswirken würde.

Plötzlich schoss Lara Kronreif wie von der Tarantel gestochen in die Höhe, und Jacobi nahm sofort Schussposition ein. »Ich muss nachdenken«, sagte sie geistesabwesend, dann entfernte sie sich in Richtung Schlafzimmer.

Fast beschämt ließ Jacobi die Waffe sinken, hörte dann aber das Schnappen von Kofferschlössern und schüttelte verärgert den Kopf. »Frau Kronreif, was soll das noch? Wir sind doch erwachsene Menschen. Müssen wir uns diese infantile Prozedur mit Einsatzkommando et cetera wirklich antun?«

Doch Sappho setzte ihre Packerei fort, als wäre nicht sie, sondern jemand anders gerade des Mordes an Alarich Rexeisen überführt worden. Als sie den nächsten Vuitton-Koffer an Jacobi vorbeitrug und zu den andern beiden stellte, fiel ihm auf, dass sie nicht mehr ihre Laufschuhe trug.

Sie bemerkte seinen Blick. »Wenn ich diese Galoschen länger bei irgendwelchen Arbeiten trage, beginnt mir rechts der Rist wehzutun, also ziehe ich sie lieber aus.«

Er glaubte zu träumen. Ihr stand »lebenslänglich« bevor, und sie betrieb Small Talk über Schuhe? Eine klassische Übersprunghandlung? Langsam drohte ihm der Geduldsfaden zu reißen.

»Setzen Sie sich hin, Frau Kronreif, und zwingen Sie mich nicht, von der Waffe Gebrauch zu machen. Ich werde jetzt telefonieren ...«

Sie durchquerte wieder die Wohnküche und verschwand im Schlafzimmer, als wäre er nicht vorhanden. Natürlich hatte sie gewusst, dass er nicht schießen würde, und wieder ärgerte er sich über sich selbst.

»Wie Sie wollen, Frau Kronreif!«, rief er ihr hinterher, während er wütend nach dem Handy griff. »Dann packen Sie meinetwegen weiter, auch wenn Sie für die U-Haft nur einen sehr kleinen Koffer brauchen. Ganz offensichtlich besteht bei Ihnen –« Er registrierte die Bewegung in seinem Rücken zwar intuitiv, doch als er herumfuhr, war es bereits zu spät: Der Tritt traf ihn über dem rechten Ohr, dann wurde ihm schwarz vor Augen.

34 ALS SEIN BEWUSSTSEIN, begleitet von rasenden Kopfschmerzen, zurückkehrte, waren seine nächsten Wahrnehmungen der Knebel im Mund und das Paketklebeband, das ihn nur durch die Nase atmen ließ. – Wie bei Rexeisen, durchzuckte es ihn siedend heiß.

Er hätte sich ohrfeigen können, doch selbst das wäre ihm in seiner Situation nicht möglich gewesen, denn auch seine Handgelenke waren mit Klebeband auf den Rücken gefesselt. Sein reflexartiger Versuch, sich zu befreien, scheiterte kläglich.

Er war vorgewarnt gewesen und nicht etwa ahnungslos in die

Falle gestolpert. Er hatte gewusst, dass er es mit einer Karateka zu tun hatte, und deshalb die Glock schussbereit in der Hand gehabt. Und trotzdem war er von Lara Kronreif erbärmlich ausgetrickst worden. Beinahe vor seinen Augen hatte sie ihre Schuhe ausgezogen, um sich geräuschlos an ihn heranschleichen zu können, war dann vom Schlafzimmer durch das Bad auf den Flur und von dort wieder rein in die Wohnküche gehuscht und hatte ihn, während er sie noch im Schlafzimmer glaubte, kurzerhand von hinten mit einem Fußfeger niedergestreckt.

Inzwischen war sie in Thermo-Jeans und pelzgefütterter Lederjacke reisefertig gekleidet und trug eben den letzten Koffer ins Stiegenhaus zum Aufzug. Die anderen musste sie schon fortgeschafft haben, während er noch besinnungslos gewesen war.

»Beten Sie, dass uns unten niemand begegnet und keiner von diesen Pressefritzen rumlungert«, sagte sie, als sie wieder zurückkam. »Das würde böse für alle ausgehen, Jacobi. Ich brauche unbedingt diesen einen Tag Vorsprung.« Sie sah die Frage in seinen Augen. »Ja, ich habe Bi-Bee schon vor Monaten mehrheitlich an ›Ballooning Escort‹ beteiligt und zu Beginn des Geschäftsjahres auch mit der Firmenleitung betraut. Sogar bei der Aufnahme eines Kredits war ich ihr behilflich, denn in der letzten Zeit drängte es mich mehr und mehr, nicht nur das Land, sondern den Kontinent zu verlassen. Bi-Bee war so loyal, meine diesbezüglichen Pläne nicht in alle Welt hinauszuposaunen.«

Sie packte Jacobi mit dem Rautengriff unter den Achseln und schleppte ihn ohne große Mühe zur Wohnungstür. »Dass ich sie in der Eckgruben gebeten habe, meine Auswanderungspläne auch Ihnen gegenüber nicht zu erwähnen, leuchtete ihr natürlich ein«, setzte sie fort, nachdem sie ihn mit dem Rücken gegen die Flurwand gelehnt hatte. »Schließlich sind wir ja schon einmal hart mit Rexeisen aneinandergeraten, was – wie sie meinte – Ihre Bullen-Phantasie sofort in Bewegung gesetzt hätte.«

Sappho schien noch immer nicht realisiert zu haben, dass es ausgerechnet ihre Bi-Bee gewesen war, die sie mit ihrer unvorsichtigen Bemerkung nun ans Messer geliefert hatte. Möglicherweise wollte sie es auch einfach nicht wahrhaben.

Sie spähte durch den Spion ins Stiegenhaus. An diesem Dienstagabend schien, von ihr selbst abgesehen, im gesamten Wohnblock kaum jemand zu Hause zu sein. Kurz entschlossen zog sie Jacobi zur Tür hinaus und hinüber in die Aufzugskabine, die durch den letzten Koffer offen gehalten wurde. »Wenn Sie trotz Ihrer Fesseln versuchen mir beim Transport Schwierigkeiten zu machen, hau ich Sie noch einmal k.o«, flüsterte sie ihm zu. »Und so ein Hieb kann in der Hektik schnell zu heftig ausfallen, klar?«

Sekunden später schleppte sie ihn bereits durch die Tiefgarage zu ihrem 5er-BMW Kombi, dessen Heckklappe auf stand. Das bereits verstaute Gepäck war auf der Ladefläche bei umgelegten Rücksitzen weit nach vorn gerückt und mit einer Sichtschutzplane bedeckt worden.

Es waren kritische Augenblicke. Jeder zufällig aufkreuzende Bewohner hätte eine Eskalation bewirken können, aber es kam niemand, und Jacobi landete schneller auf der Ladefläche, als er es sich zuvor ausgemalt hatte.

»Ziehen Sie die Beine an und machen Sie sich kleiner!«, befahl Sappho. »Sonst werde ich das tun, wenn Sie nichts mehr davon spüren.«

Jacobi leistete der Aufforderung sofort Folge. Nur wenn er bei Bewusstsein blieb, konnte er mit einer wenigstens theoretischen Chance zur Flucht rechnen.

Sappho holte jetzt den letzten Koffer aus der Aufzugkabine, verstaute ihn hinter den Vordersitzen des Kombis, zog das Laderaumrollo über den hinteren Teil der Ladefläche, auf der Jacobi zusammengekrümmt lag, und ließ die Heckklappe einrasten. Selbst ein naseweiser Reporter mit Taschenlampe hätte so kaum etwas Verdächtiges am Gepäckabteil entdecken können. Sekunden später hörte er, wie seine Entführerin hinter dem Lenkrad Platz nahm.

»Wenn Sie sich ruhig verhalten, passiert Ihnen nichts – jedenfalls vorläufig«, sagte sie und startete.

Der Wagen hatte die Tiefgarage gerade verlassen, als er auch schon wieder rechts ausscherte und anhielt. Der Verkehrslärm war noch nicht besonders stark, weshalb Jacobi vermutete, dass sie sich noch immer auf der Richard-Kürth-Straße befanden. Er hörte einen Pkw näher kommen, dem dezenten Motorengeräusch nach ein Mercedes-Sechszylinder. Er wurde langsamer und blieb schließlich direkt neben dem BMW stehen. Sappho stellte den Motor ab, die Tür klappte, sie stieg aus.

Würde in dem Wagen jemand sitzen, den sie kannte, hätte sie jetzt nur die Seitenscheibe runtergelassen, schoss es Jacobi durch den Kopf. Also musste der Fahrer des Mercedes eine ihr fremde Person sein, und wer, wenn nicht ein Exekutivorgan, könnte einen Pkw-Lenker mitten in der Nacht zum Anhalten veranlassen?

Vermutlich war Sappho ausgestiegen, damit sie ausreichend Bewegungsfreiheit hatte, um nötigenfalls ihre überlegene Kampftechnik ausspielen zu können.

Wieder wurde eine Wagentür geöffnet, und wieder hörte Jacobi anschließend Schritte auf der Straße.

»Was gibt's? Hab ich falsch geparkt?«, fragte Sappho. Im selben lässigen Tonfall hatte sie schon in der Ecklgruben Feuersangs Fragen beantwortet. Die Frau war eiskalt. Vielleicht war sie es nicht immer gewesen, billigte er ihr im Stillen zu, aber jetzt gab es keinen Zweifel mehr, dass sie es war. Und dann gefror ihm fast das Blut in den Adern.

»Leutnant Melanie Kotek, Kriminalreferat für Gewaltverbrechen«, hörte er seinen Lebensmenschen sagen. »Sie sind doch Frau Kronreif, wenn ich Ihr Nummernschild richtig gelesen habe? Eigentlich hatte ich erwartet, Major Jacobi bei Ihnen anzutreffen. Er hat mir hinterlassen, dass er zu Ihnen fahren würde.«

Jacobi hielt den Atem an. Er hatte das zwar erst für den nächsten Tag angekündigt, aber Melanie war nicht auf den Kopf gefallen. Auch wenn Rexeisens Witwe keineswegs von jedem Verdacht befreit war: Seit heute Nachmittag war sie als Hauptverdächtige nicht mehr in Zement gegossen, was in weiterer Folge die Vermutung zuließ, dass Anneliese Dornhaag in ihrem Brief gleich mehrfach gelogen hatte. Nur – zu wessen Gunsten? Wer von den fünf kam außer der Steirerin noch als Mörder in

Frage? Viebich nicht, der ruhte höchstwahrscheinlich irgendwo im Eiskeller am Grund einer Doline. Und Flo Kerschhackl schon gar nicht. Somit blieben nur noch zwei übrig, jene zwei, die er Melanie auf der Rückfahrt von Bischofshofen genannt hatte.

Möglicherweise hatte sie bereits rumtelefoniert. Im Ausheben von Infos war sie schon immer unheimlich fix gewesen. Jacobi betete, dass sie Anna Ährenegger noch nicht kontaktiert hatte, denn er schätzte Sappho so ein, dass sie beim geringsten sichtbaren Anzeichen einer Bedrohung sofort zuschlagen würde. Sosehr er im ersten Augenblick beim Klang von Melanies Stimme auch innerlich gejubelt hatte, jetzt bangte er um ihr Leben. Der Stress, dem die Mörderin trotz aller Coolness unterworfen war, musste ungeheuer sein und konnte sie bei der kleinsten Kleinigkeit zu überzogener Gewaltanwendung veranlassen. Die Angst um Melanie ließ Jacobis Puls rasen.

»Das stimmt, Major Jacobi war bis vor Kurzem in meiner Wohnung. Er wollte wissen, wo er Bi-Bee finden könnte«, antwortete Sappho völlig unbefangen. »Ich sagte, ich würde gleich nach Abersee fahren, weil ich Ballooning-Equipment«, vermutlich deutete sie in diesem Moment nach hinten, »rausbringen muss. Er bräuchte also nur wenige Minuten zu warten, bis ich mit dem Einladen fertig sei, und dann hinter mir herfahren.«

»Aber das wollte er offensichtlich nicht?«

»Nein, das wollte er nicht«, bestätigte Sappho. »Er sagte, er würde die Adresse ohnehin kennen, und ist dann wieder gegangen.«

»Die Adresse kenne ich auch. Bi-Bee wohnt in der Nähe des Campingplatzes und Ihres Hangars, nicht wahr? Allerdings hat sie auch noch eine Wohnung hier in der Stadt.«

»Ja, aber im Moment ist sie am See draußen. Wollen Sie vielleicht hinter mir herfahren?«, bot die Kidnapperin Melanie Kotek kaltblütig an. »Ich muss allerdings noch auf einen Sprung bei unsrer Buchhalterin vorbei. Frau Wimmer wohnt in der Voglweiderstraße, es dauert höchstens fünf Minuten.«

Jacobi flehte die Himmlischen an, seine Melanie Nein sagen zu lassen.

»Danke«, sagte Kotek, »das wird nicht notwendig sein. Wir

haben ohnehin die Telefonnummern. Nur seltsam, dass der Major sein Handy abgeschaltet hat.«

»Bei mir schalten Männer des Öfteren ihr Handy ab«, sagte Sappho leichthin. »War nur ein Scherz«, fügte sie schnell hinzu. »Major Jacobi ist gleich wieder gegangen, als er Bi-Bee nicht bei mir angetroffen hat.«

Jacobi wusste nicht, ob er sich für die Entscheidung, den RS4 in der Quergasse zu parken, beglückwünschen oder verfluchen sollte. Hätte Melanie den Wagen entdeckt, wüsste sie jetzt Bescheid, aber dann konnte ihr in den nächsten Sekunden noch Schlimmeres passieren als vorhin ihm. Doch allem Anschein nach hatte sie seinen Wagen nicht bemerkt.

»Okay, Frau Kronreif. Und noch was: Um ein paar missverständliche Angaben zu korrigieren, ersuchen wir Frau Lohbauer und Sie, morgen Vormittag noch einmal aufs Referat zu kommen. Um zehn Uhr, wenn's recht ist.«

»In Ordnung, wir kommen. Dann wünsche ich Ihnen noch einen schönen Abend.«

»Den wünsche ich Ihnen auch.« Die linke hintere Seitentür wurde geöffnet, und Sappho kramte kurz unter der Sichtschutzplane herum. Einige Sekunden später fuhr der Mercedes wieder an und nahm rasch Fahrt auf. Jacobi spitzte die Ohren, um mitzukriegen, in welche Richtung Kotek fuhr oder ob sie wieder stehen blieb, aber der Verkehrslärm war zu intensiv. Erst als der BMW nach mehr als einer Minute noch immer nicht gestartet wurde, begriff er: Nicht Melanie war weggefahren, sondern Sappho hatte am Steuer ihres SLKs gesessen.

Möglicherweise hatte Melanie doch den Braten gerochen, war aber gegen die Karateka chancenlos gewesen. Vom Kampf selbst hatte Jacobi nichts gehört, Sapphos Tritt oder Schlag musste blitzartig gekommen sein. Danach hatte sie die K.o.-Geschlagene aufgefangen und auf den Beifahrersitz des Mercedes-Roadsters deponiert. Die hintere Tür des eigenen Wagens hatte Sappho wahrscheinlich nur geöffnet, um die Paketkleber-Rolle herauszuholen.

Was den plötzlichen Angriff letztlich provoziert hatte, darüber konnte Jacobi nur spekulieren. Vielleicht hatte die Doppelmörderin Melanie auch nur vorbeugend aus dem Verkehr gezogen, um ihre Flucht nicht zu gefährden. Schließlich konnte sie nicht damit rechnen, dass der Leiter des Referats 112 ein solcher Vollidiot war, dass er seine Leute über Ermittlungsergebnisse im Unklaren ließ.

In ohnmächtigem Zorn versuchte Jacobi trotz der Fesseln von innen gegen die Heckklappe zu treten, aber mehr als ein schwaches Pochen brachte er nicht zustande.

Dafür öffnete sich wieder die Fahrertür. »Wenn Sie damit nicht augenblicklich aufhören, ziehe ich Ihnen eins über«, sagte Sappho leidenschaftslos und setzte sich wieder hinters Lenkrad. »Ihrer Kollegin ist nicht viel passiert, aber wenn ihr Informationsstand in etwa auf Ihrem Level ist, kann ich sie nicht wieder laufen lassen. Ich hab sie in ihrem Flitzer in die Tiefgarage gefahren und dort sicher verstaut. Abgesehen von Kopfweh und Kreuzschmerzen vom kleinen Kofferraum wird sie nicht viel zurückbehalten. Vielleicht noch einen Schnupfen. Eine kalte Märznacht bewegungslos in einer Tiefgarage zu verbringen, ist ja vielleicht nicht das Allerprickelndste. So, wir fahren jetzt los. Und sollten Sie mich durch sinnloses Rumgehopse zum Anhalten zwingen, werden Sie was erleben. Also, überlegen Sie es sich gut.«

35 WÄHREND DER FAHRT kreuz und quer durch die nächtliche Stadt musste Jacobi am eigenen Leib erleben, dass es einen Unterschied macht, ob man hinter dem Lenkrad eines modernen Pkws aktiv auf die befahrene Straße reagiert oder man als gefesseltes Bündel im Kofferraum im Nachhinein über den Zustand der Fahrbahn informiert wird.

Da er mit Übelkeit zu kämpfen hatte, fiel es ihm schwer, auf die vorbeiflutenden Geräusche zu achten. Die einzige Wahrnehmung, die eine vorübergehende Standortbestimmung gestattete, war, dass Sappho auf der Innsbrucker Bundesstraße stadtauswärts fuhr und dabei den Flughafen passierte, danach verlor er jegliche

Orientierung und wartete vergeblich darauf, dass der BMW irgendwo auf die Autobahn abbog.

Sappho fuhr zügig, raste aber nicht, um nicht aufzufallen. Jacobi hatte nicht die geringste Vermutung, in welche Richtung sie unterwegs waren, er wusste nur, dass sie sich auf einer durchschnittlich frequentierten Straße von der Stadt entfernten. Der Gegenverkehr ließ kaum nach, aber ringsum verstummten die Geräusche immer mehr. Nach etwa einer Viertelstunde drang doch wieder der gedämpfte Lärm kleinerer Ansiedlungen an seine Ohren, der schließlich aber endgültig verebbte.

Irgendwann durchquerten sie einen Tunnel, und bald danach bogen sie scharf rechts ab, wie Jacobis Magen leidvoll zur Kenntnis nehmen musste. Danach ließ der Straßenbelag immer stärker zu wünschen übrig. Gerade als Jacobi Würgekrämpfe zu schaffen machten, hielten sie an. Sappho stieg aus und entfernte sich auf einem hartgesandeten Weg. Gleich darauf knirschte irgendwo ein altes rostiges Schloss, dann war eine Zeit lang nichts mehr zu hören. Als sich urplötzlich die Heckklappe des Wagens öffnete, schreckte Jacobi hoch. Er hatte gar nicht gehört, dass die Kidnapperin zurückgekommen war.

Sie leuchtete ihn mit einer starken Stablampe an. »Sie schwitzen ja wie ein Heizer. Oder ist Ihnen derart übel? Ein ehemaliges Rallye-Ass wie Sie sollte das Autofahren eigentlich besser vertragen.« Sie hatte sich also längst über ihn informiert. »Na, gleich wird es Ihnen besser gehen – wenigstens für den Augenblick. Den Knebel mache ich allerdings erst ab, wenn wir drinnen sind.«

Wo drinnen?, fragte sich Jacobi, aber er hätte ja nicht einmal sagen können, ob sie in Salzburg, in Oberösterreich oder in Bayern waren. Als der Lichtkegel von seinem Gesicht wegschwenkte, sah er nur den schwarzen Nachthimmel.

Wieder fasste sie ihn mit dem Rautengriff unter, und während er abermals gegen den Würgereiz ankämpfte, lupfte sie ihn mit überraschender Leichtigkeit aus dem Kofferraum und zog ihn hinter sich her. Seinen Schuhabsätzen bekam die Art des Transports vermutlich nicht besonders gut, erst recht nicht, da es nun über einige Stufen bergab ging, aber das war im Moment seine geringste Sorge.

Trotz seiner Übelkeit war ihm relativ klar, wie Sappho weiter vorzugehen gedachte. Sie würde ihn in einem Versteck als Geisel für den Fall behalten, dass ihr Versuch misslang, sich ins Ausland abzusetzen. Der Nervenkrieg, der dann mit Staatsanwältin Schratzenfischer folgen würde, konnte für ihn, Jacobi, tödlich ausgehen, wobei es zusätzlich darauf ankam, ob und wie viel Wasser in seinem Gefängnis verfügbar war.

Gelang der Doppelmörderin aber die Flucht, war es ebenfalls höchst fraglich, ob sie das Risiko einging, ihren Aufenthaltsort durch einen Anruf zu verraten, nur um die nicht mehr benötigte Geisel vor dem Verdursten und Verhungern zu bewahren. Natürlich, das musste Jacobi sich schweren Herzens auch eingestehen, gab es noch die dritte Möglichkeit, dass die Kronreif ihn nicht lebend, sondern als Leiche hier zu verstecken gedachte.

Je näher sie der Tür kamen, deren Schloss er vorhin gehört hatte, umso heller wurde es um ihn herum. In dem Gebäude dicht hinter ihm brannte irgendwo Licht. Wieder ging es über etliche Stufen hinunter, und seine Absätze rumpelten über einen alten Türstock. Sie befanden sich im Kellerflur eines alten unbewohnten Hauses mit niedriger Decke. Links und rechts führten ebenso niedrige Türen in irgendwelche Räume. Das Licht kam von einer nackten Vierziger-Glühbirne, die von der Flurdecke herunterhing.

Am Ende des Flurs stand eine massive eisenbeschlagene Eichentür offen, die beidseitig mit schweren Riegeln versehen war. Jacobi riskierte einen Blick über die Schulter in einen kleinen, blassrosa tapezierten Raum. Er war fensterlos, wurde ebenfalls von einer Vierziger-Birne erhellt und enthielt einen Tisch, zwei Stühle, ein Biedermeier-Sofa mit typischem Streifendesign und einen Nachttisch. Möbel und Tapeten waren mit einer dicken Staubschicht bedeckt. Jacobi wurde in das Zimmer geschleppt und kam schließlich auf dem verblichenen, aber durchaus straff gepolsterten Sofa zu liegen.

Sappho warf ihre Umhängtasche auf den Tisch und ging zu einem Rotkreuz-Kasten, der an der Wand rechts neben der Tür hing. »Tut mir leid, dass es hier nicht allzu sauber ist«, sagte sie. »Der Raum wurde jahrelang nicht mehr benutzt.«

Sie nahm ein Paar Handschellen von leicht bläulicher Patina aus dem Kasten. Obwohl das sehr rasch geschehen war, hatte Jacobi noch andere Stahlfesseln über der Erste-Hilfe-Box hängen sehen. Wo befand er sich hier bloß?

Sappho kam wieder zum Sofa zurück und öffnete über seinem Kopf eine kleine Tapetentür, die er bisher nicht bemerkt hatte. Hinter ihr kamen waagrecht verlaufende Eisenrohre, zum Teil mit Wasserhähnen versehen, zum Vorschein.

»Das war vor längerer Zeit einmal ein Heizungskeller, der dann aber für andere Zwecke adaptiert wurde, weshalb man die Seite hier mit einer Zwischenwand überblendet hat.«

Die angedeuteten Zwecke erläuterte Sappho nicht näher, sondern zog stattdessen seine Glock unter ihrer Lederjacke hervor. Jacobi, dessen Übelkeit nachgelassen hatte, wurde wieder mulmiger zumute. Seine Reaktion blieb Sappho nicht verborgen.

»Keine Angst, ich habe nicht vor, Sie zu erschießen. Ich gehe nur auf Nummer sicher. Ich bin es müde, ständig drohen zu müssen. Sie werden jetzt Ihre rechte Hand selbst an das mittlere der Heizungsrohre ketten. Sie wissen ja besser als ich, wie so etwas geht.« Sie befreite ihn von seinem Knebel und schnitt ihm die Paketklebebänder an den Handgelenken mit ihrem Schweizer Messer auf. Dann trat sie ein paar Schritte zurück.

Jacobi verzichtete auf jegliche Mätzchen, die seine Situation nur verschlechtert hätten, und tat, was sie verlangte. Als auch die zweite Stahlklammer einrastete, nickte sie zufrieden und sah auf ihre betont schlichte Herrenarmbanduhr mit blauem Zifferblatt. Eine Frau wie sie könnte sich vermutlich auch ein exklusiveres Chronometer leisten, dachte er. Sie hatte seinen Blick auf ihre Uhr bemerkt. »Es ist elf Uhr dreißig durch, und ja: Die Uhr war ein Geschenk von Diana.«

»Sie sind eine gute Beobachterin«, krächzte er und erschrak über seine eigene Stimme. Die Knebelung hatte ihre Spuren hinterlassen.

Ohne seine Äußerung zu kommentieren, verließ Sappho das bunkerartige Gelass und kehrte nach einigen Minuten mit zwei

Mineralwasserflaschen zurück, was Jacobis Stimmung beträchtlich hob.

»Scheint so, als hätte Ihre Dienststelle tatsächlich noch nichts von Ihrem Pech und dem Ihrer Kollegin spitzgekriegt«, sagte sie fast aufgeräumt. »Jedenfalls ist weder in den Nachrichten noch im Polizeifunk etwas in dieser Richtung zu hören.«

»Wo sind wir eigentlich?«

»Das werden Sie zu angemessener Zeit noch erfahren, aber nicht heute.« Sie stellte die Flaschen so ab, dass er sie mit der linken Hand erreichen konnte. Von einer schraubte sie den Verschluss ab.

Ihr Verhalten stimmte ihn zumindest für die folgenden Stunden optimistisch, denn wer dafür sorgte, dass sein Gefangener nicht gleich verdurstete, hatte auch nicht vor, ihm Gewalt anzutun.

Allerdings verließ Lara Kronreif den Raum bereits wieder, ehe er noch eine Frage über den jetzigen Verwendungszweck des Gebäudes anbringen konnte. Diesmal blieb sie länger weg – die Lampe hatte sie allerdings nicht ausgemacht.

36 NACH EINER GUTEN VIERTELSTUNDE begann es plötzlich nach Kaffee zu duften und Sappho kam mit einer Thermoskanne und zwei weißen Zellulosebechern zurück. Sie schenkte die zwei Becher voll und stellte Jacobi einen davon auf das Nachtkästchen

Er verzichtete darauf zu fragen, wo und wie sie so plötzlich Kaffee aufgetrieben hatte, aber als sie zum Tisch zurückging, die Pistole hinlegte und ein Radio in Spielkartenformat neben Kaffeebecher und Umhängtasche stellte, war ihm klar, dass sie nicht sofort aufbrechen wollte. Und er wusste auch, warum. Sie würde mindestens zwei Mal die Nachrichten hören und erst anschließend losfahren. Falls sie sich noch in Österreich befanden und auf Hauptverkehrsrouten schon Kontrollen vorgenommen wurden, so hatte sie nach Mitternacht auf Schleichwegen die besseren Chancen, ihr nächstes Ziel unbehelligt zu erreichen.

»Tut mir leid, dass der Kaffee schon ein bisserl alt ist, aber ich war seit Jahren nicht mehr hier. Immerhin war er noch vakuumverpackt und ich hab ihn mit einer Handmühle frisch gemahlen. Falls er trotzdem nicht schmeckt, ist er wenigstens nicht das Einzige, was schal geworden ist.« Er warf ihr einen fragenden Blick zu, und sie ergänzte: »Das hier war meine erste Arbeitsstätte nach dem Tod von Diana.«

»Als Sex-Arbeiterin?«

»Als Sex-Arbeiterin, hauptsächlich für Fernfahrer«, bestätigte sie ungerührt. »Über uns befinden sich die einstigen Gaststuben eines Wirtshauses, in dem man nicht nur gut essen, sondern auch ein Schäferstündchen in den Zimmern hier unten verbringen konnte, wenn man gut bei Kasse war. Dieser Raum war der sogenannte Bunker, in den die Mädchen flüchteten, wenn Freier besoffen waren und allzu sehr über die Stränge schlugen. Manchmal lief's aber auch andersrum.«

»Sie meinen, Sie haben die Randalierer eingesperrt, bis die Polizei sie abholte?«

»Sie sagen es.«

»Sind Sie auch manchmal geflohen?«

»Nein, Karate konnte ich schon damals.«

»Wie kamen Sie überhaupt auf die Idee, sich als Nutte zu verdingen? Ich dachte, Sie hätten ursprünglich nur Frauen an sich rangelassen, und hatten Sie nicht eigentlich Buchhalterin gelernt?«

»Erstens ist es ja wohl meine Sache, wie ich mein Geld verdiene, zweitens mag ich den Ausdruck Nutte nicht, und drittens sind meine sexuelle Orientierung und eine Dienstleistung ja wohl zwei Paar Schuhe. Außerdem dürfte Ihnen nicht entgangen sein, dass ich zwei Jahre lang verheiratet war. Helmut wäre mit einer Josefsehe sicher nicht einverstanden gewesen. Ich hoffe, Sie gehören nicht zu den Typen, deren einfach gestrickte Vorstellung von lesbischen Frauen sich auf zwei glatt und zwei verkehrt beschränkt.«

»Nein, dazu gehöre ich nicht.«

»Gut, und eigentlich haben wir auch wichtigere Dinge zu erörtern als meinen Umgang mit Männern oder mein Abgleiten ins Milieu.«

»Nämlich welche?«, fragte Jacobi, dem in diesem Moment etwas ganz anderes durch den Kopf ging. Er glaubte zu wissen, wo sie sich befanden. Sie hatten sich von Salzburg-Stadt wegbewegt, waren aber kaum eine halbe Stunde gefahren. Sie mussten sich in den Voralpen aufhalten, die Luft, die er auf dem Weg vom Wagen zum Bunker gespürt und geatmet hatte, war typisch für die Gegend. Und wenn das Gebäude ein Fernfahrer-Puff gewesen sein sollte, gab es nicht mehr so arg viele Möglichkeiten. Am Steinpass, ganz in der Nähe der deutsch-österreichischen Grenze, hatte noch vor wenigen Jahren an der alten Straße ein einschlägiges Gasthaus – mit dem bezeichnenden Namen »Hasenwirt« – existiert, in dem man hervorragend essen und sich noch besser entspannen konnte.

»Zum Beispiel, wer die wahre Mörderin von Rexeisen und Viebich ist, die vielleicht auch Anneliese Dornhaags Freitod begleitet hat«, antwortete Sappho und riss ihn damit aus seinen Gedanken.

Jacobi war perplex. Was sollte das? Sie, Lara Kronreif, war doch längst als Täterin überführt – nicht nur durch eine zusammenhängende Kette von Indizien, sondern auch durch beweiskräftige Aussagen und am anschaulichsten durch ihre Amok-Tour gegen ihn und Melanie. Warum sollte jetzt plötzlich auch Anneliese Dornhaags Freitod bezweifelt werden? Den hatte sie in ihrem Abschiedsbrief doch mehr als ausführlich dokumentiert.

»Ich kann Ihre Gedanken an Ihrem Gesicht ablesen«, sagte Lara Kronreif. Und während Jacobi bewusst wurde, dass er noch vor Kurzem dasselbe über sie gedacht hatte, fuhr sie fort: »Vermutlich kann ich Sie nur mit absoluter Ehrlichkeit überzeugen.«

»Das wäre wünschenswert. Aber etwas erschließt sich mir nicht: Warum schlagen Sie mich und meine Kollegin nieder und kidnappen uns, wenn Sie es nicht waren?«

»Weil ich durch Ihren Besuch in Panik geriet – oder besser durch das Riesenfass, das Sie aufgemacht haben. Ich sah mich schon hinter Gittern, obwohl ich unschuldig bin. Ich wäre nicht die Erste, die ein solches Schicksal trifft, oder?«

»So wenig Vertrauen haben Sie in das österreichische Rechtssystem?«

»Machen Sie sich nicht lächerlich, Major! Natürlich steh ich bei dieser Vorgeschichte und Beweislage als Mörderin da. Dazu kommt noch, dass ich ausgerechnet jetzt auswandern will. Das passt doch wie die Faust aufs Auge. Warum sollten Exekutive und Justiz da noch nach einem anderen Täter suchen? Und dass mein Vertrauen in die österreichische Justiz nach zwei Fehlurteilen im Fall Dianas ohnehin nicht groß ist, müsste Ihnen außerdem einleuchten. Deshalb sehe ich meine Chance nur in der Flucht. Aber ehe sich unsre Wege trennen, möchte ich wenigstens versuchen, Sie von meiner Unschuld zu überzeugen.«

Jacobi wollte schon antworten, da ertönte im Radio die Signation der Regional-Nachrichten. Null Uhr. Gebannt warteten beide auf eine spezielle Meldung der Gendarmerie, aber ihr Warten war vergeblich. Lara Kronreif atmete sichtlich erleichtert auf.

»Und wie wollen Sie mich von Ihrer Unschuld überzeugen?«, fragte Jacobi, nur um überhaupt etwas zu sagen. Er glaubte an keine plötzliche Wendung im Fall Rexeisen-Viebich. Warum allerdings eine überführte Mörderin, die durch seine Dummheit vorläufig die Trümpfe in der Hand hielt, nach wie vor ihre Unschuld beteuerte, darauf konnte er sich auch keinen Reim machen. Vielleicht war es nur eine paranoide Reaktion auf ihre Taten, die sie im Nachhinein nicht ertragen konnte?

»Zuallererst gebe ich zu, dass Anneliese tatsächlich vor mehr als eineinhalb Jahren mit dem Anliegen an mich herangetreten ist, sie bei ihrer Rache an Rexeisen zu unterstützen«, sagte sie zu seiner nicht geringen Überraschung. »Damals war noch keine Rede von Wann, Wo und Wie – aus dem einfachen Grund, weil ich mich weigerte, die Diskussion weiterzuführen, als ich merkte, was sie vorhatte.«

»Als Sie Ihnen eröffnete, dass von den vier Schändern ihrer Tochter mindestens Rexeisen sterben sollte?«

»Genau. Auch ich hasse Rexeisen aus tiefstem Herzen – sogar jetzt noch, über seinen Tod hinaus. Er hat aus einer Laune heraus Diana und meinen konkreten Lebensentwurf zerstört, er hat mir, wie es Andreas Gryphius ausdrückt, ›den Seelenschatz abgezwungen‹.«

»Aber Sie wollten sich das freudlose Leben, das Ihnen geblieben war, nicht auch noch ruinieren, indem Sie einen Krüppel ermordeten, nicht wahr?«

»Ihre Ironie ist unangebracht, Jacobi, denn so war es. Ich habe Anneliese gesagt, für Mord sei ich nicht zu haben. Sie hat mich nie wieder damit bedrängt, und ich hatte eigentlich gedacht, das Thema sei vom Tisch. Selbst als Rexeisen um die Ballonfahrt anfragen ließ, dachte ich mir nichts in diese Richtung. Der Fokus meiner Aufmerksamkeit war vor seiner Ermordung viel zu sehr darauf gerichtet, was er mit Bi-Bee und mir vorhaben mochte. Übrigens habe ich wirklich einen Brief bei Notar Dr. Alfons Musil in Salzburg-Aigen zu unsrer Absicherung hinterlegt.«

»Das beweist gar nichts, Frau Kronreif. Schlechtestenfalls Ihre Absicht, uns Ermittler aufs Glatteis zu führen. Sie sind eine gute Karate-Kämpferin und wahrscheinlich auch eine ebenso gute Schachspielerin.«

»Das bin ich tatsächlich, aber nachdem ich nach wie vor meine Unschuld beteuere, warte ich bisher vergeblich auf die eigentlich unvermeidliche Frage Ihrerseits.«

»Sie meinen: wenn nicht Sie – wer dann?«

»Allerdings, die meine ich.«

»Ich weiß, dass ich mich heute reichlich dilettantisch verhalten habe«, räumte Jacobi ein, »aber man kann unsrer Abteilung nicht den Vorwurf machen, dass wir Evelyn Lohbauer nicht schon längst nach möglichen Motiven abgeklopft hätten. Nur sie käme nach Stand der Dinge neben Ihnen noch als Mörderin in Frage. Aber um eine solche Hypothese überhaupt ins Auge zu fassen, müssten unter anderem die Obduktion von Anneliese Dornhaag und die grafologische Prüfung ihres Abschiedsbriefes abgewartet werden. Der Knackpunkt bliebe trotzdem noch immer das Motiv.«

»Sie haben deshalb noch keins gefunden, weil Sie Bi-Bee nicht so gut kennen wie ich. Sie ist durch und durch Materialistin und hinter Geld her wie der Teufel hinter Fausts Seele. Trotzdem wäre auch ich anfangs nie auf sie gekommen, schließlich gab es drei andere logische Verdächtige, und man bringt die, welche einem nahestehen, ganz automatisch zuletzt mit Verbrechen in Verbindung.«

»Und warum haben Sie Ihre Meinung geändert?«

»Sie haben es doch selbst grad gesagt: Weil nur noch sie in Frage kommt. Als Sie mir vorhin in meiner Wohnung Zug um Zug darlegten, dass nur ich die Mörderin sein kann, verfiel ich in irre Panik, dass meine Lebensplanung abermals durchkreuzt werden könnte. Aber während der Fahrt hierher kam ich wieder runter, und je ruhiger ich wurde, umso klarer wurde mir, warum das Profil der Mörderin so haargenau auf mich passte.«

»Da bin ich jetzt aber gespannt.«

»Sie haben mich gefragt, ob ich eine gute Schachspielerin sei. Wissen Sie, welches Spiel ein fast noch höheres Maß an komplexem Denken verlangt?«

»Ich nehme an, Sie meinen Go?«

»Ja, und die beste Go-Spielerin, die ich kenne –«

»Ist Bi-Bee?«

»Genau. Ich würde allerdings vorschlagen, Sie hören einfach weiter zu, ehe Sie mir wieder süffisant kommen.«

»Okay, ich werde mich bessern.«

»Bi-Bee ist sehr gut darin, Chancen zu erkennen und sie auch zu nutzen. Für sie stellte sich die Ausgangssituation folgendermaßen dar: Anneliese will Rexeisens Tod, Rexeisen will sich an den Ballonfahrerinnen rächen, Cyriak Kerschhackl will sich nicht mehr von ihm erpressen lassen, Leonie und Viebich wollen ebenfalls von ihm loskommen, Flo Kerschhackl weiß nicht, was er wirklich will, ist aber eine sprudelnde Informationsquelle, und ich habe neben Anneliese das stärkste Motiv, Rexeisen umzubringen, und passe auch von der Eignung her am besten ins Profil. Klar, dass Bi-Bee daraus etwas machen konnte. Und da es wie immer bei ihr um Geld ging, versuchte sie vermutlich die richtig große Kohle bei Rexeisen oder einem anderen Geldsack lockerzumachen. Wie und warum? – Keine Ahnung! Aber Rexeisen ist zwischenzeitlich ohnehin ermordet worden, könnte also Teil eines Deals zwischen ihr und dem anderen Geldsack gewesen sein, denn erpressen kann man schließlich nur jemanden, der lebt.«

»Stimmt.«

»Da kam mir ein kleiner Vorfall vom vergangenen Jahr in

den Sinn. Ich war in Bi-Bees Abwesenheit in ihrer Wohnung, um auf sie zu warten. Dabei sah ich alte Zeitungsausschnitte mit Fotos von Bad Gastein auf dem Küchentisch liegen, auch ein Artikel über Verkäufe von Immobilien im alten Ortskern unter ziemlich dubiosen Vorzeichen war unter den Schnipseln.«

»Und woran denken Sie dabei?«

»An den alten Kerschhackl. Die Verkäufe wurden hauptsächlich über die Bauernbank abgewickelt.«

»Aber das ist noch kein Verbrechen, mit dem Bi-Bee ihn erpressen könnte. Und selbst wenn: Wie hätte Ihre Freundin von den Machenschaften von Rexeisen und Kerschhackl senior erfahren können?«

Lara Kronreif hob die Schultern und ließ sie wieder fallen. »Das weiß ich nicht, und ich verstehe auch die Motivation von Bi-Bee nicht, mich in die Pfanne zu hauen. Aber da ich nicht die Mörderin bin, kann nur sie es sein.« Sie hielt einen Augenblick inne. »Lassen Sie uns noch einmal an den Anfang zurückgehen. Begonnen hat alles zunächst mit Anneliese. Sie war die treibende Kraft hinter dem Projekt Kuckucksküken. Erst wollte sie Flo Kerschhackl als Killer anheuern, aber der entpuppte sich als Flop. Dann versuchte sie es bei mir, aber wieder Fehlanzeige. Was dann? Nahm sie von ihrem Plan Abstand? Nein, wie wir wissen. Leonie Rexeisen? Entgegen den Behauptungen im Abschiedsbrief hätte sich Anneliese nie an sie gewandt, eher hätte sie sich die Zunge abgebissen. Und Viebich war Opfer, nicht Täter. Also?«

»Also was? Warum sollte sich Anneliese Dornhaag an Bi-Bee wenden, die sie gar nicht kennt?«

»Sagt wer? Bi-Bee hat mich ein paarmal nach Gastein begleitet, wenn ich Anneliese besucht habe. Und warum muss Anneliese an sie herangetreten sein? Kann es nicht auch umgekehrt gewesen sein?«

»Sie meinen, Bi-Bee könnte sich Anneliese Dornhaag angeboten haben?«

»Ich hatte nie Geheimnisse vor meiner Freundin. Sie wusste über Dianas Schicksal Bescheid und erfuhr über die Achse Flo – Anneliese – und mich alles zum Thema Rexeisen. Vielleicht rührt auch daher ihr Interesse für Gastein. Jedenfalls kann man sie durchaus als informiert bezeichnen.«

»Bei den bisherigen Vernehmungen haben Sie diesen Aspekt immer sorgfältig ausgespart. Was stimmt denn nun?«

»Ich teile mit Bi-Bee schon seit mehr als zwei Jahren das Bett, da bleibt nicht viel geheim. Kennen Sie das nicht? Sind Sie verheiratet?«

»So gut wie. Meine Partnerin friert sich gerade Ihretwegen im Kofferraum ihres eigenen Wagens den Hintern ab, während wir hier leeres Stroh dreschen.«

»Tatsächlich? Letzteres entspricht bestimmt nicht den Tatsachen, und das andere tut mir leid.«

»Das sollte es auch.«

»Und Sie sollten unser Gespräch wirklich ernst nehmen, denn der Abschiedsbrief und die Obduktion werden Sie auch nicht weiterbringen. Anneliese hat immer wieder gesagt, nur der Gedanke an Rache würde sie noch in dieser Welt halten, alles andere wäre ihr gleichgültig. Dass sie ihren Lieben eines Tages freiwillig nachfolgen würde, damit habe sogar ich gerechnet – und vermutlich auch Bi-Bee.«

»Sie unterstellen also, dass der Abschiedsbrief in erster Linie dazu gedient hat, Leonie Rexeisen hinzuhängen, und der dadurch bewirkte Schutz für den tatsächlichen Komplizen nur ein Nebeneffekt gewesen ist?«

»Ich denke, das hatte Anneliese beabsichtigt, während Bi-Bees Devise lautete: Sollte Leonie nicht überführt werden, dann eben umso sicherer Sappho. Vielleicht saß sie sogar vorgestern Abend neben Anneliese auf der Couch und hat ihr erst ein wenig Crystal Speed verabreicht, damit sie anschließend auch wirklich den Wein mit der tödlichen Dosis Flunitrazepam trank. Immerhin war sie zur fraglichen Zeit am Handy nicht erreichbar und auch nicht zu Hause. Das hat mir Sandrine grad eben auf Anfrage gesagt.«

»Unauffälliger könnte man eine Zeugin, die ihren Freitod noch dazu selbst im Voraus bekundet hat, wohl kaum loswerden«, gab Jacobi zu. »Aber warum sollte Ihre Bi-Bee Ihnen so etwas antun, wo Sie ihr doch ohnehin schon ›Ballooning Escort‹ überlassen haben und auswandern wollen?«

»Das herauszufinden, wäre Ihre Aufgabe, Major. Ich weiß es nicht, wie ich schon wiederholt sagte. Natürlich ist unsre Beziehung nicht mehr so frisch wie früher, sonst wäre die Trennung ja kein Thema, und eine –« Sie stockte.

»Und eine so große Liebe wie mit Diana war es ohnehin nicht, wollten Sie das sagen?«

»Nein, das wollte ich natürlich nicht sagen, aber ... aber doch etwas in dieser Richtung.«

»Sie werfen Ihrer Partnerin also kalten Materialismus vor. Was ist mit dem Kredit, den sie aufgenommen hat?«

»Die Raten sind für sie durchaus zu stemmen. Sie ist sparsam und hat ihr Geld trotz ihrer Jugend bereits geschickt angelegt. Außerdem sind die Rückzahlungsraten und Zinsen sehr moderat und weit gespannt.«

»Bei unverbindlichem und euphemistischem Banker-Kauderwelsch wie Ihrem werde ich immer misstrauisch. Sind Sie sicher, dass nicht hier der Hund begraben liegt?«

»Heißt das, Sie beginnen mir zu glauben?«

»Leider nein. Für mich sind Sie nach wie vor die Hauptverdächtige. Aber ich will Ihnen nicht Unrecht tun und die neue Spur prüfen. Lassen wir die Suche nach dem Motiv mal kurz beiseite und gehen noch einmal die Vorbereitung und Ausführung der Morde durch.«

»Nun, die Anfütterung von Rexeisen durch Flo ist wohl so abgelaufen, wie ohnehin schon bekannt und im Brief von Anneliese beschrieben ist.«

»Okay. Das Liquid Ecstasy?«

»Hätte Bi-Bee genauso einfach in den Sekt mischen können, wie sie einen Heißluftballon navigieren kann.«

»Was ist mit dem ausgerenkten Oberarm von Rexeisen?«

»Ich habe sie in Karate und Judo unterwiesen, sie hat beides leidlich drauf, hat sich aber nie zu Kursen angemeldet.« Sapphos Antwort war Jacobi doch zu unverbindlich.

»Was heißt das im Klartext? Sie hätte Rexeisen den Arm locker ausrenken können?«

»Das heißt es. Und um die Sache abzukürzen: Alles, was Sie mir unterstellt haben, hätte Bi-Bee genauso gut tun können –

auch den Ballon in der Ecklgruben runterbringen und die Hülle für den nächsten Start ausrichten. Wenn man davon ausgeht, noch einmal zu starten, tut ein Luftfahrer das ganz automatisch. Das liegt einem im Blut.«

»Also hätte der Fehler auch Ihnen passieren können.«

»Ist er aber nicht. Als ich erwachte, lag das Teil schon so, wie Sie es vorgefunden haben. Und der Fehler mit dem Versprecher ist ebenfalls nicht mir unterlaufen, sondern ihr. Sie, Major, waren doch Ohrenzeuge.«

»Sie beharren also darauf, dass Sie die SMS von Peter Salztrager nicht vor Bi-Bee gelesen haben?«

»Ich beharre nicht darauf, es war so.«

»Und warum bestätigt mir dann Peter Salztrager noch vorhin am Telefon die Angaben von Frau Lohbauer?«

Sappho richtete den Blick in demonstrativer Verzweiflung nach oben. »Drei Mal dürfen Sie raten. Außerdem – was kann er denn schon bestätigen? Doch nur das, was ihm Bi-Bee vorgebetet hat. Im Gegensatz zu Ihnen war er in der Ecklgruben oben nicht Ohrenzeuge.« Jacobi musste sich eingestehen, dass seine Kerkermeisterin ihre Theorie nicht ungeschickt vertrat. »Okay, rein operativ könnte Evelyn Lohbauer die Täterin sein, und ich habe mich vielleicht zu sehr in die Idee verbissen, Anneliese Dornhaag hätte Sie, Dianas Freundin, mit ihrem Abschiedsbrief schützen wollen.« Für sein Eingeständnis erntete Jacobi einen warmherzigen Blick, und beide nahmen einen Schluck von dem brackigen Kaffee.

»Ein romantischer Gedanke, aber er wäre, wie schon erwähnt, für Anneliese zweitrangig gewesen. Für sie galt es nur, Viebich und Rexeisen zu töten, und das hat sie geschafft«, erinnerte Sappho, während sie den Pappbecher absetzte. »Bi-Bee mag die Logistik erledigt haben, hat aber die Henkerarbeit ihr überlassen. Und der Brief wurde nur zu einem Zweck geschrieben: Leonie sollte für Taten, die sie nicht begangen hatte, lebenslang hinter Gitter kommen.«

»Warum nicht Flo Kerschhackl?«

»Flo wäre als Täter von vornherein viel zu unglaubwürdig gewesen. Jeder weiß, was für eine Lusche er ist. Und töten konnte Anneliese ihn vermutlich auch nicht mehr, weil sie schon zu viel Kontakt mit ihm gehabt hatte und in seiner Sucht und Armseligkeit Strafe genug für ihn sah.«

Oder Bi-Bee hat es nicht zugelassen, dachte Jacobi. Entweder weil ein zweiter »flüchtiger« Mittäter neben Viebich den Kreis der Verdächtigen nur unnötig eingeengt hätte, oder weil ein mit im Boot sitzender Cyriak Kerschhackl es zur Bedingung gemacht hatte. Er hielt in seinen Überlegungen inne. Machte er sich jetzt schon tatsächlich Sapphos Argumente zu eigen? Aber warum eigentlich? An der Indizien- und Beweislage, die gegen sie sprach, hatte sich bisher nicht ein Jota geändert.

»Ich sagte, vom Ablauf her könnte Bi-Bee genauso gut die Täterin sein wie Sie«, wiederholte er, »aber das stichhaltigste Motiv haben mit Diana Sie, Frau Kronreif, und nicht die Lohbauer. Sie vermuten bei ihr irgendetwas mit Geld. Aber was?«

»Ich wüsste es, wenn ich das Mordopfer sein sollte. Aber in diesem Fall würde der Verdacht ohnehin sofort auf Bi-Bee fallen.«

»Wovon reden Sie?«

»Ich habe mein Testament bisher noch nicht geändert. Meine Beteiligung am Hotel Aurora in Belize City würde – so abstrus sich das auch anhören mag – im Fall meines Todes zurzeit noch an Bi-Bee fallen.«

»Welchen Wert hat Ihre Beteiligung zurzeit?«

»Sicher zwei Millionen Dollar. In ihr steckt all mein bisher verdientes Geld drin.«

Und das erheiratete, dachte Jacobi, sagte aber laut: »Das ist in der Tat ein Argument. Lassen Sie mich frei, dann werde ich weiterermitteln. Ich kann Ihnen versprechen, dass das Kidnapping für Sie keine Folgen haben wird, aber mehr ist nicht drin. Bei allem Übrigen müssen Sie schon der Justiz vertrauen.«

»Vergessen Sie's, auf einen solchen Deal lasse ich mich nicht ein.«

37 »GENAU DAS hätte ich auch gesagt, meine liebe Sappho«, sagte Evelyn Lohbauer. Jacobi hatte die Frau im Wintersport-Outfit hinter der halb offenen Tür einen Wimpernschlag früher als Lara Kronreif wahrgenommen, sie aber nicht mehr warnen können.

»Hände weg von der Pistole!« Bi-Bee zielte beidhändig mit einer Walther PP auf sie. »Geh zwei Schritte vom Tisch weg. Sofort, sonst schieß ich ohne weitere Warnung.« Sie sagte es fast im Plauderton, ähnlich wie Gert Voss den Gessler im »Wilhelm Tell« spielte, fand Jacobi, und es klang genauso mitleidlos.

Sappho tat, was verlangt wurde, nur schweigen konnte sie nicht. »Ich begreif das alles nicht! Drehst du jetzt durch, oder was?«, brach es aus ihr heraus, aber die Bestätigung ihres im Stillen gehegten Verdachts trieb ihr die Tränen in die Augen. In den Stunden zuvor hatte sie stets den Eindruck vermittelt, sie wäre nicht in der Lage zu weinen, aber weit gefehlt, schoss es Jacobi trotz der Dramatik der Situation durch den Kopf.

»Halt die Fresse!«, fuhr ihr Lohbauer über den Mund. »Die Zeit der fruchtlosen Salon-Dialoge ist ein für alle Mal *passé*. Schnapp dir deine Umhängetasche und die Wasserflaschen und geh langsam vor mir nach draußen! Und verzichte auf deine Karate-Mätzchen, sonst habe ich auch keine Hemmung, noch hier drinnen zu schießen!«

Noch hier drinnen! Das war deutlich. Bi-Bee gab die Tür frei und wich rechts bis an die Tapetenwand zurück.

»Wie kommst du überhaupt hierher?«, fragte ihre einstige Partnerin trotz des verhängten Redeverbots und putzte sich mit einem Papiertaschentuch die Nase, bevor sie mit einem bedauernden Schulterzucken in Richtung Jacobi die Wasserflaschen an sich nahm.

»Sie wurden wahrscheinlich abgehört, und nicht erst seit heute«, nahm Jacobi eine Antwort Bi-Bees vorweg, bevor er sich an diese wandte. »Das Equipment dazu stammt von Anneliese Dornhaag, nicht wahr? Die hat es in Ihrem Auftrag von Flo Kerschhackl gefordert, das hat er mir nach seiner Entlassung aus der Untersuchungshaft verraten. Leider wusste er nicht, wofür beziehungsweise für wen die Wanzen gedacht waren.«

»Nun, jetzt wissen Sie's, Jacobi. Nur wird Ihnen das wenig nützen, weil die ins Ausland verschwundene Lara Kronreif Sie hier verdursten lässt. Du hast sein Verlies wirklich gut ausgesucht, Sappho. Kein Mensch wird jemals auf die Idee kommen, ihn hier zu suchen.«

Sie sagte die Worte völlig emotionslos, wobei ihre attraktive Erscheinung in dem pelzverbrämten Skidress im krassen Gegensatz zu ihrer natternhaften Gefährlichkeit stand.

»Du hast meinen Disput mit Jacobi also von deiner Stadtwohnung aus mitgehört, bist dann zu mir gefahren und uns anschließend gefolgt?« Sappho kämpfte noch immer mit den Tränen und verharrte am Sofa.

»Als ich zufällig mitbekam, dass dich Jacobi früher als erwartet als Täterin ausgemacht hatte und du in Panik verfielst, musste ich improvisieren. Je länger ich allerdings während der Fahrt zu dir euer Gespräch verfolgte, umso sicherer wurde ich mir, dass für mich alles bestens laufen würde. Als ich dann plötzlich nichts mehr hörte, war das schlichtweg der Hattrick.«

»Wenn das schon der Hattrick war, warum bist du uns dann noch nachgefahren?«

»Weil ich deine Unart kenne, die Dinge bis zum Letzten auszudiskutieren, und dieser Provinzbulle aus demselben Holz geschnitzt ist. Wie man sieht, war meine Vorsicht berechtigt. Du hattest ihn schon fast so weit.«

»Wie weit?«, provozierte Sappho.

»Geh endlich!«, befahl ihre einstige Geliebte, ohne auf ihre Frage einzugehen. Dann trat sie an den Tisch und steckte die Glock in den Bund der Skihose. »Die nehme ich mit, nur das Radio bleibt da, da sind sicher deine Fingerabdrücke drauf.«

Kronreif war schon auf dem Weg zur Tür gewesen, machte jetzt aber empört einen Schritt in ihre Richtung, sodass Lohbauer sofort wieder ihre Schussposition einnahm.

»Warum, Bi-Bee? Sag mir wenigstens, warum!«

»Dazu sehe ich keine Veranlassung. Du weißt, gefühlsbeladenes Gesülze war mir schon immer zuwider. Jeder will doch nur rauf auf seinen ganz persönlichen Affenfelsen, *that's it*! Und du hast mich gelehrt, dass auf dem Weg dorthin nur die Starken überleben und die Schwachen unter die Räder kommen. Nun, ich halte mich an diese Devise, und du gehst jetzt besser.« Sie schwenkte die Walther kurz in Richtung Tür. »Vorwärts!«

Die Blicke von Lara Kronreif und Jacobi begegneten sich noch einmal, dann verließen die beiden Frauen nacheinander den Bunker. Die schwere Eichentür fiel mit einem grauenhaft endgültigen Geräusch zu, dann hörte Jacobi, wie sich der antiquierte Schlüssel misstönend im Schloss drehte. Zu allem Überfluss wurde auch noch der Riegel vorgeschoben, dann entfernten sich die Schritte.

Sekunden später ließ ein Pistolenschuss Jacobi zusammenzucken. Ein Scharren auf der Treppe, dann nichts mehr. Die Stille war vielsagender, als es jedes Kampfgeräusch gewesen wäre.

38 »BINGO!« Im Salzburger Stadtteil Parsch, Gaisbergstraße 46a, sprang Weider in seinem Arbeitszimmer vom Schreibtisch hoch, warf einen Blick auf die Uhr – es war bereits dreiundzwanzig Uhr vorbei – und griff nach dem Telefon, während er den Blick noch immer fasziniert auf seinen PC gerichtet hielt. »Da wird der Herr Major aber Bauklötze staunen«, murmelte er. »Auf Knien wird dieser Morgenmuffel Abbitte leisten. Alles braucht halt seine Zeit. Wer wäre denn auf die Idee gekommen, dass sich der alte Kerschhackl und Rexeisen nach dem Fall des Eisernen Vorhangs an ein Insidertrading der österreichischen Straßenbau-AG rangehängt haben?«

»Mit wem sprichst du, Liebling?«, rief seine Frau müde vom Schlafzimmer herüber.

»Mit niemandem, Mausi. Ich bin nur jemandem auf die Schliche gekommen, das ist alles. Tut mir leid, wenn ich dich geweckt habe.«

Als Jacobi ihn auf den Rexeisen-Fall angesetzt hatte, hatte er zunächst nur die üblichen Eckdaten über die beteiligten Personen ausheben können, aber als die Staatsanwältin die richterliche Verfügung für die Durchforstung der Rexeisen-Konten und der Immo-Rex erwirkt hatte, hatte er nicht nur dort einen gedeckten Tisch vorgefunden. Weider war es gelungen, sich von der Datenbank des Immobilienbüros in firmenfremde Dateien einzuloggen, wobei ihm ein leicht zu knackender PIN-Code das Entree durch eine Hintertür ermöglicht hatte. Erst einmal drinnen, wähnte er sich im Schlaraffenland für Cyber-Kriminalisten. Auf eine richterlich genehmigte Begutachtung hätte man dafür sicher Wochen und Monate, vielleicht sogar bis zum Sankt-Nimmerleins-Tag warten müssen.

Bei der angeordneten Durchforstung der Immo-Rex-Buchhaltung war er unter anderem auf Verweise zu seltsamen Geschäften mit Gasteiner Gründerzeit- und Belle-Époque-Immobilien gestoßen, die fast regelmäßig über Bauernbank-Konten von Strohmännern gelaufen und mit C. Kerschhackl gegengezeichnet waren.

Um das komplizierte Konstrukt von hin und her transferierten Summen und Objekten entflechten zu können, hatte sich Weider für die kommende Woche ausreichend Zeit reserviert, aber schon zur Stunde sagte ihm sein normaler Hausverstand, dass nicht das Insidertrading im fernen Niederösterreich die Gasteiner Bürger aufbringen würde, sondern das Spekulieren mit renovierungsbedürftiger Bausubstanz im Zentrum des altehrwürdigen Kurortes.

Und dann war auch noch plötzlich der Name Evelyn Lohbauer aufgetaucht – zusammen mit einer am letzten Wochenende erfolgten Überschreibung eines Anwesens im Norden Mallorcas auf ihren Namen. Als Kaufpreis war ein Obligationenpaket angegeben, das Kerschhackl von Lohbauers Mutter zu einem nicht näher genannten Datum übernommen haben wollte. Allerdings hatte Weider herausgefunden, dass Lohbauers Mutter schon vor Jahren an einer seltenen Blutkrankheit verstorben war und auch zu Lebzeiten kaum an Obligationen im Nominalwert von fünf Millionen D-Mark gekommen wäre. Was für ein Szenario bot sich also an? Entweder war die verdeckte Schenkung im Zuge einer Erpressung erfolgt – oder sie war das Entgelt für ein lukratives Gegengeschäft.

In etwas mehr als vier Stunden war Weider zu des Pudels Kern vorgedrungen, während er über anderen Fällen und deren gut gesicherten Geheimnissen oft nächtelang gesessen hatte, ohne weiterzukommen. Auch die von Jacobi verlangte Erhebung der meteorologischen Daten war keine große Sache gewesen, hatte aber bewiesen, dass eine Zwischenlandung des Ballons stattgefunden haben musste. Ohne diese Unterbrechung hätten Sappho und ihre Begleiter mindestens eine halbe Stunde früher über dem Gasteiner Tal sein müssen.

Die Vorbereitungen der KTU-Logistik für den Eiskeller hatten etwas mehr Zeit beansprucht, auch wenn diese nur vom Büro aus getroffen worden waren. Obwohl Weider seine Recherchen deshalb erst abends hatte fortsetzen können, lagen jetzt auf seinem chaotisch anmutenden Schreibtisch schon ausgedruckte Aufstellungen über die Finanzierung der nach dem Mauerfall fertiggestellten Autobahn-Abschnitte nach Tschechien, Auszüge der Immo-Rex-Transaktionen, die bis in die Neunziger zurückdatierten, sowie ein Grundbuch-Auszug von einer Ortschaft unweit der mallorquinischen Bucht Alcudia und der gleichnamigen Ansiedlung.

Nicht jeder Exekutivbeamte war beim Ausheben von Infos so fix wie Weider. Für ihn war diese Tätigkeit nicht nur Arbeit und Broterwerb oder ein virtuos beherrschtes Hobby, sondern eine Kunstform wie für andere etwa das Fälschen alter Meister oder das Entschlüsseln von alten Schriften. Je kniffliger die digital-buchhalterischen Rätsel waren, die an ihn herangetragen wurden, zu umso größerer Form lief er auf.

Einen Absatz auf dem zuoberst liegenden Blatt hatte er rot markiert. Das Anwesen des Deutsch-Spaniers Pedro Esteban war im Zuge einer Firmenpleite im Jahr 1995 Teil der Konkursmasse gewesen, die Cyriak Kerschhackl über die Immo-Rex günstig erworben hatte. Am vergangenen Wochenende war die Immobilie an Evelyn Lohbauer überschrieben worden.

»Nie sollst du mich befragen, wie Bi-Bee dich hat bezahlt«, sang Weider in Anlehnung an die berühmte Szene aus »Lohengrin«, während er gleichzeitig eine Kurzwahltaste seines Handys betätigte. Doch so lang er es auch läuten ließ, niemand hob ab. Enttäuscht legte er auf. Er hatte sich schon auf einen total perplexen Jacobi gefreut. Der Anruf auf dessen Mobiltelefon führte zum selben Ergebnis, und auch Melanie Kotek meldete sich nicht. Das war nun aber doch seltsam. Nicht nur, dass Jacobi es prinzipiell im Voraus sagte, wenn er an einem Abend nicht gestört werden wollte, wobei er auch dann sein Handy nie abschaltete, auch Melanie war seit ihrer Ernennung zum Leutnant eigentlich zu jeder Tages- und Nachtzeit erreichbar. Und ein Jacobi, der in den ersten Tagen nach einem Mord einen unangekündigten privaten Termin wahrnahm, solange die Anfangsermittlungen noch im Gange waren, war völlig undenkbar. Im Büro war er sicher nicht. Abgesehen vom Journaldienst hielt sich um diese Zeit dort niemand mehr auf, es sei denn, ein Fall verlangte es, aber dann hätte auch er davon erfahren.

Weider rief Feuersang an, und eine Viertelstunde später, um dreiundzwanzig Uhr dreißig, waren sie zu dritt am Franz-Hinterholzer-Kai: Feuersang, Weider und Oberleutnant Lorenz Redl.

Auf dem Notizblock auf Koteks Schreibtisch entdeckten sie eine Notiz: *Anna Ährenegger, St. Johann i. Pg.* Darunter stand: *Lara Kronreif und Evelyn Lohbauer, Mittwoch um 10 Uhr Vernehmung.*

»Also war er doch schon an ihr dran«, murmelte Weider, während er in die Kommunikationszentrale hinüberhastete.

»Wen meinst du?«, fragte Feuersang, der ebenso wie Redl hinter ihm her eilte.

»Evelyn Lohbauer. Alles andere erzähle ich euch später. Ich habe das dumpfe Gefühl, als würde jetzt jede Sekunde zählen.«

Es dauerte tatsächlich nur Sekunden, um die Festnetznummer von Anna Ährenegger zu recherchieren, aber volle zwei Minuten, bis jemand abhob.

»Anna Ährenegger. Wer ist so wahnsinnig, um diese Zeit anzurufen, oder haben Sie sich verwählt?«

»Landesgendarmeriekommando Salzburg, Chefinspektor Hans Weider. Tut uns leid, und nein, wir haben uns nicht verwählt, Frau Ährenegger. Sie hatten heute Kontakt zu Major Jacobi, der sich möglicherweise in Gefahr befindet. Können Sie uns sagen, worum es in Ihrem Gespräch mit ihm ging?«

Anna Ährenegger war schlagartig hellwach und sagte ihnen sofort, für wen sich der Major interessiert hatte.

»Er hat also nicht nach einer gewissen Evelyn Lohbauer gefragt?«, vergewisserte sich Weider erstaunt.

»Nein, von einer Evelyn war zwar die Rede, aber von Evelyn Brahe, dem Patenkind von Lara.«

»Wie alt ist diese Evelyn Brahe?«

»Als ich sie das letzte Mal gesehen habe, kam sie eben in die Hauptschule. Sie müsste heute zwischen zwanzig und zweiundzwanzig sein.«

»Danke, Frau Ährenegger, dann kann es sich nicht um die Gesuchte handeln. Eine Frage noch: Haben Sie Frau Kronreif über das Gespräch mit dem Major informiert?«

Diesmal antwortete die Sportartikel-Verkäuferin nicht sofort.

»Habe ich undeutlich gesprochen? Soll ich wiederholen?«, fragte Weider.

»Nein, das ist nicht notwendig. Ja, ich habe Lara angerufen. War das ein Fehler?«

»Ich hoffe nicht, Frau Ährenegger. Wir melden uns bei Ihnen, wenn alles vorbei ist. Gute Nacht.«

»Wenn alles ...« Anna Ährenegger verstummte entsetzt, aber der Chefinspektor hatte schon aufgelegt.

Weder Lara Kronreif noch Evelyn Lohbauer hatte ihr Handy aktiviert. Die wiederholten Anrufe der Beamten wurden jedes Mal sofort auf die Mailbox weitergeleitet. Die drei mussten sich nicht lange beraten: Der ehemalige MEK-Offizier Redl übernahm das Kommando.

»Gefahr im Verzug. Ich lass das MEK zu den Stadtadressen der beiden Frauen ausrücken. Wir fahren ebenfalls zur Kronreif, vielleicht treffen wir ja auch ihre Freundin dort an. Hebst du uns davor noch die Kennzeichen aller Fahrzeuge aus, die auf die beiden Frauen zugelassen sind, Hans? Wenn du sie hast, informier uns und gib sie in die Fahndung. Anschließend fahren wir gemeinsam los.« Das Angenehme an Redl waren seine Ruhe und Gelassenheit. Obwohl er mit Abstand der jüngste der drei Beamten war, verfiel er selbst in einer kritischen Situation wie dieser nicht in Hektik.

39 AUF DEM WEG zur Sterneck-Straße, der mit Blaulicht und Martinshorn schnellstmöglich um den Kapuzinerberg herum zurückgelegt wurde, machte Weider seine Kollegen so gerafft wie möglich mit dem Status quo vertraut.

»Als Quintessenz des Ganzen musste Oskar nun glauben, dass Lara Kronreif die Komplizin von Anneliese Dornhaag gewesen ist«, begann er. »Wie wir ihn kennen, ist er nach dem Gespräch mit Anna Ährenegger in Bischofshofen bestimmt geradewegs zu ihr gefahren. Die Gesuchte ist aber, wie wir seit einer Stunde wissen, nicht Sappho, sondern ihre Freundin Bi-Bee. Deren Motive werden wir jetzt kaum bis ins Letzte ergründen, aber ohne Zweifel spielt Geld dabei eine Rolle. Tatsache ist auch, dass sie an Infos gekommen sein muss, mit denen sie den alten Kerschhackl unter Druck setzen konnte. Wie sie die erfahren hat, das könnte uns vermutlich nur sein Sohn, Kerschhackl junior, sagen. Die Infos dürften ausschließlich über ihn und die Dornhaag zu ihr gelangt sein, eine andere Möglichkeit sehe ich nicht.«

»Also hat uns der Junkie doch noch gelinkt und wichtige Details verschwiegen«, knurrte Feuersang.

»Sieht fast so aus«, meinte Weider. »Vermutlich seinem Vater zuliebe. Auf alle Fälle muss die Lohbauer Cyriak Kerschhackl einen Deal angeboten haben, der ihn zwar einen Batzen kostete, ihm aber auch essenzielle Vorteile in Aussicht stellte.«

»So in der Art: Halb zog sie ihn, halb sank er hin?«, flachste Feuersang, obwohl ihm gar nicht nach Scherzen zumute war.

»Durchaus so«, bestätigte Weider. »Schließlich bekam auch der alte Geizhals was geliefert, nämlich den toten Rexeisen und vermutlich jenes Material, das seine Reputation in Gastein pulverisiert und ihn möglicherweise ins Kriminal gebracht hätte. Dafür musste er allerdings eine ansehnliche Finca auf Mallorca abdrücken.«

»Also ist das Motiv der Lohbauer Geld und Lebensstandard«, warf Redl ein, während der Dienst-Audi in halsbrecherischem Tempo um die Kurve zwischen Bürglsteinstraße und Gaisbergstraße bretterte.

»Das kannst du laut sagen«, sekundierte Feuersang.

»Aber wie kam sie dann auf die bizarre Idee, Rexeisen und Viebich aus dem Ballon zu schmeißen? Den einen publikumswirksam über einem bekannten Kur- und Wintersportort, den anderen klammheimlich im unwegsamen Tennengebirge?«, hakte Redl nach, der mit Jacobis Fall diesmal nicht so vertraut war.

»Die Idee ist bizarr, das stimmt, aber auch genial«, erklärte Feuersang. »Denn einerseits kam Bi-Bee damit dem Wunsch der Dornhaag nach, andererseits hat sie als einzige Verdächtige ein extrem schwaches Motiv. Alle anderen hatten sehr plausible Gründe, die Welt von Rexeisen zu befreien. Der Brief von Anneliese Dornhaag hat den Verdacht dann auf Leonie Rexeisen gelenkt. Viebich und Flo Kerschhackl kamen somit als Täter nicht mehr in Frage, dafür zog sich die Schlinge um den Hals der Witwe immer stärker zusammen. Und wenn das nicht geklappt hätte, wäre alles auf Sappho hinausgelaufen, die als Komplizin maßgeschneidert war. Wäre Hans nicht auf − wohlgemerkt − illegalem Weg auf die Finca gestoßen, würde Sappho hundertpro in einem Indizienprozess, der alle Stückerln spielen würde, als Doppelmörderin verurteilt werden.«

»Wenn wir Oskar und Melanie lebend und in einem Stück zurückbekommen, hast du echt was gut bei uns, Hans«, fügte Redl hinzu.

Sie bogen in die Richard-Kürth-Straße ein, Martinshorn und Blaulicht hatten sie längst deaktiviert. Einsätze wie diesen absolvierte Redl im Schlaf, fast automatisch bog er in eine Quergasse vor dem Block mit der Hausnummer 36 ein und erkannte dort sofort Jacobis geparkten RS4. Stumm deutete er auf den Wagen und blickte auf seine Taucheruhr: Punkt Mitternacht.

»Hans, du checkst die Tiefgarage, aber geh kein Risiko ein. Zwei Mann vom MEK sollten dir demnächst folgen, sie müssen gleich da sein. Bleib mit uns in Verbindung, und wenn irgendwas nicht koscher ist, mach Meldung und zieh dich zurück. Leo und ich schauen im Haus nach.« Redl drückte auf sämtliche Klingeln an der Eingangstür und trat ein paar Schritte zurück.

Hinter einigen Fenstern wurde Licht gemacht. Jemand rief herunter, was dieser Unfug solle.

»Landesgendarmeriekommando, Oberleutnant Lorenz Redl. Öffnen Sie bitte die Eingangstür! Es besteht der dringende Verdacht auf ein Gewaltverbrechen, das die Wohnungsinhaberin Lara Kronreif betreffen könnte.«

Das wirkte. Der Türsummer ertönte, und die Beamten betraten den Wohnblock. Mit seiner Taschenlampe hinderte Redl die Tür hinter sich am Zufallen. In der Ferne waren bereits die Sirenen des MEK zu hören. Weider schlich die Treppe zur Tiefgarage und den Kellerabteilen hinunter, während Redl und Feuersang mit dem Lift in den vierten Stock hinauffuhren. Doch solange sie auch an der Wohnungstür von Kronreif Sturm läuteten, klopften und laut riefen: Weder war von drinnen etwas zu hören, noch öffnete jemand.

Inzwischen war der von Redl angeforderte halbe Zug bestens ausgerüsteter MEK-Leute eingetroffen und unterstützte Weider im Keller und sie im Treppenhaus.

»Öffnen!«, ordnete Redl an, und der sogenannte Schlosser trat mit dem Brecheisen sofort an die Tür. Er setzte es an, und die Tür war offen. Sofort schwärmte die Sondereinheit in alle Räumlichkeiten aus. Eben als der Einsatzleiter meldete, dass sich in der Wohnung niemand befand, rief Weider auf Redls Handy an.

»Stell dir vor, die beiden MEK-Leute befreien in diesem Moment Melanie aus dem Kofferraum ihres eigenen Mercedes-Roadsters.«

»Ist sie verletzt? Ich schicke gleich einen Sanitäter runter.« Auf seinen Wink gab der Einsatzleiter des MEKs die Anordnung unverzüglich weiter.

»Außer einem Bluterguss und einer Schramme über dem rechten Ohr scheint sie nichts abbekommen zu haben«, beruhigte Weider. »Sie hat sich durch Treten gegen die Heckklappe bemerkbar gemacht, sonst hätten wir sie wohl nicht so schnell gefunden. Aber weißt du was? Oskar ist gekidnappt worden.«

»Von der Lohbauer?«

»Nein, von Lara Kronreif. Jedenfalls hat Melanie nur sie gesehen, als sie ihr begegnet ist, und die Kronreif war es ja auch, die sie niedergeschlagen hat. Aber vielleicht machen die beiden

Frauen trotzdem gemeinsame Sache, sind ja sonst auch ein Paar. Jedenfalls wollte die Kronreif eben mit einem Haufen Gepäck die Fliege machen, als ihr Melanie dazwischengekommen ist.«

»Hat sie Oskar denn gesehen? Oder warum sonst glaubt sie, dass er gekidnappt worden ist?«

»Sie vermutet, er könnte unter dem Gepäck in Kronreifs BMW gelegen haben. Unsre frisch gebackene Offizierin hat zwar gespürt, dass etwas mit Kronreif nicht stimmte, aber so schnell konnte sie gar nicht schauen, wie bei ihr die Lichter ausgingen. Als sie wieder zu sich kam, lag sie gut verpackt in ihrem Mercedes.«

»Okay, Hans, am besten kommt ihr jetzt rauf und wir sehen uns die Wohnung genauer an.«

40   NACHDEM SAPPHO befohlen worden war, die Wasserflaschen vom Biedermeier-Sofa zu nehmen, war es ihr gelungen, zusammen mit dem Taschentuch den Handschellenschlüssel aus ihrer Hosentasche zu ziehen. Während sie sich anschließend nach den Flaschen bückte, hatte sie ihn von Bi-Bee unbemerkt zwischen die Beine von Jacobi geschubst.

Sowie die Frauen den Bunker verlassen hatten, befreite sich Jacobi von der Fessel und stürzte, als er den Schuss hörte, augenblicklich zur Tür. Natürlich war sein Reflex vergeblich. Selbst wenn der Riegel draußen nicht vorgeschoben gewesen wäre, hätte er es in hundert Jahren nicht geschafft, die massive Eichentür ohne geeignetes Werkzeug aufzusprengen. Ihm war klar, was gerade passiert war: Bi-Bee hatte ihre ehemalige Lebensgefährtin erschossen.

Ob Sappho in Todesangst einen Ausfallsangriff versucht hatte oder ob sie den Fangschuss in den Rücken erhalten hatte, war nicht mehr wichtig. Das Ergebnis war dasselbe, und Bi-Bee würde ihre Leiche noch in dieser Nacht verschwinden lassen und dadurch zwangsläufig den Eindruck erwecken, die Mörderin Kronreif hätte sich wohin auch immer abgesetzt. Jacobi selbst würde in zwei, drei Tagen verdurstet sein, weil in absehbarer Zeit niemand auf die Idee kommen würde, ihn hier zu suchen. Und sollten seine Überreste eines Tages doch per Zufall gefunden werden, würde auch sein Tod Sappho angelastet werden. Sein Herz begann zu rasen. Angesichts der aussichtslosen Lage befiel ihn Todesangst, er spürte, wie ihm der kalte Schweiß aus allen Poren drang.

Plötzlich meinte er, etwas draußen an der Tür kratzen zu hören. Und noch ehe er begriff, dass sie entriegelt wurde, begann sich der Schlüssel so langsam im Schloss zu drehen, als sei ein Kind am Werk, das nicht über die dafür nötige Kraft verfügt. Schließlich ertönte doch noch das sehnlich erwartete Schnappgeräusch. Jacobi drückte die Tür sofort auf, wich aber schnell zur Seite: Bi-Bee konnte es sich immerhin noch anders überlegt haben und ihn sofort umbringen wollen.

Aber es war Sappho, die wie eine Marionette, deren Fäden man gekappt hatte, an der Flurwand zu Boden rutschte. Im Lichtschein beider Glühbirnen konnte Jacobi nicht nur die zwei Pistolen am Boden liegen sehen, sondern auch das kleine dunkle Loch in der Damenlederjacke oberhalb der rechten Brust.

»Bi-Bee oben ... aufpassen.« Sappho hustete, spuckte Blut und verlor schließlich das Bewusstsein.

Blitzartig rekonstruierte Jacobi das Geschehen: Bi-Bee hatte Sappho noch die Treppe hinaufsteigen lassen, um nicht ihre Leiche über die steilen Stufen schleppen zu müssen. Damit hatte ihre einstige Partnerin gerechnet – und wohl auch mit dem Schuss in den Rücken, der erfolgen würde, sobald sie die oberste Stufe erreicht hätte. Bi-Bee hatte ihrerseits wiederum vorausgesehen, dass Sappho sich nicht wie ein Feldhase abknallen lassen würde.

Doch Sappho war zu schnell für sie gewesen, zumindest zu schnell, als dass der Schuss sie genau und unmittelbar tödlich getroffen hätte und es ihr nicht mehr möglich gewesen wäre, die Schützin niederzustrecken. Bi-Bee musste also zusammengeschlagen oben in der Nähe des Treppenabsatzes liegen.

Eigentlich hätte Jacobi sich sofort um die Schwerverwundete kümmern müssen, aber sein Selbsterhaltungstrieb war stärker.

Er stürmte durch den Flur und die Treppe hinauf. Gerade noch rechtzeitig, um Bi-Bee, die im Begriff war, sich aufzurappeln, mit einem wuchtigen Kinnhaken erneut außer Gefecht zu setzen.

Jacobi hatte noch nie eine Frau niedergeschlagen, aber als Lohbauer wieder zu Boden ging, durchrieselte ihn ein Gefühl der Genugtuung. Er schleppte die Besinnungslose samt Sapphos Tasche in den Bunker hinunter, legte sie auf das Sofa und kettete sie auf dieselbe Weise an das Heizungsrohr, wie er zuvor daran gefesselt gewesen war. Beim Klicken der Handschellen wusste er: Der Fall Rexeisen befand sich auf der Zielgeraden. Jetzt ging es nur noch darum, den Sack zuzumachen.

Im Rotkreuz-Kasten befand sich neben den stählernen Fesseln für diverse Sex-Spielchen zum Glück auch noch Verbandszeug. Sogar eine Schere war vorhanden, mit der er Sapphos inzwischen blutgetränkte Bluse aufschnitt, um die Schussverletzung zu begutachten. Eine Austrittswunde konnte er nirgendwo entdecken. Jacobi war kein Arzt, aber seine anatomischen Kenntnisse reichten aus, um einen Lungensteckschuss zu erkennen, wenn er einen sah.

Er säuberte die Einschusswunde mit einer alten Jodtinktur, wobei die Verwundete trotz ihrer Ohnmacht aufstöhnte. Dann legte er einen Verband an, den auch ein Sanitäter nicht besser hinbekommen hätte, bevor er in Sapphos Umhängetasche griff und die Taschenlampe und sein Handy hervorholte.

Während er sich bei einem erleichterten Feuersang meldete und sich Sekunden später über Melanie Koteks Stimme freuen konnte, ging er zum BMW hinaus, um eine warme Decke für Lara Kronreif aus dem Kofferraum zu holen. Im Schein der Lampe sah er auch den römischen Meilenstein, der ihm bestätigte, was er schon geahnt hatte: Er befand sich auf der alten Steinpass-Straße, die, von ruralen Anrainern einmal abgesehen, nur noch von Wanderern und Mountainbikern benutzt wurde.

Da der aufgelassene »Hasenwirt« nicht direkt an der Straße lag, war Jacobi klar: Er hätte sich im Bunker die Seele aus dem Leib schreien können und wäre trotzdem von niemandem gehört worden.

41   ZEHN MINUTEN SPÄTER waren Rettung und Notarzt vor Ort und kümmerten sich um die schwerverletzte Lara Kronreif. Sie wurde so weit stabilisiert, dass sie den Transport über das deutsche Eck ins LKH Salzburg voraussichtlich ohne Komplikationen überstehen würde.

Nach einer weiteren Viertelstunde war Jacobi von seinen Leuten umringt. Eine Beichte über seinen Alleingang schien nun unumgänglich, auch wenn allen die Müdigkeit ins Gesicht geschrieben stand. Aber auch der Major selbst staunte nicht schlecht, als ihm anschließend ein sichtlich stolzer Weider in groben Zügen darlegte, was der Pakt mit Cyriak Kerschhackl der Mörderin insgesamt eingebracht hätte, wäre ihr Coup nach ihren Vorstellungen über die Bühne gegangen.

Durch die Verhaftung Bi-Bees standen die Ermittler paradoxerweise unter Zugzwang. Sie mussten schleunigst die richterlichen Genehmigungen für die erforderlichen Einsichtnahmen in Rexeisens Datenbanken beantragen, und zwar rückwirkend, denn offiziell durfte das Referat 112 weder über Mauscheleien beim Bau von österreichisch-tschechischen Autobahn-Teilstrecken noch über Spekulationen mit Gasteiner Hotelruinen und den damit verbundenen Geldflüssen von und zur Bauernbank Bescheid wissen.

»Also hat Lara Kronreif doch recht gehabt, als sie das Motiv ihrer Partnerin in einem Haufen Geld gesehen hat«, versuchte Jacobi gähnend ein Resümee zu ziehen. Jetzt, da die Spannung so abrupt nachgelassen hatte, wurde sein Schlafbedürfnis übermächtig. »Ich sage euch, was wir machen. Flo Kerschhackl wird heute Nachmittag erneut in die U-Haft gebracht, wo wir ihn dann vierundzwanzig Stunden dunsten lassen. Diesmal muss er uns einfach alles gestehen: seine Einbrüche, seine Botendienste für den Vater und Anneliese Dornhaag, die Details zum Abhörequipment und so weiter. Aber ehe wir ihn vernehmen, also in circa sechsunddreißig Stunden, treffen wir uns zum Briefing in der Kantine. Wir sollten gemeinsam sichten, was wir alles haben. Wenn ich das recht in Erinnerung habe, gibt es Donnerstagmittag auch was Leckeres.«

»Ich nehme an, du meinst Hamburger mit Kartoffelpüree

und Gurkensalat mit Knoblauchdressing«, sagte Melanie Kotek naserümpfend.

»Könnte schlimmer sein«, tröstete Feuersang sie. »Hauptsache ist doch, wir quetschen aus dem Kerschhackl junior alles heraus, was es herauszuquetschen gibt. Noch einmal legt uns der Junkie jedenfalls nicht aufs Kreuz.«

Jacobi nickte. »Und damit wir ihm entsprechend munitioniert gegenübertreten können, würde ich dich, lieber Hans, bitten –«

»Lieber Hans?«, flötete Weider. »Wie das klingt! So ganz anders als vorgestern früh.«

Aber Jacobi war ein guter Verlierer. »Ich weiß, deshalb will ich mich auch nochmals entschuldigen und mich bei euch allen für euren raschen Einsatz in der Richard-Kürth-Straße bedanken, der Melanie eine lange eiskalte Nacht im Kofferraum erspart hat.«

»Und worum wolltest du mich jetzt bitten?«, fragte Weider, dem es plötzlich peinlich war, dem Paten seiner Kinder so auf die Zehen getreten zu sein.

»Ich wollte dich – natürlich ganz inoffiziell – bitten, dir die Spekulationsgeschäfte vom alten Kerschhackl noch einmal so weit anzusehen, dass wir seinen Sohn gleich von Anfang an richtig in die Zange nehmen können. Ich bin mir nämlich fast sicher, dass dieser Schleicher die Achillesferse seines Vaters bestens kennt und in einer seiner schlechten Phasen Anneliese Dornhaag gegenüber gegen Gebühr geplaudert hat. Stichwort: hunderttausend Schilling.«

»Meine Rede«, eiferte sich Weider an Feuersang und Redl gewandt. »Hab ich nicht genau das auf der Fahrt zu Kronreifs Wohnung zu euch gesagt? Hab ich das nicht gesagt?« Er erhielt keine Antwort.

»Du hast heute den ganzen Tag und morgen bis Mittag Zeit, um rumzuschnüffeln«, machte Jacobi klar. »Und ich hoffe, dass wir bis dahin auch die Zehentner weichgeklopft haben, damit sie die Dateneinsicht auch offiziell genehmigt.«

»Und wenn nicht?«, fragte Feuersang zweifelnd. Untersuchungsrichterin Dr. Susanne Zehentner war bekannt dafür, recht bockig zu reagieren, wenn sie sich von Ermittlern instrumentalisiert fühlte.

»Wird schon klappen«, verbreitete Jacobi Optimismus. »Sie ist selbst Gasteinerin, deshalb werde ich nicht nur an ihren Gerechtigkeitssinn appellieren, sondern auch an ihren Lokalpatriotismus.«

»Nun gut, aber wenn ich da Tempo vorlegen soll, wäre es schon gut, jetzt nach Hause zu fahren«, schlug Weider vor. »Dann kann ich bis morgen Mittag wenigstens mit halbwegs verwendbarem Material aufwarten.«

Jacobi quälte sich ein Grinsen ab. »Du musst jetzt nicht mehr tiefstapeln, Hans. Die Eckdaten haben wir dank dir ja schon. Aber mit dem Nachhausefahren hast du recht, ich glaube, wir alle können etwas Schlaf gebrauchen.«

Das MEK besorgte den Abtransport der Verhafteten, die längst schon wieder bei Bewusstsein war. Sappho würdigte sie keines einzigen Blickes. Jacobi verhängte eine absolute Nachrichtensperre, was die Ereignisse dieser Nacht betraf. Sowohl die erste Vernehmung von Evelyn Lohbauer als auch die Entlassung von Leonie Rexeisen sollte bis Donnerstag verschoben werden, was selbstverständlich mit Stuhlbein abgesprochen werden musste. Auch keiner der beiden Kerschhackls sollte frühzeitig über den Status quo informiert werden, und jedem Beamten, der den Medien zu früh etwas steckte, wurden harsche Konsequenzen angedroht. Wesentlich mehr Überredungskunst musste Jacobi schon Melanie Kotek gegenüber aufwenden, die partout nicht einsehen wollte, warum sie Lara Kronreif nicht wegen schwerer Körperverletzung anzeigen sollte. Aber vielleicht war die Ursache für ihren diesbezüglichen Starrsinn auch nicht so sehr in ihrem schmerzenden Kopf zu suchen, sondern eher in Jacobis hymnischer Schilderung von der Tapferkeit und Kaltblütigkeit seiner attraktiven Retterin.

42   JACOBI UND KOTEK hatten um elf Uhr vormittags kaum begonnen, Dürnberger Bericht zu erstatten, als sich die Ereignisse wieder einmal zu überschlagen begannen. Ein Anruf kam

herein, der Oberst hob ab und blickte gleich darauf die ihm gegenübersitzenden Untergebenen betroffen an.

»Evelyn Lohbauer hat sich in der JVA in ihrer Zelle erhängt«, sagte er mit belegter Stimme. »Anscheinend unmittelbar nach der Frühstücksausgabe, denn als drei Stunden später nach ihr gesehen wurde, war sie schon fast kalt.«

»Womit hat sie …? Ich meine, es wird ihr doch fast alles abgenommen …« Kotek fehlten die Worte.

»Ganz klassisch: Sie hat eine Deckenkappe in Streifen gerissen, die Teilstücke zusammengedreht und dann am Fensterkreuz festgeknüpft. Einige Zellen im Frauenvollzug haben noch die hohen Fenster zum Nonnberg hinaus, für Selbstmörderinnen sind die geradezu ideal.«

»Also wird für immer im Dunkeln bleiben, ob sie bei Anneliese Dornhaags Suizid nur assistiert oder doch nachgeholfen hat«, fiel Jacobi als Erstes dazu ein.

»Hat sie irgendetwas Schriftliches zu ihrem eigenen Tod hinterlassen?«, wollte Kotek wissen.

Dürnberger schüttelte den Kopf. »In der Zelle jedenfalls nicht.«

»Daran wären wir ohnehin nicht so interessiert wie an dem Material, mit dem sie den alten Kerschhackl erpresst hat«, warf Jacobi ein. »Die Spusi ist schon dabei, ihre Wohnungen quadratzentimeterweise abzusuchen, wovon ich mir allerdings nicht viel erwarte. Bi-Bee hat sicher schon lang vor der Ballonfahrt alles Belastende verschwinden lassen, und ich glaube auch nicht, dass sie so etwas wie eine Nachlassregelung für nötig befunden hat. Schließlich hat sie noch mit ihrem Abgang demonstriert, wie egal ihr die Welt ist, wenn sie nicht so funktioniert, wie sie will.«

»Ändert das etwas an eurer Vorgehensweise?«

»Nein, eher das Gegenteil ist der Fall. Ihr Suizid wird von jedem Gericht als Schuldeingeständnis gewertet werden und festigt damit unsre Position den Kerschhackls gegenüber. Trotzdem wird es jetzt schwierig, dem Alten eine Beteiligung am Mord seines ehemaligen Kompagnons nachzuweisen, da sollten wir uns nichts vormachen. Er wird nur das zugeben, was er nicht abstreiten kann: dass Bi-Bee ihm die Finca mehr oder weniger abgepresst hat. Dass er dafür eine Gegenleistung erhalten hat, davon wird er nichts wissen wollen. Ich werde Salztrager noch einmal von Feuersang und Haberstroh vernehmen lassen. Er soll uns sagen, inwieweit Bi-Bee ihn zu den gestern gemachten Aussagen am Telefon gebrieft hat, aber das hilft uns gegen die Kerschhackls auch nicht weiter.«

»Ich nehme an, du willst die Nachrichtensperre bis morgen aufrechterhalten?«

»Darum wollte ich dich gerade bitten. Kannst du das vielleicht mit der Schratzenfischer abklären? Du kannst doch so gut mit ihr.«

»Ich hoffe, das ist keine untergriffige Anspielung, ich möchte nämlich keinen Krieg mit meiner ... äh ... besseren Hälfte.«

43   AM NACHMITTAG besuchte Jacobi Lara Kronreif auf der Chirurgie-West im Landeskrankenhaus. Kotek hatte sich geweigert, ihn zu begleiten, sie war immer noch sauer auf Sappho, und ihr Blick auf die Ereignisse des letzten Tages war ein gänzlich anderer als der seine.

»Wenn du nicht wieder einmal den *lonesome cowboy* hättest spielen wollen und deine liebe Sappho nicht so überzogen reagiert hätte, wäre heute alles seinen gewohnten Gang gegangen«, hatte sie gemosert.

»Und dann hätte sich Bi-Bee nicht erhängt?«, hatte er sich daraufhin nicht verkneifen können zurückzumosern.

Sappho lag zwar noch zur Beobachtung auf der Intensivstation, hatte aber die Entfernung des Projektils gut überstanden. Das leicht verformte Geschoss hatte in einer der hinteren Rippen gesteckt und war nach erfolgter Pleuradrainage relativ problemlos dorsal entfernt worden.

Der zuständige Chirurg attestierte der frisch Operierten eine Rossnatur, da sie aber stark medikamentiert war und möglichst wenig sprechen sollte, billigte er dem Kriminalbeamten höchstens zehn Minuten Besuchszeit zu, und auch das nur, weil Jacobi anbot, sie könne seine Fragen auch schriftlich in Stichworten beantworten. Nachdem der Major in sterile OP-Kluft gesteckt worden war, durfte er endlich zur Patientin hinein.

»Ich bin wirklich froh, Sie zu sehen, Jacobi«, flüsterte Sappho, als er an ihr Bett trat. Ihre Blässe brachte das Kastanienrot ihrer Haare noch stärker zur Geltung. Lara Kronreif gehörte zu jenen Frauen, die selbst indisponiert noch unverschämt gut aussahen.

»Und ich, dass wir beide noch leben, Frau Kronreif«, antwortete er.

Sie reichte ihm die Hand. »Sagen Sie doch Lara zu mir. Ich hoffe, Sappho nun endgültig hinter mir lassen zu können.«

»Gern, Lara, aber Sie dürfen nur das Allernotwendigste reden, deshalb werde ich meine Fragen, die ich jetzt noch an Sie habe, so formulieren, dass Ihre Antworten möglichst knapp ausfallen können. Einverstanden?«

Sie nickte schwach. »Aber bevor Sie anfangen: Richten Sie Ihrer Freundin doch bitte aus, dass es mir leidtut, sie so behandelt zu haben.«

»Ich werde es ihr ausrichten. Apropos Freundin: Ich muss Ihnen leider sagen, dass sich Ihre ehemalige Lebensgefährtin Evelyn Lohbauer heute Morgen in ihrer Zelle erhängt hat, ohne irgendeine Nachricht zu hinterlassen.«

Lara Kronreifs Augen wurden feucht. »Ich weine nicht um sie, sondern darum, dass es mit uns so weit hat kommen können«, fühlte sie sich dennoch bemüßigt zu erklären.

Jacobi gewährte ihr zwei von seinen kostbaren zehn Minuten, um sich wieder zu fassen, dann begann er mit seiner dringendsten Frage: »Haben Sie irgendeine Idee, wo Bi-Bee wichtige Papiere außerhalb ihrer Wohnungen aufbewahrt haben könnte? Vielleicht in einem Schließfach? Allerdings haben wir bisher keinen passenden Schlüssel gefunden.«

Sie wollte die Schultern hochziehen, hielt aber bei der ersten kleinsten Bewegung mit schmerzverzerrtem Gesicht inne. »Keine Ahnung. Tut mir leid, dass ich Ihnen —«

»Lassen Sie nur. Nächste Frage: Bi-Bee hat Kerschhackl senior eine Finca bei Alcudia abgepresst. Hatte sie einen besonderen Bezug zu Mallorca?«

»Das hatte sie tatsächlich. Wie es mein Traum ist, in Belize wieder eine Ballonfahrer-Firma aufzuziehen«, sie holte vorsichtig Atem, »so wollte Bi-Bee auf Mallorca ein Bordell für das große Heer an Rentnern und Pensionären eröffnen. Man hätte dort wenig Scherereien gehabt, aber viel absahnen können.«

»Das erklärt einiges. Hat Anneliese Dornhaag Ihnen gegenüber eigentlich einmal erwähnt, wer im Fall ihres Todes die Angelegenheiten ihrer dementen Mutter regeln würde?«

»Ja, aber das war schon vor Jahren. Sie meinte, das liefe über eine Versicherung. Einzelheiten weiß ich leider nicht.«

»Okay, dann meine vorläufig letzte Frage: Was können Sie mir über die Infos sagen, die Frau Dornhaag von Flo Kerschhackl erhalten hat? Sie wussten ja, dass Rexeisen Flos Vater in der Hand hatte.«

»Ja, das wusste ich, aber nichts Näheres. Ich vermutete so etwas in der Richtung nur aufgrund der Zeitungsausschnitte in Bi-Bees Wohnung. Alles andere habe ich erst nach den Morden und im Laufe Ihrer Ermittlungen erfahren. Und das ist die Wahrheit.«

»Ich glaube Ihnen ja, bitte regen Sie sich nicht auf«, versuchte Jacobi sie zu beruhigen, aber der Oberarzt stand schon hinter ihm.

»Herr Major?« Mehr musste er nicht sagen.

Jacobi verabschiedete sich mit dem Versprechen wiederzukommen, wenn es ihr etwas besser ginge.

44   »WAS WOLLT IHR zuerst hören?«, fragte Weider, als er am Donnerstag die nüchterne Kantine des LGKs wie ein Herold betrat, der die Kunde von einer siegreichen Schlacht überbringt. Die quadratische Wanduhr aus gebürstetem Alu direkt über dem Mittagstisch von Jacobis Truppe zeigte dreizehn Uhr. Das

Sechserpack war fast vollzählig anwesend, nur Oberleutnant Redl war wieder in Sachen Autobahn-Steinewerfer unterwegs.

»Soll's das Gesamtpaket an Macheloikes sein, mit dem Rexeisen seinen Kumpan Cyriak Kerschhackl nach Belieben erpressen konnte, oder doch lieber zunächst, wie die Kunde davon zu Anneliese Dornhaag und damit auch zu Evelyn Lohbauer fand?«

»Ersteres, *lieber Hans*!«, trompeteten Feuersang und Haberstroh im Chor. »Denn auch wir haben in der Zwischenzeit nicht geschlafen«, fügte Letzterer noch hinzu.

Als Jacobi Weiders fragenden Blick sah, zog er die von Kotek verschmähte Nachspeise, einen Napfkuchen, zu sich hinüber und erklärte: »Höllteufels Leute haben Schoissengeiers Archiv auch ohne unsre Unterstützung gefunden. Rexeisen hat seinen Freund Cyriak nicht nur ein Mal filmen lassen – manchmal im Loft, hauptsächlich aber im Jagdhaus beim sogenannten Schüsseltrieb. Da aber der alte Kerschhackl wie die meisten Geizkrägen kaum etwas trinkt, hat Schoissengeier gelegentlich mit etwas Crystal Speed nachgeholfen. Dermaßen *stoned* soll Cyriak übrigens auch den Zugangscode zu seinem PC ausgeplaudert haben, über den man sich sogar in den Zentralcomputer der Bank einloggen konnte, was Rexeisen natürlich weidlich ausnützte.«

»Die Verabreichung von Neuroleptika wird diesem unsäglichen Hausl zumindest eine Anklage wegen schwerer Körperverletzung einbringen«, merkte Kotek angewidert an.

»Die Clips haben's übrigens wirklich in sich«, sagte Feuersang. Er bereitete sich mit dem zweiten Weißbier schon auf die Vernehmung von Flo Kerschhackl vor, der am Vortag erneut vorläufig festgenommen und in U-Haft gebracht worden war.

»Nahaufnahmen, gestochen scharf mit zwei Kameras gemacht, wie er Leonie von hinten beackert, auch anal, wobei beide einen sichtlich weggetretenen Eindruck hinterlassen.«

»Schon allein, wenn man diese Szene in einem Internet-Forum veröffentlichen würde, hätte das verheerende Folgen für den alten Kerschhackl, der ja demnächst hoch geehrt in den Ruhestand abtreten soll«, sekundierte Haberstroh seinem Busenfreund.

»Na ja, so krass sehe ich das nicht. Schlechtestenfalls würde es seinen Ruf als ehrsamer Bürger und strammer Katholik beschädigen und den Stammtischen Stoff liefern«, relativierte Weider. »Strafrechtliche Konsequenzen hätte er nicht zu befürchten. Wenn aber seine Geldwäsche-Deals und die Insidertradings bekannt würden, sähe es anders aus. Abgesehen von der Autobahn-Geschichte hat er sich auch an weltweiten Getreidespekulationen der BB International drangehängt, während er gleichzeitig die Werbetrommel für ›Brot für die Welt‹ gerührt hat.«

»BB International?« Koteks schöne Augenbrauen wanderten nach oben.

»Abkürzung für Bauernbank International«, klärte Jacobi sie auf. »Eine Schwesterorganisation der eher biederen Bauernbank, die sich nur mit Wertpapieren befasst.«

»Zudem hat Kerschhackl auch Kleinvieh nicht verschmäht, wie zum Beispiel einen Luftblasen-Hype um ein mit Müll betriebenes Heizkraftwerk auf Mallorca oder um die Erneuerung des Ortszentrums von Bad Gastein.«

»Vor allem Letzteres würde seine Reputation völlig pulverisieren, nicht wahr, Hans? Klär uns auf: Was hat es mit dieser Gastein-Geschichte auf sich?«

»Viele der einst prachtvollen Belle-Époque-Gebäude im Ortszentrum von Bad Gastein befinden sich heute in einem Zustand, der selbst eine Generalsanierung kaum noch realisierbar erscheinen lässt – nicht nur, wenn man den finanziellen Aspekt berücksichtigt.« Weider holte wie immer weit aus. »Nach 1989 aber schien den Gasteinern die Ostöffnung zu Hilfe zu kommen. Einer der russischen Selfmade-Milliardäre, ein gewisser Iwan Semijonov, war fasziniert von einem kühnen Konzept, das die Gesamterneuerung des Ortszentrums zum Inhalt hatte. Die Bauernbank in Gestalt von Kerschhackl bestärkte ihn in diesem Plan und legte sogar ein diesbezügliches Papier auf. Und das, obwohl das Amt für Denkmalschutz aus seiner ablehnenden Haltung dem Projekt gegenüber nie ein Geheimnis gemacht hatte.«

»Typisch. Der österreichische Denkmalschutz gilt allgemein als sehr unflexibel«, warf Kotek spitz ein.

Weider nickte und fuhr fort. »Semijonov und seine Mittelsmänner kauften trotzdem einen alten Kasten um den anderen auf, und sogar manche Gasteiner Kommunalpolitiker schien der Klondike-Goldrausch zu erfassen. Aber kurz bevor der Hype seinen Zenit überschritten hätte, zog sich die Bank über Nacht aus dem Projekt zurück. Semijonov verschwand vergrämt nach Russland, wobei er und die Spekulanten in seinem Fahrwasser sowohl auf ihren wertlosen Papieren als auch auf den Gründerzeit-Ruinen sitzen blieben, die jetzt mehr denn je verfallen.«

»Erinnert ein wenig an Viebich und seine Weißenbach-Aktien«, merkte Feuersang an.

»Durchaus«, räumte Weider ein. »Nur ist die Weißenbach-Blase jüngeren Datums und ein eher virtueller Begriff für die Gasteiner Bürger, während die Hotelruinen sehr real und für alle jeden Tag sichtbar sind. Aber es war dieselbe Masche, da hast du recht, und die einzigen Gewinner bei dem Deal waren einmal mehr Cyriak Kerschhackl und die Bauernbank.«

»Wenn Kerschhackls Rolle bei dieser beschämenden Abzocke und auch alles andere, das er allein oder zusammen mit Rexeisen durchgezogen hat, publik wird, kann er seine Immobilien in Gastein verkaufen und sich vom Acker machen, noch bevor die Justiz ihn zur Verantwortung zieht«, sagte Kotek und sprach damit aus, was alle dachten.

»Du wolltest uns doch noch sagen, wie Evelyn Lohbauer von diesen Malversationen erfahren hat«, erinnerte Haberstroh seinen Kollegen Weider.

»Da hab ich leider nur zwei Hypothesen anzubieten. Die eine ist euch bekannt. Sie beginnt mit Schoissengeiers Jagdhaus-Cocktails, die andere mit dem gestörten Verhältnis zwischen Vater und Sohn Kerschhackl. Der Beginn der Kumpanei zwischen Cyriak und Rexeisen fällt nämlich rein zufällig mit dem Ausscheiden Flo Kerschhackls aus der Bauernbank zusammen. Ich nehme an, der Sohn war zornig und enttäuscht von seinem Vater, der ihn nach dem schiefgelaufenen Derivaten-Geschäft so rigoros hatte fallen lassen. Möglich also, dass er sich mit einem sehr verhängnisvollen Schritt das Wohlwollen seines Ersatzvaters Rexeisen erkaufen wollte.«

»Du meinst, Flo Kerschhackl hat Rexeisen Bank-Interna verraten, die seinen Vater betrafen? Oder noch ärger: Er hat ihm Zugriff auf Dateien seines Vaters verschafft?«, vermutete Jacobi.

»Genau. Natürlich kann die Initiative auch von Rexeisen ausgegangen sein, er brauchte ja nur mit einem Heftchen Koks zu winken.«

»Klingt einleuchtend«, meinte Kotek. »Das würde auch den anhaltenden Groll des Vaters auf seinen missratenen Sprössling erklären.«

»So hat Rexeisen sich den Bankdirektor also regelrecht zum Freund erzogen und ihn zum Jagdkameraden und Kumpan wider Willen gemacht«, brachte es Feuersang auf den Punkt.

»Und Flo Kerschhackl wurde zwischen unversöhnlichem Vater und sadistischem Ersatzvater regelrecht zerrieben«, ergänzte Weider. »Das macht auch seine Annäherung an die Mutter von Diana Dornhaag verständlicher. Möglicherweise hat er ihr den Verrat an seinem Vater in allen Details gestanden, vielleicht um seine Schuld Diana gegenüber zu relativieren, während Anneliese Dornhaag ihn nur für ihre Rachepläne einspannen wollte.«

»Und da kam Bi-Bee ins Spiel«, schaltete sich Jacobi wieder ein. »Zunächst wurde sie durch ihre arglose Freundin Sappho informiert, dann durch Anneliese Dornhaag. Und anschließend ergriff sie die Chance, erst den korrupten Kerschhackl senior abzuzocken und anschließend die wohlhabende Freundin zu beerben.«

»Du meinst, sie hätte Sappho in jedem Fall …?« Kotek beendete den Satz nicht.

Jacobi nickte heftig. »Wenn wir nicht selbst auf Sappho gekommen wären, hätte sie uns wahrscheinlich bald einen handfesteren Hinweis geliefert als jenen in der Ecklgruben. Sie kannte ihre Freundin genau – ich war dabei, als sie sich damit gebrüstet hat –, und sie wusste, dass Sappho der Justiz misstrauen und lieber fliehen, als sich verhaften lassen würde. Und das, obwohl sie unschuldig war. Als Bi-Bee dann mitbekam, dass ich ihre Bettgenossin verdächtigte, sah sie voraus, was geschehen würde, und war bereits auf dem Sprung, uns zu folgen, Sappho zu töten und verschwinden zu lassen.«

»Und dich hätte sie verdursten lassen«, ergänzte Kotek mit geweiteten Augen.

»Ein furchtbares Weib«, sagte Haberstroh, der in vielen Dienstjahren schon einiges an menschlicher Abgründigkeit erlebt hatte. »Das muss man sich mal vorstellen: Für einen Rentnerpuff auf Mallorca leistete sie Beihilfe bei zwei Morden und war auch noch bereit, ihre Lebensgefährtin und einen Gendarmeriemajor umzubringen.«

»Ja, Bi-Bee war ein Judas in Frauengestalt und hat ein dementsprechendes Ende gefunden«, pflichtete ihm sein alter Kumpel bei.

»Ich glaube, wir sollten jetzt rübergehen«, sagte Jacobi und erhob sich.

»Einstieg wie abgemacht?«, fragte Feuersang.

»Wie abgemacht.«

45   HABERSTROH UND FEUERSANG saßen Flo Kerschhackl gegenüber, Kotek und Jacobi standen hinter der Trennscheibe. Die Situation glich der bei der ersten Vernehmung von Kerschhackl junior – mit dem kleinen, aber nicht unwesentlichen Unterschied, dass dieser schon vor der ersten Frage schwitzte, als säße er in einer Sauna, obwohl er zu seiner Jeans nur einen leichten Sweater im Marine-Look trug. Haberstroh ließ sich mit der Datenaufnahme absichtlich lange Zeit. Seine Umständlichkeit brachte Kerschhackl schnell aus der Fassung.

»Spinnt ihr jetzt total? Da verhaftet ihr mich wieder, lasst mich einen ganzen Tag lang in diesem finstern Loch da drüben sitzen und sagt mir nicht einmal, warum!«

»Doch, wegen Verdunklungsgefahr«, erklärte ihm Feuersang. »Und das wurde Ihnen auch bereits mitgeteilt. Ob die Staatsanwältin jedoch einen offiziellen Haftbefehl ausstellt, wird sich jetzt herausstellen.«

»Ich will einen Anwalt! Den habt ihr mir schon letztes Mal vorenthalten!«

»Vorenthalten ist ein sehr gutes Stichwort, Herr Kerschhackl. Sie haben uns nämlich am Sonntag das Wichtigste, soweit es Sie betrifft, vorenthalten – Ihren Einbruch in Rexeisens andere Wohnung in der Pension Anneliese.«

»Ihr redet doch totalen Müll. Ich war schon seit Wochen nicht mehr –«

»Sie können sich Ihre fruchtlosen Beteuerungen sparen, wir wissen von Ihrem Vater, dass Sie für ihn die Papiere aus dem grünen Wertheimer-Tresor geholt haben – als Wiedergutmachung sozusagen.« Der Bluff hatte sehr überzeugend gewirkt.

Der Junkie war wie vom Donner gerührt, fing sich aber überraschend schnell. »Das sagt ihr doch nur so, ihr Scheißbullen, das würde mein Dad nie tun.«

Feuersang blieb die Ruhe selbst, obwohl er auf »Scheißbulle« zuweilen auch anders reagierte: »Ihr Dad, lieber Herr Kerschhackl, ist nicht dumm. Auch wenn er zu Ihnen gesagt hat, Sie sollten auf jeden Fall den Mund halten, hat er seinen vorsichtshalber aufgemacht. Er ist von Evelyn Lohbauer mit dem Material, das Sie zuerst Ihrem Ersatzvater Rexeisen und Jahre später auch noch Anneliese Dornhaag besorgt haben, erpresst worden. Und ja, er hat der Lohbauer die Finca auf Mallorca überschrieben und ihr auch noch einen Haufen Schwarzgeld hinterherwerfen müssen.«

Flo Kerschhackl starrte den Pinzgauer stumm mit Kalbsaugen an. Vermutlich hatte ihm sein Vater verschwiegen, dass er erpresst wurde, und ohne jede Erklärung das Material aus Rexeisens Tresor verlangt.

»Er hat auch gesagt – und das entspricht den Tatsachen –, dass er mit dem Tod von Rexeisen und Viebich nicht das Geringste zu tun hat«, legte der Pinzgauer mit faunischem Grinsen nach. »Das alles sei eine Sache zwischen Anneliese Dornhaag und den Schändern ihrer Tochter gewesen. Den Schändern ihrer Tochter! Zu denen gehören auch Sie.«

»Wollen Sie damit sagen, dass –«

»Ihr Vater hat Sie in die Pfanne gehauen, so wie Sie ihn vor

Jahren Rexeisen ausgeliefert und mitgeholfen haben, ein junges Mädchen in den Tod zu treiben.«

»Das glaube ich einfach nicht. Das hätte er nie getan, nicht jetzt, wo ich mich endlich ...« Wieder stockte er.

»Wo Sie sich endlich revanchieren und ihm aus der Scheiße helfen konnten?«, ergänzte Haberstroh.

»Ja, zum Teufel!«, brüllte Kerschhackl junior und sprang plötzlich auf. »Endlich war er einmal auf mich und meine Fähigkeiten angewiesen, endlich konnte ich ihm einmal aus der Klemme helfen, das lasse ich mir nicht nehmen.«

»Sie haben ihm die belastenden Papiere aus dem Tresor geholt und entsprechende Einträge auf Rexeisens PC gelöscht?«, präzisierte Feuersang die Frage.

»Und wenn schon! Das war kein Einbruch.«

»Ach, und was dann?«

»Höchstens unbefugte Inbetriebnahme eines privaten PCs. Die Kombi von dem alten Tresor wusste ich, weil Ali sie mal aufgeschrieben hatte. Seit seinem Schlaganfall hatte er immer wieder Aussetzer, deshalb machte er sich oft Notizen.«

In diesem Moment ertönte Dürnbergers Stimme aus dem Lautsprecher: »Die Vernehmung des Zeugen Florian Kerschhackl ist sofort zu unterbrechen. Die mit ihr befassten Beamten sowie der Zeuge bitte sofort in mein Büro.«

Feuersang stand auf und ging zu Jacobi und Kotek hinaus. »Was soll das denn? Wir hatten ihn doch grad so weit.«

»Ich befürchte, sein Vater ist mit seinem Anwalt bei Dürnberger oder gar bei der Schratzenfischer aufgelaufen. Und drei Mal dürft ihr raten, wer dieser Anwalt ist.« Jacobi befürchtete Schlimmes und seine Befürchtungen waren berechtigt. In Dürnbergers geräumigem Büro hatten Cyriak Kerschhackl, Dr. Stanislaus Potocnik und Staatsanwältin Schratzenfischer Platz genommen.

Dr. Franzi Schratzenfischer war eigentlich eine fesche Mittvierzigerin, aber im Augenblick entstellte eine stark gerunzelte Stirn ihr Aussehen. Niemand von den Anwesenden erhob sich beim Eintreten von Jacobi, seinen Leuten und Kerschhackl junior, und auch Dürnberger bot ihnen keinen Platz an. Das grauenhafte Eau de Toilette von Potocnik hing schwer in der Luft.

»Herr Cyriak Kerschhackl und sein Anwalt, Doktor Potocnik, führen Beschwerde über die neuerliche Verhaftung von Florian Kerschhackl«, begann Dürnberger in seiner behäbigen Art. »Sie selbst, Major, haben vorgestern seine Entlassung aus der U-Haft veranlasst, ihn aber gestern wieder verhaften lassen. Doktor Potocnik vertritt auch Herrn Kerschhackl junior und will die Gründe für Ihre Meinungsänderung wissen.«

»Herr Florian Kerschhackl wurde unlängst wegen einer Reihe von Delikten in die U-Haft verbracht, unter anderem weil er sich seiner Vernehmung durch Flucht entzogen hatte.«

»Die erste Verhaftung wird ja auch nicht beanstandet, Herr Major«, meldete sich Potocnik zu Wort, während er ein imaginäres Stäubchen von seinem weinroten Sakko entfernte. »Die überfallartige Manier, in der man ihn zum zweiten Mal in Gewahrsam genommen hat, allerdings schon.«

»Es war ja auch keine Verhaftung, sondern nur eine vorläufige Festnahme.«

»Von der sein Vater erst vor Kurzem erfahren hat. Ihre Räubermethoden, Herr Major, haben am Referat 112 eigentlich nichts zu suchen. Ich denke, Frau Dr. Schratzenfischer wird da ganz meiner Meinung sein, oder?«

»Major Jacobi wird uns die Gründe für sein ungewöhnliches Vorgehen sicherlich erläutern können«, entgegnete Schratzenfischer eisig. Sie schien sich über die Präpotenz von Potocnik mehr zu ärgern als über Jacobis unkorrekte Vorgangsweise.

Der Major wusste genau, dass er die Wahl zwischen Scylla und Charybdis hatte und es für ihn kaum eine Chance gab, ungeschoren davonzukommen. Natürlich würde er nie preisgeben, auf welche Weise Hans Weider Kerschhackl senior auf die Schliche gekommen war. Da verzichtete er noch eher darauf, ihn trotz einer möglichen Mitschuld an Rexeisens Tod vor Gericht zu bringen.

»Um darlegen zu können, wie wichtig uns die neuerliche Einvernahme von Flo Kerschhackl erschien, muss ich seine Rolle als Informant näher beleuchten, die er im Fall Rexeisen zwischen einigen der agierenden Personen über Jahre hinweg ausgeübt hat«, holte er weit aus.

»Wir werden Ihnen diese Zeit einräumen, Major. Nicht wahr, Herr Doktor?«, äffte die Staatsanwältin den ihr herzlich unsympathischen Potocnik nach. Der verzog das Gesicht zu einem säuerlichen Grinsen, schwieg aber.

Jacobi führte nun Punkt für Punkt aus, welche Rolle Flo Kerschhackl als Einbrecher, Spion und Informant in dem *circulus vitiosus* zwischen seinem Vater, Rexeisen, Viebich und Anneliese Dornhaag gespielt hatte, um dann zur inkriminierenden Schlussfolgerung zu kommen: Kerschhackl junior sei zumindest eine Teilschuld an den Ereignissen anzulasten, die zur Ermordung von Rexeisen und Viebich geführt hatten. Von der Weitergabe seiner Infos an Lohbauer durch Anneliese Dornhaag habe er allerdings nichts gewusst.

Der Vortrag beeindruckte die Zuhörer, wenngleich sie sich das aus unterschiedlichen Motiven nicht anmerken ließen.

Jacobis Rücksichtnahme auf Flo Kerschhackl wurde jedoch nicht belohnt, im Gegenteil.

»Das klingt ja alles sehr abenteuerlich. Sie können uns doch sicher auch sagen, wie Sie diese Infos aufgetan haben, Major Jacobi?«, fragte Potocnik in einem Ton, als hätte er kiloweise Kreide gegessen. »Auf offiziellem Weg wohl nicht, denn meines Wissens sind keine richterlichen Anordnungen gegen die Bauernbank ergangen.«

»Ich habe Sie von der Mörderin Evelyn Lohbauer persönlich«, sagte Jacobi mit der unbefangensten Miene der Welt. »In dem Bunker, in dem ich gefangen war, fühlte sie sich als Herrin der Lage und war überzeugt, Frau Kronreif und ich würden das Wissen nie weitergeben können. Also hat sie eine Zeit lang munter drauflosgeplaudert.«

»Was Sie nicht sagen.«

»Ja. Allerdings kam es dann anders, als sie es sich vorgestellt hatte, und nach ihrem prahlerischen Geständnis hat sie wohl keinen anderen Ausweg als den Suizid gesehen. Wir suchen übrigens fieberhaft nach den Unterlagen, mit denen sie laut eigener Aussage Ihren Klienten erpresst haben will, Herr Dr. Potocnik.

Doch bisher haben wir weder in ihren Wohnungen noch bei Anneliese Dornhaag einschlägiges Material gefunden.«

Der Anwalt musterte ihn kalt. »Stellen Sie sich vor, Jacobi, ein Informatik-Fachmann der Bauernbank behauptet steif und fest, jemand habe sich in den letzten Tagen zwei Mal in Dateien der BB gehackt und zufällig beide Male Geschäftsbereiche aufgerufen, für die Herr Direktor Kerschhackl persönlich zuständig ist. Leider hat dieser Jemand seine Spuren so geschickt verwischt, dass man sie nicht zurückverfolgen kann. Fällt Ihnen dazu vielleicht etwas ein?«

»Ehrlich gesagt, gar nichts«, antwortete Jacobi höflich zurückhaltend, als würde ihn die Hacker-Geschichte nicht die Bohne interessieren.

»Aber Sie wissen schon, dass Ihre sogenannten Infos nur dann etwas bewirken können, wenn Sie dafür zwingende Beweise haben. Die Behauptung, dass Sie sie von der verblichenen Evelyn Lohbauer haben, ist mehr als hanebüchen.«

»Wollen Sie mir unterstellen, dass ich lüge?« Auf Jacobis Stirn bildete sich eine steile Falte. »Das müssen wiederum Sie beweisen, Potocnik! Fakt ist hingegen, dass die Informationen über Florian Kerschhackl den Weg zu anderen Personen gefunden haben. Das hat er gerade selbst zugegeben.«

»Alles, was Herrn Florian Kerschhackl im Zuge Ihrer jeder Dienstvorschrift spottenden Vernehmung an Aussagen abgepresst wurde, darf vor Gericht nicht verwendet werden«, ratterte der Anwalt wie ein Maschinengewehr herunter. »Außerdem wünsche ich, mit Doktor Potocnik angesprochen zu werden, sofern Ihnen das möglich ist, Major.« Er erhob sich. »Falls kein Haftbefehl vorliegt, werden die Herren Kerschhackl mich jetzt begleiten.«

Niemand widersprach, und die Genannten folgten ihm nach draußen. Flo Kerschhackl hatte während der letzten Minuten nur an der Wand gelehnt und stumm auf seine Füße gestarrt.

46 »WAS LÄCHELST DU so verkniffen?«, fragte Melanie Kotek. In den Stau auf der B 154, der Straße nach Mondsee, kam ein bisschen Bewegung, und Jacobi ließ den Audi Q5 langsam weiterrollen.

»Ich denke an Potocniks Gesicht, als er sich damals in der Causa Kerschhackl mit einem Remis zufriedengeben musste.«

»Richtig, die Schratzenfischer hat dich zwar gerüffelt, weil du Flo Kerschhackl einen Tag lang wider jede Vorschrift hast dunsten lassen, aber sonst ist nichts nachgekommen. Der junge Kerschhackl musste seine diversen Gefängnisstrafen später ja auch antreten.«

»Nur seinen Vater haben wir nicht drangekriegt, weil die Unterlagen von Bi-Bee nie mehr aufgetaucht sind. Das war der springende Punkt.«

Kotek ahnte, dass Jacobi das noch heute wurmte. Was hatte es denn geholfen, dass Flo Kerschhackl gestanden hatte, an den Tresor von Rexeisen gegangen zu sein? Nichts. Potocnik hatte dem alten Kerschhackl listig geraten, einen seiner vielen Coups zuzugeben – natürlich nicht jenen mit den Gasteiner Immobilien, sondern einen längst verjährten, den kein Schwein mehr interessierte – und zu behaupten, sein Sohn hätte für ihn diesbezügliche Unterlagen aus dem Tresor geholt, während er selbst die entwendete Mappe samt übrigem Inhalt anschließend in der Salzach entsorgt hatte. Die Löschung ganzer Datenbanken auf Rexeisens PC war nicht einmal Gegenstand der Verhandlung gewesen.

Mitfühlend strich sie Jacobi über die Wange. »Wir konnten ihn nicht an den Eiern packen, weil wir, um Hans und uns zu schützen, keine der anderen Sauereien anführen durften. Ohne zulässige Beweise hätte uns Potocnik mit Dienstaufsichts-Beschwerden und Rufschädigungs-Prozessen so eingedeckt, dass wir keinen Fuß mehr auf den Boden bekommen hätten.«

»Genau das schlägt mir nach wie vor auf den Magen«, gab er zu. »Die kriminellen Underdogs und auch die Mörder erwischen wir, aber die Hehler, Korruptionisten und Mauschler großen Stils kommen regelmäßig ungeschoren davon. Was ist das für ein Rechtssystem? Hammurabi, schau herunter! Was tröstet es uns da noch, dass der junge Kerschhackl seine Strafe abgesessen und sogar den Entzug geschafft hat?«

»Immerhin kümmert sich der Vater seit damals wieder um den Sohn und seine Gattin, oder?«

»Das steht diesem Schlemihl verdammt noch mal auch zu! Dass allerdings die Finca nicht mehr rückgewidmet wurde, sondern wegen des wechselseitigen Testaments zwischen Lohbauer und Kronreif schließlich an Sappho gefallen ist, darüber amüsiere ich mich heute noch königlich.«

»Du und deine Sappho«, lästerte Kotek. »Gib schon zu, du warst damals ganz schön verschossen in sie, obwohl sie uns beide brutal niedergeschlagen hat.«

»Sie war eine Wucht, aber bedauerlicherweise lesbisch und – davon mal abgesehen – uns Männern in *old Europe* eigentlich ohnehin schon abhandengekommen. Aber ich gönne ihr das Leben in Wohlstand in Belize. Aua!«

Kotek hatte Jacobi einen kräftigen Rippenstoß versetzt, und er verzog das Gesicht zu einer wehleidigen Grimasse. »Was sollte das denn? Es freut mich ja nicht ihretwegen, dass Cyriak Kerschhackl die Finca nicht zurückbekommen hat, sondern weil er keinen Prozess anstrengen kann, um sie zurückzubekommen, ohne doch noch unerwünschte Enthüllungen und Beweiswürdigungen fürchten zu müssen.«

»Endlich, da vorn ist der Aichingerwirt«, sagte Kotek lächelnd. »Ich hoffe doch sehr, dass das zweite Frühstück deine wehmütigen Erinnerungen vertreiben und dein seelisches Gleichgewicht wiederherstellen wird, Katzenbär.«

Glossar

Aufganseln – (ugs.) aufstacheln
Ausfratscheln – (ugs.) aushorchen
Auszucken – (ugs.) überreagieren, durchdrehen
Bassena – (ital./österr.) Wasserbecken im Flur eines Altbaus; *Bassenagewäsch* – niveauloser Tratsch
Beihirsch – schwächerer Hirsch, der nur zum Zug kommt, wenn der Platzhirsch abgelenkt ist
Blitzgneißer – gneißen = (ugs.) bemerken, wahrnehmen; iron. Bez. für einen trägen Geist
Conditio sine qua non – unerlässliche Bedingung, Voraussetzung
Cui bono? – Wem nützt es? – kriminologischer Denkansatz
Divide et impera! – Teile und herrsche! (macchiavellistisches Prinzip von Potentaten und manipulativen Charakteren)
Do, ut des – Ich gebe, damit (auch) du (mir) gibst
EKIS – Datenspeicher der österreichischen Exekutive
Feschak – (ugs.) attraktiver Mann
Gefinkelt – (ugs.) durchtrieben, abgefeimt; positiv: durchdacht
Häfen (der, das) – (ugs.) Gefängnis, Arrest
Hausl – (ugs.) Hausmeister, Domestike
Hinterfotzig – fies
Innergebirg – Synonym für die Salzburger Gebirgsgaue Pinzgau, Pongau und Lungau
Inversion – Grenzzone zwischen unterschiedlich temperierten Luftschichten
Kiberer, Kiwerer – (ugs.) Kriminalbeamter
Kiwerei – (ugs.) Kriminalpolizei o. ä. Exekutivbehörde
Krispindl – (österr. ugs.) magerer, schwächlicher Mensch
MEK – Mobiles Einsatzkommando; eine Spezialeinheit der österreichischen Gendarmerie, inzw. mit den *Cobra*-Einheiten fusioniert
Macheloikes – (wiener.-jidd.) Machenschaften, die gern vertuscht werden; zwielichtige Geschäfte, Gaunereien
Oshivambo – südwestafrikan. Volksgruppe
Powidl – böhmisches Pflaumenmus; als Adjektiv (ugs.): egal

PTS – posttraumatische Störungen
Ranggeln – eine alpenländische Form des Ringens, besonders im Pinzgau (Land Salzburg) beheimatet
Requisition – Beschlagnahme
Saubartl – ordinärer Mensch, auch: Kind mit schlechten Tischmanieren
Schanzlalm – (ugs. in Salzburg für:) Gefängnis, Haftanstalt, Häfen
Scherm – (von lat. *scirpus* = Schirm) Unterstand; hinterer Teil einer Almhütte
Schott(en)suppe – (vom öst./bayr. Schotten = Topfen, Quark) eine saure Armeleute-Suppe
Nicht auf der S. dahergeschwommen sein (ugs.) = nicht auf d. Kopf gefallen sein, nicht zu unterschätzen sein
Senn (wbl.: Sennin) – Hirte, Dienstbote im Alm-Betrieb; mangels Personal nehmen auch Altbauern diese Tätigkeit oft wahr
Schafler – Schafhirte; in der ländlich-bäuerlichen Hierarchie weit unten rangierender Bediensteter
Wappler – (ugs.) Tollpatsch; aber auch: Schlitzohr

Georg W. D. Gracher
HAHNBALZ
Broschur, 272 Seiten
ISBN 978-3-89705-667-1

»Die Geschichte ist spannend konzipiert, mit viel Lokalkolorit gewürzt und geizt auch nicht mit einer nötigen Portion Humor.«
Alpenadria

»Ein Wespennest aus Leidenschaft, Korruption, Verrat und Rache.«
Gasteiner Kulturkreis

www.emons-verlag.de

Georg W. D. Gracher
HERBSTFROST
Broschur, 320 Seiten
ISBN 978-3-89705-903-0

»Die Geschichte führt durch ganz Salzburg, der Showdown findet in Rauris statt.« Salzburger Volkszeitung

»Pointiert und skurril.« Klagenfurter Zeitung

www.emons-verlag.de

Georg W. D. Gracher
DOHLENFLUG
Broschur, 272 Seiten
ISBN 978-3-95451-036-8

»*Geschickt konstruiert Gracher eine Reihe von Verdächtigen in der nur scheinbar heilen Gebirgsidylle und lässt auch noch die Legende vom geraubten Nazigold einfließen. Ein dichter Krimi, den man in einem durchliest.*« Salzburger Volkszeitung

www.emons-verlag.de